Für Helmut

Die Liebe meines Lebens...
Wir sind wie zwei Schwäne im
Ozean des Lebens...

Für Martina

Du hast dieses unendliche
Strahlen in mein Leben gebracht...

Bibliografische Information der Deutschen
Nationalbibliothek: Die deutsche
Nationalbibliothek verzeichnet diese
Publikation in der Deutschen Nationalbibliografie,
detaillierte bibliografische Daten sind im Internet
über dnb.dnb.de abrufbar

TWENTYSIX-Der Self-Publishing-Verlag
Eine Kooperation zwischen der Verlagsgruppe
Random House und
BoD – Books on Demand

© 2018 Whitebrooks, Emelie

Herstellung und Verlag:
BoD – Books on Demand, Norderstedt

Cover: E.R.
Urheberrechtlich geschütztes Material

ISBN 978- 3740744823

Emelie Whitebrooks

CATHY JEFFERSON
„Lucie"

1. Kapitel

Das Privatgymnasium meiner Heimatstadt Bad Soden lag auf einer Anhöhe, gleich in der Nähe des Stadtparks. Eine bezaubernde ländliche Gegend, ohne den lärmenden und hektischen Betrieb einer Großstadt.

Die Sonne blinzelte zaghaft durch die Fenster, enthüllte hunderte, verschmierte Abdrücke. Ich saß verträumt im Klassenzimmer. Ließ meinen Blick voller Vorfreude nach draußen schweifen, auf die Bäume, die fernen Berggipfel, die durch den frisch gefallenen Schnee wie angezuckertes Gebäck wirkten.

Heute war der lange herbeigesehnte letzte Schultag vor den Weihnachtsferien. Weihnachten. Wie sehr ich dieses Fest liebte. Die besinnliche Stimmung, den einzigartigen Geruch, der in der Adventszeit immer in der Luft lag. Nach Bienenwachskerzen, Duftöl, Punsch und den ersten frischgebackenen Keksen.

Die Schulglocke verkündete das ungeduldig erwartete Ende des Unterrichts. Wie auf Kommando sprangen alle auf und drängelten stürmisch Richtung Ausgang.

„Was hast du für die Ferien geplant, Cathy?", erkundigte sich Melanie neugierig, während wir hastig die Treppe hinunterfegten.

„Hm, nichts Besonderes!", antwortete ich abweisend.

Ich war nicht gewillt sie in meine Pläne einzuweihen. Seit meine beste Freundin Sarah starb, versuchte Melanie ihren Platz einzunehmen. Aber ich war noch nicht soweit. Sarah war tief in meinem Herzen. Sie war wie ein Stein der übers Wasser springt.

Ihr Leben berührte das meine, hallte wie ein Echo in meiner Seele fort. Doch ich verbarg meine Gefühle. Allzu schnell bekam man an dieser Schule den Ruf nicht ganz richtig zu ticken. So strebte ich ebenso ausgelassen, wie meine Klassenkameraden, dem Ausgang zu. Entdeckte

Chris und meine kleine Welt begann zu leuchten. Mein Leben veränderte sich in den letzten Monaten. Es war die Liebe zu Chris, die mir wieder Boden unter den Füßen gab. Aber auch die Beziehung zu Dad, die sich von Tag zu Tag verbesserte.

Seit kurzem besuchten wir eine Familientherapie. Ehrlich gesagt fand ich sie überflüssig. War mir sicher, dass wir auch ohne diesen „Seelenfuzzi" in der Lage gewesen wären, unsere Probleme aufzuarbeiten. Hielt nichts von diesem Seelenstriptease.

Aber gut. Ich wollte keine Spielverderberin sein und nahm jede Gelegenheit wahr, um mehr Zeit mit meinem Dad zu verbringen.

Die Idee kam von Amanda, die wie ein Wirbelsturm in unser Leben fegte. Sie tauchte eines Tages unerwartet auf. Präsentierte sich uns als neue Frau an Dads Seite und brachte jede Menge frischen Wind in unser Haus. Eigentlich, so verstand ich es jedenfalls, war ihr Kommen als Kurzbesuch geplant. Doch zu unserer Überraschung blieb sie.

Tja, Amanda. Jonas und ich waren mehr als überrascht, als Dad uns den Besuch einer „lieben, alten Freundin" ankündigte. Bis zu diesem Zeitpunkt wussten wir nichts von seiner heimlichen Liaison. Ahnten nicht, dass er sich bereits über ein Jahr mit ihr traf.

Wochen bevor Amanda anreiste, verwandelte Dad unser Haus in „Fort Knox". Es war den Ereignissen jener Nacht geschuldet, in der ich beinahe gestorben wäre.

Wir besaßen vorher schon ein modernes, ausgeklügeltes Sicherheitssystem, für das ich leider nie Interesse zeigte. Doch die Technik, die Dad nun im ganzen Haus verbauen ließ, war geeignet einen Präsidenten zu schützen. Kurz nach der Fertigstellung erhielten wir eine umfassende Einschulung. Dieses Mal winkte ich nicht gelangweilt ab, sondern verfolgte aufmerksam die Ausführungen des Technikers, der mir alles bis ins kleinste Detail erklärte.

In jener Nacht, in der ich in heilloser Panik floh, wäre es ein unschätzbarer Vorteil gewesen zu wissen, dass sich nur befugte Personen im Haus aufhalten konnten. Denn dann wäre ich nicht zurück in den Park und so beinahe in meinen Tod gelaufen. Nein, damals wusste ich so gut wie nichts über unser Sicherheitssystem.

Genauso wenig wie ich ahnte, dass es die Leute des SEK waren, die mich damals verzweifelt in unserem Haus suchten.

Zum Glück ging die Sache ja einigermaßen glimpflich aus. Auch wenn ich sie nicht, wie anfangs vermutet, ganz unbeschadet überstand. Nein, der lange Aufenthalt in der eisigen Kälte forderte seinen Tribut.

Ich bekam eine schwere Lungenentzündung, die mich wochenlang ans Bett fesselte. Trotzdem brachte mich mein Dad nicht in unsere Klinik. Doktor Freier riet ihm dringend davon ab.

Denn in meinen wirren Fieberträumen, war ich immer wieder in diesem verdammten 7.Stock, und schreiend auf der Flucht. Erst nach Tagen, in denen Dad, Jonas und auch Chris abwechselnd an meinem Bett Wache hielten, überwand ich die schwere Krise und wurde klarer.

Nun als Amanda anreiste, unzählige Koffer im Gepäck, ahnte ich nicht, dass sie plante für immer zu bleiben. Kaum eingetroffen, bemängelte sie auch schon lautstark unser Sicherheitskonzept.

Ich wollte sie gerade über unser neues System aufklären. War im Begriff sie zu belehren, dass sich Sicherheitsleute in der neuen Schaltzentrale im umgebauten Kellertrakt befanden, da fiel mir Dad ins Wort.

„Weißt du Amanda", sagte er. „Hier in unserer Kleinstadt ist das nicht notwendig. Hier ist unauffälliges Verhalten der beste Schutz! Niemand in unserem kleinen Städtchen ahnt wie wohlhabend wir wirklich sind. Ich weiß es klingt nachlässig, aber unsere Haustür ist durch eine normale, handelsübliche Alarmanlage gesichert!"

„Okay!", dachte ich. „Dad hält sich strikt an die dringende Empfehlung."

Auch mir schärften diese Sicherheitsleute wiederholt ein: "Nicht darüber sprechen, und keinem davon auch nur ein

Sterbenswörtchen erzählen!"

Anfänglich freute ich mich über Amandas Besuch, gönnte Dad sein neues Liebesglück von Herzen. Wusste ich doch aus eigener Erfahrung, wozu Liebe fähig war.

Ich verspürte nie den leisesten Hauch von Eifersucht. Empfand nie das Gefühl mit ihr um die Liebe meines Dads kämpfen zu müssen. Trotzdem konnte ich Amanda bereits nach kurzer Zeit nicht ausstehen.

Es war eigenartig. Vielleicht litt ich auch wirklich ein kleinwenig unter Verfolgungswahn. Doch ich traute ihr nicht über den Weg.

Ein Grund für meine bald auftauchende Abneigung war der Disput, den sie kurz nach ihrer Ankunft mit Maria führte. Aber auch der Empfang, den mein Dad jedes Jahr für seine leitenden Angestellten gab. Er zeigte mir eine Seite von Amanda, die mein anfänglich so positives Bild von ihr vollständig revidierte.

Der erste Vorfall ereignete sich bereits wenige Tage nach ihrer Ankunft. Ich kam gerade von der Schule. Öffnete kaum die Türe, da hörte ich Amanda lauthals schreien. Das war ungewöhnlich, denn bis dahin kannte ich sie nur von ihrer zuckersüßen Sahneseite.

Das Verhalten passte so gar nicht zu der freundlichen Art, die sie sonst von sich zeigte. Sie tat so vornehm. Legte eine geradezu penetrante Höflichkeit an den Tag. Gab sich so zuvorkommend und rücksichtsvoll, dass es schon an Selbstaufgabe grenzte. Doch nun schrie, nein brüllte sie aus vollem Hals. Ungehobelt wie ein Bauarbeiter. Und damit beurteilte ich fürwahr nicht alle von ihnen generell. Nur jenen Teil von ihnen, die anzügliche Bemerkungen von ihren Baugerüsten grölten, oder dämlich hinter uns Mädchen her pfiffen.

Ich war überrascht, aber auch neugierig, wer wohl Opfer ihres unerwarteten Ausrasters geworden war. Da hörte ich Marias Stimme. Die Schuhe flogen von meinen Füßen und Sekunden später stand ich in der Küche. Amanda drehte mir den Rücken zu und sah mich nicht kommen. Marias Augen waren glasig. Vor ihr am Boden lag eine zerbrochene Suppenschüssel.

„Was geht hier vor!", fauchte ich Amanda an.

Sie deutete anklagend auf die Schüssel. Dann auf ihre Strümpfe, die ein klein wenig bekleckert waren.

„Was für unfähiges, stümperhaftes Personal ihr doch in diesem Haus beschäftigt!", beschwerte sie sich. „Sieh dir nur meine Strümpfe an. Dieser ungeschickte Trampel!"

Sie schnaubte wütend durch die Nase.

„Bist du nicht ganz bei Sinnen Amanda? Wie kannst du Maria nur so behandeln? Sie gehört für uns zur Familie. Ich dulde es nicht, dass du so mit ihr sprichst! Ich möchte dich darauf hinweisen, dass du Gast in unserem Haus bist. Verstehst du Amanda, du bist Gast hier! Und selbst, wenn es nicht Maria wäre, sondern eines der Mädchen. Wir benehmen uns unseren Angestellten gegenüber mit Respekt. Ich bestehe darauf, dass du dich nun bei Maria entschuldigst!" erwiderte ich heftig, bemühte mich meine Fassung zu bewahren.

Denn ehrlich gesagt verfluchte ich in diesem Moment meine gute Erziehung. Hätte Amanda am liebsten bei ihren turmhoch auftoupierten Haaren gepackt und aus der Küche geschliffen.

„Du bist wohl nicht ganz bei Trost Cathy! Du erwartest doch nicht im Ernst, dass ich mich bei jemandem vom Küchenpersonal entschuldige!", kreischte sie hysterisch und wollte aufgebracht die Küche verlassen.

Doch ich versperrte ihr den Weg.

„Du verlässt die Küche nicht, ehe du dich nicht bei Maria entschuldigt hast!", drohte ich.

Amanda hob kurz ihre Hand. So als wollte sie nach mir schlagen.

„Ja schlag zu! Trau dich!", dachte ich. „Das Echo wirst du bestimmt dein Leben lang nicht vergessen!"

Es war Maria, die unsere Auseinandersetzung vorzeitig beendete und mich sanft zur Seite zog.

„Sie ist es nicht wert!", flüsterte sie mir ins Ohr.

Amanda stürzte, kaum dass ich den Weg frei gab, aus der Küche.

„Das wird noch ein Nachspiel für dich haben!", drohte

sie. „Ich werde alles haarklein deinem Dad berichten!"
„Tu das!", schrie ich. „Denn sonst mach ich es!"
Ich keuchte. Ja, ich sollte mich schonen. Sollte eigentlich nicht schreien, doch Amanda trieb mich zur Weißglut. Maria warf mir einen besorgten Blick zu.
„Beruhig dich Cathy! Atme ganz tief durch!"
Schnell führte sie mich zur kleinen Essecke. Stellte mir ein Glas Wasser hin, und wartete bis ich es getrunken hatte.
„Geht es dir wieder besser?", erkundigte sie sich besorgt.
„Danke Maria! Ich bin so wütend. So darf niemand mit dir sprechen!", flüsterte ich aufgebracht, atmete noch immer keuchend.
„Ist schon gut Cathy! Ewig wird sie ja hoffentlich nicht bleiben!", seufzte sie.
„Dein Wort in Gottes Ohr!", erwiderte ich, ehe ich die Küche verließ.

Der zweite Eklat folgte kaum eine Woche später auf dem Empfang den mein Dad gab. Er brachte bei mir das Fass endgültig zum Überlaufen.

Die Veranstaltung fand in unserem Haus statt. Gab es doch dem Ganzen den gewünschten familiären Anstrich. Ein Catering übernahm an diesem Abend die Verpflegung der Gäste. Maria führte nur die Aufsicht. Natürlich war zu diesem Anlass auch reichlich Fremdpersonal im Haus. Es sollte sich um das leibliche Wohl der Gäste kümmern. Schwarz livrierte Kellner sorgten gleich am Eingang für Getränke. Selbstverständlich war auch Chris eingeladen. Zählte ihn doch Dad, seit wir eine Beziehung führten, so gut wie zur Familie. Chris kam gerade gut gelaunt. Ich wollte nur noch kurz nach oben, um meinem Äußeren den letzten Schliff zu verleihen. Bat ihn deshalb, sich doch schon mal unter die Gäste zu mischen. Halb auf der Treppe sah ich, wie Amanda ihm ein Tablett in die Hand drückte.
Unwirsch forderte sie ihn auf, sich doch gefälligst etwas aufmerksamer um die Beseitigung der leeren Gläser zu

kümmern. Chris stand wie zur Salzsäule erstarrt da. Mit einem Satz fegte ich die Treppe wieder hinunter und fuhr Amanda wütend an.

„Bist du nicht ganz richtig im Kopf? Das ist Chris mein Freund!"

Zuckersüß verzog sie ihr Gesicht.

„Entschuldige Catharina, das wusste ich nicht! Ich habe ihn in seinem Aufzug für einen der Kellner gehalten!"

Am liebsten hätte ich ihr die Augen ausgekratzt. Doch um Chris nicht länger der lächerlichen Situation auszusetzen, nahm ich ihm mit einem Ruck das Tablett ab. Drückte es Amanda in die Hand.

Leise, um nicht noch mehr Gäste auf diese für Chris so unangenehme Szene aufmerksam zu machen, sagte ich: „Selbst wenn er einer der Kellner wäre, in unserem Haus sprechen wir mit dem Personal respektvoll! Das solltest du mittlerweile schon mitbekommen haben!"

Dann ließ ich sie mit dem Tablett in der Hand stehen. Zog Chris hinter mir die Treppe hoch. Er wirkte bedrückt und musterte mich unglücklich. Am liebsten hätte ich am Absatz kehrt gemacht, wäre nach unten gestürmt und hätte Amanda mitten ins Gesicht geschlagen. Doch Chris hinderte mich.

„Nichts als eine dumme Verwechslung, Liebes! Reg dich bitte nicht auf! Das war bestimmt keine böse Absicht. Wahrscheinlich ist mein Anzug wirklich unpassend für diesen Anlass!"

„Keine Absicht! Von wegen!", dachte ich erbost.

Durchschaute ich Amandas bösartiges Ansinnen doch sofort.

Doch um Chris den Abend nicht völlig zu verderben, sagte ich schnell: „Papperlapapp! Für mich bist du der Schönste. Und dein Anzug sieht toll aus. Überhaupt nicht wie der eines Kellners! Lass dich bloß nicht von Amanda verunsichern!"

Chris zögerte kurz. Fand dann aber zum Glück seinen Humor wieder.

„Immerhin kann ich eurem Personal aushelfen, sollte es Not an Mann geben!", scherzte er gleich darauf.

In diesem Moment betrat Jonas den Raum und musterte uns fragend.

„Na ihr beiden Turteltauben, wollt ihr euch den ganzen Abend hier oben verkriechen?"

Lachend hakte er sich bei mir unter und zog mich zur Treppe.

„Komm mit Chris!", lockte er. „Das Buffet ist herrlich, lasst uns nach unten gehen!"

Ein ernster Blick und ein verlegenes Augenzwinkern verrieten, dass er den Zwischenfall im Eingangsbereich mitverfolgt hatte.

„Eine peinliche Verwechslung! Aber bestimmt keine böse Absicht!", flüsterte auch er mir zu.

Ja sicher, keine Absicht! Manchmal begriff ich nicht, wie dumm Männer sein konnten. Mit dieser beschissenen Nummer würde ich sie jedenfalls nicht ungestraft davonkommen lassen. Ihre Ansage eben bedeutete Krieg und zwar auf allen Fronten.

Und wirklich. Im Laufe des Abends bot sich die perfekte Gelegenheit zu einem Gegenschlag. Amanda streifte, wie viele unserer Gäste, durch den weitläufigen Wintergarten. Stand nun gefährlich nahe am Poolrand. Wie zufällig kam ich ihr immer näher. Ehe sie sich versah, stolperte ich. Suchte scheinbar Halt und riss sie torkelnd ins Pool stürzend mit. Noch ehe wir im Wasser versanken, sah ich Jonas heiteren und Dads zu Tode erschrockenen Blick.

Prustend tauchte ich wieder auf. Verkniff mir mühsam ein schadenfrohes Grinsen, als ich sah, dass ihre hoch aufgetürmten Haare, wie traurige Lappen an der Seite herunterhingen.

„Geht es dir gut Liebes!", hörte ich die aufgeregte Stimme meines Dads fragen.

Doch anstatt nach Amandas ausgestreckter Hand zu greifen, griff er nach mir. Und das, obwohl ich mich bereits am Beckenrand hochzog. Er hob mich hoch wie ein Kind. Verpackte mich eilig in einem der Bademäntel und eilte mit mir im Laufschritt aus dem Wintergarten. Ich konnte es mir nicht verkneifen und warf Amanda einen triumphierenden Blick zu.

Die wurde gerade, wie ein versunkenes Schlachtschiff, von Doktor Freier aus dem Pool gehievt. Chris stürzte besorgt aus dem Kaminzimmer. Lief hektisch hinter Dad her.

„Du musst dich rasch umkleiden Cathy!", sagte Dad voller Sorge. „Du hast gerade mit viel Glück deine schwere Lungenentzündung auskuriert!"

Leichenblass stand er nun neben mir am Sofa, auf das er mich, wie einen zerbrechlichen Gegenstand, abgesetzt hatte. Umgehend meldete sich mein schlechtes Gewissen.

„Alles okay Dad! Mach dir keine Sorgen! Chris ist ja bei mir! Kümmere du dich doch bitte um die arme Amanda. Ich hab sie ja leider mit in den Pool gerissen!" sagte ich, und mein Augenaufschlag war hundertprozentig oskar-reif.

Unsicher blieb er vor mir stehen.

„Bist du dir sicher Cathy, dass wirklich alles mit dir in Ordnung ist?", fragte er besorgt nach.

„Ganz sicher Dad!", beruhigte ich ihn.

Sprang zur Bestätigung meiner Worte auf und wechselte ins Bad. Ich hörte wie er sich noch mit Chris unterhielt, ehe er mein Zimmer verließ.

Derweilen stand ich quietschvergnügt unter der Dusche. Summte vor mich hin und ließ angenehm warmes Wasser auf mich einprasseln. Ich kam kaum aus der Dusche, da hüllte mich Chris fürsorglich in ein warmes Badetuch. Ich lachte schelmisch. Irritiert musterte er mich.

„Alles gut Chris!", erklärte ich fröhlich. „Nur ein dummer Unfall! Ich ziehe mich rasch um, dann können wir wieder nach unten gehen!"

Gesagt getan. Bereits kurze Zeit später betrat ich mit Chris am Arm den Wohnbereich. Dad fiel sichtlich eine Last von den Schultern und sein sorgenvolles Gesicht hellte sich auf.

Der Empfang wurde wie jedes Jahr ein voller Erfolg. Angenehm und äußerst kurzweilig. Nur Amanda tauchte den ganzen Abend über nicht mehr auf.

Seit dem Vorfall herrschte, außer wenn Dad in der Nähe war, eisiges Schweigen zwischen uns. Jonas hielt sich mehr oder minder aus der Sache heraus. Wollte keinen Unfrieden, war hin und her gerissen. Er freute sich, wie anfangs auch ich, dass Dad glücklicher und gelöster war, seit Amanda in sein Leben trat. Doch wir waren auch ein eingeschworenes Geschwister-Team. Mich ärgerte, dass mein Bruder Amanda noch immer durch die rosarote Brille sah.

Selbst Chris machte sich über meine Bedenken, Amanda betreffend, lustig. Betätigte sich als Seelenklempner und diagnostizierte: „Eifersucht und Verfolgungswahn".

Ich fand das so gar nicht komisch, obwohl Chris sich vor Lachen schüttelte. Nun gut, ich hakte dieses Thema ab. Sprach es Chris gegenüber nicht mehr an. Die Tatsache allerdings, dass er in dieselbe Kerbe wie Jonas schlug, verunsicherte mich.

Tage später sprach ich Jonas auf den unliebsamen Vorfall an. Erklärte ihm, dass ich Amanda für bösartig und berechnend hielt und sie mir nicht geheuer sei. Doch er grinste nur amüsiert.

„Auch wenn Dad dich nicht durchschaut hat Cathy, ich schon! Rache ist süß, nicht wahr? Und ansonst hast du keinen Grund eifersüchtig zu sein. Mach dir doch wegen Amanda keinen Kopf. Sie ist nur Dads Freundin. Du bist seine Tochter, das sind zwei ganz verschiedene Paar Schuhe! Vielleicht hast du als Kind auch einfach zu oft Schneewittchen gelesen!"

„Wirklich sehr witzig Jonas!", empörte ich mich.

Doch es half nichts. Er wischte meine Bedenken einfach beiseite.

„Schlecht aufgelegt?", fragte Chris, als ich ihn, nachdem ich den Schulhof eilig überquerte, erreichte.

„Nein, gar nicht. Wieso?", fragte ich verwundert.

„Nun", sagte er. „Du ziehst ein Gesicht, wie sieben Tage Regenwetter! Und dabei hast du doch Weihnachtsferien!"

Wusste ich es doch! Jedes Mal, wenn meine Gedanken zu Amanda abschweiften, verdarb sie mir den Tag. Dagegen konnten nur Chris und seine Liebe helfen. So schlang ich meine Arme um ihn, und küsste ihn voller Leidenschaft.

Sofort verspürte ich dieses angenehme Kribbeln und meine schlechte Laune gehörte der Geschichte an. Mein Körper reagierte. Blühte auf und glühte nun förmlich vor Begierde. Chris seufzte tief.

„Du hast aber nicht vergessen, dass wir heute Mittag zum Essen eingeladen sind, und wir uns beeilen müssen! Also keine Zeit für…"

Nochmals seufzte er tief, blickte voller Bedauern auf mich.

„Ach ja", dachte ich. „Die blöde Einladung von Amanda zum Essen in dieses piekfeine Nobelrestaurant."

Ich hasste es geradezu auswärts zu essen. Fand, dass Marias Kochkünste, jedem dieser Sterneköche locker das Wasser reichen konnte. Abgesehen davon fand ich es zu Hause viel gemütlicher. Widerwillig löste ich mich aus seiner Umarmung.

„Dann müssen wir uns wirklich beeilen, denn ich muss mich noch umziehen. Für diese „Schickimicki Einladung" kann ich auf gar keinen Fall so bleiben! Und wir haben kaum noch eine Stunde Zeit!", stöhnte ich und stellte nun verwundert fest, wie verändert Chris aussah.

So „aufgetakelt" sah ich ihn in unserer gemeinsamen Zeit noch nie. Das neue Outfit riss sicher ein tiefes Loch in sein spärliches Budget. Nicht, dass er nicht gut aussah. Aber irgendwie fremd. So angepasst an diese reichen Schnösel, die man bekannterweise in diesen Lokalen antraf. Natürlich verstand ich seine Beweggründe dafür nur allzu gut. Amandas Aussage verletzte ihn doch tiefer, als er zugab. Chris sprach es nie aus, aber mir war bewusst, dass er bereits seit dem Beginn unserer Beziehung mit sich kämpfte. Dachte, für meine Gesellschaft nicht gut genug zu sein, nicht hineinzupassen in meine schillernde Welt.

Amanda bestätigte seine Befürchtung geradezu. Doch was mich betraf, irrte er gewaltig. Denn am meisten an ihm schätzte ich seine Normalität. Chris wirkte nie gekünstelt. Gab sich in meiner Gegenwart stets bodenständig und selbstsicher. Oft fragte ich mich, warum in aller Welt ihn diese Nichtstuer und Angeber so verunsicherten. Das einzige das für mich zählte war, dass ich Chris liebte und er mich. Alles andere war, für mich jedenfalls, nicht von Bedeutung.

„Wo steht denn dein Auto?", fragte ich, nachdem ich es nirgendwo entdecken konnte.

Chris lächelte verlegen.

„Ich musste mir einen Leihwagen nehmen. Mein alter VW, ist in der Werkstatt!"

Er senkte seinen Blick. Es verhielt sich wie bei Jonas. Keiner der beiden schaffte es, mir ins Gesicht zu lügen.

„Verdammt! Shit!"

Soweit trieb ihn Amanda also schon. Jetzt schämte er sich auch schon für sein Auto. Ich war kurz davor ihn darauf anzusprechen. Ersparte ihm dann aber die Peinlichkeit, ihn bei einer Lüge ertappt zu haben. Doch ich wusste, dass dieses Thema unbedingt geklärt werden musste. Chris sollte wissen, dass diese Dinge für mich unwichtig waren. Ich benötigte keinen Maybach, keinen Ferrari um glücklich zu sein. Nein, dazu bedurfte es nur seiner Liebe. Verlegen öffnete er die Türe eines BMW. Schweigend stiegen wir ein. Chris spürte intuitiv, dass ich ihn durchschaut hatte. Es war wie ein Eiertanz. Ich lächelte ihn an. Küsste ihn zärtlich auf die Wange, und stellte erleichtert fest, dass sich seine bedrückte Miene aufhellte.

2. Kapitel

Jonas chillte gemütlich im Wintergarten, tief versunken in eine der Relaxliegen. In den Kopfhörern dröhnte lautstark seine Lieblingsmusik. Der letzte Titel verklang. Im Begriff sich aufzurichten, um eine neue CD einzulegen, belauschte er zufällig ein Gespräch.

Herausgeputzt wie eine Hollywood-Diva, betrat Amanda

an Doktor Jeffersons Seite den Wohnbereich.

„Ich verstehe dich wirklich nicht John! Wie kannst du nur dermaßen eigensinnig sein. Glaub mir, ich meine es nur gut. In meinen Augen wäre es wirklich das Vernünftigste, Cathy auf ein Schweizer Internat zu schicken. Dafür gibt es in meinen Augen mehr als nur einen Grund. Da wäre zunächst die Beziehung zu diesem Chris. Du glaubst doch nicht im Ernst, dass dieser Mann der geeignete Umgang für deine knapp siebzehnjährige Tochter ist. Abgesehen davon, muss Cathy ein äußerst traumatisches Erlebnis verarbeiten. Immerhin wäre sie beinahe gestorben. Und dann, sei mir nicht böse John, ist da noch ihre Erziehung, in der doch einiges versäumt wurde. Willst du, dass sie eine Außenseiterin der High Society wird? Cathy ist eine Millionenerbin und sollte über ein dementsprechendes Benehmen verfügen. Das alles würde man ihr auf einem dieser Internate beibringen. Außerdem könnte sie dort auch wichtige Kontakte knüpfen. Es wäre wirklich nur zu ihrem Besten!"

Jonas vergrub sich noch tiefer in seine Liege, wollte auf keinen Fall bemerkt werden. Die Stimme seines Dads klang ruhig und beherrscht, als er ihr antwortete. Jonas allerdings erkannte an ihrem dunklen Klang, dass er innerlich bereits kochte.

„Es ist lieb von dir, dass du dich um Cathy sorgst. Glaub mir, ich weiß das durchaus zu schätzen. Aber dieser Punkt steht überhaupt nicht zur Diskussion. Ich werde Cathy keinesfalls auf ein Internat schicken. Schon gar nicht jetzt, wo wir uns endlich annähern. Und auch ihre Beziehung ist für mich völlig in Ordnung. Alles was Cathy glücklich macht, findet meine Zustimmung! Also lass uns bitte das Thema wechseln!"

„Nun gut! Lassen wir das vorerst.", lenkte Amanda ein, die scheinbar doch ein gewisses Gespür für Zwischentöne besaß.

Ihre Stimme klang schwer gekränkt. Dann verließen die beiden den Wohnbereich, und Jonas konnte den Rest der Unterhaltung nicht mehr mitverfolgen. Nachdenklich richtete er sich auf.

„Pffffffffffff."

Mit einem leichten Pfeifton, strömte die Luft aus seinen Backen.

„Behält Cathy wieder einmal Recht? Ist Amanda doch nicht so liebevoll und besorgt, wie sie vorgibt?", dachte er verunsichert. „Und Chris, was zum Teufel störte sie an meinem überaus patenten Freund Chris?"

Ja, zwischen Jonas und Chris entwickelte sich seit jener verhängnisvollen Nacht, in der sie Cathy suchten, eine echte Männerfreundschaft.

Nein, an Chris gab es in seinen Augen absolut nichts auszusetzen. Nun, er konnte diesem Gespräch auch durchaus eine positive Seite abgewinnen. Ließ es ihn doch erkennen, dass Cathy in Bezug auf Amanda scheinbar richtig lag und Vorsicht geboten war. Er stand auf, streckte sich. Entdeckte dabei Maria, die wohl ebenso zufällig wie er selbst, ungewollte Zuhörerin der Unterhaltung wurde. Blass um die Nase verließ sie nun eilig den Wohnbereich.

3.Kapitel

Wir kamen kaum zu Hause an, da polterte Jonas schon fröhlich die Treppe herunter. Ich traute meinen Augen nicht. Er trug haarscharf den gleichen Anzug wie Chris, aber nicht nur das. Auch die Krawatte und das Hemd waren nicht nur vom selben Designer sondern zu hundert Prozent ident. Sofort durchschaute ich ihre Absicht und ein spöttisches Grinsen huschte über mein Gesicht.

„Nun Amanda", dachte ich nicht ohne Schadenfreude. „Wie lautet dein Urteil dieses Mal? Zwei Kellner oder doch eher zwei erstklassig gekleidete junge Männer?"

Jonas hakte sich grinsend bei Chris unter und zog ihn hinüber in den Wohnbereich. Ich hingegen lief rasch hoch, um mich ebenfalls umzuziehen. Zu meiner großen Überraschung wartete Maria in meinem Zimmer. Hilflos deutete sie auf einen riesigen Karton.

„Ein Geschenk deines Vaters, für die heutige Einladung! Er möchte, dass du es trägst!"

Um meine Erwartung zu dämpfen fügte sie hastig hinzu: „Amanda hat deinen Vater beraten und es gemeinsam mit ihm ausgesucht!"

„Na, das kann ja heiter werden!", dachte ich entsetzt.

Als Maria den Karton öffnete und das Kleid zum Vorschein kam, übertraf es selbst meine schlimmsten Befürchtungen. Das knielange, rosarote Rüschenkleid war an Hässlichkeit kaum zu überbieten. Kein Teenager, der auch nur halbwegs bei Verstand war, würde sich so freiwillig in der Öffentlichkeit zeigen. Mit dem Kleid würde ich, was wohl in Amandas Absicht lag, aussehen wie eine Witzfigur. Gekonnt brachte sie mich in die verzwickte Lage, entweder Dad zu brüskieren, oder wie eine Idiotin herumzulaufen. Da fiel mein Blick auf das Etikett.

Amanda wählte XXS, was nicht weiter verwunderlich war. Handelte es sich hierbei doch ganz offensichtlich um ein Kinderkleid für Halloween. Schnell flitzte ich ins Ankleidezimmer. Stülpte mir drei dicke Winterpullis über und kehrte zu Maria zurück.

„Hilfst du mir bitte das Kleid anzuziehen!", fragte ich mit schrägem Blick.

Marias Mundwinkel zuckten verräterisch.

„Aber gerne!"

Es kam, wie es kommen musste. Nach der Hälfte der Strecke gab der Reißverschluss ächzend auf, und der Stoff riss.

„Wie schade!", sagte ich bedauernd. „Das hübsche Kleid!"

Grinsend streifte ich es ab, und lief ins Ankleidezimmer. Dort zauberte ich jenes Kleid hervor, das ich vor Tagen bei einem bekannten Pariser Nobellabel orderte und streifte es rasch über.

„Passt doch! Oder Maria?"

Das nachtblaue, knielange Dinner-Kleid war der Hammer schlechthin. Betont es doch meinen Körper genau an den

Stellen, die wirklich wichtig waren.

„Wow! Echt ein Wahnsinn!", entschlüpfte es selbst der in Modefragen sonst eher unbedarften Maria.

Schnell bürstete ich meine Haare. Legte nur einen Hauch Puder auf, warf mir das kaputte Kleid über den Arm, und raste damit nach unten.

Amandas Augen, als sie mich in meinem Chanel Kleid kommen sah, waren sehenswert. Wirkte sie doch nun neben mir, höflich ausgedrückt, wie eine alte Kröte.

„Sorry Dad! Es tut mir echt Leid", sagte ich und verzog bedauernd mein Gesicht. „Leider war das Kleid viel zu klein und ist gleich bei der Anprobe zerrissen. Aber ganz lieb von euch, dass ihr an mich gedacht habt. Gott sei Dank habe ich mir vor kurzem ein Kleid in Paris bestellt. Sieht doch auch nicht übel aus?"

Hoffte inständig, dass Dad mich auch dieses Mal nicht durchschauen würde.

„Nein Cathy, alles wunderbar!", erwiderte er. „Schade nur, dass unser Kleid nicht gepasst hat! Amanda hat sich soviel Mühe gegeben!"

„Das glaube ich dir gerne Dad!", bestätigte ich umgehend.

„Natürlich!", dachte ich. „Da musste sie bestimmt lange suchen! Um so etwas Hässliches zu finden, dafür benötigt man echt Stunden!"

Jonas stieß einen zustimmenden Pfiff aus. Chris hingegen blieb einfach der Mund offen.

„Fast nicht wieder zu erkennen!", sagte er beeindruckt. „Wie anders du in solch einem Kleid aussiehst, so edel und beinahe erwachsen!"

„Ich bin ja auch schon erwachsen!" korrigierte ich ihn fröhlich.

Hakte mich lachend unter und turnte dabei geschickt in meine High Heels. Jetzt konnte ich Chris, der wie Jonas über Einmeterneunzig war, küssen ohne mich dabei auf die Zehenspitzen stellen zu müssen.

„Ich habe noch ein Geschenk für dich!", erklärte Dad ge-heimnisvoll.

Griff in seine Anzugtasche und förderte eine längliche Schmuckschachtel zu Tage. Ich befürchtete schon das

Schlimmste, da sagte Dad: „Es war die Lieblingskette deiner Mom. Ich denke, sie hätte gewollt, dass du sie bekommst und heute trägst!"

Einen unmerklichen Moment lang, flackerte diese abgrundtiefe Traurigkeit in seinen Augen auf.

„Danke Dad! Du ahnst nicht, was mir das bedeutet!", stammelte ich gerührt.

Als ich die Schmuckschachtel öffnete, war ich einen Herzschlag lang wie geblendet. Eine zierliche Goldkette, die als Anhänger einen riesigen Diamanten in Sternform trug, lag im Etui. Vorsichtig nahm Dad sie heraus und legte sie mir um.

„Danke, vielen Dank Dad!", flüstert ich und küsste ihn bewegt.

Amandas Blicke sprachen Bände. Am liebsten hätte sie mir das kostbare Stück wohl vom Hals gerissen. Doch bevor sie sich noch dazu äußern konnte, kam Maria und meldete diensteifrig, dass die Limousine vorgefahren wäre.

„Ich habe eine Limousine bestellt, damit keiner von uns fahren muss und jeder mit ruhigem Gewissen ein gutes Glas Wein trinken kann!", erklärte Dad schnell.

Ich tauschte mit Jonas einen Blick der wirklich Bände sprach. Offensichtlich störten auch Dad allmählich die feinen Sticheleien Amandas, die meist Chris und seinen fahrbaren Untersatz betrafen. Um eine weitere unangenehme Situation schon im Vorfeld zu vermeiden, kaufte er also in weiser Voraussicht eine neue Limousine.

„Ich hasse diese Leihautos!", beschwerte sich Amanda auch sofort. „Sie sind meist ziemlich schmuddelig!"

„Wie kommst du denn darauf, dass es ein Leihwagen ist?", erkundigte ich mich belustigt.

„Wenn Dad sagt, dass er eine Limousine bestellt hat, ist zumindest in unserer Familie gemeint, dass sie bei einem Händler geordert und gekauft wurde. Sie ist also nagelneu. Keine Sorge Amanda, du wirst in diesem Auto bestimmt nichts Schmuddeliges vorfinden!", belehrte ich sie großkotzig.

Denn ihr überzogenes Getue ging mir gewaltig gegen den

Strich. Jonas verließ nach meiner Ansage fluchartig den Raum. Trotzdem hörte man ihn noch schallend lachen. Chris hingegen wirkte irritiert. Solche Sprüche kannte er von mir nicht. Amandas Augen hingegen sprühten einen wahren Funkenregen.

Dad stand mehr oder minder ungerührt daneben und sagte kein Wort. In seinem Gesicht konnte man nicht die geringste Gefühlsregung ablesen. Nur seine Mundwinkel zuckten verdächtig. Was mir verriet, dass er ebenfalls am liebsten lauthals gelacht hätte. Aber Dad hatte sich, wie immer, vorzüglich in der Hand.

„Lasst uns gehen!", sagte er dann leichthin. „Jetzt sollten wir unsere neue Limousine in Augenschein nehmen!"

Das war typisch Dad. Er war ein absoluter Autonarr. Der neue Wagen entpuppte sich als riesige Stretchlimousine, mit Bar und anderem „Pipapo".

„Echt fett Dad!", lobte ich anerkennend.

Die Fahrt verlief, trotz des eher miesen Starts, dann doch relativ harmonisch. Der neue Chauffeur, ein netter älterer Mann um die vierzig, öffnete uns die Tür.

Das Restaurant, das Amanda für ihre Einladung wählte, war mir bekannt. Wir besuchten es schon öfters. Und zwar immer dann, wenn wir der Meinung waren, dass Maria dringend ein paar freie Tage benötigte. Das Lokal war nicht ganz meins. Ich persönlich empfand es als zu abgehoben und speziell. Doch das Essen war vorzüglich. Es besaß eine reichhaltige Speisekarte, und sie erfüllten beinahe jeden Sonderwunsch.

Zum Beispiel an meinem siebenten Geburtstag. Maria lag damals gerade mit einer fiesen Grippe im Bett. Nachdem ich minutenlang herzzerreißend flennte, servierten sie mir einen Spezialburger mit Pommes.

Doch Amanda hegte ganz andere Pläne. Voller List und Tücke stellte sie im Vorfeld ein Menu des Grauens zusammen. Als Vorspeise ließ sie Schnecken, Krebse und Garnelen auffahren, bei deren Anblick mir beinahe das Kotzen kam. Mir war sofort klar, worauf sie abzielte. Denn das Zerlegen dieser ekeligen Tiere verlangte einem einiges an Übung und Fingerfertigkeit ab.

Angewidert schob ich den Teller von mir und erklärte mit scharfem Tonfall: „Das esse ich ganz sicher nicht! Wenn du willst, kann ich sie dir allesamt fachgerecht zerlegen! Denn ich glaube, dass ist der eigentliche Grund, warum du uns gleich zu Beginn den Appetit verdirbst. Du willst überprüfen, ob ich dazu in der Lage bin! Du denkst wohl, ich hätte eine mangelhafte Erziehung genossen! Wobei ich diese spezielle Fähigkeit nicht vermissen würde, denn ich esse diese Tiere nicht! Nie! Fehlanzeige! Frag Dad!"

Während ich redete bemerkte ich erstaunt, wie flink und geschickt Chris diese ungustiösen Tiere zerlegte. So, als würde er das jeden Tag tun. Ich schämte mich innerlich. Protestierte ich doch auch deshalb so heftig, um ihn vor einer weiteren Blamage zu bewahren. Doch kaum war er damit fertig, schob er ebenfalls den Teller von sich.

„Es ist wirklich ein Leichtes sie zu zerlegen!", erklärte er mit heiterem Unterton. „Erst danach folgt die eigentliche Herausforderung! Denn essen, nein essen möchte ich Schnecken und Co. auch nicht unbedingt!"

Jonas folgte seinem Beispiel mit den knappen Worten: „Danke, ganz lieb, aber nicht für mich!"

Jetzt wandten sich unsere neugierigen Blicke Dad zu. Wussten doch Jonas und ich nur zu genau, dass er nichts mehr verabscheute, als Schnecken und Krebse.

„Amanda, lieb, dass du dir Gedanken gemacht hast. Aber du hättest diese Dinge vorab mit mir klären sollen. Keines meiner Kinder, ich übrigens auch nicht, hat etwas für diese Art von Speisen übrig! Was hast du sonst noch bestellt?"

Amanda wurde feuerrot, zählte die weitere Speisefolge auf. Ich amüsierte mich königlich. Denn bis auf das Steak, war kein Gericht darunter, das wir freiwillig, ohne Gewaltanwendung zu uns nehmen würden.

Dad stand souverän auf und ging hinüber zum Kellner. Kurz darauf entfernte man die Vorspeise und reichte uns die Speisekarte.

Amanda sagte kein Wort mehr, schwieg tödlich beleidigt. Das war wahrscheinlich auch der Grund, warum wir doch noch einen angenehmen Nachmittag verbrachten.

Wieder in der Limousine, wandte ich mich bettelnd an Dad: „Darf ich bitte bei Chris bleiben?"

Er musterte mich nachdenklich. Zwinkerte mir dann zu und brummte: „Gern nicht, aber wenn es sein muss! Aber vergiss nicht, wir haben morgen eine Therapiesitzung. Wir holen dich um 10:00 Uhr ab!"

„Alles klar! Danke Dad!"

Ich schmiegte mich tief in Chris's Arme. Dad betätigte die Gegensprechanlage und nannte dem neuen Chauffeur die Adresse.

„Glück gehabt!", dachte ich.

Seit jener schicksalhaften Nacht unterlag Dad einem gewissen Kontrollzwang. Wurde unruhig, wenn er auch nur fünf Minuten nicht wusste, wo ich mich gerade aufhielt. Was schlimm war, denn immerhin war ich siebzehn. Keinesfalls wollte ich über jede Sekunde meines Lebens Rechenschaft ablegen müssen.

Zu meinem, nein unserem Glück, setzte er jedoch großes Vertrauen in Chris. Hielt ihn für fähig mein Leben zu beschützen. Nur aus diesem Grund konnte ich mich in seiner Gegenwart frei bewegen. Noch vor kurzem hätte ich mich vehement gegen Dads Kontrolle zur Wehr gesetzt. Doch in unserer Familientherapie erfuhr ich so viel Neues über ihn, sodass ich seine Angst zumindest ansatzweise nachvollziehen konnte. Nur deshalb war ich gewillt, mich zumindest vorläufig, seiner Kontrolle zu unterwerfen.

Kaum in Chris's Wohnung angekommen, stürmten wir ins Schlafzimmer. Noch immer war die körperliche Anziehung heftig und ungebrochen. Wir mussten uns zusammenreißen, um zumindest in Gegenwart anderer, die Finger voneinander zu lassen. Ich liebte ihn, mit jeder Faser meines Körpers. Aber erst, wenn ich ihm körperlich ganz nah war, spürte ich diese tiefe Geborgenheit. Fühlte mich unendlich glücklich. Nähe! Ich suchte Nähe, und Chris gab sie mir.

Es war ein einzigartiges Gefühl, in seinen starken Armen zu liegen, nachdem wir uns stundenlang liebten. Seinen Atem und seine Hände auf meiner Haut zu spüren. Das herrliche Gefühl geliebt zu werden, war mit nichts auf der Welt zu vergleichen.

Wann immer er mich liebevoll mit unzähligen Küssen bedeckte, wünschte ich mir, ich könnte die Zeit anhalten. Oder zumindest diesen einen Augenblick in einer Dose für die Ewigkeit konservieren.

4. Kapitel

Die Türglocke schellte wie verrückt. Murrend rüttelte ich Chris am Arm und weckte ihn. Wollte das warme Bett auf gar keinen Fall verlassen. Und schlussendlich war es ja auch seine Wohnung. Schlaftrunken stolperte er zur Tür. Nackt, nur ein Bettlaken um seine Hüften geschlungen. Sekunden später stand er aufgeregt vor mir.

„Wach auf Cathy, es ist Jonas! Er will dich abholen! Wir haben verschlafen!"

Ich grummelte. Wickelte mich wie ein verzogenes Kind in die Decke ein, wollte weiterschlafen. Aber Chris zog am Ende und rollte mich erbarmungslos aus.

„Schade!", sagte er, und warf einen bedauernden Blick auf meinen nackten Körper. „Aber Jonas steht draußen in der Küche und dein Vater wartet unten im Auto!"

Gähnend erhob ich mich. Huschte rasch ins Badezimmer. Schlaftrunken schlüpfte ich dort in meine Kleider, und schwankte wieder heraus. Auf halbem Weg flößte mir Chris Kaffee ein, wofür ich ihm unendlich dankbar war.

Wir hätten uns wohl noch eine Ewigkeit zum Abschied geküsst, hätte mich nicht Jonas lachend aus der Tür gezerrt.

„Bis später Chris!", verabschiedete ich mich noch.

Erhaschte einen letzten sehnsüchtigen Blick, ehe mich Jonas die Treppe hinunterzog.

27

Dad wartete schon ungeduldig auf mein Erscheinen, und so sprang ich nach einem fröhlichen: „Guten Morgen Dad!", ins Auto.

Im Wagen kramte ich mein Schminktäschchen hervor. Begann meine Wimpern zu tuschen, und meine Lippen nachzuziehen, während Dad und Jonas belustigte Blicke tauschten. Nach kurzer Fahrt erreichten wir die Praxis von Doktor Maiers. Er war bereits der zweite Therapeut, den wir nun verschlissen. Den Ersten wechselten wir bereits nach einer Sitzung. Sagten ihm Lebewohl, da ich ihn auf den Tod nicht ausstehen konnte. Doktor Maiers hingegen, war ein sympathischer Mann um die fünfzig. Er bedrängte mich nicht ununterbrochen, wie der erste Seelenklempner, sondern wartete ab, bis ich mich selbst ins Gespräch einbrachte.

Gemeinsam saßen wir nun auf seiner Couch. Plauderten vorab über belanglose Ding, um dann erst ins eigentlich anvisierte Therapiegespräch einzusteigen. Die Regeln dafür waren denkbar einfach, denn es gab mehr oder minder keine.

Doktor Maiers erklärte uns nur bei der ersten Sitzung, dass wir am besten vorankommen würden, wenn wir Schuldzuweisungen und Vorwürfe weit hinten anstellen würden.

Stattdessen sollten wir erzählen was uns bedrücken oder durch den Kopf gehen würde. Obwohl ich mich anfangs dagegen sträubte, bemerkte ich doch, wie viele Dinge sich in meinem Kopf in nichts auflösten. Besonders wenn ich erfuhr, aus welchem Grund mein Dad so handelte, wie er es nun mal tat. Dabei half mir auch, dass ich viele Dinge über meine Mom erfuhr.

Ich erkannte, dass Dad sie ebenso liebte, wie ich nun Chris. Es half mir zu begreifen, warum er sich nach ihrem Tod so verzweifelt in die Arbeit stürzte und dabei auf uns vergaß.

Jonas, allen voran Dad, erzählten in den vergangenen Sitzungen schon viel aus ihrem Leben. Ich hingegen hielt mich bis jetzt vornehm zurück.

Zu meinem Erstaunen wandte sich Doktor Maiers gleich

zu Beginn unserer Therapiestunde an mich.

„Möchtest du heute einmal beginnen Cathy?"

Ich reagierte irritiert, denn bis jetzt mischte sich Doktor Maiers, so gut wie nie in unsere Gespräche ein. Verfolgte sie nur aufmerksam.

Was für ein fieser Seelenklempnerhaken.

„Hm!?" Ich zögerte.

„Worüber soll ich sprechen?", erkundigte ich mich unsicher.

„Über alles was dir in den Sinn kommt, und was wichtig für dich ist!", erwiderte Doktor Maiers ernst.

Nun gut! Da gab es eine Sache, die mir schwer am Herzen lag. Und die doch so banal war, dass sie keinen Einblick in mein Seelenleben erlaubte.

„Ich habe kurz nach meinem sechzehnten Geburtstag Dad gebeten, den Führerschein machen zu dürfen. Er hat ihn mir ohne Angabe triftiger Gründe verweigert. Kurz vor meinem siebzehnten Geburtstag, hat er mich zwar angemeldet, doch dann gab es ein kleines Problem und ich durfte ihn doch nicht machen. Aber ganz abgesehen davon verstehe ich nicht warum er in dieser Beziehung so uneinsichtig ist. Mir den Führerschein, der bei Jonas nie ein Thema war, bis heute verweigert hat. Es verletzt mich, und ich hätte gerne eine Erklärung für sein Verhalten!", berichtete ich kurz.

Spielte damit den Ball weiter. Denn nun lag es an Dad, seine Haltung zu begründen. Bestürzt verfolgte ich seine Schilderung vom schweren Unfall meiner Mom, der ihren Tod verursachte.

Erfuhr von Dads tief verwurzelter Angst, mich auf die gleiche Weise zu verlieren. Seine Erzählung beschämte mich, trieb mir die Tränen in die Augen. Nur Jonas blieb ruhig, kannte die Geschichte anscheinend schon. Als Dad endete, verstand ich seine Beweggründe. Gestand mir ein, wie falsch ich manchmal mit meiner Vermutung lag. Ein Knoten nach dem anderen löste sich, und ich lernte Dad von Sitzung zu Sitzung besser kennen. Und doch lag noch ein langer Weg vor uns, der völlig verworren schien. Zu wenig Vertrauen entstand noch, zu verletzt und versteckt war meine wunde Seele. Ich lehnte mich relaxt zurück, saß beinahe tiefenentspannt auf der Couch. Da katapultierte mich Doktor Maiers mit einer einzigen Frage in die Panikzone.

„Möchtest du uns von deinem letzten Abend mit Sarah berichten?"

Nein, wollte ich nicht! Ich wollte an diesen Tag nicht einmal mehr denken. Mich nicht darin erinnern, wie ich meine beste Freundin sterbend in den Armen hielt. Das Bild besuchte mich oft genug in meinen Albträumen. Ließ mich die Nacht immer wieder aufs Neue durchleben. Den furchtbaren Moment, als ich ihren toten Körper auf den Kiesel gleiten ließ.

Meine Hände schwitzten. Unruhig rutschte ich auf der Couch hin und her. Wie selbstverständlich griff Dad nach meiner schweißnassen Hand, und zog mich tröstend an sich. Komisch. Genau diese Reaktion wünschte ich mir mein Leben lang. Nun da er es tat, fühlte es sich fremd an. Ließ meinen Körper steif werden und abrücken.

Dad senkte traurig seine Augen. Doktor Maiers verfolgte die Situation, ohne sie zu kommentieren.

„Was fühlst du Cathy? Es wäre sehr hilfreich, wenn du ausdrücken könntest, was gerade in dir vorgeht!"

Ich fühlte mich bedrängt. Wusste schlagartig, warum ich diese „Seelenfuzzis" hasste. Sie wühlten in Dingen, die man besser ruhen lässt. Die man versenkt lassen sollte. Ganz tief, um irgendwie weitermachen zu können.

„Nichts!", brüllte ich aufgebracht. „Ich fühle nichts!"

Sprang auf, mich hielt nichts länger auf der Couch. Bebend griff ich in Jonas Hosentasche, krallte mir hastig seine Zigaretten und verließ fluchtartig das Therapiezimmer. Ehe ich hinausrannte, fühlte ich Dads fassungslosen Blick auf mir.

„Nicht, lasst sie! Bleibt sitzen!", hörte ich Doktor Maiers mit ruhigem Ton sagen, der so verhinderte, dass Dad und Jonas mir folgten. Aufgewühlt stürmte ich auf den Gang, zündete mir mit zitternden Händen eine Zigarette an. Es war schon einige Zeit her, seit ich das letzte Mal rauchte. Schließlich war ich keine Idiotin. Gönnte dem Körper nach der Lungenentzündung eine Auszeit, die hiermit wohl beendet war. Minuten später kam Jonas zu mir. Stellte sich verlegen neben mich, und griff nach der Packung.

„Brauchen wir jetzt wieder einen neuen Therapeuten?", fragte er, bemühte sich heiter zu klingen.

„Nein!", sagte ich kopfschüttelnd. „Doktor Maiers ist ganz okay, er soll mich einfach nur in Ruhe lassen!"

Wortlos rauchten wir.

Kaum verließ Cathy den Raum, da sprang Jonas auf.

„Ich möchte zu ihr, sie braucht mich!"

„Warte Jonas! Nur ein paar Minuten, lass sie sich erst sammeln und zur Ruhe kommen!", ermahnte ihn Doktor Maiers.

Schweigend saßen sie auf der Couch, auf der Jonas von Minute zu Minute unruhiger wurde.

„Dann geh jetzt!", forderte ihn Doktor Maiers auf.

Der Satz war kaum beendet, da huschte Jonas aus der Tür.

Doktor Jefferson blickte ihm verstört nach.

„Eigentlich wäre es meine Aufgabe Cathy zu trösten, aber ich glaube, ich bedeute ihr nichts!"

„Denken sie, das wirklich?", fragte Doktor Maiers ernst.

„Ich glaube nicht, dass sie mit ihrer Vermutung richtig liegen. Im Gegenteil. Cathy liebt sie! Das Problem ist nur, dass sie ihnen nicht vertraut. Ohne dass es in ihrer Absicht lag, haben sie ihr zu wenig Aufmerksamkeit geschenkt. Dadurch konnte sie dieses Urvertrauen, diese Bindung nicht aufbauen. Das Wissen, dass sie ohne Wenn und Aber hinter ihr stehen. Dazu kommt, dass Cathy ohne Mutter aufgewachsen ist. Wenn man diesen Umstand berücksichtigt, ist es sogar erstaunlich, wie vorzüglich sie sich entwickelt hat. Ein Verdienst, den man wohl Jonas zuschreiben muss. Wenn man ihre Kinder vergleicht, erkennt man, dass Jonas dieses Urvertrauen besitzt. Einfach der Tatsache geschuldet, dass er sie und ihre Frau in seiner frühesten Kindheit als glückliches Paar erleben durfte. Auch wenn er noch klein war und

keine bewusste Erinnerung daran besitzt. Cathy hingegen blieb diese Erfahrung verwehrt. Sie wurde von Anfang an von einer Hand zur anderen weitergereicht. Man kann von Glück sprechen, dass Jonas als „Vaterersatz" in die Presche gesprungen ist. Ich denke Cathy liebt sie. Doch es wird noch einige Zeit in Anspruch nehmen, bis sie ihnen auch vertraut. Haben sie Geduld! Und nun gehen sie zu ihren Kindern! Wir sehen uns in einer Woche wieder!"
Er klopft ihm aufmunternd auf die Schulter.
„Nur Mut! Das wird schon!", rief er ihm nach, ehe die Türe zuschlug.

Dad kam zu uns auf den Gang. Versuchte krampfhaft gut gelaunt zu wirken. Sofort fühlte ich mich schuldig.
„Du bist nicht besser als er früher!" dachte ich und spürte diesen Kloß in meinem Hals. „Du weist ihn auch zurück und verletzt ihn damit!"
Zögernd ging ich auf ihn zu, kuschelte mich in seine Arme. Und diesmal, genau in diesem Augenblick, fühlte es sich gut und richtig an.

5. Kapitel

Felix setzte Dad in der Klinik ab, ehe er Jonas und mich nach Hause chauffierte. Amanda ging zum Glück aus. Befand sich auf einer ausgedehnten Shoppingtour. Da Chris und ich verschlafen hatten, bat ich Maria mir ein Frühstück zu servieren. Jonas setzte sich zu mir und trank eine Tasse Kaffee.
„Du hattest nicht ganz Unrecht Cathy!", begann er unsere Unterhaltung. „Ich habe festgestellt, dass du mit den Vorbehalten Amanda gegenüber, nicht so falsch liegst, wie ich dachte! Aber ich habe lang darüber nachgedacht.

Niemand ist perfekt, auch Amanda nicht. Ich denke es ist normal, dass es anfangs zu Reibereien kommt. Wir sind, außer Maria, keine Frau im Haus gewohnt. Und vor allem keine wie Amanda, die das Zepter an sich reißen will. Aber du hast Chris, und auch ich werde irgendwann wieder eine Beziehung führen. Und Dad, nun Dad würde, wenn wir später einmal das Haus verlassen, allein und vereinsamt zurückbleiben! Möchtest du das wirklich?", fragte er forschend.

„Nein, natürlich nicht!", dachte ich, und schüttelte den Kopf. „Jonas hat ja Recht, ich darf nicht immer nur an mich denken!"

Und überhaupt. Seit ich mit Chris liiert war, nächtigte ich, zumindest in den Ferien, bestenfalls so oft wie ein Gast im Haus.

Dennoch fiel es mir unglaublich schwer, Amanda als neue Frau an Dads Seite zu akzeptieren. Doch heute wollte ich dieses Thema nicht weiter vertiefen und so lenkte ich ihn geschickt ab.

„Begleitest du die beiden morgen? Fliegst du mit nach Paris um Weihnachtseinkäufe zu erledigen?", erkundigte ich mich.

„Hm?", brummte Jonas. „Ich überlege noch! Aber ich denke nicht! Und du?"

„Nein! Ich bin bei Chris, sobald er seinen Dienst beendet hat!", antwortete ich schnell.

Jonas schmunzelte, verzog sein Gesicht zu einem fetten Grinsen.

„Ja, die Liebe! Und was unternimmst du tagsüber, bis er kommt?" fragte er interessiert.

Ich fahre mit den Nellmanns zu George.

„George?", erkundigte er sich erstaunt. „Wer ist George?"

„Das ist eine lange Geschichte. Erzähle ich dir ein anderes Mal. Ich muss mich jetzt wirklich fertig machen. Ich will heute nicht noch einmal zu spät sein!", antwortete ich schon auf den Weg nach oben.

Keine 10 Minuten später fuhr Familie Nellmann vor. Ich schaffte es tatsächlich, mich umzuziehen, und fertig zu machen. Den Geigenkasten in der Hand, wartete ich unten vorm Tor. Während der Fahrt in die Klinik entstand ein lebhaftes Gespräch und Martha schielte immer wieder interessiert auf die Geige.

Ja, George. Sein Gesundheitszustand verbesserte sich. Doch als Martha ihm die Geige in die Klinik brachte, wich er ängstlich davor zurück. Nun, wenn ich mich in etwas verbissen hatte, dann hielt ich wie ein Kampfhund daran fest. War felsenfest davon überzeugt, dass er nur einen kleinen Anstoß brauchte.

Mein Besuch bei George war längst überfällig. Verschob sich durch meine lange Krankheit, ein ums andere Mal. Heute war es endlich soweit. Auch wenn Martha mich einfühlsam auf George vorbereitete, sein Anblick war dann doch bedrückend. Ganz so schlimm hatte ich mir seinen Zustand nicht vorgestellt. Vorsichtig näherte ich mich.

„Hallo George! Schau was ich dir mitgebracht habe!", sagte ich, und deutete auf den Geigenkoffer.

Er zuckte ängstlich zurück. Rasch trat ich einige Schritte nach hinten, und deponierte die Geige am Boden. Fühlte instinktiv, dass die Situation ihn überforderte. Dann kniete ich mich nieder, öffnete wie nebenbei den Koffer, und entnahm die Geige.

„Geige!" sagte ich.

Neugierig tastend kam er näher.

„Geige!", wiederholte er.

Ich nahm den Bogen, strich sanft über die Saiten. Sein Gesicht veränderte sich, entspannte. Aus dem Gedächtnis spielte ich das Lied, das ich damals auf seinen Notenblättern fand. Ein Beben lief durch seinen Körper. Tränen tropften. Zuerst zaghaft, dann weinte er herzzerreißend. Ich stoppte mitten im Akkord.

„Nein!", rief er unter Tränen. „Spielen! Bitte!"

Mit einem Satz stand er plötzlich neben mir, nahm meine Hand und führte den Bogen. Einer Eingebung folgend, drückte ich sie ihm in die Hand.

„George spiel du weiter!", forderte ich ihn auf.

Sekundenlang starrte er mich zögernd an. Dann legte er sie an und spielte genau bei dem Akkord weiter, bei dem ich endete. Ich war geflasht. Georges Art zu spielen war sensationell. Er war virtuos. Mein Spiel klang dagegen, wie das einer blutigen Anfängerin. Als er das Stück beendete, klatschte ich begeistert.

„Wo ist deine Geige!", fragte ich interessiert, um nun gemeinsam mit ihm zu spielen.

Seine Augen weiteten sich verschreckt. Zögernd deutete er auf den Schrank. Als ich ihn öffnete, hätte ich beinahe laut gelacht. Beherrschte mich aber, als ich seinen völlig verstörten Gesichtsausdruck entdeckte. Der Geigenkasten lag in der hintersten Ecke des Schranks. War mit dem Stoffgürtel seines Bademantels umschlungen, und fest verzurrt. So als würde er darin ein äußerst gefährliches Tier gefangen halten.

„Darf ich?", fragte ich nach.

Er nickte und trat hastig mehrere Schritte nach hinten. Behutsam zog ich den Koffer hervor, und befreite ihn. Martha und Werner verfolgten die Situation angespannt.

„Böse Geige!", warnte er mich plötzlich, und sein Gesicht verzog sich weinerlich

„Warum?", fragte ich erstaunt.

Er senkte traurig den Kopf.

„Vater mag Geige nicht, böse Geige!"

Da begriff ich.

Verirrte, gequälte Seelen verstehen einander,
auch ohne erklärende Worte!

Ich nahm den Geigenkasten legte ihn Nellmann auf den Schoß.

„Bitte öffnen sie den Kasten. Ich weiß nicht welches Thema sie beide wegen der Geige hatten. Doch scheinbar bringt er sie mit einem unangenehmen Zwischenfall in Verbindung! Sie müssen ihm zu verstehen geben, dass die Geige ganz okay ist!"

Wow, nun hörte ich mich an wie unser Seelenklempner. Nachdenklich betrachtete Nellmann den Geigenkasten. Es schien als ginge ihm ein Licht auf und tatsächlich erinnerte er sich an ein Streitgespräch, das er mit Martha wegen der Geige führte. Es lag lange zurück und es verblüffte ihn, dass George sich überhaupt daran erinnern konnte. Sie führten es vor knapp 2 Jahren, hier in seinem Krankenzimmer. Er verfluchte damals den Tag, an dem er George die erste Geige schenkte. Gab ihr und Georges Begabung in seiner Verzweiflung die Schuld an seinem Zustand. War durch nichts davon abzubringen, dass es den Unfall nie gegeben hätte, wäre George nicht wegen der bevorstehenden Weihnachtsaufführung spät abends auf der einsamen Landstraße unterwegs gewesen.

Er zögerte, öffnete dann unter Georges wachsamen Blick den Koffer, und entnahm die Geige.

„Geben sie ihm die Geige!", flüsterte ich.

Doch George floh panikartig unters Bett, kaum dass Nellmann das Instrument entnahm.

So griff ich nach ihr. Begann unbeeindruckt zu spielen. Augenblicklich verließ er sein Versteck, griff nach meiner Geige und stimmte mit ein.

Es dauerte nicht lange, da öffnete sich leise die Tür. Überrascht bemerkte ich, dass eine beträchtliche Anzahl der Patienten draußen am Flur unserem Spiel lauschten. Georges Art zu spielen, kam mir noch nicht unter. Sie war einzigartig. Jeder seiner Töne, berührte eine verborgene Seite tief im Inneren. Verzauberte, und entführte in eine andere Welt.

Wir spielten beinahe eine Stunde ohne abzusetzen. Wann immer ich ein neues Lied anstimmte, fiel er spätestens zwei Akkorde später ein. Er schien alle Melodien im Kopf zu haben. Und das obwohl er beinahe drei Jahre keine Geige mehr in der Hand hielt.

Sein Gesicht war gelöst, beinahe entrückt. Seine Augen leuchteten, strahlten so voller Freude, dass ich es nicht übers Herz brachte aufzuhören. Doch langsam gingen mir die Stücke aus. Ich war weder annähernd so begabt, noch zählte üben unbedingt zu meinen größten Stärken. Als der letzte Akkord verklang, ernteten wir begeisterten Applaus. Durch nie enden wollende Zurufe wurden wir zu einer Zugabe verdonnert. So stimmte ich als letztes Lied, passend für die Vorweihnachtszeit, „Leise rieselt der

Schnee" an.

Tränen rollten über seine Wangen und mit verklärtem Ausdruck schloss er seine Augen.

„Verdammt!" dachte ich. „Dieses Lied muss eine ganz besondere Bedeutung für ihn haben!"

Doch tapfer spielte ich es bis zum Ende. Bedankte mich für den Applaus und zog dann entschlossen die Türe zu.

„Warum bist auf einmal so traurig George?", fragte ich mitfühlend.

„Weihnachten!", sagte er und senkte betrübt den Kopf, „George nach Hause!"

„Ja sicher doch! Oder?", fragte ich, fest entschlossen nun für George zu kämpfen.

Unsicher sah mich Herr Nellmann an, rang sichtlich nach Worten.

„Doktor Mader war sich nicht sicher, ob das so eine gute Idee wäre. Er will noch darüber nachdenken ob George dieses Jahr über Weihnachten nach Hause darf!"

„Papperlapapp", empörte ich mich aufgebracht. „„George ist ja schließlich kein Gefangener! Und Weihnachten, nein wirklich dieses Fest verbringt man doch mit seiner Familie! Sagen sie diesem Arzt einfach: „Er kann sie mal! Nein wirklich, das ist doch reiner Blödsinn! George muss Weihnachten unbedingt zu Hause feiern!""

Da lachte jemand fürchterlich.

„Ich habe auf Grund des heutigen Nachmittags gerade entschieden, dass es wirklich das Beste für George ist! Ich denke es ist eine gute Idee, wenn er Weihnachten zu Hause verbringt! Ich denke George ist nun endlich soweit! Du hast mich überzeugt Cathy!"

Wieder lachte jemand. Verunsichert blickte ich mich um. Konnte mir nicht erklären, woher die Stimme kam.

„Vielen Dank Doktor Mader, das ist wirklich die beste Nachricht die wir seit langem erhalten haben!", erklärte Nellmann überglücklich.

„Ach ja Cathy, ich habe ganz vergessen zu erwähnen, dass Georges Zimmer videoüberwacht wird. Die Stimme aus dem Lautsprecher", er deutete erklärend nach oben, „das ist Doktor Mader!"

„Ups, schön peinlich!", dachte ich, und winkte verlegen in die Kamera.

Dann war es Zeit die Heimfahrt anzutreten. Unschlüssig stand George vor seiner alten Geige. Hob sie mit zwei Fingern, wie ein giftiges Reptil, hoch. Versenkte sie mit erleichtertem Gesichtsausdruck im Geigenkoffer.

„Lass uns tauschen!", forderte ich ihn spontan auf und legte ihm mein Instrument in den Arm.

„Das ist eine brave, gute Geige!", lobte ich sie. „Deine nehme ich mit! Ist das okay?"

Er strahlte zufrieden und nickte erfreut.

„Gute Geige!", sagte er, und wie zur Bestätigung strich er zärtlich über sie.

„Dann wäre das ja geklärt!", sagte ich erleichtert und drückte seinen Geigenkoffer Nellmann in die Hand.

Plötzlich zog George mich an sich, und umschlang sanft meine Taille. Nellmann fuhr wie ein Blitz hoch und seine Augen flackerten nervös. Doch George drückte mir nur unendlich sanft einen Kuss auf die Stirn, streichelte meine Wangen und sagte: „Tschüss Cathy, George dich mag!"

„Ich mag dich auch!", erwiderte ich ernst, und konnte mir so gar keinen Reim auf Nellmanns eigenartiges Verhalten machen, der erst entspannte, als mich George freigab.

Wir verabschiedeten uns und verließen ihn. Stapften schweigend durch den frisch gefallenen Schnee hinunter zum Parkplatz. Winkten solang hinauf zu seinem Fenster, bis wir ihn in der hereinbrechenden Dunkelheit nicht mehr ausmachen konnten.

Erst jetzt bemerkte ich, dass Martha den Nachmittag über auffallend schweigsam war.

„Es tut mir leid Martha, dass ich George so mit Beschlag belegt habe! Du hattest heute gar nicht viel von ihm!", entschuldigte ich mich verlegen.

Doch Martha beschwichtigte mich: „Du kannst dir gar nicht vorstellen, wie glücklich ich heute bin. Es ist Jahre her, dass ich George so gelöst und fröhlich gesehen habe! Ich danke dir Cathy! Und ich denke, dass dein Besuch ausschlaggebend war, dass wir heuer wieder gemeinsam

als Familie Weihnachten feiern dürfen!"
Ihre Wangen glühten vor Vorfreude.
„Jetzt habe ich jede Menge zu tun. Um alles für seinen Besuch vorzubereiten. Er soll es zu Hause, so angenehm wie möglich haben!"
Sie versank in Gedanken. Schien im Geiste bereits mit der Planung des Festes beschäftigt. Auch Nellmann gab sich äußerst wortkarg. Ihm schien einiges durch den Kopf zu gehen. Trotzdem verging die Rückfahrt wie im Fluge. Ehe ich mich versah, setzten mich die Nellmanns in der Frankfurter Innenstadt ab. Ich wollte noch, ehe Chris seinen Dienst beendete, nach einem Weihnachtsgeschenk für ihn suchen.

„Du hattest von Anfang an recht Werner!", sagte Martha verklärt, nachdem Cathy ausgestiegen war.
„Dieses Mädchen ist wirklich etwas ganz Besonderes!"

6.Kapitel

Ich stand vor einer fast unlösbaren Aufgabe. Benötigte ein Weihnachtsgeschenk für Chris. Was zum Teufel schenkte man jemandem, der alles gebrauchen könnte, und doch in seinem Stolz nicht verletzt werden durfte. Nur zu gut blieb mir unser erster Streit in Erinnerung. Er drehte sich perverser Weise um Geld.
Chris's Auto blieb, als wir am ersten Adventwochenende Weihnachtsgeschenke besorgen wollten, stöhnend liegen. War auch nach einem hilflosen Blick unter die Motorhaube, nicht bereit auch nur einen Meter weiterzufahren. Für mich eine lustige, ungewohnte Situation. Ja ich fand es sogar spannend, als dieses Mistding Stunden später abgeschleppt wurde. Während wir in der eisigen Kälte auf

den Abschleppdienst warteten hinderte Chris mich beharrlich, Jonas oder Dad zu bitten uns abzuholen. Ich persönlich hätte das Auto ja einfach seinem Schicksal überlassen. Doch Chris harrte missmutig neben dieser Klapperkiste aus. Ich war erleichtert als der Abschleppdienst, spät aber doch, anrauschte und wir im warmen Führerhaus Platz nehmen durften.

Während Chris bezahlte und die nötigen Formalitäten erledigte, besuchte ich den angrenzenden Verkaufsraum. Betrachtete die dort ausgestellten Autos genauer.

„Welches Modell gefällt dir denn Chris? Willst du dir nicht gleich einen neuen Wagen aussuchen?", erkundigte ich mich, ahnungslos in welche Falle ich gleich tappen würde.

Chris schien über mein Interesse an den ausgestellten Neuwagen keinesfalls erfreut. Er warf mir vielmehr einen eigenartigen Blick zu und bewegte sich zum Ausgang.

„Jetzt warte doch Chris!", rief ich verständnislos für seine Eile.

„Lass uns doch gleich ein Neues aussuchen und kaufen! Ich bezahle es mit meiner Centurion Card!"

Zu diesem Zeitpunkt dachte ich nicht im Entferntesten daran, dass man meine Worte falsch verstehen könnte. Chris verließ, ohne sich nach mir umzudrehen, das Autohaus.

Kopfschüttelnd folgte ich ihm. Schweigend bestiegen wir das bestellte Taxi. Chris saß mit finsterem Gesicht am Rande der Sitzbank, ignorierte mich und starrte zum Fenster hinaus. Doch kaum in der Wohnung fuhr er mich unbeherrscht an.

„Bitte Cathy denk das nächste Mal nach, bevor du den Mund aufmachst. Was denkst du dir dabei? Du blamierst mich in aller Öffentlichkeit! Ich bin kein Gigolo, den man für erbrachte Dienste mit einem Auto belohnt!"

Ich war sprachlos, wie vor den Kopf geschlagen. Es dauerte einige Zeit bis ich den ungeschickten Versuch unternahm mich zu verteidigen.

„Ich bitte dich Chris, jetzt sei doch nicht so empfindlich! Ich wollte dir ja nur helfen! Ich verstehe überhaupt nicht

wo das Problem liegt! Es ist doch nur Geld!"
Dieser Satz machte ihn nur noch wütender.
„Ja Geld Cathy! Aber was versteht jemand wie du, der mit einem goldenen Löffel im Mund geboren wurde, von Geld. Es gibt Leute die müssen für ihr Geld hart arbeiten! Die gehen nicht in ein Autohaus um dort das nächstbeste Modell zu kaufen. Gerade so wie sich andere Leute am Imbissstand eine Wurstsemmel holen! Das ist dekadent und unangebracht. Was denkst du dir dabei? Bring mich bitte nie wieder in so eine beschämende Situation!"
Tränen schossen in meine Augen. Ich kannte Chris so nicht, aber er war noch nicht fertig.
„Stell mich nie wieder so bloß, denn sonst wäre ich gezwungen unsere ganze Beziehung zu überdenken!"
In dem Moment hörte ich schlagartig auf zu weinen. Erhob meinen Kopf. Es reichte mir.
„Gut!", sagte ich. „Ich kann es nun mal nicht ändern! Meine Familie besitzt eben Geld! Wenn das für dich ein Grund ist unsere Beziehung zu beenden, bist du ein noch viel größerer Snob, als ich es je sein könnte!"
Ohne ihn weiter zu beachten drehte ich mich um und stürmte aus der Wohnung. Auf der Straße begann ich zu weinen. Lief ein Stück und entdeckte Jonas, der gerade einparkte. Da erinnerte ich mich, dass wir verabredet waren, da wir gemeinsam ins Kino wollten. Hastig rannte ich zurück. Warf mich aufgelöst auf den Beifahrersitz.
„Fahr!", bat ich eindringlich, als ich sah, dass Chris zur Tür herausstürzte.
„Bitte Jonas fahr!"
Es war wohl mein weinerlicher, flehender Ton der ihn dazu veranlasste, mit quietschenden Reifen abzufahren. Während der Heimfahrt berichtete ich ihm stockend von unserem Streit. Jonas's Gesicht verfinsterte sich zusehend.
„Hab ich etwas falsch gemacht?", fragte ich unsicher nach.
Er schüttelte heftig den Kopf, griff tröstend nach meiner Hand.
„Chris ist ein Idiot!", sagte er aufgebracht, „Er sollte dich

wirklich besser kennen! Du bist der feinste Mensch den ich kenne!"

Ja, das war Jonas. Mein Bruder, mein Beschützer!

Er raste die Straße hinauf, setzte mich beim Eingangstor ab.

„Sei mir nicht böse Cathy, wenn ich nicht mit hinein komme! Doch ich muss leider noch etwas erledigen!", verabschiedete er sich.

Wendete nach dem ich ausstieg hastig und brauste davon. Noch während ich die Einfahrt hinaufstapfte, bröckelte meine Fassade. Ich stürmte ins Haus. Rannte auf mein Zimmer und warf mich weinend aufs Bett.

Jonas tobte innerlich. Beherrschte sich aber, um Cathy nicht noch mehr zu verunsichern. Als sie ausstieg, gab er Gas. Machte sich auf den Weg zu Chris. Dem wollte er nun gehörig die Leviten lesen. Angekommen sprang er aus dem Auto und stürmte in die Wohnung.

„Hast du denn vollkommen den Verstand verloren? Wir hätten sie vor kurzem fast verloren! Und dir Vollidiot fällt nichts Besseres ein, als die beleidigte, gekränkte Diva zu spielen, nur weil sie dir helfen will? Obwohl meine Schwester erst ein siebzehnjähriger Teenager ist, scheint sie mir reifer zu sein als du!", schnauzte er ihn wütend an.

Erst jetzt bemerkte er, dass Chris, zusammengesunken wie ein Häufchen Elend am Sessel hockte.

„Du hast vollkommen Recht, ich bin ein Volltrottel! Was ich zu Cathy gesagt habe ist unverzeihlich! Ich liebe sie, kann mir ein Leben ohne sie gar nicht vorstellen! Ich weiß auch nicht was in mich gefahren ist. Aber ich erlebe in letzter Zeit so viele Anfeindungen! Ständig wird hinter meinem Rücken getuschelt! Ich weiß, ich müsste darüber hinwegsehen! Aber es verletzt mich doch sehr. Es ist so demütigend, wenn dir ein jeder unterstellt, dass du deine Beziehung nur führst, weil deine Freundin Geld und ihr Vater Einfluss besitzt! Mein ganzes Leben habe ich für mich selbst gesorgt. Konnte alles was ich erreicht habe meiner eigenen harten Arbeit zuschreiben! Und nun? Du hättest den Blick des Autoverkäufers sehen sollen, so als wäre ich..."

Hilflos starrte er ihn an.

„Ich verstehe dich ja Chris! Aber das ist noch lange kein Grund deinen Frust an Cathy auszulassen! Wenn du sie liebst, sollte sie dir wichtiger sein, als das dumme Geschwätz der Leute. Cathy war kaum zwölf, als sie lernen musste mit solchen Situationen umzugehen. Was glaubst du macht es mit der Seele eines Kindes, wenn es begreift, dass die Leute seine Nähe nur wegen des Geldes suchen. Hast du dir schon einmal überlegt, was für ein unglaublicher Liebesbeweis es war, dass sie dich so vorbehaltlos in ihr Herz gelassen hat! Ich habe keine Ahnung, wie du das wieder gerade biegen willst! Aber ich rate dir, warte nicht zu lange. Denn sie könnte, auch wenn sie dich noch so liebt, ihr Herz für immer vor dir verschließen! Ich muss jetzt gehen. Ich muss zurück zu ihr, sie war todunglücklich!"

Er war bereits im Treppenhaus, als Chris mit wenigen Schritten bei ihm war.

„Jonas, ich weiß es ist viel verlangt, so wütend wie du auf mich bist, aber könntest du mich mitnehmen? Ich muss zu ihr! Muss mich bei ihr entschuldigen! Ich hoffe nur sie verzeiht mir!"

„Hm? Na gut! Aber vermassle es nicht wieder!"

Mein Weinen war verstummt, meine Tränen getrocknet und mein Make-up frisch aufgelegt. In den vergangenen einsamen Jahren reifte ich zu einer wahren Meisterin der Verdrängung heran. Ja, gewaltsam verbannte ich diesen furchtbaren Streit mit Chris in ein stählernes Fass. Schob es in den hintersten Winkel meiner Erinnerungen. Dort sollte es bleiben und verrotten.

Trotzdem konnte ich nicht verhindern, dass mein Herz tropfend wieder zu bluten begann.

Ich ging in mein Ankleidezimmer, zog die Lade für die Socken auf. Tja, da war sie ja! Gut versteckt, eine halbe Flasche Cognac. Wie in alten Zeiten, bemühte ich mich erst gar nicht ein Glas zu suchen, sondern trank aus der Flasche. Das einzige das noch fehlte war eine Zigarette.

Doch ich wusste, dass ich keine finden würde. Jonas suchte während ich krank war nach meinen Vorräten, und fand leider alle. Doch na ja, dann musste ich eben nach nebenan und seine Bestände plündern.

„Chris!", dachte ich bitter, "Ich liebe dich! Aber wenn es sein muss, werde ich es schaffen, ohne dich zu leben. So wie ich lernen musste ohne Sarah zu leben!"

In meinem Leben schien kein Platz für eine beständige Liebe. Ich dachte an Sarahs Tagebuch in dem sie schrieb: „Als ich geboren wurde hat sich bestimmt der Himmel verfinstert und alle guten Feen haben weggeguckt!"

Schön langsam aber sicher, bekam ich das Gefühl, dass dies wohl auch bei mir der Fall gewesen sein musste. Da klopfte es an der Tür. Ich hatte sie abgesperrt, wollte niemanden sehen.

„Cathy bitte mach auf! Bitte lass mich hinein, ich möchte mich bei dir entschuldigen!", bettelte Chris.

„Geh weg!", brüllte ich aufgebracht. „Ich will dich nicht sehen!"

Immer und immer wieder klopfte er. Das ging eine ganze Zeitlang so.

Dann vernahm ich Jonas Stimme: „Komm Cathy, sei kein Frosch, mach auf! Vor der Türe bildet sich schon ein See, soviel Tränen vergießt Chris hier draußen. Und du weißt ja von Maria wie empfindlich unser Parkett ist!"

Jonas wusste immer wie er mich zum Lachen brachte, und so öffnete ich. Jonas stürmte als Erster in mein Zimmer. Warf einen ernsten Blick auf die Cognacflasche in meiner Hand, und entzog sie mir mit sanfter Gewalt.

„Genau das was ich jetzt brauche!", sagte er verschmitzt, und verließ damit mein Zimmer.

Chris lehnte verlegen im Türrahmen. Ich ging hinüber zum Fenster und starrte in die Nacht. Wollte verhindern, dass ich ihn ansehen musste. Befürchtete auf der Stelle schwach zu werden.

„Cathy", begann er. „Ich bin ein furchtbarer Idiot! Es tut mir unendlich leid, was ich gesagt habe! Ich liebe dich! Kannst du mir verzeihen Liebes?"

Er kam zu mir ans Fenster. Stand nun dicht hinter mir.

Mein Körper wäre auf der Stelle bereit gewesen, ihm zu verzeihen.

Ärgerlich bemerkte ich, dass allein schon seine Nähe mich erregte. Doch ich war nicht bereit, die verletzenden Worte so schnell zu vergessen. Hastig entfernte ich mich ein paar Schritte. Hörte zu meinem eigenen Erstaunen wie ich sagte: „Ich möchte, dass du gehst Chris! Du hast mir unglaublich wehgetan! Ich bin noch nicht in der Lage dir zu verzeihen, auch wenn ich es gerne möchte! Bitte geh jetzt! Ich ruf dich an!"

Dann schlenderte ich an ihm vorbei. Ignorierte dabei meinen schmachtenden Körper. Hastete eilig die Treppe hinunter, um Maria in der Küche zu besuchen.

Jonas stand abwartend am Ende des Korridors, hielt meine Flasche Cognac in der Hand. Er musterte mich nachdenklich, als ich an ihm vorbeilief

„Tja", sagte er dann zu Chris. „Einen Versuch war es wert. Aber ich dachte mir schon, dass du mit einer einfachen Entschuldigung nicht davonkommen wirst! Am besten ist jetzt wirklich, wenn du gehst! Cathy braucht Zeit. Sie jetzt zu bedrängen, würde nichts bringen! Ich werde sehen was ich für dich tun kann, aber ich kann dir wirklich nichts versprechen!"

Daraufhin verließ Chris mit hängendem Kopf unser Haus.

Als ich eine Stunde später in mein Zimmer kam, wartete zu meiner Überraschung Jonas auf mich. Er hatte neben die Flasche Cognac zwei Gläser gestellt.

„Wie in guten alten Zeiten!", sagte er, als ich mein Glas erhob um mit ihm anzustoßen.

Es folgte ein langes intensives Gespräch, in dem er mir von den Anfeindungen die Chris widerfuhren erzählte. Es half mir zu verstehen, warum Chris so aufgebracht reagierte. Jonas gestand mir freimütig ein, dass auch er an Chris's Stelle so seine Probleme damit hätte. Zum Schluss sagte er etwas, dass meinen Zorn und auch die Wut augenblicklich aus meinem Herzen vertrieb.

„Ich weiß, dass man den Streit zwischen Sarah und mir, mit euerem nicht vergleichen kann. Aber glaub mir

Cathy, ich würde alles dafür geben, wenn ich diesen einen Tag wiederholen könnte. Unter keinen Umständen würde ich Sarah gehen lassen. Nie wieder würde ich so unbedacht handeln. Lass nicht zu, dass diese dumme Sache eure Liebe zerstört. Und du musst zugeben, Chris hat seinen Fehler ziemlich rasch eingesehen. Er war bereits auf dem Weg zu dir, als wir weggefahren sind. Hör auf dein Herz und stoß ihn nicht weg. Gib ihm noch eine Chance, seinen Fehler wieder gutzumachen!"

Dann hob er sein Glas.

„Prost!", sagte er. „Auf die Liebe!"

Kurz nach Mitternacht, die Flasche Cognac war bereits bis auf den letzten Tropfen geleert, nahm ich mein Handy in die Hand.

„Ich verzeihe dir", nuschelte ich ins Telefon. „Dieses eine Mal verzeih ich dir!"

Jonas reagierte völlig perplex.

„Das ging ja verdammt schnell! Damit habe ich nun wirklich nicht gerechnet!"

Da bekam ich einen meiner berüchtigten Lachanfälle.

„Ich habe ihn ja auch nicht angerufen!", brüllte ich heiter, „Ich übe nur!"

Kurze Zeit später schlief ich an Ort und Stelle ein.

Ja ich verzieh Chris, allerdings erst eine Woche später. Tagelang belagerte er unser Haus. Da er auch mit Jonas befreundet war, konnte ich ihm den Zutritt schwerlich verbieten. Er legte rote Rosen auf mein Bett, mit selbst gebastelten Kärtchen auf denen stand: „Verzeih mir bitte! Ich liebe dich!"

Als das keine Wirkung zeigte, verlegte er sich auf Konfekt. Auch daran hing immer eine Karte. Ich aß das Konfekt. Chris allerdings, der liebeskrank durchs Haus schlich, ignorierte ich weiterhin. Am 4. Tag, füllte Chris beinahe mein gesamtes Zimmer mit Luftballons in Herzform. Als ich gerade dabei war jeden einzelnen zum Platzen zu bringen, fragte mich Jonas, ob ich Chris nicht endlich verzeihen könnte.

Ich antwortete ihm selbstsicher: „Man sollte es Männern

nie zu einfach machen! Sonst wird schlechtes Benehmen noch zur Gewohnheit!"

Daraufhin verließ er ratlos mein Zimmer.

Kurioser Weise war es Amanda, die mich nach über einer Woche dazu veranlasste ein klärendes Gespräch mit Chris zu führen.

Zu oft lobte sie meine „erwachsene Entscheidung" auf Abstand zu gehen. Einmal zu oft betonte sie, dass Chris ganz und gar nicht zu mir passen würde.

Im Innersten meines Herzens hatte ich ihm da schon längst verziehen, und dachte: „Wenn Amanda Chris so furchtbar findet, kann er nur der Richtige für mich sein!"

Chris war überglücklich, als ich zu einem klärenden Gespräch bereit war. Aber nicht nur er. Auch mir kostete unsere Beziehungsauszeit viel Substanz.

Und Versöhnung ja eine Versöhnung, das erfuhr ich an diesem Abend, hatte auch ihren ganz besonderen Reiz...

Aber die Situation wurde dadurch keinesfalls einfacher. Was mich wieder zu meiner anfänglichen Frage führte: „Was bitte sollte ich Chris schenken, ohne ihn in seinem männlichen Stolz zu verletzen? Und doch zu zeigen, wie wichtig er mir war."

Planlos irrte ich von einem Geschäft zum anderen. Entdeckte dann in der Auslage eines Schmuckgeschäftes eine wirklich tolle Uhr. Sie gefiel mir auf Anhieb. Sofort stellte ich mir vor, wie gut sie auf Chris Handgelenk aussehen würde.

Kurz entschlossen betrat ich den Laden. Ich zeigte auf das Modell im Schaufenster und erkundigte mich vorsichtig: „Wie teuer ist denn diese Uhr?"

Eine Premiere. Es war das erste Mal in meinem Leben, dass ich nach einen Preis fragte. Doch ich wollte Chris keinesfalls durch ein überteuertes und unangemessenes Geschenk in Verlegenheit bringen.

„Die Super Avenger Chrono, ist eine Breitling Uhr, und zurzeit eine sehr beliebtes Modell. Sportlich und doch elegant. Sie kostet knappe dreißigtausend Euro!", erklärte mir der Verkäufer.

„Ein beliebtes Modell?", erkundigte ich mich unsicher.

„Ja wirklich das beliebteste!", säuselte der Verkäufer.

„Hm?", dachte ich. „Der Preis ist nicht überzogen, und wenn es so ein beliebtes Modell ist, dann werden diese Uhr sicher viele Leute tragen! Und dann ist sie durchaus ein angemessenes Geschenk für Chris!"

„Ich nehme sie!", erklärte ich kurz entschlossen, und zückte meine Karte. Überglücklich, endlich ein Geschenk für Chris gefunden zu haben.

7.Kapitel

Chris irrte durch die Einkaufspassage, wirkte überfordert. Aber heute, nein wirklich heute musste er unbedingt eine zündende Idee haben. Etwas Außergewöhnliches, und doch Persönliches, ein Geschenk mit dem er Cathy eine echte Freude machen konnte.

„Was schenkt man jemandem, der schon alles hat? Und sich alles was er möchte problemlos selber kaufen kann?" fragte er sich unentwegt.

Da entdeckte er Jonas auf der anderen Straßenseite, und atmete erleichtert auf. Jonas kannte Cathy besser als er. Nein nicht besser, eben anders. Er würde ihm sicher einen Tipp geben können. Auch Jonas sah Chris, und steuerte zielsicher auf ihn zu.

„Ich hasse es!", sagte er und deutete verschmitzt lächelnd auf die unzähligen Tüten. „Aber Cathy wäre bestimmt todunglücklich! Packt sie doch schon von klein auf so gerne Päckchen aus!"

Er schmunzelte in sich hinein.

„Was hast du gekauft?", fragte Chris interessiert.

„Eine tolle Skijacke! Damit sie es warm hat, wenn wir wieder Tourenski fahren. Die Jacke ist aus diesem neuen innovativen Material gearbeitet. Damit hat man es selbst am Nordpool kuschelig warm.

Mit einem wirklich witzigen Gimmick! In die Innentasche ist ein Lawinenpeilsender eingearbeitet. Damit kann sie uns nicht mehr abhanden kommen! Wir können sie damit jederzeit orten. Noch dazu gab es dieses Modell in Cathys absoluter Lieblingsfarbe! Hellblau!", schwärmte Jonas und grinste zufrieden.

„Ich bin auch auf der Suche nach einem Geschenk für sie! Habe aber bis jetzt noch nicht das Richtige gefunden! Ich habe eine süße Kette mit Herzanhänger gekauft. Doch ich möchte ihr noch etwas ganz Besonderes schenken!", gestand Chris, der von der erfolglosen Suche schon leicht frustriert wirkte.

„Kannst du mir vielleicht einen Tipp geben? Etwas womit ich ihr eine Freude machen könnte?"

Jonas Stirn kräuselte sich nachdenklich. Er überlegte krampfhaft.

„Ich musste erst umswitchen. Vom Bruder zum Freund. Also wenn du mich fragst, ich an deiner Stelle würde ihr einen Gutschein für ein „Candle Light Dinner" schenken. Damit würdest du sie glatt aus den Socken schmeißen! Sie ist doch seit kurzem die totale Romantikerin! Und so verknallt wie ihr beide seid, hättest du auch noch etwas davon!", scherzte er.

„Natürlich!", dachte Chris beinahe beschämt. „Warum habe ich nicht selbst daran gedacht!"

„Danke Jonas", erwiderte er erleichtert, „Das ist wirklich eine großartige Idee! Jetzt habe ich eine Sorge weniger. Ich war schon richtig unrund! Immerhin ist bereits in einer Woche Weihnachten!"

„Hast du noch Zeit?", erkundigte er sich dann. „Wir könnten uns rasch einen Weihnachtspunsch genehmigen. Oder musst du weiter?"

Jonas warf einen prüfenden Blick auf seine Uhr.

„Nein, ich habe noch Zeit! Allerdings", er deutete auf die unzähligen Einkaufstüten, „will ich das hier vorher noch ins Auto bringen. Bevor ich noch irgendwo eine Tüte liegen lasse. Ich habe so gar keine Lust, mich nochmals ins Getümmel zu stürzen. Wenn es dir recht ist, treffen wir uns in fünf Minuten im Milano?"

„Abgemacht!"

Er wartete bis Jonas in der Parkgarage verschwand und machte sich dann auf den Weg. Gemächlich schlenderte er über den gut besuchten Weihnachtsmarkt.

Die weihnachtlich dekorierten Buden zauberten mit ihren schimmernden Lichterketten eine besinnliche Stimmung. Viele Kinder liefen mit roten Backen aufgeregt von einem Stand zum anderen.

Ein süßlich, schwerer Duft lag in der Luft, nach Punsch, Glühwein und Weihrauch. Eine leichte Brise ließ zaghaft Schneeflocken vom Himmel tanzen.

Der mächtige Weihnachtsbaum in der Mitte des Marktes, strahlte durch die unzähligen matt schillernden Lichter etwas Majestätisches aus. Die friedliche Atmosphäre weitab von seiner rauen Wirklichkeit als Ermittler, versetzte ihn in Weihnachtsstimmung.

Im Cafe angekommen stellte er fest, dass wohl auch andere Besucher des Marktes, dieselbe Idee hatten. Das Lokal war gerammelt voll. Viele der Gäste standen dicht gedrängt an der Bar, warteten darauf bedient zu werden. Er wollte gerade kehrt machen um Jonas abzufangen, als Sabrina auf ihn zu stürzte.

„Hallo Chris! Schon lange nicht mehr gesehen.", grüßte sie und ihre grünen Augen blitzten gefährlich auf.

„Wie ich hörte kann man dir gratulieren! Du hast also den Jackpot geknackt. Hast dir das reichste Mädchen geangelt, das dieses Land zu bieten hat. Ja, so kommt man natürlich auch voran, so kann man natürlich auch Karriere machen!"

Ihre schrille, aggressive Stimme übertönte selbst das laute Stimmengewirr und erregte rasch Aufmerksamkeit. Bewirkte, dass einige der umstehenden Gäste neugierig der Unterhaltung folgten. Chris war peinlich berührt.

„Ich bitte dich Sabrina! Meine Liebe für Cathy hat doch nicht das Geringste mit Geld zu tun! Ich verstehe auch nicht, warum du so sauer auf mich bist. Denn wenn ich mich richtig erinnere, warst du diejenige, die unsere Beziehung beendet hat. Ich weiß, du hast erwartet, dass ich um dich kämpfe! Aber sei doch mal ehrlich, es war doch nur mehr Gewohnheit, die uns verbunden hat. Und dann ist es eben passiert und ich habe Cathy kennen und lieben gelernt! Und ich liebe sie wirklich von ganzem Herzen!", setzte er mit fester Stimme hinzu.

Verächtlich musterte Sabrina ihn von oben bis unten.

„Ach du liebst sie! Wie schön für dich!", ätzte sie und ihre Stimme schwoll noch weiter an.

„Sie oder ihr Geld? Und wie schnell man Kariere macht, mit einem dermaßen einflussreichen Gönner wie ihrem Vater im Hintergrund!", setzt sie beleidigend hinzu. „Denn wie ich gehört habe, sollst du ja bereits Anfang nächsten Jahres Abteilungsleiter werden!"

Sie näherte sich, stand nur mehr einen Schritt von Chris entfernt. Ihr glühend rotes Gesicht verzerrte sich, taxierte ihn geradezu hasserfüllt.

„Was für eine unerwartet steile Karriere, für einen so jungen Ermittler!", setzte sie abwertend fort. „Du brauchst mich nicht so anzuschauen! Glaubst du im Ernst ich wäre die Einzige die so denkt! Selbst deine Freunde munkeln hinter deinem Rücken! Ich wünsche dir noch frohe Weihnachten! Und hoffe inständig, dass du unsanft auf die Schnauze fällst, mit deiner ach so großen Liebe. Dafür wirft man doch schnell mal eine fünfjährige Beziehung weg! Dafür vergisst man doch rasch die Frau mit der man bis dahin durchs Leben gegangen ist. Na dann, viel Glück!"

Sie machte am Absatz kehrt, rauschte wutschnaubend aus dem Lokal, um hurtig hinter einer der Buden zu verschwinden.

„Deine Ex?", fragte Jonas, der unmittelbar hinter ihm auftauchte.

Chris nickte verstört. Fühlte sich vor all den Leuten, die ihn interessiert musterten, bloßgestellt.

„Tja!", sagte Jonas verständnisvoll. „Es gibt wohl nichts Bösartigeres als eine gekränkte Ex-Freundin! Die können ganz schön biestig sein. Das weiß ich aus eigener Erfahrung! Aber mach dir nichts daraus! Alle die dich

wirklich kennen, wissen, dass kein Wort davon stimmt!"
Dann zog er ihn hinter sich her, hinüber zu einem der
Punschstände. Es dauerte eine Weile. Genauer gesagt
sechs Becher, bis Chris wieder der Alte war.
Auch Jonas war leicht angeheitert, als sie sich auf den
Weg zum Taxistand machten.
„Wenn wir wirklich solche Schnösel wären, würden wir
jetzt den armen Felix aufscheuchen, damit er uns mit der
Limo abholt! Aber nein, wir fahren wie alle Welt mit dem
Taxi!"
„Prost!", sagte er.
Schlürfte den letzten Rest aus dem Pappbecher, ehe er
ihn schwungvoll im Abfallkorb versenkte.

8. Kapitel

Chris und ich frühstückten. Fütterten uns kichernd mit
herrlich duftendem Gebäck. Wie so oft läutete das Handy
in einem äußerst unpassenden Augenblick.
Murrend krabbelte ich von seinem Schoß. Doch das
dumme Gebimmel zerstörte ohnehin jede Erotik.
Ich warf einen entnervten Blick aufs Display. Eigentlich
wollte ich es nur stumm schalten, um weiterhin ungestört
den Morgen zu genießen. Doch da der Anruf von Dad
kam, hob ich unwillig ab.
„Guten Morgen! Was gibt es denn Dad?", fragte ich kurz
angebunden.
Minutenlang redete er auf mich ein, ließ mich kaum zu
Wort kommen.
„Okay! Ja Dad, mach ich! Ja natürlich, du kannst dich auf
mich verlassen!", erklärte ich gestresst.
„Tschüss!"
Ich ließ mich seufzend auf den Sessel fallen, und zog ein

missmutiges Gesicht. Chris musterte mich amüsiert.

„Wir müssen unsere gesamten Pläne ändern!", stöhnte ich. „Dad und Amanda sitzen in Paris am Flughafen fest! Wegen des starken Schneefalls, startet dort keine einzige Maschine. Und am frühen Nachmittag kommt doch Amandas Tochter aus der Schweiz. Nun rate mal wer die Trottel sind, die sie vom Flughafen abholen dürfen?", fragte ich angesäuert.

Chris zuckte nur beiläufig die Schulter, sah sie Sache eher pragmatisch.

„Na immerhin erst am Nachmittag! Die Zeit müsste doch reichen!" schmunzelte er, schob mir ein Stück Brioche in den Mund und zog mich zurück auf seinen Schoß.

„Wann landet sie denn?"

„14:30 Uhr", entgegnete ich kauend.

„Huch!" rief er lachend. Sprang auf und trug mich zurück ins Schlafzimmer.

Kurz vor 13:00 hüpften wir gemeinsam unter die Dusche um Zeit zu sparen. Denn nun war es wirklich allerhöchste Zeit sich auf den Weg zu machen.

Der Verkehr war mörderisch und zu allem Überfluss schneite es wie verrückt. Die eisige, teilweise spiegelglatte Fahrbahn verhinderte ein zügiges Vorwärtskommen und Räumfahrzeuge behinderten zusätzlich den Verkehr. Im Schneckentempo krochen wir Richtung Flughafen. Allmählich erfasste mich Unruhe, denn wenn ich etwas zusagte, hielt ich es auch ein.

„Ihr Flieger landet bestimmt auch nicht pünktlich!", tröstete mich Chris, als ich jammerte und mir Sorgen machte.

„Wie heißt sie überhaupt?", erkundigte sich Chris, um mich abzulenken.

„Lucic!", murmelte ich missmutig. "Hoffentlich erkennen wir sie überhaupt! Dad hat mir zwar ein Foto aufs Handy geschickt, aber wer weiß wie alt das ist!"

Mit beinahe eineinhalb Stunden Verspätung erreichten wir endlich unser Ziel. Schnaubend stellte ich fest, dass ihr Flieger, gegen alle Erwartung, pünktlich gelandet war. Was nun? Wo sollten wir die kleine Kröte suchen?

„Hoffentlich ist sie nicht annähernd so quirlig wie du,

denn dann finden wir sie nie!", scherzte Chris.

Mir allerdings war ganz und gar nicht zum Scherzen zumute. Minutenlang liefen wir planlos kreuz und quer. Mir graute bei dem Gedanken, Dad anzurufen um ihm zu gestehen, dass wir Lucie nicht finden konnten. Dann sah ich sie. Hinten in der letzten Ecke der Ankunftshalle hockte sie verloren auf einem ihrer Koffer.

Vom ersten Augenblick an erinnerte sie mich an Sarah. Mit ihrem langen kastanienbraunen Haar, den leuchtend grünen Augen und ihrem zierlichen Körperbau.

„Lucie? Bist du Lucie Miller!", fragte ich.

„Ja, bin ich!", sagte sie und hüpfte herunter.

„Es tut mir echt leid, dass du warten musstest, aber der Verkehr war abartig!", entschuldigte ich mich, und griff nach einem der Gepäckstücke.

„Kein Problem! Ich bin Lucie, und wer bist du?", fragte sie und streckte mir ihre Hand hin.

„Wow!", dachte ich, wie wohlerzogen.

„Ich bin Cathy und das", ich zeigte auf Chris. „Ist Opa Chris!"

Lucie lachte hell auf. Chris allerdings wirkte peinlich berührt, fand es nicht annähernd so komisch wie wir.

„Komm lass uns gehen!"

Auch Chris schnappte sich einen Koffer. Wir näherten uns gerade dem Ausgang, als Lucies Magen laut knurrte.

„Hast du Hunger?", fragte ich mitfühlend.

„Und wie! Ich habe seit heute morgen nichts gegessen!", erwiderte Lucie mit einem kleinen Seufzer.

„Und was isst du am liebsten?"

„Hamburger und Pommes, aber natürlich schickt sich das nicht sonderlich!", erwiderte sie höflich.

„Ach weißt du Lucie. Chris und ich essen das auch ab und zu recht gern. Und hier bei uns, da schickt sich alles was wir wollen!"

Ich visierte eines dieser Fast Food Restaurants an, die wie Pilze aus dem Boden schossen. Zwanzig Minuten später gehörte der leere Magen der Vergangenheit an. Lucie war auffallend still. Wirkte abwesend, geradezu traurig.

„Hast du etwas?", erkundigte ich mich vorsichtig.

„Nö, eigentlich nicht! Ich habe nur gehofft, dass mich meine Mom abholt! Ich habe sie beinahe ein halbes Jahr nicht gesehen!", sagte sie, und schluckte tapfer ihre Tränen hinunter.

„Das wollte sie sicher auch! Ganz sicher Lucie. Aber in Paris herrscht ein furchtbares Schneechaos. Von dort startet zurzeit keine einzig Maschine!" tröstete ich sie.

Ich verstand Lucie nur zu gut. Ein rascher Seitenblick auf Chris zeigte, dass er genau wusste, dass ich gedanklich bereits dabei war unseren Abend umzuplanen. Als wir dazu verdonnert wurden Lucie abzuholen, waren wir alles andere alles erbaut. Planten, sie nach ihrer Ankunft rasch zu Hause abzuliefern. Danach nichts wie weg und ab ins Kino. Nun, da ich Lucie kennen lernte, erschien mir diese Vorgehensweise geradezu unmenschlich.

Wir wechselten einen raschen Blick.

„Kino Adieu!", stand in großen Lettern in Chris´s Augen geschrieben.

Denn auch er sah nun ein, dass Lucie nach der langen Reise erst bei uns ankommen musste. Zum Glück dauerte die Rückfahrt nur halb solange wie die Anreise. Kurz vor sieben Uhr abends erreichten wir unser Haus.

Wir stapften kaum durch die Türe, als Maria wie ein Blitz aus der Küche schoss.

„Da seid ihr ja endlich!", tadelte sie uns. „Ich warte schon eine halbe Ewigkeit mit dem Essen auf euch! Die arme Lucie muss ja schon halb verhungert sein!"

Chris und ich tauschten einen verlegenen Blick. Keiner von uns wollte sich Marias Unwillen zuziehen.

„Für mich nicht, danke!", lehnte ich trotzdem tapfer ab.

„Wir haben am Flughafen eine Kleinigkeit gegessen! Wie du sagtest Maria, Lucie war sehr hungrig! Möchtest du noch etwas essen Lucie?", fragte ich höflichkeitshalber nach.

„Ja bitte!", antwortete sie sofort begeistert.

Ich vergaß. Komisch wie schnell man vergisst. In Lucies Alter verdrückte auch ich Unmengen. Auch Chris schloss sich Lucie an.

„Ich könnte auch noch eine Kleinigkeit vertragen!",

stimmte er schnell zu.

Typisch Chris. Es fiel ihm schwer Marias Kochkünste zu widerstehen. Marias Gesicht hellte sich auf.

„Na dann!", sagte sie und machte kehrt.

„Warte bitte kurz Maria!" bat ich. „Lucie, das ist Maria! Maria ist die gute Seele in unserem Haus. Nicht nur was das Essen betrifft! Du bist also gut beraten, dich mit ihr gut zu stellen! Dann wird es dir hier an nichts fehlen!", scherzte ich.

Lucie griff ungeniert nach Marias Hand und schüttelte sie.

„Darf ich sie auch Maria nennen?", fragte sie höflich.

Maria musterte sie gerührt. Das kleine Ding schien es ihr sichtlich angetan zu haben.

„Natürlich, wie sonst!", brummte sie. „So heiße ich nun einmal!"

Dann drehte sie sich um und eilte in die Küche. Wir saßen kaum, da kehrte Maria schon mit einem der neuen Mädchen zurück und servierte die Suppe.

„Ich nicht! Danke!", wiederholte ich.

Nach dem ungewohnten fettigen Fast Food Essen drohte ich zu platzen. Nur dem Nachtisch, Marias berühmten Früchtetraum, konnte auch ich nicht widerstehen.

Lucies Augen wurden kleiner, fielen immer wieder zu. So zeigte ich ihr rasch ihr Zimmer. Längst sorgte Maria dafür, dass Lucies Sachen ordentlich in Schränken und Laden verstaut wurden.

„Gute Nacht Lucie! Schlaf gut!"

„Gute Nacht Cathy, bis morgen!", gähnte sie müde, ehe sie wie eine Schlafwandlerin im Badezimmer verschwand.

Ich ging nach unten. Chris wechselte mittlerweile in die Küche, unterhielt sich blendend mit Maria. Verlegen steckte ich meinen Kopf durch die Türe.

„Möchtest du noch ins Kino, die Spätvorstellung beginnt in einer halben Stunde?"

„Muss nicht sein! Ich bin auch müde!", winkte er ab.

Gähnte zur Bestätigung seiner Worte ausdauernd und blinzelte mir zu. Ich begriff sofort, was er meinte.

„Na gut!", lenkte ich sofort ein. „Wir verschieben unseren

Kinobesuch auf morgen, abgemacht? Ich bin auch schon müde!"

Grinsend gähnte ich ebenfalls. Nun Maria war auch keine Idiotin und lächelte verstehend vor sich hin. Ich griff zwei Gläser, öffnete den Kühlschrank entnahm eine Flasche Champagner.

„Falls wir Durst bekommen!", fügte ich ausgelassen hinzu und zog Chris hinter mir her.

Wir lümmelten gemütlich am Sofa, ein Glas Champagner in der Hand. Kuschelten und plauderten angeregt, da stieg Heißhunger nach Süßem in mir hoch. Da erinnerte ich mich, noch eine Schüssel Dessert im Kühlschrank gesehen zu haben.

„Warte bitte kurz!", sagte ich, und ein gieriges Leuchten flackerte in meinen Augen.

„Ich gehe nach unten und hole uns noch etwas von dem vorzüglichen Früchtedessert!"

Ich schlüpfte aus seinen Armen, und stürmte übermütig hinaus. Mein Weg nach unten führte an Lucies Zimmer vorbei und spontan beschloss ich nach ihr zu sehen. Leise öffnete ich die Tür.

Erschrak als ich Lucie schweißgebadet, und nach Atem ringend am Bett vorfand.

„Lucie?"

Mit ein paar Schritten war ich an ihrem Bett

„Ich habe Asthma! Ich kann aber meinen Inhalator nicht finden! Ich bekomme fast keine Luft mehr!", keuchte sie panisch.

„Wo hattest du ihn zuletzt?" fragte ich, riss eine Lade nach der anderen auf und begann hektisch zu wühlen.

„In meinem kleinen Koffer, aber der ist jetzt leer!"

Ihre Lunge rasselte und die Atemnot wurde bedrohlicher.

„Chris, Jonas!", brüllte ich aus voller Brust, bekam es langsam mit der Angst zu tun.

Zum Glück dauerte es nicht lange bis die beiden zur Stelle waren. Zu dritt durchwühlten wir hektisch Laden und Schränke.

„Verdammt! Wohin räumte die ordentliche Maria das Ding nur? Natürlich!"

Ich sprintete ins Badezimmer. Öffnete das Schränkchen für Medikamente, entnahm den Inhalator und rannte zu Lucie. Es war höchste Zeit. Lucies Gesicht verfärbte sich bereits bläulich. Hektisch öffnete ich die Verschlusskappe und drückte ihr den Spray in die Hand. Angespannt beobachtete ich, wie sie heftig inhalierte. Atmete auf, als ich bemerkte, wie schnell das Medikament wirkte. Binnen Sekunden war alles vorbei und in ihr aschgraues Gesicht kehrte Farbe.

„Geht's wieder?", fragte ich geschockt und griff nach ihrer Hand.

„Danke! Es geht schon wieder!", sagte sie und ihr Kopf sank erschöpft aufs Kissen.

Kopfschüttelnd betrachtete ich das immense Chaos, das unsere planlose Suche verursachte. Lucies Zimmer glich einem Schlachtfeld. Ihre persönlichen Sachen lagen wirr verstreut am Boden.

„Das war Rettung in letzter Sekunde!", lobte mich Jonas. Sichtlich gelangweilt stopfte er Lucies Sachen einfach irgendwie in die Laden.

„Ja wirklich Cathy, gut gemacht!", stimmte auch Chris zu.

„Na wenigstens kennt einer von uns Marias Ordnungsplan!", tadelte ich Jonas.

Der verspürte keine Lust mehr weiter aufzuräumen und nahm meine Rüge als Vorwand, den Raum zu verlassen. Chris folgte ungeniert seinem Beispiel. Auch ich war nicht gewillt alleine weiter aufzuräumen und so würde sich wohl Maria Morgen früh um die Beseitigung des Chaos kümmern müssen.

„Ich komme gleich!" rief ich Chris nach.

Ich setzte mich zu Lucie ans Bett. Blieb bei ihr, um sicherzustellen, dass das Schlimmste überstanden war. Es dauerte länger als gedacht, bis sie einschlief und ich in mein Zimmer zurückkehrte. Dort stellte ich fest, dass Chris spurlos verschwunden war.

„Chris?"

Suchend blickte ich mich um, da hörte ich die beiden leise kichern. Ich ahnte bereits böses, als ich die Türe aufschob, und fand sie doch tatsächlich vor der Schüssel mit Marias Früchtetraum.

„Ihr Banditen!" fluchte ich, als ich sah, dass sich nur ein winziger Rest in der riesigen Schüssel befand.

„Für dich!", grinsten sie schadenfroh.

Ärgerlich drehte ich mich um, versperrte die Türen.

„Du schläfst heute bei Jonas! Das wird dir hoffentlich eine Lehre sein!", lachte jetzt ich.

„Cathy, Liebes bitte!", bettelte Chris.

„Vergiss es Chris!", belehrte ihn Jonas, „Du kannst heute auf meiner Couch schlafen! Der Zug ist abgefahren!"

Ja, Jonas kannte mich wirklich gut. Aufgebracht steuerte ich das Bett an, war richtig sauer. Nicht nur, dass es kein Dessert mehr gab, jetzt musste ich auch noch alleine zu Bett gehen. Aber Chris verdiente eine Strafe, auch wenn ich mich gleich mitbestrafte. Um mich zu trösten holte ich den Champagner.

„Wenigstens den haben sie nicht ausgetrunken!", stellte ich erleichtert fest.

„Auch schön, ein riesiges Bett für sich alleine zu haben!", dachte ich, um beschwipst einzuschlafen.

Punkt neun wachte ich auf. Köpfelte hastig in die Hose, krallte mir einen Pulli und stülpte ihn mir am Weg zur Tür über. Leider war mein Körper wacher als mein Geist, denn ich prallte hart dagegen.

„Aua!"

Mein Schädel brummte, als ich ins Esszimmer lief, wo ich Lucie einsam am Tisch vorfand.

„Guten Morgen Lucie! Alles wieder gut? Geht es dir heute besser?", erkundigte ich mich fürsorglich, ehe ich mich auf das Frühstück stürzte.

„Ja danke!", erwiderte sie und strahlte fröhlich.

„Du bist wohl die Erste?", erkundigte ich mich gähnend, während ich verschlafen Kaffee eingoss.

„Nee", antwortete sie. „Ich habe mit Jonas und Chris gefrühstückt! Aber die sind schon gegangen!"

„Verdammt! Natürlich! Chris musste ja noch arbeiten!" dachte ich, ärgerte mich, dass ich ihn verpasste.

Aber zumindest mittags würde ich Chris treffen, denn jetzt in der Vorweihnachtszeit erschien er pünktlich zum

Mittagessen. Ließ sich keines der ausgezeichneten Menus entgehen.

„Hast du etwas?", erkundigte sich Lucie.

„Warum?"

„Du ziehst ein fieses Gesicht!", erwiderte sie.

„Ich ziehe immer doofe Gesichter, das ist angeboren!", grinste ich und zog eine weitere Grimasse.

Ja, Lucie heiterte mich mit ihrer herzerfrischenden Art auf. War das krasse Gegenteil zu Amanda. Nach einem ausgedehnten Frühstück verzog ich mich in den Wintergarten um zu rauchen. Inhalierte gerade genüsslich, als Maria ungeduldig nach mir rief. Unschlüssig stand ich da, hatte keine Lust, die Zigarette auszudämpfen.

„Was gibt es Maria?", brüllte ich deshalb undamenhaft zurück. „Ich rauche, ich bin im Wintergarten!"

Schwerfällig schlurfte sie aus der Küche. Ihre Beine machten ihr in letzter Zeit schwer zu schaffen.

„Hast du kurz Zeit Cathy!", erkundigte sie sich und ließ sich ächzend auf einen Stuhl fallen.

„Sicher!" antwortete ich und blickte sie erwartungsvoll an.

„Wir, also die Mädchen und ich, haben gestern Lucies Sachen verräumt, und..."

„Also wenn du dir wegen des Asthmasprays Vorwürfe machst, wir haben ihn noch rechtzeitig gefunden! Kein Problem Maria!", fiel ich ihr ins Wort.

Sie schüttelte unsicher den Kopf und schob verwundert die Augenbraue hoch.

„Nein, darum geht es nicht! Der Spray war doch im Schränkchen?"

„Ja Maria, war er! Aber wenn es nicht um Lucies Spray geht um was geht es denn dann?", fragte ich ungeduldig.

„Wir haben gestern Lucies Kleidung verräumt, doch das Kind hat vergessen Winterkleidung einzupacken. Sie hat nur dünne Sommerfähnchen mitgebracht. Und sie hat kein einziges Paar Winterschuhe dabei. Und da dachte ich, bevor das arme Kind sich den Tod holt, ob du nicht mit ihr einkaufen gehen möchtest?"

Das war typisch Maria. Sie war, was die praktischen

Dinge des Lebens betraf, immer aufmerksam und eine herzensgute Seele.

„Sicher Maria! Mach ich doch gerne! Ist Felix im Haus?", erkundigte ich mich.

Die Frage war an und für sich überflüssig. Denn Felix, so hieß unser neuer Chauffeur, traf man zu neunundneunzig Prozent bei Maria in der Küche an. Die beiden fanden sich, ohne sich gesucht zu haben. Maria blühte förmlich auf, seit Felix im Haus war.

„Ja!", sagte sie, und augenblicklich blitzte dieses ganz besondere Leuchten in ihren Augen auf.

„Kannst du ihm bitte ausrichten, dass Lucie und ich in die Stadt fahren möchten?"

Sie nickte zustimmend, und humpelte in ihre Küche.

Derweilen spielte Lucie gelangweilt mit dem Handy.

„Möchtest du gerne eine paar Besorgungen machen?" erkundigte ich mich.

„Weihnachtseinkäufe?"

Ihr Gesicht rötete sich vor Freude. Verstohlen musterte ich sie genauer. Maria hatte Recht. Manchmal fragte ich mich, warum mir diese Dinge entgingen. Lucies Kleidung war für die Jahreszeit mehr als ungeeignet. Felix kam, seine dicke Winterjacke untern Arm, zu uns.

„Wenn die Damen so weit sind, kann es sofort losgehen!", erklärte er heiter.

Und wie bereit wir waren. In Frankfurt angekommen, war Lucie kaum zu bremsen. Raste kreuz und quer durch die geschmückte Einkaufspassage.

„Ich war schon ewig nicht mehr einkaufen", strahlte sie. Konnte sich gar nicht satt sehen an den weihnachtlich dekorierten Auslagen.

„Amanda, hat nie Zeit dafür! Meistens besorgt sie etwas, oder lässt es besorgen!", erklärte sie.

Du nennst deine Mom Amanda?", fragt ich erstaunt.

„Ja", schmunzelte sie verschmitzt. „Das mag sie lieber. Wahrscheinlich fühlte sie sich dann nicht ganz so alt!"

Sie kicherte und lief zum nächsten Schaufenster.

„Schau Cathy! Sind das nicht tolle Stiefel? Solche wollte ich schon immer!"

Sie zerrte mich hinter sich her, um mir dann ein paar Wildlederstiefel in der Auslage zu zeigen.

„Darf ich sie probieren?"

Natürlich erlaubte ich es und sie passten hervorragend.

„Darf ich sie bitte anbehalten?" quengelte sie und deutete auf ihre dünnen Sommerschuhe.

„Meine Zehen sind schon eiskalt!"

„Aber natürlich!", stimmte ich zu und bat die Verkäuferin die Etiketten zu entfernen.

Minutenlang stand sie mit offenem Mund vor dem festlich geschmückten Weihnachtsbaum inmitten der belebten Passage.

„Was für eine herrliche Tanne! Ist sie nicht wundervoll! Werden wir zu Weihnachten auch einen Baum haben?", fragte sie verträumt.

„Selbstverständlich Lucie! Ich kann mir ein Fest ohne Baum gar nicht vorstellen! Und bei euch zu Hause? Hattet ihr einen Weihnachtsbaum?", erkundigte ich mich.

„Hm", antwortete Lucie. „Mal so mal so! In den letzten Jahren jedenfalls nicht. Amanda hat nicht viel über für dieses rührselige Zeug!", sagte sie leise.

„Da bist du bei uns gut aufgehoben", grinste ich. „Wir lieben Weihnachten, mit allem was dazugehört!"

Da war sie auch schon weg. Lucie flitzte so flink von einem Geschäft zum anderen, dass ich Acht geben musste, um sie nicht aus den Augen zu verlieren.

Wenige Tage vor Weihnachten war die Auswahl nicht mehr berauschend. Trotzdem entdeckten wir tolle Einzelteile, die sie zu wahren Begeisterungsstürmen hinrissen.

Stunden später saßen wir fix und fertig in der Limousine, neben uns türmten sich die Pakete. Einige der gekauften Dinge trug Lucie bereits. Neben den Wildlederstiefeln, behielt sie auch einen warmen babyblauen Pullover an.

Die neue Kleidung war durchwegs wintertauglich. Nur bei der Jacke schloss ich einen faulen Kompromiss. Sie war nicht besonders dick gefüttert und daher nicht so warm, wie es eine Winterjacke eigentlich sein sollte. Doch Lucie bettelte, verliebte sich unsterblich in dieses Modell. Aus Erfahrung wusste ich, dass in ihrem Alter schön wichtiger als praktisch und warm war und erfüllte ihr den Wunsch. Nun saß sie glücklich neben mir, während Felix seine liebe Not hatte, auch noch die allerletzten Tüten zu verstauen.

„Was wünscht du dir eigentlich zu Weihnachten!", fragte ich wie nebenbei.

Denn während unserer Shoppingtour wurde mir bewusst, dass ich auch ein Geschenk für Lucie benötigte.

„Ich hätte gerne das neueste I-Phone! Rosarot wenn es irgendwie ginge!" sagte sie und ihre Augen hüpften vor Begeisterung.

„Rosarot! Die Farbe meiner Albträume!", dachte ich, und rollte unwillkürlich meine Augen.

Lucie würde sich in meinem rosaroten Albtraumreich bestimmt wie eine Königin fühlen.

„Wir werden sehen!", erklärte ich zweideutig.

Sie lächelte eindeutig.

„Das kann ja heiter werden!", dachte ich.

Da war die kleine Kröte kaum einen Tag im Haus und schon durchschaute sie mich.

9.Kapitel

Doktor John Jefferson freute sich auf den geplanten Kurztrip nach Paris. Ganz besonders auf den Besuch der Opéra Garnier wo „Cosi fan tutte" auf dem Spielplan stand. Aber auch auf das alljährliche Treffen mit seinen alten Kommilitonen, mit denen er sich jedes Jahr in der Vorweihnachtszeit im Ritz traf. Der Gedanke mehr Zeit für Zweisamkeit mit Amanda zu haben versetzte ihn in Hochstimmung. Als Amanda anreiste, war er noch voll Zuversicht gewesen. Hoffte, dass Cathy und Jonas sich schnell den neuen Gegebenheiten anpassen und sie als neue Frau an seiner Seite akzeptieren würden. Doch bald bot sich ihm ein anderes Bild.

Offenbarte, dass Cathy und Amanda oft wegen lachhafter Nichtigkeiten aneinander gerieten und heftige Kämpfe austrugen.

Es stimmte ihn traurig, gab ihm das Gefühl zwischen zwei Stühlen zu sitzen. Schon oft fühlte er sich genötigt, für die eine oder andere Partei ergreifen zu müssen. Er wusste es ja selbst. Amanda war nicht Christin, konnte ihr in keiner Beziehung das Wasser reichen.

Doch er fand in ihr eine angenehme Gesprächspartnerin und eine aufmerksame Zuhörerin. Amanda war an Kunst und Kultur interessiert und liebte wie er Bildungsreisen. Mehr erwartete er nicht. Die Lücke, die Christins Tod hinterließ, konnte in seinen Augen, ohnehin niemand schließen. Doch Amanda brachte Schwung in sein Leben. Riss ihn aus seinem lähmenden Alltagstrott, und schien bemüht Jonas und Cathy näher kennen zu lernen.

Das Zusammenleben zeigte auch eine neue, unbekannte Seite von ihr, die ihn nachdenklich stimmten. Doch noch immer hoffte er, dass sich die Anfangsschwierigkeiten bald in Wohlgefallen auflösen würden.

Für ihre Reise nach Paris buchte er, wie von Amanda angeregt, eine Suite mit zwei Schlafzimmern. Obwohl sie sich nun über ein Jahr trafen, spielte sich ihre Beziehung bisher auf platonischer Ebene ab. Ein Küsschen hier, ein Küsschen dort. Ansonsten zierte sich Amanda, spielte die Unnahbare. Sie ahnte nicht, dass dieser Umstand John in die Hände spielte.

Denn auf Amouren verzichtete er nur allzu gerne. Er suchte eine Frau, die zu ihm und seinem Leben passte. Zu oft fiel er nach dem frühen Tod seiner Frau auf falsche Liebesschwüre herein. Zu bewusst wurde ihm dadurch die Tatsache, dass es hunderte Frauen gab, die nur an seiner gesellschaftlichen Stellung und seinem Vermögen interessiert waren.

Da bezahlte er lieber einen Nobel-Escortservice, und verbrachte eine unkomplizierte Nacht. Es war einfacher, als sich auf eine kurze Beziehung einzulassen, die meist einen Rattenschwanz an Problemen hinter sich herzog.

Bei Amanda, die selbst Vermögen besaß, schloss er jeden Hintergedanken aus. Und das Gefühl um seinetwillen geliebt zu werden, war dabei sein Herz zu öffnen. John freute sich darauf Lucie, Amandas zwölfjährige Tochter, kennen zu lernen, die Weihnachten ebenfalls in seinem Haus verbringen würde.

Amanda wirkte beinahe erleichtert, Bad Soden entfliehen zu können. Oft genug beschimpfte sie seine Heimatstadt als „provinzielles Dorf". Dem stimmte er ganz und gar nicht zu. Fand, dass auch hier im ländlichen Bereich ein ansprechendes Angebot an Kultur geboten wurde. Ganz abgesehen davon, lag Frankfurt mit seinem ausufernden Veranstaltungskalender nur wenige Kilometer entfernt.

Amandas übersprühend gute Laune sackte ab, als sie am Flughafen eingetroffen feststellte, dass die Reise nach Paris mit einem Linienflug verbunden war. Sichtlich entnervt bemängelte sie die Unterbringung in der ersten Klasse. Erklärte, dass sie es extrem anstrengend finde, mit fremden Personen auf engstem Raum untergebracht zu sein. Lautstark bekundete sie ihren Unmut darüber, dass ganz gegen ihre Erwartungen kein Privatjet zur Verfügung stand.

Über einen eigenen Jet dachte Doktor Jefferson noch nie nach. Verbrachte er doch die meiste Zeit in der Klinik, oder im Frankfurter Büro. Und selbst wenn er verreiste, empfand er die anderen Passagiere an Bord keinesfalls als störend. Dennoch nahm er sich vor, Amanda für die Unannehmlichkeiten des heutigen Fluges, mit einem Einkauf bei Chanel und Dior zu entschädigen. Doch kaum im Ritz eingecheckt, verzog sie sich schmollend in ihr Schlafzimmer. Ließ ihn wissen, dass sie bedingt durch den stressigen Flug unter heftiger Migräne leide.

So beschloss er alleine loszuziehen, um nach passenden Weihnachtsgeschenken für Cathy und Jonas zu suchen. Er liebte Paris. Es erinnerte ihn an die ausgedehnten Spaziergänge, die er in lauen Sommernächten mit seiner Christin am Ufer der Seine unternommen hatte.

Natürlich war Paris im Frühling um einiges sehenswerter.

Konnte man sich dann doch in einem der unzähligen Straßencafes niederlassen, um staunend dieses quirlige, geschäftige Treiben zu beobachten. Aber auch im Winter musste man dem Flair dieser Stadt einfach erliegen. Sie quoll über vor betriebsamen Leben. Bot neben Kultur, auch unzählige Einkaufsmöglichkeiten. Und auch die Franzosen selbst besaßen ihren ganz eigenen Charme.

Er war noch nicht lange unterwegs, da wählte er aus dem reichhaltigen Angebot eines bekannten Juweliers, eine Uhr für Jonas aus. Seine Wahl fiel auf dasselbe Modell, das auch Cathy für Chris wählte.

In einem der zahlreichen Modehäuser bestellte er aus der neuen Winterkollektion Kleider und Jacken für Cathy, die sicher ihr Herz wieder höher schlagen lassen würden.

Doch die größte Überraschung, die er für sie plante, befand sich schon seit einer Woche, gut versteckt, in der Garage. Nach der letzten Therapiesitzung, der einen Tag später eine persönliche Unterredung mit Doktor Maiers folgte, beschloss er ihren Herzenswunsch zu erfüllen. Er meldete sie bei der Fahrschule an und kaufte ein Auto. Die Wahl des richtigen Modells fiel ihm auch dieses Mal schwer.

Einerseits fand er es unverantwortlich, ein Fahrzeug mit mehr als 100 PS in die Hände eines Führerscheinneulings zu geben, anderseits boten die diversen Kleinautos nicht die von ihm gewünschte Sicherheit. Nach etlichen, schier endlosen Beratungsgesprächen bei verschiedenen Autohändlern, entschied er sich schlussendlich doch wieder für einen 3er BMW. Er freute sich schon, wie ein Kind, auf ihr überraschtes, strahlendes Gesicht, wenn sie ihr Geschenk in Empfang nehmen würde.

Zufrieden mit der Ausbeute des Nachmittags kehrte er ins Ritz zurück. Bat einen der Angestellten seine Einkäufe in die Suite zu bringen und machte es sich in der Lounge mit einem edlen Glas Merlot gemütlich.

Zu seiner Überraschung kam Amanda kurz darauf, nun wieder bestens gelaunt, zu ihm an die Bar. Leistete ihm Gesellschaft, ehe sie ihren Termin beim hoteleigenen Friseur wahrnahm. Selbstverständlich wollte sie für den heutigen Opernbesuch perfekt gestylt sein.

Spät am Abend, nach dem sie die Oper nach einer grandiosen Aufführung von „Cosi fan tutte" verließen, entführte er Amanda noch ins „Lasserre" in die 17 Av.F.D. Roosevelt. Ihre Laune verbesserte sich von Stunde zu Stunde. Beim ausgedehnten achtgängigen Dinner huschte erstmals wieder ein zufriedenes Lächeln über ihre Lippen. Ja, Amanda liebte Luxus jeder Art. Verabscheute alles einfache, fand es geradezu vulgär.

Ihre Pläne für Paris unterschieden sich deutlich von denen die John hegte. In den letzten Wochen, in denen Cathy ein ums andere Mal, den Sieg davontrug, bemerkte sie, dass es hoch an der Zeit war, ihre Beziehung auf eine andere Ebene zu bringen.

Um ihr Ziel zu erreichen, war sie gewillt den Einsatz zu erhöhen. Gedachte nun neben ihrem Charme auch ihren Körper einzusetzen, um John auf ihre Seite zu ziehen. Sie war felsenfest überzeugt, dass, sobald sie mit John auch eine sexuelle Beziehung führte, Cathy nur mehr eine unbedeutende Nebenrolle einnehmen würde.

Nach ihrer Rückkehr ins Hotel, orderte sie eine Flasche Dom Pérignon Vintage 2002 und startete ihre Offensive. John erlag nur allzu gerne ihrem Charme. Sein Körper bebte vor Erregung, als er sie nach einer weiteren Stunde in sein Schlafzimmer trug.

Früh morgens lag er nachdenklich im Bett und ließ die letzte Nacht Revue passieren. Amanda verzog sich, sehr zu seiner Verwunderung, nach Stunden leidenschaftlicher Sexspiele, in ihr eigenes Reich. Nicht, dass er den Sex mit ihr nicht genossen hätte. Doch die Explosion in seinem Kopf blieb aus. Ja, er begehrte sie. Doch nicht mehr, als all die anderen attraktiven Frauen, mit denen er in den vergangenen Jahren sein Bett teilte.

„Vielleicht schraube ich meine Erwartungen zu hoch!", sinnierte er.

Unwillkürlich dachte er an Christin, an das Gefühl, das er bei ihr empfand. An diesen süßen Schmerz, wenn sich ihr Körper nach Stunden wilder Leidenschaft von seinem löste. An dieses unstillbare Verlangen. Diesen Sturm, der über seinen Körper fegte, wenn sie ihn danach auch nur ganz zufällig berührte.

„Amanda ist nicht die Richtige!", dachte er, um sich Sekunden später für diesen Gedanken zu schämen.

Amanda rekelte sich siegessicher. Überzeugt, dass John ihr ganz und gar erlegen war und sie nun die Oberhand gewonnen hatte. Sie gestand sich sogar ein, dass John, ganz gegen ihre Erwartung, ein erfahrener und überaus zärtlicher Liebhaber war.

Ja, auch sie genoss die ausufernde letzte Nacht in vollen Zügen. Betrachtete sie aber nur als unerwarteten Bonus. Denn ihr Ziel war ein ganz anderes. Das alles hier diente nur einem einzigen Zweck, nämlich ihr Tür und Tor zu seinem riesigen Vermögen zu öffnen.

Nach einem ausgedehnten Frühstück, machten sie sich auf den Weg, um die Edelboutiquen und die unzähligen Pariser Designerläden zu durchstöbern. Amanda blühte richtig auf, war voll und ganz in ihrem Element. John ließ sie großzügig gewähren. Zückte geduldig ein ums andere mal seine Kreditkarte. Bis am frühen Nachmittag füllte sich die Limousine bereits bis unters Dach.

Während einer weiteren Anprobe erinnerte John sie an ein Weihnachtsgeschenk für Lucie. Erstaunt registrierte er, dass sie darauf beinahe ungehalten reagierte.

„Ach ja Lucie!", stöhnte sie ärgerlich, nachdem sie aus der Umkleidekabine kam.

Während sie sich selbstgefällig vorm Spiegel drehte, wandte sie sich unwillig an eine Angestellte. Fragte nach, ob es hier auch Kleider für Teens gäbe. Danach wählte sie aus den eilig herbeigeschafften Modellen binnen Minuten ein paar aus.

Ihr Verhalten irritierte John. Er erinnerte sich nur allzu gut daran, dass die Suche nach einem Kleid für Cathy Stunden in Anspruch nahm. Als ihre Wahl auf das rosa Rüschenkleid fiel, war er geneigt gewesen es abzulehnen. Vertraute dann aber ihren weiblichen Geschmack.

Mittlerweile langweilte er sich. Erinnerte sie höflich, dass er sich um 15:00 Uhr im Ritz mit seinen Studienkollegen treffen wollte. Amanda jedoch verspürt wenig Lust ihre Shoppingtour schon abzubrechen.

Mit betörendem Augenaufschlag flüsterte sie ihm zu: „Fahr doch bitte vor Schatz! Bei mir dauert es noch ein Weilchen!"

Dankbar küsste er sie auf die Stirn. Verließ den Laden, nachdem er die bereits gewählten Modelle bezahlte. Im Begriff zu gehen ließ er sie noch wissen, dass er ihr die Limousine ehestens zurückschicken würde.

Seine alten Kommilitonen warteten bereits auf ihn in der Lounge. Verlegen entschuldigte er sich für die Verspätung und gesellte sich zu ihnen. Nach einer herzlichen Begrüßung und kurz gehaltenem Small Talk, führten sie alsbald eine Fachdiskussion, in der sie sich nach einiger Zeit völlig verloren.

Lebhaft diskutierten sie über die neuesten Techniken, und bewerteten aktuelle Forschungsergebnisse.

Kommentierten sie und wogen Kosten und Nutzen ab. John lebte geradezu auf, verlor dabei jedes Zeitgefühl.

Kurz nach 19:00 Uhr tauchte Amanda am Tisch auf. In ihren dunklen Augen leuchtete der blanke Unmut.

„Schatz!", sagte sie mit scharfem Ton, „Ich will dich ja nicht stören, aber wir wollten gemeinsam essen!"

„Entschuldige bitte Amanda!", sagte John, nach einem verblüfften Blick auf seine Uhr. „Ich habe die Zeit völlig übersehen! Ich komme sofort!"

Rasch verabschiedete er sich und folgte ihr hastig ins Restaurant. Sein alter Freund Doktor Parker blickte lange nachdenklich hinterher.

„Ich weiß nicht genau woher, aber ich kenne diese Frau! Und ich habe sie nicht in bester Erinnerung!", sagte er zu seinen Kollegen, eher er sich erneut der heftig geführten Diskussion zuwandte.

Bereits am frühen Morgen, gleich nach dem Frühstück, checkten sie aus, um vom Flugplatz Charles de Gaulle ihre Rückreise anzutreten. Schon die Fahrt dorthin, entpuppte sich als wahre Odyssee. Dichtes Schneetreiben, und der über Nacht eingefallene Frost, verwandelten die

Straßen in eine Eislaufbahn.

Als sie nach anstrengenden zwei Stunden im „Stop and Go Verkehr" den Flughafen erreichten, erfuhren sie, dass vorerst kein Maschine starten würde. Amandas Gesicht verzog sich säuerlich. Sie fluchte undamenhaft und war so aufgebracht, dass John fast den Eindruck gewann, persönlich für das Schneechaos verantwortlich zu sein. Selbst der Umstand, dass man sie in einen für die erste Klasse reservierten Bereich führte, besänftigte sie nicht. Mit hochrotem Kopf stolzierte sie gereizt an die Bar. Stand mehrmals ruhelos auf um durch die Fensterfront hinunter auf die vereiste Rollbahn zu blicken.

Letztendlich war es John, der daran dachte, dass Lucie vom Flughafen abgeholt werden musste. Da Amanda viel zu aufgebracht war, nahm er die Dinge selbst in die Hand. Er rief Cathy an und bat sie, sich um Lucie zu kümmern.

Gedankenverloren stand er nun am Fenster. Beobachtete die riesigen Räumfahrzeuge die unermüdlich versuchten, die Startbahn schneefrei zu bekommen.

Schon vor Stunden resignierte er. Gab den Versuch, Amandas Laune zu heben, auf. Begann sich vielmehr zu fragen, wohin die lebenslustige, gut gelaunte Frau, die ihn anfänglich so faszinierte, verschwunden war.

10. Kapitel

Lucie hüpfte, kaum dass wir vorm Haus vorfuhren, aus dem Auto. Staunend betrachtete sie die riesige Tanne die gerade angeliefert wurde.

„Ist das unser Weihnachtsbaum?" fragte sie entzückt und lief begeistert von einem Ende zum anderen.

„Der hat doch sicher mindestens vier Meter!", stellte sie

mit Kennerblick fest.

Ihre kindliche Vorfreude steckte mich an. Rief schöne Kindheitserinnerungen wach. An jene Zeit, in der auch ich noch dem Weihnachtsabend entgegen fieberte.

„Würdest du gerne mit mir die Tanne schmücken?" fragte ich.

„Gerne!", jubelte sie, um einzuschränken. „Hoffentlich kann ich das überhaupt! Ich durfte noch nie einen Baum schmücken!"

„Das ist kinderleicht!", beruhigte ich sie. „Wir hängen ja auch nur die Kugeln und Sterne auf. Und natürlich die Süßigkeiten. Um das Aufstellen und die Beleuchtung kümmern sich unsere Gärtner. Heute allerdings wird daraus nichts mehr. Es ist noch zu früh. Der Baum wird erst am Morgen des 23. Dezember in den Wintergarten gebracht."

„Macht gar nichts!", erwiderte Lucie schnell. „Hauptsache ich darf dir dabei helfen."

Dann stürmte sie zu Maria und berichtete ihr stolz von unserem Vorhaben. Maria warf mir einen ungläubigen Blick zu. Ich wusste auch warum. Seit ich vierzehn war, zeigte ich keinerlei Interesse mehr, mich am Schmücken des Baumes zu beteiligen. Aber Lucie, ja Lucie motivierte mich zu Dingen, die ich nicht für möglich gehalten hätte.

„Du hast Chris versäumt!", berichtete Maria, nachdem sie dafür sorgte, dass man uns das Mittagessen servierte.

„Verdammt!", dachte ich.

Tatsächlich dauerte der ausgedehnte Einkaufsbummel viel länger als ursprünglich geplant und die Zeit flog nur so dahin.

„Nicht weiter schlimm! Ich muss ohnehin noch einmal in die Stadt um etwas zu besorgen!", erklärte ich Maria. „Da mache ich einen kleinen Abstecher und besuche Chris!"

„Kann ich bitte mitkommen?", jammerte Lucie.

„Nein Lucie, dieses Mal nicht!", winkte ich ab.

Kurz verzog sie beleidigt ihr Gesicht, doch dann hellte es sich auf.

„Ich verstehe!", erklärte sie lauernd.

Ja die kleine Kröte erriet tatsächlich, dass ich los wollte

um ein rosarotes I-Phone zu besorgen. Felix trug mittlerweile unsere Einkäufe nach oben. Auch noch, als Lucie und ich das Esszimmer bereits verließen. Jonas kam durch die Tür, ebenfalls einen Schwung Tüten in der Hand.

„Müssen wir anbauen?" fragte er und deutete belustigt auf die unzähligen Einkaufstüten.

„Ist nicht für mich!", erklärte ich. „Alles für Lucie!"

„Verstehe!", sagte er nach einem Blick auf Maria.

Die legte rasch den Finger auf den Mund. Verhinderte so, dass ich in Lucies Gegenwart abwertend über Amanda sprach. Erst als Lucie mit Maria hochging, klärte ich ihn auf.

„Maria hat mich darauf aufmerksam gemacht, dass Lucie keine Winterkleidung mitgebracht hat. Da musste heute ordentlich eingekauft werden. Ich finde das ja äußerst eigenartig. Amanda jedenfalls scheint sich nicht um Lucie zu kümmern!", sagte ich naserümpfend.

Jonas zuckte nur gelassen die Schulter. Verhielt sich nach wie vor neutral, wenn ich Amanda kritisierte. Antwortete auch dieses Mal nur lapidar: „Dann hast du also heute das Nützliche mit etwas Angenehmen verbunden. Denn wie ich dich kenne, ist dir einkaufen natürlich zuwider!"

Er lachte schallend. Ich gab Jonas Recht. Das Shoppen mit Lucie bereitete mir wirklich Spaß. Trotzdem fand ich die Tatsache, dass Lucie jetzt noch Sommerkleidung trug, merkwürdig.

„Ich fahre noch einmal in die Stadt!", erklärte ich. „Ich besorge ein paar Geschenke für Lucie. Ich konnte sie ja schlecht in ihrer Gegenwart kaufen. Kannst du dich in der Zwischenzeit ein wenig um sie kümmern?"

Jonas Heiterkeit verflüchtigte sich. Sein Gesicht verzog sich unwillig. Er murrte leidend und wirkte wenig erfreut.

„Bis wann kommst du zurück?", fragte er missgelaunt.

„Chris und ich wollen noch zum Basketballtraining!"

Jonas Ankündigung verschlug mir die Sprache. Plante ich doch abends den verschobenen Kinobesuch nachzuholen. Die Karten dafür steckten bereits seit über einer Woche ungenutzt in meiner Handtasche.

„Jetzt sei doch nicht gleich sauer!", belächelte er mich jetzt auch noch. „Ehe du schlafen gehst, sind wir längst zurück!"

„Sehr witzig Jonas!", empörte ich mich.

Mir reichten seine blöden Scherze und ich wurde richtig stinkig.

„Du kannst Chris gleich behalten. Ich gehe ohnehin heute Abend aus. Keine Ahnung bis wann ich zurückkomme. Doch ganz sicher nicht so früh, dass ihr auf mich warten solltet!" erwiderte ich scheinbar teilnahmslos.

Das saß. Verunsichert schaute Jonas mich an.

„Du gehst ohne Chris aus?", fragte er verblüfft.

„Ja sicher! Schließlich bin ich nicht mit ihm verheiratet, und selbst dann hätte ich ein Anrecht auf mein eigenes Leben!", erwiderte ich forsch.

„Tschüss Jonas!", sagte ich, als ich Felix wartend am Tor entdeckte. „Felix ist abfahrbereit!"

„Tschüss!", antwortete er unsicher.

Ich fühlte seinen entgeisterten Blick auf meinem Rücken, bis die Haustür ins Schloss knallte. Noch während der Fahrt nach Frankfurt rief ich Mona an und verabredete mich für heute Abend. Es war das erste Mal seit meiner elenden Lungenentzündung, dass ich wirklich Lust verspürte abends auszugehen.

In der Frankfurter-Innenstadt suchte ich nicht lange. Das rosa I-Phone fand sich rasch. Auch praktisches Zubehör wanderte über den Ladentisch. In einem nahe liegenden Kosmetikladen kaufte ich noch verschiedene Schminkutensilien. Dinge, die mir als ich zwölf war, ein ungeheuer erwachsenes Gefühl gaben. Auch eine lustige Haube und Handschuhe landeten in der Tüte. Genauso wie ein MP3 Player und ein Kuscheltier, die ebenfalls dort ihren Platz fanden. Lucie sollte mehr als nur ein Paket unter dem Weihnachtsbaum vorfinden.

Meinen ursprünglichen Plan Chris zu besuchen, verwarf ich. Der Ärger über den vergessenen Kinobesuch saß tief. Wieder Zuhause bat ich Felix, Lucies Geschenke vorerst in seinem Apartment zu verstecken. Keinesfalls sollte sie eines vor der Bescherung entdecken.

Den kalten Imbiss nahm ich stehend in der Küche ein. Es war hoch an der Zeit mich für meine Verabredung fertig zu machen. Vorfreude machte sich breit.

Noch ehe ich das Haus verließ, stattete ich Dads Arbeitszimmer einen Besuch ab. Wühlte in seinem Schreibtisch und entnahm den Schlüssel für die Stadtwohnung. Da sie direkt in der Innenstadt lag, würde sie uns als ideales Nachtquartier dienen.

„Du siehst fantastisch aus!", lobte mich Lucie, während ich meine Winterstiefel aus dem Regal fischte.

„Danke Lucie!"

„Soll ich dich fahren?", erkundigte sich Felix.

„Nein Danke Felix! Mona und ich fahren mit dem Taxi, es müsste auch gleich hier sein!", erwiderte ich rasch.

Ich wollte um jeden Preis verhindern, dass Chris erfuhr, in welchem Stadtteil ich mich aufhalten würde. Nein, wenn er mich finden wollte, musste er sich schon etwas mehr Mühe geben. So erklärte ich Felix nur ganz nebenbei: „Mona und ich bleiben auch nicht in Bad Soden. Wir fahren nach Frankfurt. Mal sehen wohin der Wind uns trägt!"

Nein, Chris's Suche sollte auf keinen Fall einfach werden. Und die paar Lokale in unserer überschaubaren Stadt, hätte er in Nullkommanichts gecheckt.

Frankfurt war da schon eine andere Nummer. Um mich dort zu finden, benötigte er neben Ausdauer auch eine Portion Glück. Doch ich fand es bitter nötig, ihm eine Lektion zu erteilen. Ich fühlte mich in den letzten Tagen gröblich vernachlässigt. Und nun vergaß er auch noch auf den lange geplanten Kinoabend. Besuchte stattdessen mit Jonas das Training. Als wäre das nicht Grund genug, fand er es nicht nötig mich heute anzurufen.

Das Taxi mit Mona an Bord fuhr laut hupend am Haupttor vor. Eilig lief ich die Auffahrt hinunter. Mona winkte aufgeregt. Ich lud sie nicht nur ein, sondern informierte sie auch, dass wir in Frankfurt übernachten würden. Nein, auch wenn es auf den ersten Blick so aussah, ich erkaufte mir Monas Gesellschaft nicht. Die Einladung war vielmehr der Tatsache geschuldet, dass sie sich eine

Tour durch die In-Lokale Frankfurts schlichtweg nicht leisten konnte.

Bereits am frühen Abend tourten wir ausgelassen durch die unzähligen, gemütlichen Kneipen der Innenstadt. Wollten uns später ins wilde Getümmel der In-Lokale stürzen. Schlag 22:00 Uhr läutete das Handy zum ersten Mal. Ein schadenfroher Blick aufs Display verriet mir, dass es Chris war.

„Typisch Mann!", dachte ich. „Jetzt sind sie vom Training zurück und nun wäre ich der optimale Lückenbüßer!"

Doch ich schluckte meinen Ärger hinunter. Chris würde mir den Abend nicht verderben. Der Alkohol zeigte erste Wirkung, da ich schon Wochen keinen Tropfen mehr getrunken hatte. Und heute? Ja heute bediente ich mich kräftig. Ein Red Bull-Whisky nach dem anderen floss die Kehle hinunter, trieb mich in Topform.

Schadenfroh stellte ich mein Handy auf lautlos. Chris konnte mich mal. Kurz vor Mitternacht verließen wir die letzte Kneipe und tourten nun aufgekratzt von einem In-Lokal ins nächste. Die Clubs waren ausgesprochen gut besucht. Das männliche Publikum allerdings war eher „Mau". Was soviel bedeutete wie: „Viele gut angezogene Doofschwätzer, die glaubten Mädels gebe es nur um ihr Leben zu versüßen!"

Trotz dieser Idioten, amüsierten wir uns königlich. Die Musik war Klasse und zum Glück so laut, dass man die pseudointellektuellen Ergüsse die so mancher von sich gab, nicht Wort für Wort verstehen musste. Befriedigt stellte ich fest, dass mein ungeplanter Ausflug Chris scheinbar in den Wahnsinn trieb. Inzwischen riefen Chris und Jonas hundertmal an, und quatschten meine Mobilbox randvoll.

Gegen drei Uhr morgens verließen wir ziemlich bedient den letzten Club. Ein Taxi brachte uns zur Stadtwohnung. Mein letzter Besuch hier lag schon lange zurück. Früher war ich oft hier. Dad parkte mich als Kind hier, wenn er mich in die Stadt mitnahm und dann kurzfristig wegen eines Termins umdisponieren musste.

Kaum im Bett schlief ich ein. Erst gegen Mittag schreckte

ich auf und weckte hektisch Mona.

„Wach auf Mona! Wir haben verpennt!"

Mona saß gähnend im Bett, rieb sich verschlafen die Augen und musterte mich verwundert.

„Wieso verpennt?"

„Ach nichts!", antwortete ich kleinlaut. „Es ist nur so, mein Dad kommt heute aus Paris zurück und ich möchte gerne zu Hause sein, wenn er ankommt!"

Wie so oft, war das auch dieses Mal leider nur die halbe Wahrheit. Natürlich wollte ich vor Dad im Hause sein. Aber nicht um ihn zu begrüßen, sondern vielmehr um einer Strafpredigt zu entgehen. Nach wie vor duldete er es nicht, dass ich über Nacht außer Haus blieb.

„Verdammt!"

Der blöde Flieger landete bereits vor über einer Stunde. Wenn Amanda ihn nicht durch diverse Extrawünsche aufgehalten hatte, würde er längst angekommen sein. Ich trieb Mona zur Eile an, und zehn Minuten später saßen wir im Taxi. Mona stieg zwei Querstraßen früher aus, um mir den Umweg zu ihrem Elternhaus zu ersparen. Trotzdem putzte Felix bereits das Auto.

Ich schnaufte abrundtief, wusste was das bedeutete. Dad und Amanda waren also bereits zu Hause.

„Guten Morgen Felix!", grüßte ich hektisch, während ich wie ein geölter Blitz durchs Tor raste.

Felix lächelte verschmitzt, verzog sein Gesicht zu einer schrägen Grimasse.

„Mahlzeit Cathy und Vorsicht!", warnte er mich.

„Drinnen herrscht dicke Luft! Ich habe nichts verraten, aber die Jungs haben dich verpetzt!"

„Na Bravo! Auch das noch!", dachte ich. „Anstatt mich zu decken, liefern sie mich aus!"

„Die zwei sind aber auch völlig fertig! Sie haben dich die ganze Nacht lang gesucht, und sind erst um 9:00 Uhr von Frankfurt zurückgekommen!", fügte Felix schmunzelnd hinzu.

Diese Nachricht entschädigte mich für so manches. Dafür würde ich Dads Gardinenpredigt nun gerne über mich ergehen lassen. Und außerdem legte ich mir, kreativ wie ich war, bereits während der Rückfahrt eine plausible Ausrede zurecht. So strebte ich unverdrossen dem Haus zu. Ich betrat kaum das Haus, da beorderte mich Dad auch schon mit messerscharfem Ton ins Arbeitszimmer. Gönnte es mir nicht, einen schadenfrohen Blick auf Jonas und Chris zu werfen. Zu meiner Überraschung lümmelte dort Amanda gelangweilt auf der Couch.

Das gab diesem Gespräch eine gewisse bittere Note. Dad verschärfte also die Gangart. Er wollte mich tatsächlich vor ihren Augen zurechtweisen. Damit rechnete ich nicht.

„Wo bist du gewesen?", fuhr er mich barsch an, kaum dass ich sein Arbeitszimmer betrat. „Woher bitte kommst du um diese Zeit? Es ist unfassbar! Kaum bin ich aus dem Haus, fällt dir nichts als Unsinn ein! Bist du denn ein Kleinkind, das man nicht alleine lassen kann? Nun gut wenn du dich so verhältst, kann ich dich auch wie eines behandeln. Du hast Hausarrest, du wirst währender den gesamten Weihnachtsferien das Haus nicht verlassen. Auch nicht mit Chris. Hast du mich verstanden?"

Es war nicht so sehr das was Dad sagte, sondern vielmehr das dreckige Grinsen von Amanda, das mich zur Weißglut trieb. Zu deutlich sah man ihrem Gesicht an, wie sehr sie meine Niederlage genoss.

„Du willst also gar nicht wissen, was ich zu meiner Verteidigung vorzubringen habe?", brüllte ich zurück. „Sind wir jetzt wieder an dem Punkt angelangt, wo du nur Befehle erteilst und dich einen Dreck um mich und meine Gefühle scherst?"

Bevor Dad antworten konnte, schnauzte mich Amanda heftig an: „Reiß dich zusammen Cathy! Und schrei hier bitte nicht herum! Das dulden wir nicht!"

Es war dieses „wir", das meinen Geduldsfaden endgültig reißen ließ.

„Amanda tu mir bitte einen Gefallen, und halte deinen dummen Mund! Die Sache geht dich gar nichts an. Du bist zum Glück nicht meine Mom!", wies ich sie wütend zurecht, spielte dann gekonnt meine Trumpfkarte aus. Warf Kinokarten, und Schlüssel auf den Tisch.

„Nur damit du es weißt Dad. Ich war in Frankfurt im

Kino, in der Spätvorstellung. Eigentlich hatte Chris mir versprochen mit mir dorthin zu gehen. Doch er hat es ja vorgezogen mit Jonas das Training zu besuchen. Da habe ich Mona gefragt ob sie mitkommen möchte. Weil ich wusste, dass es nach der Vorstellung schon spät sein würde, habe ich extra den Schlüssel für unsere Stadtwohnung mitgenommen. Schließlich weiß ich, dass du es nicht ausstehen kannst, wenn ich spät abends noch unterwegs bin. Ob ich in Frankfurt übernachten durfte? Keine Ahnung? Ich konnte dich schwer fragen. Du warst ja, wie so oft, nicht da. Und überhaupt, dir kann man es sowieso nicht recht machen!"

Ich quetschte ein paar Tränen in meine Augen und stürmte aus dem Arbeitszimmer. Sah Jonas und Chris betreten am Gang stehen. Das schlechte Gewissen stand deutlich in ihre Gesichter geschrieben.

„Warte Cathy, komm bitte zurück!", rief Dad hinter mir her. „Es tut mir leid!"

Doch ich rannte ohne mich umzudrehen die Treppe hoch, knallte die Türe zu, und sperrte ab. Im Schlafzimmer, stülpte ich mir die Bettdecke über den Kopf und lachte schallend. Ja, eventuell sollte ich doch eine Karriere als Schauspielerin in Erwägung ziehen. Oder als Ermittlerin, denn ich dachte an die Kameras. Lachte erst, als ich sicher sein konnte, dass mich keiner sah. Dad behauptete zwar, sie wären inaktiv geschaltet, aber sicher war sicher.

Kurz darauf klopfte es.

„Cathy bitte mach die Tür auf, ich möchte mit dir reden!", bat Chris, „Ich muss zur Arbeit. Bitte lass uns das noch rasch vorher klären!"

„Verzieh dich du alte Petze!", brüllte ich.

Hörte wie Chris und Jonas sich flüsternd unterhielten.

„Lass es gut sein Chris! Momentan erreichst du bei ihr ohnehin nichts! Sie hat ja Recht! Es war ganz schön fies von uns sie an Dad zu verraten! Es wäre ein Leichtes gewesen, eine Ausrede für sie zu erfinden!"

„Das fällt dir reichlich spät ein!", dachte ich und genoss den Gedanken, dass sie schuldbewusst vor meiner Tür lungerten.

„Ich muss jetzt wirklich gehen!", hörte ich Chris sagen. „Ich habe eine Besprechung und ich war in letzter Zeit schon so oft unpünktlich!"
Gleich darauf hetzte er im Laufschritt die lange Auffahrt hinunter. Obwohl in Eile, drehte er sich um und winkte zu mir hoch. Wieder klopfte es.
„Verschwinde Jonas du elender Verräter! Du bist kein Stück besser als Chris!", fauchte ich.
Hörte wie er ärgerlich seine Zimmertüre zuknallte. Mein Magen meldete sich und so stattete ich der Küche einen Besuch ab. Zu meiner Überraschung fand ich sie gähnend leer.
„Auch gut", dachte ich.
Plünderte den Kühlschrank, und saß danach mit einem Teller Leckereien in der Essecke. Durchs Küchenfenster verfolgte ich, wie Dad mit Felix zur Garage ging.
Ordentlich wie ich war, versenkte ich meinen Teller im Geschirrspüler und verzog mich in den Wintergarten. Angelte nach den Zigaretten. Entdeckte dabei Amanda, die gerade im Badeanzug den Elterntrakt verließ und auf dem Weg zum Pool war. Hastig dämpfte ich die Zigarette aus. Wollte mich gerade verziehen, als sie mich mit den Worten: „Du kannst vielleicht deinen Dad um den Finger wickeln, aber mich nicht. Sobald ich hier das Sagen habe, kommst du mit so billigen Ausreden nicht davon!", im Schritt innehalten ließ.
Ihre Augen lagen kalt wie Eis auf mir.
„Mach dir keine falschen Hoffnungen Amanda, du kannst mir gar nichts. Wenn du glaubst, dass du hier die böse Stiefmutter zum Besten geben kannst, muss ich dir sagen, das kostet mich bestenfalls einen Lacher!", erwiderte ich schnippisch.
„Das werden wir ja sehen!", drohte sie. „Wenn du nicht tust was ich verlange, oder anordne, sorge ich dafür, dass du keinen einzigen Cent mehr von deinem Dad erhältst!"
Ich verzog mein Gesicht zu einer bedauernden Grimasse und grinste provokant.
„Siehst du Amanda, du weißt nichts, gar nichts, nicht das Geringste. Du bist dumm wie Stroh! Denn wenn du auch

nur etwas über unserer Familie wüsstest, dann wüsstest du, dass ich finanziell völlig unabhängig bin. Selbst wenn du Dad dazu bringen könntest, mich zu enterben, würde das nur einen kleinen Teil der Klinik betreffen. Denn das Vermögen meiner Mom, wurde nach ihrem Tod bereits aufgeteilt und auf Dad, Jonas und mich übertragen. Du siehst also ich brauche Dads Geld nicht. Denn bis ich volljährig bin, beziehe ich Geld aus meinen Treuhandfonds. Du siehst also Amanda, meine Mom war eine kluge Frau! Sie beschützt Jonas und mich noch über ihren Tod hinaus. Langsam glaube ich, dass du nur hinter unserem Vermögen her bist. Aber Pech gehabt. Denn selbst wenn du Jonas und mich beseitigen würdest, hättest du nichts davon. Unser Vermögen würde dann verschiedenen Stiftungen zufliesen, das haben Dad und meine Mom so beschlossen!"

Triumphierend grinste ich sie an. Amanda hechelte nach Luft. Starrte mich an, als wäre ich ein Geist und stürzte ohne ein weiteres Wort hinaus. Ein leises Räuspern ließ mich zusammenfahren und Jonas richtete sich gemächlich auf seiner Liege auf.

„Verdammt Cathy! Ich denke, du hattest wieder einmal Recht. Amanda verfolgt wirklich andere Ziele, als ich dachte. Ich revidiere meine Meinung. Amanda ist nicht gut für Dad. Sie ist eine kalte berechnende Schlange. Ich hätte dir kein Wort geglaubt, wenn ich es nicht selbst gehört hätte. Aber wie bringen wir das nur Dad bei?"

„Keine Ahnung!", erwiderte ich ratlos. „Aber ganz sicher werde ich nicht untätig zusehen, wie er in ihre Falle tappt und sie ihn verletzt!"

„Armer Dad!", erklärte Jonas bedauernd. „Ich hätte ihm wirklich ein wenig Liebesglück gegönnt. Aber wir sollten bis nach den Weihnachtsfeiertagen warten, ehe wir ihn mit der bitteren Wahrheit konfrontieren. Auch wegen Lucie. Wäre schade, wenn wir der Kleinen auch noch das Fest verderben. Es reicht völlig, dass Amanda ihre Mom ist. Abgemacht Cathy?"

„Abgemacht Jonas!", stimmte ich zu. „Lass uns die erst die Feiertage abwarten, ehe wir Dad reinen Wein einschenken. Amanda kann ohnehin keinen großen Schaden anrichten!"

Ahnte nicht, wie sehr ich mich in dieser Beziehung irrte.

Die Haustür polterte hart ins Schloss. Amanda stürzte die Auffahrt hinunter, als wäre der Leibhaftige persönlich hinter ihr her. Raste hysterisch winkend auf die Limo zu, die gerade gemächlich durchs Tor bog.

11.Kapitel

Völlig aufgelöst stürzte Amanda aus dem Wintergarten. Griff nach ihrem Fuchs und konnte nicht schnell genug in ihre Stiefel finden. Ungeduldig riss sie den in Paris neu erstandenen Prada Shopper vom Haken, ehe sie aus dem Haus hetzte. Zu ihrem Glück rollte Felix gerade durchs Tor. Sie stoppte ihn und ließ sich schwer atmend in den Fond des Autos fallen.

„Fahren sie mich auf der Stelle nach Frankfurt!", wies sie ihn knapp an.

Während Felix zum wiederholten Mal an diesem Tag die belebte Innenstadt ansteuerte, telefonierte sie mit Mike. Verabredete ein Treffen in einem nahe gelegenen Cafe. Einige Straßenzüge davon entfernt, forderte sie Felix auf anzuhalten.

„Holen sie mich hier in einer Stunde wieder ab. Ich muss noch Weihnachtsgeschenke für Lucie besorgen!", befahl sie knapp, ehe sie aus dem Auto stolperte.

Mike war von Amandas Anruf überrumpelt. Sofort ahnte er, dass etwas Unvorhergesehenes passiert sein musste, so aufgebracht wie Amanda klang. Missmutig verließ er das billige Hotel, in das er sich nach seiner Ankunft hier einquartiert hatte. Nervös strebte er dem Treffpunkt zu. Er nahm gerade an einem der hinteren Tische Platz, als

Amanda wie ein Pfeil durch die Türe schoss. Er winkte sie zu sich und blickte sie erwartungsvoll an.

Was gibt es denn so Wichtiges, dass du von unserem Plan abweichst?", fuhr er sie ungehalten an, „Wir waren uns doch einig, dass wir uns in nächster Zeit nicht treffen!"

Amanda atmete heftig, kurz davor zu hyperventilieren. Ihre Stimme kreischte, überschlug sich, als sie Mike von ihrem Gespräch mit Cathy berichtete.

„Die ganze Mühe umsonst!", seufzte sie abschließend. „John ist nicht annähernd so vermögend wie wir dachten. Unser Plan ist völlig wertlos!"

Ratlos blickte sie Mike an.

„Halb so schlimm Amanda. Mach dich nicht verrückt. Wir kehren einfach zu unserem ursprünglichen Vorhaben zurück. Die Sache ist zwar um einiges gefährlicher, doch dafür erreichen wir schneller unser Ziel!", beschwichtigte er sie.

„Woran denkst du?", fragte Amanda angespannt.

„Nun, die Vorbereitungen werden einige Tage in Anspruch nehmen, aber ich denke, wir sollten uns eines der Kinder schnappen!"

„Du meinst entführen!", fragte sie schrill.

„Nicht so laut Amanda! Bist du nicht ganz bei Sinnen? Beruhig dich wieder. Es wird alles so ablaufen, wie wir es ursprünglich geplant haben! Wir kommen schon noch zu unserem Geld. Wichtig ist, dass du dich zusammenreißt und jeder weiteren Auseinandersetzung mit dieser Cathy aus dem Weg gehst. Wenn die Sache klappen soll, musst du unbedingt weiterhin im Hause der Jeffersons bleiben, um uns Informationen zu liefern. Hast du verstanden! Also reiß dich zusammen. Und spiel bitte in den nächsten Tagen die liebevolle Stiefmutter in spe!"

Er lachte dreckig, strich ihr beruhigend durchs Haar.

„Ich gehe jetzt, bevor uns noch jemand sieht! Bleib noch ein Weilchen sitzen, ehe du gehst! Und vergiss nicht, es sind nur ein paar Tage!", tröstete er sie.

„Ich melde mich bald bei dir!", versprach er leise, ehe er das Lokal verließ.

Ungeduldig trommelte Amanda auf die Tischplatte, ehe

sie das Cafe verließ. Desinteressiert schlenderte sie durch die festlich geschmückte Fußgängerzone. Um ihre Einkaufsfahrt glaubhaft zu machen, galt es rasch einige Kleinigkeit zu besorgen. Sie entschied sich für einen grauen Kaschmirschal und ein Buch, das sie gleich im ersten Laden entdeckte. Danach suchte sie den vereinbarten Treffpunkt auf.

„Welches Desaster!", schoss es Mike durch den Kopf, nachdem er das kleine Cafe hinter sich ließ.
Ihr Plan, der Amandas Heirat mit dem reichen Witwer vorsah, erwies sich heute als wertlos. Gleich nach seiner Ankunft in Frankfurt, eröffnete Mike ein Konto bei der Western Union Bank. Dorthin wollte sie das gesamte Barvermögen der Jeffersons transferieren, nachdem ihm Amanda, gleich nach der Hochzeit, eine Kontovollmacht abgeschwatzt hätte.
„Nun", dachte Mike achselzuckend. „Pläne ändern sich!"
Am Rückweg ins Hotel grübelte er bereits darüber nach, wo er zuverlässige Komplizen für eine Entführung finden könnte. Hatte da so eine vage Idee. Denn selbst jetzt, da sie nur mehr über bescheidene Mittel verfügten, konnte er seine Finger nicht vom Glücksspiel lassen.
Regelmäßig besuchte er eine illegale Pokerrunde, die all abendlich im Hinterzimmer einer heruntergekommenen Spelunke stattfand. Einige der zwielichtigen Gestalten die dort verkehrten, schienen für den Job bestens geeignet. Gleich heute wollte er auf den Busch klopfen. Herausfinden, ob er unter ihnen geeignete Komplizen für seinen Plan finden könnte.
Die größte Unbekannte bei dem heiklen Unterfangen war Amandas aufbrausendes Temperament. Amanda liebte nicht nur Luxus jeder Art, sondern duldete auch keine anderen Frauen neben sich. Vor allem keinen attraktiven Teenager, der ihr in ihren Augen den Rang ablief. Nein, Amanda war es gewohnt die erste Geige zu spielen. Und so befürchtete er, dass ihre Eitelkeit und ihre impulsive Art seine Pläne noch durchkreuzen könnten.

12. Kapitel

Bevor Jonas nach oben ging, äußerte er noch beiläufig: „Übrigens Chris kommt heute Abend vorbei!"

„Um mit dir Schach zu spielen?", fragte ich und konnte mir einen sarkastischen Unterton nicht verkneifen.

„Nein!", sagte Jonas. „Um ein klärendes Gespräch mit dir zu führen!"

„Du wirst dich doch erwachsen verhalten, und ihn nicht wie ein trotziger Teenager vor der Türe stehen lassen?", fragt er besorgt.

„Mal sehen", antworte ich kryptisch.

„Ich muss jetzt lernen!", stöhnte er. „Es ist allerhöchste Zeit, dass ich mich auf die anstehende Prüfung für das Semester vorbereite. Der Termin ist ohnehin ungünstig, liegt gleich nach den Weihnachtsferien. Im Übrigen tut es mir leid, dass ich dir den Kinoabend verdorben habe! Und auch, dass wir dich verraten haben! Aber die Sache hat sich ja zum Glück geklärt! Dad ist ganz unglücklich, dass er dir so unrecht getan hat!"

Schuldbewusst lehnte er in der Türe.

„Schon vergessen Jonas! Aber ein wenig mehr Loyalität von deiner Seite wäre wohl angebracht gewesen! Ich habe dich auch nie verraten!", legte ich ein Schäufelchen nach.

Jetzt schämte er sich, verzog verlegen sein Gesicht.

„Sorry Cathy!", erwidert er gequält und verzog sich.

Mit meinen Zehen überprüfte ich die Wassertemperatur. Wollte gerade ein paar Runden schwimmen, als ich Lucie und Maria entdeckte, die schwer bepackt durch den Schnee stapften. Neugierig lief ich zur Haustür. Lucies Wangen glühten förmlich vor Kälte, und Maria schnaufte erbärmlich, war am Ende ihrer Kräfte.

„Maria, du sollst doch nicht so schwer tragen", tadelte ich sie, und griff nach einer dieser hoffnungslos überfüllten Tüten. „Dafür haben wir doch die Mädchen! Außerdem wäre Felix sicher gern mit dir zum Supermarkt gefahren!"

„Ach weißt du Cathy", keuchte sie noch außer Atem. „Das war eine spontane Idee. Lucie hat mir erzählt, dass sie noch nie Kekse gebacken hat. Da sind wir losgezogen, um noch fehlende Zutaten einzukaufen. Ich habe tatsächlich schon vergessen, wie schwer solche Tüten sein können!"

Ja Lucie. Sie schaffte es mit ihrer natürlichen Art Leute zu Dinge zu animieren, die man kaum für möglich hielt. Bald standen wir zu dritt in der Küche um Kekse zu backen. Meine letzten Backversuche lagen bereits lange zurück. Auch ich vergaß ganz, wie viel Spaß es machte. Natürlich gab es bei uns in der Adventzeit immer Kekse, dafür sorgte Maria. Doch dabei geholfen hatte ich schon ewig nicht mehr. Nachdem die ersten Kekse im Backrohr waren, strömte dieser unverwechselbare Duft durchs ganze Haus.

Lucie war mit Feuereifer bei der Sache und ihre Augen strahlten mit den Abendsternen draußen am Himmel um die Wette. Das Schönste am Backen jedoch war unbestritten das Verkosten. Gute zwei Stunden später, war es so weit. Mit einem Teller Keksen saßen wir in der Essecke. Sie waren noch warm, und der Schokoüberzug nicht ganz fest. Doch das tat Lucies Begeisterung keinen Abbruch. Maria servierte uns dazu heiße Schokolade mit frisch geschlagener Sahne.

„Hast du schon gesehen, wie toll die Mädchen das Haus geschmückt haben?", erkundigte sich Lucie mit vollem Mund.

Hatte ich nicht. Trotzdem nickte ich, ließ mir nichts anmerken und blickte mich verstohlen um. Tatsächlich, die minimalistische Weihnachtsdekoration der letzten Jahre wurde durch üppige goldene Bänder, bunte Kugeln und Rentiere kräftig aufgepeppt. Die Vorfreude die Lucie ausstrahlte, verzauberte uns alle.

Maria und Lucie planten noch weiteres Backwerk, doch ich empfahl mich. In Lucies Alter gab es für mich auch nichts Schöneres, als mit Maria zu backen. Doch meine Kindertage gehörten der Vergangenheit an und so erlosch mein Interesse schnell. Ich kehrte zu meinem ursprünglichen Vorhaben zurück, schlüpfte in den Bikini und köpfelte übermütig ins Pool. Das Wasser war angenehm warm und entspannt schwamm ich nun Bahn um Bahn. Herrlich müde, döste ich danach auf einer Relaxliege vor mich hin. Die graue Dämmerung wich der Dunkelheit und es begann zu schneien. Flocke um Flocke tanzte über das Glasdach. Weihnachten, ich liebte nichts mehr als dieses Fest. Auch wenn es nur mehr halb so aufregend war, wie in Kindertagen. Morgen würden wir den Baum schmücken und dann trennte uns nur mehr eine Nacht vom schönsten Fest im Jahreskreis. Als Kind erschien mir der letzte Tag vor der Bescherung unerträglich lang. Fast, als würde die Zeit still stehen.

Ich vernahm die warme, dunkle Stimme meines Dads, der umgehend dem Duft der Kekse folgte und sich nun angeregt mit Lucie unterhielt. Dad lachte. Es füllte mein Herz mit Freude. Ja, ich liebte es, wenn er lachte, auch wenn er es nur selten tat. Ein frisch gebackenes Keks in der Hand kam er in den Wintergarten und blickte sich suchend um.

„Cathy?"

„Ja, Dad?"

Ich richtete mich unruhig auf. Flüchtete ich doch so überhastet, dass ich mir nicht sicher war, ob er meine frei erfundene Geschichte auch geglaubt hatte. Er setzte sich verlegen auf den Rand der Liege und wirkte ungewohnt befangen.

„Es tut mir wirklich leid, dass ich dir nicht von Anfang an die Möglichkeit gegeben habe, mir dein Verhalten zu erklären! Ich war sehr ungerecht!"

Ein dunkler Schatten huschte über sein Gesicht. Vertrieb den eben noch so fröhlichen Ausdruck und es wirkte betrübt. Auf der Stelle beschlich mich ein schlechtes Gewissen.

„Ist schon okay Dad!", beruhigte ich ihn deshalb rasch.

„Nein!", erklärte er kopfschüttelnd. „Ist es nicht! Und auch, dass ich Amanda gestattet habe bei dem Gespräch anwesend zu sein, war nicht in Ordnung. Ich möchte, dass du weißt, dass du und Jonas das Wichtigste in meinem Leben seid, und ich nur euer Bestes im Auge habe!"

Jetzt musste ich heftig schlucken.

„Ich liebe dich auch Dad!", sagte ich und vergrub mich in seinen Armen.

Ertrug den Anblick seiner schuldbewussten Miene nicht. Seine Liebeserklärung traf mich unvorbereitet. Oben am Zimmer lachte ich noch. Triumphierte und fühlte mich großartig. Doch nun, nach seinen lieben Worten, überwältigte mich ein Gefühl tiefer Scham. Eine Sekunde lang war ich versucht ihm die Wahrheit zu gestehen. Doch ich verwarf den Gedanken rasch, als Amanda nach ihm rief.

Dad reagierte nicht, sondern erkundigte sich stattdessen kleinlaut: „Alles wieder in Ordnung zwischen uns beiden? Selbstverständlich ziehe ich den Hausarrest zurück!"

„Ja Dad, alles okay!"

Wie von einer Last befreit, verließ er den Wintergarten. Sofort griff ich nach meinen Zigaretten.

„Wenn es einen Weihnachtsmann gäbe, wäre ich wohl auf der schwarzen Liste!" dachte ich reumütig, während ich das wilde Schneetreiben beobachtete.

Zum Glück trieb mich die Uhr zur Eile an, verscheuchte meine dunklen Gedanken. Ich musste mich beeilen. Schließlich wollte ich gut aussehen, wenn Chris kam.

Auf der Treppe prallte ich auf Amanda. Ich wollte gerade wortlos an ihr vorbeihuschen, als sie mich ansprach.

„Ich hoffe, du hast unsere heutige Unterhaltung nicht missverstanden! Selbstverständlich will auch ich nur das Beste für dich!"

Das waren ja ganz neue Töne. Aber mich täuschte diese falsche Schlange nicht. Doch um des Weihnachtsfriedens willen, und an das Gespräch denkend, das ich mit Jonas führte, erwiderte ich höflich: „Schon gut Amanda, ich glaube wir haben beide Dinge gesagt, die wir nicht so gemeint haben!"

Ihre Augen blitzten überrascht auf.

„Ja", dachte ich. „Überrascht? Damit hast du wohl nicht gerechnet, du Miststück. Aber dich lass ich bestimmt nicht in meine Karten schauen! Und um Lucies willen, sie soll schöne und friedliche Weihnachten haben!"

Mit aufgesetztem Lächeln, huschte ich an ihr vorbei. War

noch im Badezimmer, als Chris eintraf. Ich beeilte mich mein Make-up zu beenden. Tuschte meine Wimpern, als es klopfte. Mein Herz pochte heftig.

„Ja?" fragte ich scheinheilig.

„Ich bin es, Chris, darf ich hereinkommen!"

„Aber sicher!", antwortete ich gönnerhaft.

Verlegen stand er mit einem Strauß Rosen vor mir.

„Es tut mir wirklich leid, Liebes, dass ich den Kinoabend vergessen habe. Ich mache es wieder gut!" druckste er herum.

Ich gab mich großzügig.

„Schon vergessen!"

War versucht hinzufügen: „Ich habe den Film ja ohnehin mit Mona gesehen!", brachte es aber dann doch nicht übers Herz ihn so schamlos zu belügen.

Stattdessen nahm ich die Rosen und arrangierte sie in einer Vase. Als sich dabei unsere Hände berührten, raste eine Welle der Begierde, wie ein Tsunami durch meinen Körper. Es kostete mich einiges an Willensstärke, dieses Gefühl zu ignorieren. Doch ich trat unbeirrt auf den Gang und forderte ihn kühl auf, mit hinunter zum Abendessen zu kommen. Ich sah direkt in seine Augen. Las in ihnen, wie in einem offenen Buch. Er liebte mich. Begehrte mich und das Abendessen war selbst einem „Vielfraß" wie ihm, in diesem Moment so etwas von egal. Aber ich lernte, begriff schnell. Dass, wenn man die Oberhand behalten wollte, man nicht so schnell nachgeben durfte.

Mein Körper hasste mich, als ich eng an seiner Seite die Treppe hinunterlief. Ließ mich wissen, dass er so gar nicht mit meiner Entscheidung einverstanden war. Doch ich ignorierte ihn standhaft.

Nach dem Abendessen schlug ich Lucie vor, Scrabble zu spielen. Noch ehe ich den Satz vollendete, stürmte sie los und holte begeistert das Spiel. Chris schmollte offensichtlich, warf mir schmachtende Blicke zu.

„Du kannst ja irgendetwas mit Jonas spielen, oder ihr geht zum Training!", bemerkte ich leicht gehässig.

Dad grinste, hob sein Fachjournal höher, und amüsierte sich dahinter. Jonas hingegen verzog sein Gesicht zu einer verlegenen Grimasse. Bot Chris dann an, eine Partie Schach zu spielen. Man musste Chris nur ansehen, um zu erkennen, dass er ein anderes Spiel bevorzugt hätte. Doch alternativlos fügte er sich in sein Schicksal.

Gegen 22:00 Uhr wurden Lucies Augen kleiner und sie verabschiedete sich. Kaum war sie weg, gähnte auch Chris herzhaft. Warf mir einen eindeutigen Blick zu und meinte: „Ich gehe jetzt auch ins Bett, der heutige Tag war ziemlich anstrengend!"

Ungerührt verräumte ich das Scrabble. Sich nach allen Richtungen streckend, erhob er sich. Auch Amanda, die eigentliche eine Nachteule war, folgte Chris's Beispiel.

„Denkste!", dachte ich, und warf ihm einen letzten triumphierenden Blick hinterher.

Statt ihm zu folgen schlenderte ich in den Wintergarten. Leistete Dad, der es sich mit einem Glas französischen Rotwein gemütlich gemacht hatte, Gesellschaft.

Lächelnd reichte er mir ein Glas.

„Du bist wie deine Mom!"

„Echt?", fragte ich, „Wie meinst du das Dad?"

„Es ist zum Glück nicht oft vorgekommen!", grinste er. „Doch wenn ich mir den Unwillen deiner Mom zugezogen hatte, war sie so, wie du jetzt!"

„Ach wirklich?"

„Ja", sagte er. „Ganz gleich!"

Schweigend beobachteten wir das wilde Schneetreiben. Gedankenverloren leerte ich mein Glas. Schlich erst nach Mitternacht nach oben, da schlief Chris bereits tief und fest. Ich schlüpfte ins Bett. Kuschelte mich in seine Arme, und schlief ein. Sanfte Küsse weckten mich.

„Guten Morgen Liebes! Schlaf ruhig weiter, ich wollte mich nur verabschieden. Ich muss ins Büro!"

„Chris!", murmelte ich im Halbschlaf und zog ihn an mich. „Bleib!"

Er küsste meine Nasenspitze.

„Ich arbeite ja nur mehr heute Vormittag", tröstete er mich. „Dann habe ich ohnehin Urlaub!"

Ich rollte mich gerade gemütlich in meine Decke ein, da schoss es wie ein Blitz durch mein Gehirn.

„Dann ist heute der dreiundzwanzigste?", fragte ich und war augenblicklich hellwach.

„Ja sicher!", erwiderte Chris und beobachtete erstaunt, wie ich hurtig aus dem Bett floppte und mich im rasanten Tempo anzog.

„Ich komme mit zum Frühstück!", erklärte ich fröhlich. „Denn heute schmücken Lucie und ich den Baum."

Im Esszimmer wartete Lucie schon ungeduldig.

„Die Gärtner haben den Baum bereits ins Haus gebracht und aufgestellt!", berichtete sie aufgeregt. „Und Maria hat den Weihnachtsschmuck für uns bereitgelegt!"

Ich fand kaum Zeit zu frühstücken. Geschweige denn mich länger, als einen flüchtigen Kuss lang, von Chris zu verabschieden, so ungeduldig zerrte sie an mir herum.

Lucie befestigte gerade die letzte Zuckerstange am Baum, als Amanda im Wohnzimmer auftauchte.

„Ist der Baum nicht einfach himmlisch, und wir haben ihn fast alleine geschmückt!"

Lucies Augen funkelten, wie Sterne am Abendhimmel.

Bis auf die Beleuchtung!", schränkte sie ein. „Das haben die Gärtner erledigt."

„Ja, ganz nett!", antwortete Amanda, nachdem sie kaum mehr als einen flüchtigen Blick auf die herrliche Tanne warf.

Stattdessen musterte sie Lucie missmutig.

„Deine Haare sehen einfach furchtbar aus. Ich werde mit Maria sprechen, damit man sich noch vor den Feiertagen darum kümmert!"

Das Leuchten verließ Lucies Gesicht.

„Das kann ich ja machen!", bot ich an. „Ich habe ohnehin einen Termin bei Carlos, da kann ich Lucie gleich mitnehmen!"

„Wenn du meinst", erwiderte sie gnädig. „Aber eigentlich gibt es für diese Dinge doch Personal!"

Liebend gerne hätte ich ihr jetzt gesagt, was ich von ihrer überheblichen Art hielt, doch Lucies wegen schwieg ich.

Amanda bemerkte, dass ihre Worte schon wieder keinen guten Eindruck hinterließen. Deshalb fügte sie mit einem aufgesetzten Lächeln hinzu: „Aber wenn du dich darum kümmern möchtest, ist mir das natürlich um einiges lieber!"

Ohne uns weiter zu beachten, drehte sie sich um, und schritt hinaus. Lucie hielt die letzte Zuckerstange in der Hand, und wirkte traurig.

„Wohin damit?", fragte ich gespielt fröhlich um sie aufzumuntern.

Mit Kennerblick fand sie die passende Stelle.

„Wirklich wunderschön Lucie!", lobte ich sie. „Das hast du toll gemacht!"

Zögernd verflüchtigte sich der bittere Ausdruck um ihre Lippen.

„Und du wirst sehen, Carlos ist toll!", sagte ich und ahmte mit schwingenden Hüften seinen Gang nach. „Lucie Schätzchen, wenn Carlos mit dir fertig ist, siehst du ganz hervorragend aus! Wie eine kleine Raupe die sich in einen Schmetterling verwandelt hat!"

Erreichte mit meiner kleinen Vorstellung, dass Lucies Heiterkeit zurückkehrte.

13. Kapitel

Chris fuhr zügig. Die tägliche Strecke von Bad Soden nach Frankfurt ins Präsidium, kannte er im Schlaf. Er nahm die etwas längere Anfahrt gerne in Kauf. Froh abends in die friedliche Kleinstadt zurückkehren zu können. Weit ab von der Kriminalität, die sein tägliches Brot war.

Doch heute beschäftigte ihn während seiner Fahrt ein anderer Gedanke. Die Weihnachtsfeiertage entpuppten sich unerwartet, als ein weiterer Stolperstein in seiner noch jungen Beziehung. Aus gutem Grund vermied er es, Cathy mit zu seinen Eltern zu nehmen. Befürchtete er doch, dass sie dort nur auf Ablehnung stoßen würde.

Seine Eltern, besonders seine Mutter, reagierten entsetzt, als er sich von Sabrina trennte. Sahen sie doch in ihr die zukünftige Schwiegertochter. Unablässig redeten sie ihm ins Gewissen. Sie verstanden nicht, wollten einfach nicht begreifen, dass er Sabrina niemals liebte.

Ja, sie bezeichneten seine neue Beziehung sogar als Witz. Immer wenn die Sprache auf Cathy kam, wurde sie nicht müde auf den großen Alterunterschied hinzuweisen. Ihn zu belehren, dass er nicht in diese Kreise und zu diesen Leuten gehörte.

Das geradezu groteske daran war, dass kein Einziger der Jeffersons ein Problem mit seiner einfachen Herkunft hatte. Nur seine eigene Familie beharrte stur darauf, dass Cathy schon wegen der gesellschaftlichen Stellung ihres Vaters nicht zu ihm passte. Cathy sprach ihn schon des Öfteren auf seine Familie an. Drängte darauf seine Eltern und Geschwister kennen zu lernen. Ihm war schleierhaft, wie er sie daran hindern sollte, ihn am Vormittag des Heiligen Abend zu seiner Familie zu begleiten.

Selbst das Gespräch, das er mit seinem langjährigen Freund Matthew deswegen führte, war ihm keine Hilfe. Matti, eher der pragmatische Typ, riet ihm nur: „Mach dir bitte nicht so viele Gedanken Chris! Man kann nicht alles im Leben bis ins kleinste Detail planen. Lass deine Eltern einfach selbst herausfinden, wer deine Cathy ist. Und wenn es knallt, dann knallt es eben. Solange ihr euch liebt, wird euch nichts auseinander bringen können!"

Er wollte Mattis Rat befolgen. Befürchtete jedoch, dass bereits der Vormittag des Vierundzwanzigsten in einem Desaster enden würde.

Mittlerweile erreichte er das Polizeipräsidium. Eilte noch in Gedanken über den tief verschneiten Parkplatz. Am heutigen Vormittag wollte er die lang überfällige Entrümpelung seines Schreibtisches in Angriff nehmen und Liegengebliebenes aufarbeiten. Doch kaum durch die Tür, stellte er fest, dass alle im Haus bereits in Festtagslaune waren.

Umgehend verwarf er seine Pläne. Griff gutgelaunt nach einem Becher alkoholfreien Weihnachtspunsch, den die

Kollegen der Bereitschaftspolizei gerade ausschenkten. Auch Nellmann kam, ganz gegen seine zurückhaltende Art, herunter in die Halle. Strahlte mit dem festlich geschmückten Baum im Foyer um die Wette.

Per Zufall erfuhr Chris den Auslöser seiner ungewohnten Umgänglichkeit. Als Nellmann sich früher als die anderen aus der fröhlichen Runde löste, telefonierte er gerade mit seiner Frau. Chris hörte wie er sagte: „Ich bin schon auf dem Weg Martha! Ja, ich freue mich auch auf unser Weihnachtsfest mit George!"

Viele der älteren Kollegen kannten die Geschichte vom tragischen Unfall seines Sohnes. Chris erfuhr davon erst durch Cathy. Gönnte ihm von Herzen, das nun ein wenig Freude in sein Leben zurückkehrte.

Nellmann eilte geschäftig von einem zum anderen. Wünschte händeschüttelnd „Ein frohes und gesegnetes Weihnachtsfest!" und verschwand vor sich hinpfeifend durch die Drehtüre.

Nach der Mittagspause, beschloss auch Chris sich auf den Weg zu machen. Er wollte noch in seine alte Wohnung, um die letzten Weihnachtsgeschenke für seine Familie zu verpacken, ehe er zum Haus der Jeffersons fuhr. Seine Wohnung verwaiste, war nur mehr eine Zwischenstation, da er sich meist bei Cathy aufhielt. Großzügig räumte sie in ihrem Ankleidezimmer zwei Meter für ihn frei. Im Gegenzug trat er ihr die Hälfte seines Kleiderschranks ab.

„Ordnung sieht anders aus!", dachte er kopfschüttelnd, als er eintrat.

Das war einer der Nachteile, die er billigend in Kauf nahm. Cathy war nicht gewöhnt selbst für Ordnung zu sorgen. Von Kindesbeinen an wurde ihr alles aus dem Weg geräumt. Seufzend griff er nach dem zerknüllten Shirt, das achtlos am Boden lag. Drückte es, als er den feinen Duft vernahm, gegen seine Nase. Ja es roch nach ihr. Nach ihrem Parfum, ihrem Körper und sofort überfiel ihn diese Sehnsucht.

Trotzdem machte er sich diszipliniert ans Werk. Ganz wie es seine Art war, verpackte er sorgfältig ein Geschenk nach dem anderen. Ordentlich mit Schleife und Kärtchen.

Kurz überlegte er. Entschied dann aber sie hier zu lassen, um sie erst vor dem Besuch bei seinen Eltern abzuholen. Er freute sich schon auf den morgigen Heiligen Abend, seine ersten gemeinsamen Weihnachten mit Cathy.

Nach einem letzten kontrollierenden Blick, schloss er ab. Wollte nun seinen Urlaub in vollen Zügen genießen, und endlich mehr Zeit mit Cathy verbringen.

14. Kapitel

Nellmann verließ mit Riesenschritten das Präsidium. Heute, ja heute war es endlich so weit. Nach beinahe vier Jahren und drei trostlosen Weihnachten. Feiertagen bei denen Martha, nach ihrem Besuch in der Klinik, hilflos und tieftraurig neben dem Baum saß. Heuer würden sie wieder, wie eine ganz normale Familie, das Fest feiern.

Seit Martha wusste, dass George nach Hause kommen würde, fegte sie wie ein Tornado durch alle Räume. Dekorierte und putzte. Buk eine Sorte Weihnachtskekse nach der anderen. Sie strahlte von innen heraus. Es vertrieb die winzigen Sorgenfalten unter ihren Augen. Auch die Tanne stand fix und fertig dekoriert auf ihrem alten Platz im Wohnzimmer. Verströmte diesen leicht herben Duft nach Wald.

Er fuhr kaum vor, da sprang sie schon anmutig wie ein junges Reh in den Wagen. Erstaunt betrachtete er sie. Die dunklen gedeckten Farben ihrer Kleidung wichen einem fröhlichen, zarten Pastellton. Auch ihr Haar verlieh ihr durch neuen Schnitt und Farbe ein jüngeres, frischeres Aussehen.

„Du siehst fantastisch aus!", staunte er, und erntete dafür ein verlegenes Lächeln.

Die ganze Fahrt über führten sie ein leichtes, heiteres

Gespräch. Erst als sie nur mehr wenige Kilometer von der Klinik entfernt waren, verstummte Martha. Wurde mit einem Mal äußerst schweigsam.

„Ist irgendwas Martha?", fragte Werner, und warf ihr einen besorgten Blick zu.

„Ach nichts", hauchte sie leise. „Ich habe nur Angst, dass im letzten Moment doch noch etwas schief geht. Und wir George nicht mitnehmen dürfen."

„Mach dich nicht verrückt Martha!", beruhigt er sie. „In ein paar Minuten sitzt George hier bei uns im Auto, und wir sind auf dem Weg nach Hause!"

Gleich als sie die Klinik betraten, entdeckten sie George der freudestrahlend auf sie zustürmte. Der Koffer stand fertig gepackt im Eingangsbereich, und seine Hand umklammerte die Geige. Eine Krankenschwester näherte sich lächelnd den Nellmanns.

„So George, noch eine Unterschrift von deinem Vater und dann kann es endlich losgehen!" sagte sie schmunzelnd.

„George wartet schon seit den frühen Morgenstunden! Er war durch nichts und niemanden zu bewegen in seinem Zimmer zu bleiben. Frohe Weihnachten!", wünschte sie noch, ehe sie mit den Entlassungspapieren in der Hand, die Nellmanns verließ.

Ungebremst rollten nun Tränen über Marthas Wangen. Nun da George im Auto saß, realisierte sie, dass ihr lang gehegter Wunsch in Erfüllung ging.

Zu Hause angekommen, inspizierte George bedächtig das gesamte Haus. Vom Keller bis zum Dach. Allen voran sein altes Zimmer und die Küche. In der Wohnstube, fixierte er mit funkelnden Augen den Weihnachtsbaum.

„Baum!", sagt er nur.

Doch in diesem einen Wort, schien das Glück der ganzen Erde zu ruhen. Andächtig setzte er sich davor und konnte seinen Blick kaum von der Tanne wenden.

Erst als Martha ihm einen Teller Gebäck hinstellte, wanderte sein Blick vom Baum zu den Keksen.

„Kekse!", sagte er entzückt und begann auf der Stelle eines nach dem anderen zu verspeisen.

„Jetzt ist endlich auch in meinem Herzen Weihnachten!",

flüsterte Martha Werner zu, ehe ebenfalls eines dieser herrlichen Kekse in ihrem Mund verschwand.

15.Kapitel

Ich informierte den Salon vorab telefonisch, dass ich Lucie zu meinem Termin mitbringen würde. Denn Carlos hasste nichts mehr, als unangemeldete Überraschungen. Kaum eingetreten eilte er Hüfte schwingend auf uns zu. Rasch warf ich Lucie einen flehenden Blick zu. Gerade noch rechtzeitig. Denn Dank meiner Vorführung, verzog sich ihr Gesicht zu einem immer breiter werdenden Grinsen. Zum Glück fühlte sich Carlos nicht betroffen.

„Cathy Schätzchen, schön dich wieder bei uns zu haben", sagte er und fuhr mit prüfender Hand durch mein langes Haar.

„Tadellos gepflegt", lobte er. „Und doch wird es mir auch diesmal gelingen, aus dir mein Schmetterling, noch etwas Außergewöhnlicheres zu machen!"

Dann wandte er sich Lucie zu.

„Na kleine Dame, besondere Wünsche? Nein? Dann lass mich mal zaubern!"

„Ich vertraue dir voll und ganz Carlos. Du wirst in Absprach mit Lucie bestimmt den richtigen Schnitt für sie finden. Nur bitte keine Farbe!", fügte ich rasch hinzu, als ich bemerkte, wie fasziniert Lucie die unterschiedlichen Farbtafeln begutachtete.

„Keine Sorge Catharina! Bei unserem jungen Publikum verwende ich wegen der zarten Kopfhaut niemals Farbe!", klärte mich Carlos auf.

Lucie und ich saßen Stuhl an Stuhl. Ich wollte sie lieber nicht aus den Augen lassen. Zu genau wusste ich, dass die kleine Kröte unstrittig dazu in der Lage war, Menschen zu manipulieren. Vor meinem inneren Auge sah ich die Tragödie, die sich abspielen würde, wenn Lucies kastanienbraunes Haar plötzlich feuerrot wäre. Nein, einen Tag vor Weihnachten ging ich kein unnötiges Risiko ein. Doch Lucie benahm sich vorbildlich. Trank Kindersekt und stieß mit mir fröhlich auf Weihnachten an. Dankbar, dass sie auf Farbwünsche ihr Haar betreffend verzichtete, spendierte ich ihr eine Maniküre.

Trotzdem überzeugte das Ergebnis. Ja Carlos beherrschte sein Handwerk wirklich meisterhaft. Auch bei meinen blonden Haaren lag nun jede Strähne perfekt. Nach zwei Stunden verabschiedete ich mich mit Küsschen links, Küsschen rechts. Vereinbarte noch rasch einen Termin für Silvester. Schnell sprangen wir zu Felix in die Limo. Draußen war es bitterkalt. Sorgenvoll betrachtete ich Lucies viel zu dünne Jacke. Doch Lucie nahm die Kälte kaum zur Kenntnis, war von ihrem neuen Schnitt hellauf begeistert. Während der Fahrt, warf sie immer wieder einen verstohlenen Blick in ihren Schminkspiegel.

„Ich hatte noch nie so einen tollen Schnitt!", verriet sie mir. „Da werden meine Schulkameraden nach den Ferien aber Augen machen!"

Das intensive Strahlen ihrer katzengrünen Augen war ansteckend. Brachte auch meine zum Leuchten und rief Glücksgefühle wach.

Die Temperaturen sanken in den letzten Tagen weiter ab. Das Thermometer verließ selbst jetzt um die Mittagszeit kaum den zweistelligen Minusbereich. Wegen Lucies Jacke bat ich Felix uns bis vor die Haustüre zu fahren. Sie trug sie mit Vorliebe. Und das, obwohl ihr Maria mittlerweile eine wirkliche warme und vor allem wintertaugliche besorgte. Maria scheuchte uns ins Esszimmer. Es war schon spät. Der Termin dauerte länger als geplant, sodass wir ihre Geduld auf eine harte Probe stellten.

„Das Essen ist längst nicht mehr so schmackhaft, wie vor zwei Stunden!", beklagte sie sich.

Ich entschuldigte mich. Wissend, dass es in ihrem Alter puren Stress bedeutete, das Weihnachtsmenu für die kommenden drei Tage vorzubereiten.

„Chris ist auch noch nicht da!", knurrte sie, während sie die Mädchen genau überwachte, die nun das Mittagessen servierten.

„Wer zu spät kommt, den straft das Leben!", scherzte ich um sie aufzuheitern.

„Dann wärst du längst verhungert!", konterte sie lapidar.

Ja, Chris gehörte zu Marias auserkorenen Lieblingen. Er konnte zu spät kommen oder gar nicht auftauchen, für ihn fand sich immer eine Ausrede.

„Wahrscheinlich muss der Arme länger arbeiten!" sagte sie da auch schon bedauernd, ehe sie hinter den Mädchen her humpelte.

Sagte ich es doch. Chris hin Chris her. Aber er verstand es auch vorzüglich, Maria um den Finger zu wickeln. Von Anfang an überraschte er sie mit Kleinigkeiten. Ob mit Konfekt, einem überschwänglichen Kompliment oder einfach mit einer einzelnen Blume.

So war es auch nicht weiter verwunderlich, dass ihr Ton ihm gegenüber um einiges freundlicher ausfiel, als er ebenfalls verspätet eintraf. Maria nahm sich sogar Zeit ihm das Essen persönlich zu servieren. Lucie und ich leisteten Chris Gesellschaft. Verließen den Tisch erst, als er in die Küche eilte, um Maria für das vorzügliche Essen zu loben.

„Ihr geht doch nicht weg?", fragte er unsicher, als er Lucie und mich Hand in Hand nach oben gehen sah.

„Nein", entgegnete ich hastig. „Lucie möchte mir nur schnell etwas zeigen. Und danach wollen wir ein paar Runden schwimmen. Du kannst dich gerne anschließen!"

Wir spielten abfangen, als Chris mit einem gewaltigen Hechtsprung ins Wasser köpfelte. Sofort ließ er sich von Lucie fangen und war dann augenblicklich hinter mir her. Ich quietschte vor Vergnügen, als er wie der weiße Hai auf mich zuschoss. Dann packte er mich, zog mich unter Wasser, und küsste mich.

„Wenn das Carlos sehen könnte!", dachte ich, als meine mühsam aufgetürmten Haare von der Spange rutschten.

Als wir auftauchten, lachte Lucie schelmisch und verzog tadelnd ihr Gesicht.

„Cathy Schätzchen!", sagte sie und ahmte dabei Carlos Stimme nach. „Wofür nur habe ich mir soviel Mühe mit deiner Frisur gegeben?"

„Na warte du kleine Kröte", schrie ich, und jagte hinter ihr her.

Jonas, angelockt durch unser wüstes Geschrei, sprang ebenfalls zu uns ins Wasser. Wir tobten und pantschten, ausgelassen wie kleine Kinder. Benahmen uns wie eine völlig verrückte Rasselbande. Es war Jahre her, seit ich mich so unbeschwert fühlte. Erst Stunden später verließen wir das angenehme Nass, um uns auszuruhen.

„Wir müssen uns rasch umziehen, und die langen Haare trocknen", belehrte mich Lucie. „Man kann durch die nassen Badesachen schnell krank werden!"

„Kluges Kind!", lobte sie Chris und folgte mir verschmitzt die Treppe hoch.

„Du hast aber lange gebraucht! Und du bist hochrot im Gesicht. Man darf nicht so heiß föhnen, das ist schlecht für die Haare!" tadelte mich Lucie als ich eine Stunde später Hand in Hand mit Chris nach unten kam.

„Meine Haare sind schon lange trocken! Und ich habe auf die Temperatur geachtet!", belehrte sie mich.

Jonas verzog sein Gesicht zu einem äußerst dreckigen Grinsen.

Spielen wir am Abend Scrabble!" erkundigte sie sich.

„Nein, Lucie, heute nicht! Aber du kannst Jonas fragen, dem fehlt heute auch der Spielpartner", erwiderte ich.

Gleich nach dem Abendessen entschuldigten wir uns und zogen uns zurück.

„Ich liebe dich so sehr, dass es schon weh tut!", sagte Chris, ehe er zu mir unter die Dusche schlüpfte.

Früh morgens, draußen war es noch stockdunkel, klopfte es an der Tür. Schnell löste ich mich aus Chris Armen. Stieg nackt wie Gott mich schuf aus dem Bett. Streifte meinen Morgenmantel über, und öffnete schlaftrunken die Tür zum Flur.

„Lucie? Was gibt es?", erkundigte ich mich gähnend.

„Nichts! Ich wollte nur fragen ob du mit mir frühstücken möchtest?"

„Lucie, hast du eigentlich auf die Uhr gesehen, bevor du mich geweckt hast? Es ist gerade mal halb fünf! Selbst Maria schläft um diese Zeit noch! Nein, Lucie ab ins Bett, in zwei, nein eher drei Stunden, gehe ich gerne mit dir frühstücken aber jetzt...", wieder gähnte ich. „Nein Lucie, jetzt, nicht!"

„Abmarsch durch die Mitte!", befahl ich dann.

„Okay" sagte sie, zog ein langes Gesicht und tapste mit nackten Füßen den Flur entlang.

Rasch kroch ich zurück ins warme Bett. Obwohl wir leise flüsterten, weckten wir Chris.

„Was wollte die kleine Kröte schon so früh?", fragte er verschlafen gähnend.

„Ach nichts! Ich glaube sie ist nur aufgeregt", erwiderte ich. „Das war ich in ihrem Alter auch! Aber daran kann sich Opa Chris wahrscheinlich nicht mehr erinnern!"

Sofort war er hell wach. Stürzte sich auf mich und kitzelte mich überall. Ich kreischte und flehte um Gnade.

„Aber nur weil Weihnachten ist!", erklärte er und ließ von mir ab. Zog mich an sich, um mich zu küssen.

„Chris, darf ich dich heute zu deinen Eltern begleiten!", fragte ich zögernd, als ich in seinen Armen lag.

Es dauerte eine ganze Weile bis er antwortete.

„Wenn du das wirklich möchtest!", brummte er, um sofort hinzuzufügen. „Aber du wirst dich dort bestimmt furchtbar langweilen!"

Am späten Vormittag, nachdem wir die Pakete für seine Familie abholten, befanden wir uns auf den Weg zu seinen Eltern. Chris telefonierte und informierte seine Mutter vorab, dass wir gemeinsam kommen würden. Interessiert betrachtete ich die Gegend, während Chris verzweifelt einen Parkplatz suchte. Ich kannte dieses Viertel nicht, war noch nie in diesem Teil der Stadt.

„Wir müssen in den vierten Stock", erklärte Chris, und stopfte die zahlreichen Pakete in zwei großen Taschen.

„Es gibt allerdings keinen Lift", schränkte er ein.

Keuchend und schwer bepackt erklommen wir die vierte Etage. Chris klingelte und eine jüngere Ausgabe von ihm öffnete uns die Türe.

„Cathy das ist mein Bruder Harry! Harry das ist Cathy!"
„Hi Harry, schön dich endlich kennen zulernen!", sagte ich und schenkte ihm ein Lächeln.
Harry wirkte irgendwie verkrampft. Nickte nur kurz zu mir herüber. Mein Besuch schien ihn unangenehm zu berühren.
Ich hörte wie er Chris leise zuflüsterte: „Weiß Mutter, dass du Cathy mit dabei hast?"
Ich sah Chris erstaunt nicken, und er sah ihn fragend an.
„Gibt es ein Problem?" erkundigte ich mich, während ich mir wohlerzogen die Schuhe abstreifte.
Der Eingangsbereich war eng und obwohl eine Lampe brannte ziemlich düster. Ich stolperte beinahe als ich auf Chris's Rücken prallte, der ohne Vorwarnung plötzlich verdattert stehen blieb.
„Das ist jetzt nicht euer Ernst!", hörte ich Chris sagen.
Erkannte erst was er damit meinte, als er einen Schritt hinein in die Wohnstube machte.
„Sabrina! Seine Ex! Mhm!"
„Wieso Chris? Wieso sollten wir sie deiner Meinung nach nicht einladen. Sabrina war fünf Jahre deine Freundin, ja fast deine Frau. So haben wir es jedenfalls gesehen. Weshalb also sollte wir sie nicht wie jedes Jahr einladen?", fragte die älter Frau, die wohl seine Mom war.
Abschätzig musterte sie mich.
„Du hättest mir am Telefon sagen können, dass Sabrina hier ist Mutter, das hätte uns eine Menge Peinlichkeiten erspart!"
Sein Gesichtsausdruck verriet blanken Ärger, den er mühsam zu unterdrücken suchte. Um seine Mundwinkel zuckte es verräterisch. Zum ersten Mal sah ich Chris, der immer ruhig und überlegt war, um seine Beherrschung kämpfen.
Die Krone aber setzte Sabrina dem Ganzen auf. Kaum dass wir eingetreten waren, stürzte sie auf Chris zu. Zog ihn triumphierend unter den Mistelzweig und küsste ihn. Chris Mom schaute mich triumphierend an und ich las in ihren Augen: „Du bist abgemeldet Mädchen!"
Aber sie kannte mich nicht, wusste nichts von mir. Auch

nicht, dass ich durch eine harte Schule ging. Ich war erst zwölf als ich lernte, dass es drei Sorten Menschen gab:
Die Erste, die mich um meinetwillen mochte. Eine fast ausgestorbene Rasse.
Die Zweite, die vorgab mich zu mögen, nur um daraus einen persönlichen Vorteil zu ziehen.
Und die Dritte, die mich, ohne mich zu kennen, verachtete, nur weil meine Familie Geld besaß.
Chris's Familie schien der dritten Sorte anzugehören. Zumindest seine Mom. Jetzt wurde mir klar, warum er es bis jetzt zu verhindern wusste, dass ich ihn begleitete. Ich sah, dass Chris kochte. Fühlte, dass die Situation drauf und dran war zu eskalieren. Denn noch immer wehrte er sich geradezu verbissen gegen Sabrinas Kuss. Ich tat, als wäre es das normalste der Welt, dass Sabrina meinen Freund küsste. So als ginge mich das alles gar nichts an. Ging auf den Mann zu, den ich für Chris Dad hielt, streckte ihm meine Hand hin und sagte: „Wie ich sehe, ist Chris gerade beschäftigt. Erlauben sie daher, dass ich mich selbst vorstelle: „Catharina Jefferson, aber sie können Cathy zu mir sagen!""
Er musterte mich verblüfft. Nahm meine Hand, drückte sie herzlich und lachte lauthals los.
„Chris hat Recht! Du bist wirklich völlig anders, als die Leute behaupten!"
Chris befreite sich inzwischen von Sabrina. Schäumte nun vor Wut. Ich reagierte blitzschnell.
„Das können wir zwei aber besser oder?" sagte ich, noch ehe er die Beherrschung verlor.
Ich zerrte ihn unter dieses Mistelding schlang meine Arme um ihn und küsste ihn. Ich fühlte geradezu, wie ihn meine Nähe beruhigte. Wie sich die Muskeln entspannten und sein Körper den Stresspegel nach unten fuhr. Dann knallte die Türe. Sabrina war wortlos gegangen. Ich sah ihm tief in die Augen und sie flehten ihn an: „Bleib ruhig Chris, heute ist Weihnachten!" Dann löste ich mich aus seiner Umarmung.
„Das ist die Frau, die ich liebe!", sagte Chris zu seiner Mom und blanker Ärger schwang in seiner Stimme mit.

„Ich habe es begriffen Chris!", sagte sie plötzlich ganz sanft. „Ich bin ja auch nicht blind!"

Und dann tat sie etwas Großartiges. Sie kam auf mich zu streckte mir ihre Hand entgegen und sagte: „Willkommen in unserer Familie Cathy!"

16. Kapitel

George huschte ganz früh aus dem Bett. Die Geige in der Hand steuerte er die Wohnstube an. Sorgsam legte er sie neben sich aufs Sofa. Betrachtet eine zeitlang andächtig den Weihnachtsbaum.

Dann öffnete er den Koffer. Entnahm mit einer beinahe zärtlichen Geste die Geige.

„Leise rieselt der Schnee", spielte er, und weinerliche, zerbrechliche Töne erfüllten das Haus.

Fast magisch, wie ein Zauber, hüllten sie jeden Raum in eine Klangwolke. Martha sprang bei den ersten Akkorden aus dem Bett. Eilte die Treppe hinunter, setzte sich auf die unterste Stufe und lauschte seinem Spiel.

„Es erinnert mich an früher!", sagte Werner, der sich schwer neben Martha fallen ließ.

Und wehmütig fügte er hinzu: „George hat wirklich dieses einmalige, ganz besondere Talent!"

In seiner Stimme schwang tiefe Traurigkeit. Martha seufzte, lehnte ihren Kopf an seine Schulter.

„Ach Werner!", erwiderte sie leise. „Man kann die Uhr des Lebens nicht zurückdrehen. Lass uns einfach diesen wundervollen Augenblick genießen!"

Dann lauschten sie gemeinsam seinem Spiel. Der letzte Ton war kaum verklungen, da steckte George seinen Kopf aus der Türe.

„Kekse?", erkundigte er sich, und leckte sich genüsslich

über die Lippen.

Ungelenkig folgte er Martha in die Küche, zog sein linkes Bein ein wenig nach. Doch die Physiotherapie zeigte erste Wirkung, er humpelte nicht mehr.

Während des Frühstücks, entdeckte George zu seinem vollkommenen Entzücken, dass es zu schneien begann.

„Schnee!", rief er, und klatschte begeistert in die Hände.

Aufgeregt öffnete er die Verandatüre. Lief barfuss, nur mit einer kurzen Short bekleidet, auf die Terrasse. Verzückt öffnete er den Mund. Drehte sich wie ein Kreisel und fing dabei mit der Zunge die Schneeflocken ein.

Behutsam griff Martha nach seiner Hand, um ihn zurück ins Warme zu ziehen. Doch da drehte er sich auch schon freudestrahlend um und kehrte ins Zimmer zurück.

„Da!", sagte er, und deutete mit ausgestrecktem Finger auf die schneebedeckte Bergspitze in der Ferne.

„Berg!"

Ein Beben durchlief seinen Körper.

„George zu Hause!"

17.Kapitel

Endlich war es soweit. Lucie wartete schon ungeduldig auf die Bescherung. Wanderte den ganzen Nachmittag über mit feuerroten Backen, unruhig von einem Raum in den nächsten. Nachdem Chris und ich von seinen Eltern zurückkehrten, überschüttete sie mich mit Fragen. War kaum zu bremsen. Wollte genauestens über den weiteren Ablauf informiert werden.

Beim Mittagessen rutschte sie unter dem tadelnden Blick von Amanda am Sessel hin und her. Aß kaum etwas von dem wirklich großartigen Menu. Sie wirkte genervt, als wir danach noch gemütlich am Tisch verweilten, und konnte ihre Füße kaum still halten. Gleich nach dem Essen, machten Dad, Jonas und ich uns auf den Weg. Immer am Nachmittag des Heiligen Abend besuchten wir Moms Grab. Tags zuvor schmückten es unsere Gärtner liebevoll. Eine kleine beleuchtete Tanne zierte, neben unzähligen roten Rosen, ihre letzte Ruhestätte. Jeder von uns entzündete eine Kerze für Mom, schweigend standen wir davor.

Doch dieses Jahr, war alles anders. Vieles veränderte sich in diesem Jahr. Heuer hielten wir uns an den Händen. Diese zarte Berührung verband. Machte dieses unselige, schmerzvolle Gefühl der Trauer und Leere erträglicher. Bevor wir den Friedhof verließen, besuchte ich Sarah, brachte auch ihr eine Kerze.

„Frohe Weihnachten Sarah!", flüsterte ich fast unhörbar.

Kaum zu Hause belegte mich Lucie sofort mit Beschlag, und wurde von Minute zu Minute aufgeregter. Um sie abzulenken tollte ich eine ganze Weile mit ihr durch den Garten.

„Willst du einen Schneemann bauen!" fragte ich.

„Cathy!", sagte sie mit einem Blick, als würde ich hinter dem Mond leben. „Ich bin keine fünf!"

„Was willst du ..."

Der Satz war noch nicht beenden, da schoss sie mir einen Schneeball mitten ins Gesicht und entfachte damit einen erbitterten Kampf. Mehr als ein Mal traf mich die kleine Kröte, bis es mir gelang hinter den Kastanienbaum zu flüchten.

„Warte nur!", schrie ich.

Formte rasch ein ganzes Arsenal an Schneebällen, um sie in einer einzigen Salve auf sie abzufeuern.

Geschickt wich die kleine Kröte aus. Ging hurtig neben der Scheibe des Wintergartens in Deckung. Doch auch ich war jetzt durch den mächtigen Stamm der Kastanie bestens geschützt. Wir bekämpften uns eine ganze Weile. Erst die hereinbrechende Dunkelheit beendete unsere Schlacht, ließ uns halb erfroren ins Haus zurücklaufen. Nun war es aber auch hoch an der Zeit sich für das Fest umzuziehen.

Der Rest der Familie saß bereits festlich gekleidet, mit einem Glas Punsch vorm prasselnden Kamin. Ich stand unter der Dusche, als Chris ins Badezimmer kam.

„Keine Zeit!", erklärte ich lächelnd, als ich seinen Blick sah.

Murrend sah er mir zu, wie ich aus der Kabine huschte.

„Geh doch bitte nach unten!", bat ich. „Ich muss mich beeilen!"

Widerwillig verließ er das Bad. Eine halbe Stunde später war ich fertig, und nach einem letzten prüfenden Blick in den Spiegel zufrieden.

Ich wählte ein schmales rückenfreies Kleid, schwarz und knöchellang. Das wie Dad sagen würde, am Rücken mehr zeigte als es verhüllte. Vorne war es dem festlichen Anlass entsprechend hochgeschlossen. Ich lief über den Gang und holte Lucie ab. Sie trug ein nachtblaues Chiffonkleid und sah einfach nur entzückend aus. Meine drei Männer waren hingerissen. Nur Amanda presste ihre Lippen fest aufeinander. Brachte mit viel Überwindung gerade Mal ein: „Hübsch seht ihr aus!", über die Lippen.

„Du aber auch Amanda!", erwiderte Lucie schnell.

Für mich war es nach wie vor gewöhnungsbedürftig, dass Lucie ihre Mom beim Vornamen ansprach. Dad stellte sein Glas am Kaminsims ab und wir folgten ihm. Im Esszimmer war ein vielfältiges Buffet aus kalten und warmen Gerichten aufgebaut. Maria, nun ebenfalls dem Anlass ansprechend festlich gekleidet, gesellte sich nun zu uns.

„Danke Maria! Wir benötigen dich nicht mehr!", erklärte Amanda gnädig.

„Doch!" erklärte ich, und nahm Maria an der Hand.

„Maria gehört zu uns!", unterrichtete ich Amanda.

„Sie feiert Weihnachten schon seit Jahren mit uns! Für uns ist sie mehr als eine Angestellte. Und speziell zu Weihnachten ist sie nicht nur unser Ehrengast, sondern ein Teil unserer Familie!"

Amanda rümpfte wehleidig die Nase.

„Komm!" sagte ich zu Maria, und zog sie auf den Stuhl.

Das Dinner verlief zum Glück ohne Zwischenfall. Amanda

ahnte wohl, dass keiner von uns einen weiteren Angriff auf Maria dulden würde und so gab sie sich friedlich. Dann kam der Moment, dem Lucie schon den ganzen Tag entgegen fieberte. Nachdem ich begleitet von Jonas am Flügel mit der Geige „Stille Nacht, heilige Nacht" zum Besten gab, folgte die Bescherung. Unter der duftenden Tanne türmten sich wahre Paketberge. Jeder Fremde hätte sicher vermutet, dass dies hier das Weihnachtsfest einer XXL-Familie wäre.

Wie es Tradition bei uns war, fungierte mein Dad als Weihnachtsmann und verteilte die Pakete. Bald saß ein jeder von uns vor einem gewaltigen Geschenkeberg.

Das große Auspacken startete und nahm eine ganze Weile in Anspruch. Zuerst öffnete ich die kleine Schachtel. In ihr befand sich eine zierliche Kette mit einem Anhänger in Herzform. Darunter verbarg sich ein Gutschein für ein „Candle-Light-Dinner".

Chris schien angespannt auf diesen Moment gewartet zu haben. Er zog mich zärtlich zu sich auf den Schoß und flüsterte mir ins Ohr: „Frohe Weihnachten Liebes!"

Am liebsten wäre ich jetzt dort sitzen geblieben. Doch Dad schien ebenfalls ungeduldig darauf zu warten, dass ich seine Päckchen aufmachte. Also kehrte ich schweren Herzens zu den Geschenken zurück. Auch Lucie kämpfte sich, am Boden hockend, durch ihre Geschenke. Stieß einen Entzückungsschrei nach dem anderen aus.

„Mach bitte das Päckchen auf Cathy!", bat sie ungeduldig und deutete auf eine kleine rosarote Schachtel.

Sprang auf und kam zu mir herüber. So öffnete ich das herzförmige Paket, das offensichtlich von Lucie stammte. Es enthielt ein buntes Freundschaftsband, das sie mir sofort um mein Handgelenk band.

„Ich habe das gleiche!" sagte sie und deutete begeistert auf ihren Arm.

„Und ich habe beide für uns selbst geknüpft!" verkündete sie stolz.

„Danke Lucie, ganz lieb von dir!", sagte ich gerührt, und kämpfte gegen die Tränen, denn das Freundschaftsband ähnelte dem, das Sarah und ich trugen.

Zum Glück kehrte Lucie zu ihren Geschenken zurück, sodass ich Zeit fand mich zu fangen. Dad wurde ebenfalls ungeduldig, kam zu mir, wühlte und beförderte eines der Pakete nach oben. Auffordernd blieb er neben mir stehen. So kannte ich Dad nicht. Als ich es öffnete, fiel mir zuerst die Anmeldung für die Fahrschule in die Hände. Meine Begeisterung kannte keine Grenzen. Ich sprang auf und fiel ihm um den Hals.

„Dad! Danke Dad!", strahlte ich überglücklich.

Seit unserer Therapiesitzung wusste ich nur zu gut, wie viel Überwindung ihn dieser Schritt kostete.

„Da ist noch etwas in der Schachtel! Du musst genauer hinsehen!", mahnte er mich ungeduldig.

Und tatsächlich. Zwischen dem Konfekt, das Dad als Füllmaterial benutzte, fand ich einen Autoschlüssel.

„Das ist nicht dein Ernst!", jubelte ich jetzt völlig außer mir.

„Wo?", fragte ich noch, schon am Weg nach draußen.

„Vor der Haustüre!", hörte ich Dad rufen, während ich schon durch den Eingangsbereich sprintete und die Türe aufriss.

Da stand er! Mein erster eigener Wagen, umhüllt mit einer riesigen roten Schleife. Wie angewurzelt stand ich davor. Bemerkte gar nicht, dass mir Chris fürsorglich eine Jacke überlegte. Begeistert drückte ich auf den Schlüssel und nahm mein Auto näher in Augenschein. Ich war hin und weg. Konnte mich gar nicht mehr trennen. Musste jedes kleine Detail genauestens unter die Lupe nehmen. Bemerkte in meinem Freudentaumel nicht, dass ich trotz der Jacke in dem dünnen Kleid fror. Nach weiteren zehn Minuten zog mich Dad entschieden ins Haus zurück.

„Schluss jetzt Cathy! Komm zurück ins Haus!", erklärte er bestimmt. „Du hast dein Auto jetzt lange genug in Augenschein genommen! Du holst dir bei dieser Eiseskälte ansonst noch den Tod! Dein Wagen verschwindet nicht über Nacht! Er ist morgen auch noch da!"

Ich war so glücklich. Strahlte mit Lucie um die Wette, die mittlerweile auch ihr rosa I-Phone entdeckte. Zurück im Wohnzimmer, widmete ich mich wieder den Paketen und packte weitere Geschenke aus. Auch die Jacke von Jonas. Ich staunte nicht schlecht, als er mir erklärte, dass man mit ihr selbst in der Arktis nicht fror und sie zusätzlich mit einem Lawinenpeilsender ausgestattet war.

„Krass!", sagte ich, „Echt fett! Danke Jonas!"

Endlich entdeckte Chris auch mein Paket, und öffnete die Uhrenschachtel.

„Gefällt sie dir?", erkundigte ich mich unsicher.

Chris strahlte über das ganze Gesicht.

„Ich habe sie vorhin schon bei Jonas bewundert!", grinste er breit.

„Wie?" fragte ich. „Wie bei Jonas?"

Jonas kam zu uns und deutete auf sein Handgelenk.

„Guter Geschmack ist scheinbar erblich!" sagte er. „Ich habe das gleiche Modell von Dad bekommen!"

Nach weiteren zwei Stunden, war auch das letzte Paket geöffnet. Nun saßen wir alle glücklich und zufrieden, ein Glas Champagner in der Hand, rund um die herrliche Tanne.

Maria bückte sich diensteifrig, um die Berge von Papier aufzusammeln. Kopfschüttelnd beförderte ich sie auf die Couch zurück und drückte ihr ein Glas in die Hand.

„Nein, Maria! Auf gar keinen Fall", erklärte ich bestimmt. „Heute entsorgt jeder selbst! Du darfst bestenfalls dein eigenes Papier aufheben!"

Wie sagt man so schön: „Viele Hände schnelles Ende!"

Denn um die ordentliche Maria auf der Couch zu halten, stopften wir hurtig die Verpackung in große Säcke. Trugen die Geschenke hoch, um bei einem weiteren Glas Champagner den Abend gemütlich ausklingen zu lassen.

Zwischendurch plünderten wir das Buffet und Dad servierte dazu einen prämierten Rotwein. Erst kurz nach Mitternacht löste sich unsere gesellige Runde auf.

Ich stand verträumt am Fenster. Erfreute mich an dem tief winterlichen Anblick und beobachtete fasziniert das wilde Schneetreiben. Mir wurde warm ums Herz, als Chris hinter mir ans Fenster trat.

Liebevoll schlang er seine Arme um meine Taille, beugte seinen Kopf nach vorne und küsste mich zärtlich.

„Danke Liebes, für die tolle Uhr!", sagte er, und ganz leise fügte er hinzu.

„Aber das wunderbarste Geschenk bist du!"

„Ich liebe dich auch!", sagte ich, und überraschte ihn damit, denn es war das erste Mal, dass ich es aussprach.

„Weihnachten! Ja ich liebe dieses Familienfest", dachte ich, als ich Stunden später, müde aber überglücklich, in seinen Armen lag.

Nur der Blick auf das Freundschaftsband das mir Lucie ums Handgelenk schlang, machte mein Herz schwer. Es erinnerte daran, dass es mein erstes Weihnachtsfest ohne Sarah war.

18. Kapitel

Der zweite Weihnachtstag verging wie ihm Flug. Ich nahm meinen BMW genauestens in Augenschein. Chris spielte den Chauffeur. Belehrte mich gleich am Anfang unseres kleines Ausfluges, dass es besser wäre zu warten bis ich nach den ersten Fahrstunden auch offiziell fahren dürfte. Ich stimmte zu.

Wollte nicht noch in letzter Sekunde beim Schwarzfahren erwischt werden. Nun, ein Ziel vor Augen störte es mich nicht, nur Beifahrerin zu sein. Wir flitzten durch die Gegend. Chris fand großen Gefallen an meinem Auto. Er beendete die Probefahrt aber vorzeitig, als ich immer wieder keuchend hustete. Besorgt musterte er mich.

„Geht es dir gut?", fragt er beunruhigt, und seine Stirn bekam tiefe Sorgenfalten.

Ich winkte genervt ab, wollte keinesfalls zugeben, dass ich mich schlapp fühlte.

„Das fehlt gerade noch!" dachte ich.

Sofort tauchte dieses Horrorszenario vor mir auf, in dem

Dad mich tagelang ans Bett fesselte. Kaum zu Hause schlich ich auf mein Zimmer. Verstohlen löste ich eine Brausetablette auf, und trank dazu einen kräftigen Schluck Hustensaft. Kurz darauf fühlte ich mich wesentlich besser und ging nach unten.Lucie lümmelte in der Bibliothek gelangweilt vor dem Fernseher. Aus eigener Erfahrung wusste ich, wie öde es für eine 12-Jährige war, den ganzen Tag ausschließlich mit Erwachsenen verbringen zu müssen.

„Möchtest du einen Spaziergang unternehmen?", erkundigte ich mich deshalb.

„Gerne!", stimmte sie zu.

Sprang auf, sprintete auf den Flur und zog sich im Eiltempo an.

„Soll ich euch begleiten?", erkundigte sich Chris halbherzig, spielte er doch gerade eine Partie Schach mit Jonas.

„Nicht nötig! Schau lieber zu, dass dich Jonas nicht schon wieder „Schach Matt" setzt!", erwiderte ich verschmitzt.

Ein aufmerksamer Blick verriet mir, dass Lucie für die vorherrschende Kälte viel zu leichte Kleidung wählte. Doch keinesfalls wollte ich wie Amanda klingen, und so ignorierte ich diesen Umstand einfach. Sah großzügig darüber hinweg.

„Hast du an deinen Asthmaspray gedacht!", fragte ich sie zögernd, wollte nicht die übersorgte Mom spielen.

Sie nickte und zog ihn triumphierend aus der Tasche.

„Cathy! Ich bin kein Baby!", belehrte sie mich.

Wie bekannt mir dieser Satz vorkam. Mit einem Griff zog ich das Handy vom Ladekabel.

„Neunundvierzig Prozent. Für einen kurzen Spaziergang reicht das allemal!", dachte ich.

Sorgfältig verpackte ich es in einem warmen Fellüberzug und versenkte es in der Innentasche meiner Jacke. Neben dem Ladekabel, lag eine Packung mit Lucies Asthmaspray. Dad brachte ihn gestern aus der Klinik mit. Ohne lange darüber nachzudenken versenkte ich ihn in meiner Jacke. Dann liefen wir los.

Wir waren noch nicht lange unterwegs da bemerkte ich, dass Lucie erbärmlich fror. Ehe wir das Haus verließen, stülpte ich vorsorglich einen zusätzlichen Pullover über, um ihr Notfalls meine Jacke abtreten zu können.

„Wollen wir tauschen!", fragte ich sie, und streifte meine warme Winterjacke ab.

„Ja bitte! Ich friere wirklich erbärmlich!", jammerte Lucie kleinlaut.

Lucies Jacke war natürlich viel zu klein für mich. Der Reißverschluss ließ sich nur bis zur Hälfte schließen. Aber ich sorgte ja mit einem weiteren dicken Pullover vor. Großzügig überließ ich ihr auch noch meine Haube, da ihre Ohren bereits tiefrot verfärbt waren.

„Lass uns noch ein kurzes Stück laufen! Dann müssen wir ohnehin umkehren, denn um diese Jahreszeit wird es rasch dunkel!"

Besorgt bemerkte ich, wie schnell nun die Dämmerung einsetzte.

„Okay!" stimmte Lucie zu, und ihre Hand fuhr dabei wie zufällig in den Schnee.

Rums! Da traf mich auch schon ihr Schneeball.

„Na warte!" brüllte ich fröhlich, bückte mich und formte einen Schneeball.

Als ich mich umdrehte, bemerkte ich einen schwarzen Lieferwagen. Wunderte mich, dass er auf dem einsamen Feldweg unterwegs war. Doch da traf mich der nächste Schneeball und in der Hitze des Gefechtes, beachtete ich ihn nicht weiter. Kreischend lief ich durch den Schnee. Feuerte einen Schneeball nach dem anderen auf Lucie ab. Ihr glockenhelles freches Lachen folgte, wenn einer meiner Schneebälle sie verfehlte und sie mich mitten ins Gesicht traf. Ohne dass ich darauf achtete, näherte sich der Wagen, erregte erst wieder meine Aufmerksamkeit als er knapp neben uns war. Instinktiv wich ich mehrere Schritte rückwärts in den Schnee aus. Noch ehe ich Lucie warnen konnte, öffnete sich die Schiebtüre, und drei Männer sprangen heraus. Zwei von ihnen stürzten sich auf Lucie, und zerrten sie Richtung Auto.

„Hilfe! Lassen sie mich los! Cathy, bitte hilf mir!", schrie sie gellend.

Sie wehrte sich mit Händen und Füßen und warf mir

einen verzweifelten Blick zu. Ihre Hilfeschreie gellten weit über das verlassene Feld. Bewegungsunfähig vor Entsetzen stand ich nur regungslos da. Der dritte der Männer, näherte sich rasch. Packte mich, hielt mich fest, und drückte mich zu Boden. Das Selbstverteidigungstraining mit Chris machte sich nun bezahlt. Mit einer oft geübten Bewegung befreite ich mich aus seinem Griff. Sekundenbruchteile zögerte ich. War hin und her gerissen, wollte Lucie zu Hilfe eilen.

Doch mein Kopf befahl mir hartnäckig zu laufen. Ließ mich wissen, dass ich absolut chancenlos sei. Ja, ich hatte meine Lektion gelernt und meine Füße setzten sich wie von selbst in Bewegung. Vor Wochen noch wäre ich ohne Rücksicht auf Verluste auf die Männer losgestürmt. Aber das war bevor ich mit Chris das Polizeitraining besuchte und dabei eine entscheidende Lektion erteilt bekam.

Immer dienstags und freitags besuchte ich, nachdem ich wieder genesen war, das fordernde Training, das Chris täglich absolvierte.

Streng genommen waren diese Übungseinheiten, die sich aus verschiedenen Kampfsportarten zusammensetzten, ausschließlich aktiven Ermittlern vorbehalten. Doch Nellmann machte augenzwinkernd eine Ausnahme. Chris und ich waren von Anfang an Trainingspartner und übten gemeinsam.

Wieder einmal saß ich stolz auf seiner Brust, besiegte ihn scheinbar. Eric unser Trainer, blickte missmutig zu uns herüber. War so gar nicht zufrieden mit Chris Leistung. Er winkte ihn verärgert zu sich, während ich stolz und zufrieden auf der Matte blieb.

„So geht das nicht Chris! Du machst genau das Falsche! Du gibst Cathy das trügerische Gefühl, dass sie gewinnen kann! Wir beide wissen, dass es nicht so ist. Sie muss begreifen, dass ihr ein Mann in deiner Gewichtsklasse körperlich bei weitem überlegen ist, und sie einen Kampf vermeiden muss. Geh zurück Chris und schick sie auf die Matte!"

Chris kam zurück und wirkte bedrückt.

„Du weißt Cathy, einmal auf die Matte klopfen, und der Kampf ist beendet!", erklärte er.

„Ich habe doch sofort aufgehört als du geklopft hast!", sagte ich verwundert.

„Wir müssen die Übung wiederholen, Anordnung von Eric!" sagte er, und blickte mich unglücklich an.

„Okay, kein Problem!", antwortete ich leichthin.

Ich stand auf und brachte mich in Angriffsstellung.

„Los!", kommandierte Eric.

Alle Blicke richteten sich nun auf uns. Es dauerte keine zwei Sekunden, da lag ich röchelnd auf der Matte und Chris begrub mich unter sich. Ich wehrte mich verbissen, aber er schnürte mir mit eisernem Griff immer weiter die Luft ab.

„Klopf!", brüllte er mich an.

Ich wollte lieber sterben, als zu klopfen. Tränen schossen in meine Augen. Auf der Stelle ließ er mich los, zog mich tröstend an sich. Wütend stieß ich ihn weg.

„Du bist so gemein! Ich hasse dich!" schrie ich und stürmte in die Umkleidekabine.

Chris wollte mir folgen. Aber Eric hinderte ihn daran, kam statt ihm in die Kabine.

Weinend saß ich auf der harten Bank.

„Hör auf zu weinen Cathy! Chris hat nur meine Anordnung befolgt. Es ist wichtig, dass du begreifst, dass du mit deinen gerade mal fünfzig Kilo nicht den Funken einer Chance hast den Kampf mit einem Mann zu gewinnen. Wenn du angegriffen wirst, und dich zur Wehr setzt, hast du den Überraschungseffekt auf deiner Seite. Du kannst dich befreien, aber niemals gewinnen. Die einzige Chance zu überleben, ist wegzulaufen. Verstehst du das Cathy? Du kannst unmöglich gewinnen! Chris hat dich nur auf die Matte geschickt weil er dich liebt. Wir beide wollen, dass du im Notfall das Richtig tust. Und das einzig Richtige ist: „Befreie dich! Nimm deine Füße in die Hand und renne was das Zeug hält!" Das hier ist kein Spiel! Das hier ist hartes Training! Hier lernst du, dich zu befreien um zu überleben. Wenn du angegriffen wirst, und unter deinem Angreifer zu liegen kommst, hast du verloren. Du kannst dann nicht, wie hier, auf die Matte klopfen! Hast du das begriffen? Und nun will ich, dass du hinausgehst, weiter trainierst und dich bei Chris entschuldigst! Hast du mich verstanden!"

Sein Blick war nun auffordernd auf mich gerichtet.

„Ja!" murmelte ich kleinlaut, schnaubte noch ein letztes Mal kräftig durch die Nase, wischte meine Tränen ab.

Unter dem strengen Blick von Eric kehrte ich in die Trainingshalle zurück, wo Chris geknickt auf der Matte saß.

„Entschuldige Chris! Es tut mir leid! Ich war so wütend, aber Eric hat es mir erklärt"

Der Schelm blitzte in meinen Augen auf.

"Du bist einfach viel zu fett! Und gegen soviel Masse habe ich keine Chance!"

Alle lachten. Auch ich, und doch erhielt ich an diesem Abend die wohl lehrreichste Lektion.

Ich rannte, meine Lunge pfiff. Bilder tauchten in meinem Kopf auf. Schlimme Bilder, hoffnungslose, auswegslose. Mein Gehirn geriet aus allen Fugen. Ich war auf der Flucht, schon wieder. Meine Hand fuhr wie von selbst ins Innere der Jacke, suchte nach dem Handy.

„Verdammt! Das ist nicht meine Jacke! Und Lucies rosa I-Phone liegt in unserem Esszimmer am Tisch!", dachte ich und Verzweiflung machte sich breit.

„Wohin jetzt? Nach Hause?"

Meine Gedankengänge begannen wirr zu werden.

„Nein! Auf gar keinen Fall! Die wissen wo du wohnst! Am Weg dorthin warten sie auf dich. Lauern dir auf, fangen dich endgültig!", suggerierte mir mein Gehirn.

Panik kroch hoch.

„Wohin also?"

Mein Gehirn schien die Antwort nicht zu kennen, ließ mich im Dunkeln tappen, klinkte sich einfach aus.

Out of order!

Wenn auch mein Verstand streikte, meine Füße schienen

zu wissen wohin. Rannten, trugen mich weiter, hielten erst an, als ich vor dem Haus der Nellmanns stand. Ich fror erbärmlich in Lucies dünner Jacke. Daran änderte auch der zusätzliche Pulli nichts. Meine steif gefrorenen Hände klingelten nicht, sondern hämmerten vielmehr wie besessen auf die Tür ein. Hastige Schritte näherten sich und Martha öffnete.

„Um Gottes willen Cathy!"

Sie zog mich rasch in den warmen Flur.

„Werner!", rief sie aufgeregt und ihre Stimme war im ganzen Haus zu hören.

„Werner! Komm schnell! Es ist Cathy!"

Ich weinte und zitterte am ganzen Körper. Auch nachdem ich in ihrem gemütlichen Wohnzimmer saß, war es mir unmöglich von dem schrecklichen Erlebnis zu berichten. Erst als mich Martha eng an sich drückte, fühlte ich mich nach einiger Zeit in der Lage, von Lucies Entführung zu berichten.

„Ich konnte Lucie nicht helfen, sie hat so geschrien und geweint! Ich fühle mich furchtbar!", beendete ich aufgewühlt meine Schilderung.

Martha war leichenblass und das Entsetzen stand ihr ins Gesicht geschrieben.

„Das hast du gut gemacht Cathy! Gott sei Dank, bist du so vernünftig! Du hättest Lucie nicht helfen können, und sie hätten jetzt euch beide!", tröstete sie mich.

Sie reichte mir eine Tasse heißen Tee, den Werner in der Küche für mich brühte.

„Komm trink, das wird dich wärmen!"

Dann ging sie zum Schrank. Holte eine Kuscheldecke und mummelte mich bis zur Nasenspitze ein. Auch George kam zu mir ins Wohnzimmer. Nachdem er zuvor eine ganze Weile unruhig zwischen Wohnzimmer und Küche hin und her wanderte. Er setzte sich neben mich und griff nach meiner Hand.

„Cathy?"

Der Ausdruck seiner Augen verriet, dass ich ihn in Angst und Schrecken versetzt hatte.

„Alles gut George!", flüsterte ich deshalb schnell.

Aber meine Tränen straften mich Lügen.

„Nein", sagte er, „Cathy nicht gut!"

Ja, George konnte man nichts vormachen. Er spürte die Wahrheit, hing nicht an Worten, fühlte einfach.

Vorsichtig streichelte er meine Wangen.

„Heiß!", sagte er.

Zog mich an sich und begann mich wie ein Kind hin und her zu wiegen.

„Komm George", lockte Martha. „Cathy ist müde, sie muss sich ein wenig ausruhen! Geh bitte in die Küche du hast noch viele Kekse am Teller und dein Kakao steht auch noch dort".

Fragend blickt er mich an.

„Geh nur George, das ist in Ordnung. Ich bin wirklich müde!"

Ganz sanft ließ er meinen Kopf aufs Kissen gleiten, blieb dann unschlüssig vor mir stehen.

„Cathy okay?"

Ich nickte und erst da huschte er hinüber in die Küche.

Die Nellmanns berieten sich in der Zwischenzeit.

Ich hörte wie Werner Martha zuflüsterte: „Ich muss jetzt zu den Jeffersons. Aber keine Sorge Martha, ich habe mittlerweile veranlasst, dass unser Haus bewacht wird während ich weg bin! Pass gut auf sie auf!"

Er küsste sie zärtlich auf die Stirn. Dann fiel die Tür ins Schloss. Werner Nellmann war auf den Weg zu mir nach Hause.

19.Kapitel

Die Stimmung im Haus der Jeffersons war ausgelassen. Nachdem sie ihre Partie Schach beendeten, gingen Jonas und Chris in den Hobbykeller um Tischtennis zu spielen.

Ein spitzer, schriller Schrei holte sie aus ihrem Match. Sie wechselten einen verdutzten Blick. Ließen die Schläger fallen und stürmten nach oben. Bleich wie die Mauer lehnte Maria am Küchentresen, den Telefonhörer in der Hand.

„Was ist passiert?", erkundigte sich Jonas besorgt.

Legte den Hörer auf die Gabel, und führte sie hinüber zur Sitzecke.

„Da hat jemand angerufen, und behauptete er hätte Cathy entführt!"

Sie atmete heftig, kämpfte um ihre Fassung.

„„Er hat gesagt: „Rufen sie nicht die Polizei! Und sagen sie ihrem Bullenfreund, wenn er irgendetwas unternimmt, ist sie tot!" Sie rufen in zehn Minuten nochmals an! Dann soll dein Vater ans Telefon kommen, und sie werden ihre Forderungen bekannt geben!""

Sie zitterte und ein heftiger Weinkrampf schüttelte ihren rundlichen Körper. Chris sank wie vom Blitz getroffen in die Hocke, während Jonas reflexartig nach seinem Handy griff.

„Vielleicht nur ein ganz übler Scherz! Ich ruf sie jetzt an!", murmelte er verstört.

„Nicht! Auf keinen Fall", brüllte Chris, war augenblicklich bei Jonas, und entriss ihm das Handy.

„Cathy hat das Handy in einer versteckten Tasche in ihrer Jacke! Wenn sie es nicht entdeckt haben, hat sie vielleicht irgendwann die Möglichkeit sich zu melden. Oder wir können sie dadurch orten. Wenn du sie jetzt anrufst, und sie hören ihr Handy läuten, ist diese Chance ein für alle Mal vertan!", erklärte er aufgeregt.

Mittlerweile erregte das hektische Stimmengewirr in der Küche die Aufmerksamkeit von Doktor Jefferson.

„Was gibt es denn?", fragte er amüsiert.

Wurde schlagartig ernst, als er in drei verstörte Gesichter blickte.

„Da hat jemand angerufen Dad! Er hat behauptet, dass er Cathy entführt hat!", kam es zaghaft über Jonas Lippen.

„Entführt?"

Als hätte sich der Boden unter seinen Füssen in nichts

aufgelöst, so bedrohlich schwankte er. Die Finger umklammerten die Arbeitsplatte, verloren unter dem harten
Griff jede Farbe.

„Und nun?? Was unternehmen wir jetzt?", fragte er fast
tonlos nach.

„Zu allererst müssen wir klären, ob die Angabe überhaupt
stimmt und ob Cathy wirklich entführt wurde. Aber ohne,
dass ich meine Kollegen informiere. Das hat der Anrufer
ausdrücklich verlangt. Er würde ihr sonst etwas antun.",
antwortete Chris beherrscht.

Bewusst vermied er das Wort töten. Immer intensiver
schaltete sich nun der rationale Verstand des Ermittlers
ein. Drängte die Tatsache, dass es sich bei dem Opfer um
seine Freundin handelte, gewaltsam in den Hintergrund.
Wenn er Cathy retten wollte, durfte ihm jetzt nicht der
kleinste Fehler unterlaufen.

„Und dann stellt sich noch die Frage, wo ist Lucie?", fuhr
Chris fort. „Wir haben uns noch gar nicht gefragt, was mit
Lucie passiert ist. Sie war mit Cathy unterwegs! Ist sie
auch entführt worden? Oder irrt die Kleine da draußen
irgendwo geschockt in der Kälte herum? Oder hat man
sie..."

Chris brach abrupt ab, denn Amanda betrat gerade die
Küche.

„Küchenparty?", fragte sie, verzog abwertend ihr Gesicht
und blickte sich süffisant um.

„Was ist los mit euch?"

„Komm", sagte Doktor Jefferson, und führte Amanda in
den Wohnbereich, zog sie dort zu sich auf die Couch.

„Du musst jetzt sehr tapfer sein! Da war ein Anrufer, der
hat behauptet, Cathy entführt zu haben! Und Lucie, nun
du weißt ja, Lucie war mit Cathy unterwegs! Und wir wissen nicht, wo sie ist und was mit ihr passiert ist!"

„Wie schrecklich John!"

Sie quetschte ein paar Tränen hervor.

„Das ist nicht die normale Reaktion einer Mutter, der
man gerade erzählt, dass ihr Kind möglicherweise in
Lebensgefahr ist!", schoss es Chris blitzartig durch den
Kopf.

Da klingelte erneut das Telefon. Doktor Jefferson sprang auf, griff bebend nach dem Hörer.

„Ja, Jefferson?"

„Wir haben ihre Tochter! Wenn sie Cathy lebend wieder sehen wollen, tun sie genau das, was ich ihnen jetzt sage. Wir fordern 50 Millionen Euro. Wenn sie nicht zahlen, ist sie tot! Wenn sie die Polizei einschalten, ist sie ebenfalls tot! Wir melden uns morgen, und geben ihnen dann eine Kontonummer bekannt. Sie werden das Lösegeld auf dieses Konto, bei der Western Union Bank in Frankfurt überweisen. Verfolgen sie die Spur des Geldes, werden sie ihre Tochter nie mehr wiedersehen! Und sagen sie ihrem Bullenfreund, auch nur der leiseste Versuch sie zu finden, tötet sie! Haben wir uns verstanden!", erkundigte sich die verfremdete Stimme.

Ja, ich habe verstanden!", erwiderte Doktor Jefferson betont ruhig. „Bitte lassen sie ihre Hände von meiner Tochter! Sie bekommen das Geld. Ich werde mich ganz genau an ihre Anweisungen halten. Allerdings will ich sicher gehen, dass es Cathy gut geht. Ich möchte einen Beweis, dass sie noch lebt..."

„Wir stellen hier die Forderungen, nicht sie!", unterbrach ihn die Stimme aufgebracht. „Entweder sie halten sich daran oder ihre Tochter überlebt die Nacht nicht. Bleiben sie im Haus, und warten sie auf weitere Anweisungen!"

Feiner Schweiß perlte auf Doktor Jeffersons Stirn als er ruhig antwortete: „Ich werde alles tun was sie fordern, aber bitte lassen sie meine Tochter am Leben! Ich..."

Er hörte nur mehr das Besetztzeichen vom anderen Ende der Leitung. Sein Gesicht war aschgrau, und seine sonst so ruhigen Chirurgenhände zitterten, als er den Hörer schwer auf die Gabel fallen ließ.

„Cathy wurde anscheinend wirklich entführt!"

Er atmete heftig, rang sichtlich um Fassung und wirkte in der kurzen Zeit um Jahre gealtert. Da schrillte die Torglocke. Jonas fuhr hoch, sprintete zum Öffner. Drückte ihn, ohne auch nur einen Blick auf den Bildschirm zu werfen, rannte weiter zur Eingangstüre und riss sie erwartungsvoll auf.

„Sie? Was führt sie zu uns?", stammelte er verstört.

Aufgebracht wandte er sich an Chris, der hinter ihm zur Tür stürmte.

„Verdammt Chris, bist du noch bei Verstand? Was hast du dir dabei gedacht? Willst du, dass sie Cathy töten?", schnauzte er ihn aufgebracht an.

„Ich habe niemanden verständigt Jonas! Das solltest du doch wissen. Wir waren doch die ganze Zeit zusammen."

„Entschuldige Chris! Natürlich, sind wohl meine Nerven. Wie konnten sie so schnell von der Sache erfahren Herr Nellmann?", fragte er, und seine Kinnlade schlotterte.

Nellmann schob ihn sanft beiseite, und trat in den Flur.

„Ist dein Vater da?"

Die Frage war unnötig, denn Doktor Jefferson stürzte, als er Nellmann hörte, hinaus in den Eingangsbereich.

„Ich komme wegen Cathy!"

Als er die verzweifelten Gesichter sah, setzte er rasch fort: „Keine Sorge! Es geht ihr gut. Sie ist in Sicherheit! Sie hat mir von Lucies Entführung berichtet!"

„Lucies???"

Ungläubig richteten sich jetzt alle Augen auf Nellmann.

„Lucies? Die Entführer haben sich inzwischen gemeldet! Sie scheinen der festen Überzeugung zu sein, dass sie Cathy in ihrer Gewalt haben! Von Lucie war nie die Rede. Wir wollten gerade nach ihr suchen", entgegnete Doktor Jefferson verunsichert.

„Was ist mit Lucie?" fragte Amanda, die nun ebenfalls zu den anderen in den Flur trat. Ihre Stimmlage schlug um, klang mit einem Schlag weinerlich und besorgt.

„Wir haben soeben erfahren, dass nicht Cathy, sondern Lucie entführt wurde!", erklärte Doktor Jefferson.

Und zu Chris's Überraschung, zeigte Amanda nun genau das Verhalten, das er vorhin erwartete und vermisste.

„Lucie? Ich verstehe das nicht, wie ist das möglich? Wie konnte das nur geschehen? Warum Lucie? Mein Gott, mein armes Kind!"

John musste sie stützen, so hysterisch und aufgelöst war sie mit einem Mal. Doch Amandas eigenartiges Verhalten interessierte Chris zurzeit nur am Rande.

„Wo ist Cathy?", fragte er ungeduldig nach. „Ich möchte auf der Stelle zu ihr!"

Nellmann zog ihn beiseite.

„Sie ist bei mir. Ich möchte, dass sie zu ihr fahren und sie befragen. Sie ist verständlicherweise sehr verstört. Ich habe ihr bis jetzt noch keine Fragen gestellt, wollte ihr Zeit geben sich zu sammeln. Aber wir brauchen dringend mehr Informationen! Ich kann mir denken, wie sie sich fühlen! Aber wir müssen nun an Lucie denken!", flüsterte er leise.

Doktor Jefferson war hin und her gerissen. Wünschte sich nichts mehr, als sich unverzüglich auf den Weg zu machen, um Cathy in seine Arme zu schließen. Doch er wusste auch, dass die Entführer jederzeit wieder anrufen konnten. Um Lucie zu retten würde seine Anwesenheit hier unbedingt erforderlich sein. So kehrte er schweren Herzens mit Nellmann in den Wohnbereich zurück.

„Ich komme mit!" erklärte Jonas schnell.

Griff nach seiner Jacke, und stürmte hinter Chris her.

20. Kapitel

Ich war wohl kurz eingenickt, als mich ein stürmisches Klingeln an der Haustüre weckte. Mein Körper kam in Bewegung, richtete sich mühevoll auf. Erstaunt blickte ich mich um. Orientierte mich und erinnerte mich, im Haus der Nellmanns zu sein. Ich hörte Martha an der Tür und gleich darauf stürmten Chris und Jonas zu mir ans Sofa. Verlegen standen sie nun vor mir, keiner wollte dem anderen den Vortritt nehmen.

„Kommt her ihr zwei!"

Ich breitete meine Arme aus, und umschloss mit einem Griff, zwei der mir liebsten Menschen. Nachdem wir uns ausgiebig gedrückt hatten, fragte Chris fast vorwurfsvoll: „Warum hast du nicht gleich angerufen? Wir wären sofort gekommen und hätten Hilfe organisiert!"

„Lucie hat meine Jacke an! Wir haben sie kurz vorher getauscht, und in ihr steckt mein Handy! Ich konnte euch nicht anrufen!"

Die Tränen kehrten zurück, schüttelten meinen Körper.

„Ist schon gut Liebes! Mach dir keine Sorgen! Es kommt alles in Ordnung!" beruhigte mich Chris und seine Hand strich liebevoll über mein Haar.

„Ich komme gleich zurück Liebes! Ich muss nur schnell veranlassen, dass man dein Handy für Anrufer sperrt. Die Entführer dürfen nicht erfahren, dass Lucie ein Handy bei sich hat. Denn wenn sie es noch nicht entdeckt haben, können wir sie damit orten!"

Eilig verließ er den Raum. Mein sonst so wortgewandter Jonas saß nun eng an mich gekuschelt, still neben mir.

„Mit dir wird es nie langweilig, bei dir ist immer was los!" seufzte er endlich gequält.

Nur zu deutlich verriet sein Gesicht die Sorgen die er sich meinetwegen gemacht hatte.

„Und Lucie? Haben sich die Entführer gemeldet?", fragte ich schwach.

„Ja!", brummte Jonas aufgebracht. „Diese Schweine, die arme Lucie!"

Chris kam zurück, schob Jonas einfach beiseite.

„Du hast sie lange genug für dich gehabt! Jetzt gehört sie mir!"

Er drückte mich glücklich an sich und küsste meine Nasenspitze. Seine starken Arme vermittelten mir ein Gefühl von Sicherheit und Geborgenheit. Seine Finger strichen unentwegt beruhigend über meine Wangen.

„Liebes? Fühlst du dich in der Lage mir ein paar Fragen zu beantworten? Es wäre wirklich wichtig. Wir müssen alles wissen! Alles was dir vielleicht aufgefallen ist. Du willst doch sicher, dass wir Lucie so schnell wie möglich finden?", sagte er und seine Stimme klang samtweich.

„Natürlich!", stimmte ich zu.

So sehr ich Amanda auch verabscheute, Lucie eroberte

mein Herz im Sturm. Nicht nur, weil sie mich an Sarah erinnerte. Nein, Lucie besaß, woher auch immer, diese Wärme, dieses unglaublich fröhliche Wesen, man musste sie einfach gern haben.

Stockend begann ich die Ereignisse der letzten Stunden zu schildern, berichtete Chris alles haargenau. Am Ende angekommen unterbrach ich. Fügte nach kurzem Nachdenken sämtliche Details hinzu, die mir so in den Sinn kamen.

„Eine genaue Personenbeschreibung kann ich dir leider nicht geben. Sie trugen alle schwarze Strumpfmasken. Etwas größer als ich. Am Auto fehlte das Nummernschild. Du hast gefragt, ob mir etwas Besonderes aufgefallen ist. Da war tatsächlich einiges, das ich sehr merkwürdig fand. Bevor ich mich befreien konnte, drückte mich einer der Männer zu Boden. Aber eigenartiger Weise, versuchte er nicht mich auch ins Auto zu schaffen. Und da war noch etwas komisch. Obwohl Lucie kleiner ist als ich, haben sich zwei der Männer auf sie gestürzt. Mich hingegen hat nur einer verfolgt. Mag sein, dass sie dachten, dass sie Lucie leichter überwältigen können! Aber irgendwie war es trotzdem befremdend! Und jetzt im Nachhinein, finde ich es merkwürdig, wie leicht ich mich befreien konnte. Der Mann der mich festgehalten hat war sicher deine Gewichtsklasse. Und ich war schon halb am Boden, ehe ich reagiert habe. Und als ich mich losreißen konnte, und davongelaufen bin, hat er keinen Versuch unternommen mir zu folgen!“

Fragend schaute ich Chris an.

„Hilft dir das weiter? Können diese Informationen helfen Lucie zu finden?“, erkundigte ich mich ängstlich.

„„Das hast du wirklich gut gemacht Cathy! Du hast dir für diese Stresssituation viele Kleinigkeiten gemerkt. Ich bin sehr stolz auf dich. Wir sind auch gleich fertig. Ich habe nur noch eine letzte Frage: „War es schon dunkel?““

Seine Augen fixierten mich unruhig.

„Ganz finster war es nicht, aber dämmrig! Warum fragst du?“

„Ach nur so!“

Er senkte seinen Blick und verriet mir damit, dass er mir etwas Entscheidendes verschwieg.

„Sag mir die Wahrheit!", forderte ich. „Bitte Chris!"

„Nun", erwiderte er gedehnt. „Ich kann mich natürlich auch irren, aber es spricht einiges dafür, dass man dich und Lucie verwechselt hat. Sie trug deine Jacke und hatte deine Mütze auf. Wenn es dämmrig ist, kann man da leicht die falsche Person ins Auto ziehen. Dafür spricht die Tatsache, dass die Entführer behauptet haben, dass sie dich in ihrer Gewalt hätten. Sie hatten scheinbar keinerlei Interesse an Lucie, sondern wollten lediglich verhindern, dass sie etwas beobachten kann. Dieser Umstand ist nun auch schon wieder seltsam. Denn wenn ich gleich zwei reiche Mädchen entführen kann, warum dann nur eine von ihnen?", endete er.

„Du denkst also sie haben Lucie nur entführt, weil sie meine Jacke trug?", fragte ich entsetzt.

Chris kratzte sich unruhig am Hinterkopf. Augenblicklich kam ihm Amandas befremdliches Verhalten in den Sinn.

„Vielleicht Cathy, aber das ist vorerst nur eine Theorie von mir. Wir sollten jetzt nach Hause fahren. Dein Vater ist bestimmt schon ganz krank vor Sorge!", lenkte er mich ab.

Widerwillig kroch ich aus seinen Armen. Schob die Decke zur Seite. Erhob mich ungelenkig, um mich bei Martha zu verabschieden.

„Danke Martha! Tschüss!"

Ich umarmte und drückte sie.

„Nichts zu danken! Und sei auf der Hut!", ermahnte sie mich scheinbar gelassen.

Und doch gelang es Martha nicht, ihre Angst vor mir zu verbergen.

„Tschüss!", rief ich George zu, der noch vor den Keksen saß.

„Tschüss!", antwortete er und winkte mir zu.

Nach kurzem Abschied verließen wir die Nellmanns, um eskortiert von zwei Streifenwagen nach Hause zu fahren.

21.Kapitel

Ich war erst halb durch die Türe, da stürzte Amanda wie eine Furie auf mich zu und brüllte hasserfüllt: „Sie trägt Lucies Jacke! Kein Wunder, dass Lucie entführt wurde, sie dachten Lucie wäre Cathy!"
Sie erreichte mich. Schlug wie wild auf mich ein. Ich konnte mich nicht wehren. Schaffte es nicht, die Hände vors Gesicht zu bekommen. Zum Glück beendete Chris ihren Angriff mit einer schallenden Ohrfeige.
Bewegungsunfähig lehnte ich an der Wand im Flur. Der Tumult rief meinen Dad und Nellmann auf den Plan. Sie stürzten, alarmiert durch Amandas wüstes Geschrei, in den Eingangsbereich. Mein sonst so beherrschter Dad wirkte außer sich, als er mich sah. So aufgebracht erlebte ich ihn in all den Jahren nicht.
„Er gibt mir die Schuld!", schoss es mir durch den Kopf. Traurig und verzweifelt begann ich mich zu verteidigen: „Es ist nicht meine Schuld Dad! Bitte glaub mir, ich habe das nicht gewollt!"
Nun weinte ich.
„Lucie war so kalt da haben wir die Jacken getauscht. Es war keine böse Absicht. Ich wollte ganz sicher nicht, dass ihr etwas passiert!"
Ich zitterte am ganzen Körper. Fühlte unaufhörlich Blut aus meiner Nase laufen, so hart schlug Amanda zu.
Wie durch eine Nebelwand sah ich sein wutverzerrtes Gesicht. Nie zuvor erlebte ich meinen stets beherrschten Dad so außer Kontrolle.
„Dad, bitte glaube mir, es war nicht meine Schuld!"
Meine Stimme flehte, piepste weinerlich.
„Geh mir auf der Stelle aus den Augen, bevor ich mich vergesse!", brüllte er wie von Sinnen und stürzte auf mich zu.
„Cathy?"
Er erreichte mich. Sah meine fiebrigen Augen, und seine

Stimme verlor jede Schärfe.

„Dummerchen, ich meine doch nicht dich!"

Sein Finger tastete vorsichtig über meine Nase, strich zärtlich über meine tränennassen Wangen.

„Schafft sie mir aus den Augen, bevor ich mich vergesse, und ihr auch die Nase blutig schlage. Niemand, wirklich niemand rührt ungestraft mein Kind an!"

Der Nebel um mich wurde intensiver, die Beine weich wie Pudding. Es war Chris der mich auffing, und Nellmann der verhinderte, dass sich Dad in seinem heillosen Zorn vergaß.

Und da war er wieder. Kehrte zurück aus den Untiefen meiner Seele, dieser schreckliche Albtraum. Grauenhafte Bilder stürzten wie eine Sturmflut durch mein Gehirn.

Ich sah Sarah, tot am Kiesel liegen. Sah Degenhof der mir ins Gesicht lachte und rief: „Ich finde, kriege, töte dich!" Und dann war ich wieder auf der Flucht. Mir war so kalt. Ich fror erbärmlich. Lief, rannte um mein Leben und bewegte mich doch nicht von der Stelle.

Schreiend wachte ich auf. Fühlte eine Nadel in meiner Vene, versuchte verzweifelt sie herauszureißen. Degenhof war da. Er hatte mich gefunden. Er würde mich töten, gleich würde ich sterben!

„Nicht Cathy! Es ist alles in Ordnung! Das ist nur eine Infusion, du hast hohes Fieber!", sagte eine Stimme und hinderte mich mit sanfter Gewalt daran, die Kanüle zu entfernen.

„Alles ist gut! Schlaf weiter Liebes! Ich bin hier, ich pass gut auf dich! Dir wird nichts geschehen!", redete jemand beruhigend auf mich ein.

Gleich darauf fühlte ich ein angenehm kaltes Tuch. Der Schweiß wurde aus meinem glühenden Gesicht gewischt und ich wurde ein wenig klarer.

„Chris?", flüsterte ich schwach.

„Ja Liebes?"

„Du lässt nicht zu, dass sie mich töten! Nicht wahr Chris?" flehte ich angstvoll.

„Nein, ich geh nicht weg! Schlaf jetzt, schlaf weiter!"

Dann versank die Welt.

Jonas schlich leise in den matt beleuchteten Raum.
„Lass uns die Plätze tauschen Chris! Nellmann braucht dich. Er will wissen was dir Cathy erzählt hat! Auch wenn ich Amanda am liebsten verprügeln würde, aber es geht nicht um sie, es geht um Lucie. Außerdem ist Amanda Gott sei Dank nicht mehr im Haus. Dad hat sie nach dem Vorfall mit Cathy hochkant hinausgeworfen. Er hat sie vorübergehend im Hilton untergebracht! Aber auch er will Lucie gesund und wohlbehalten wissen. Schließlich und endlich kann sie nichts für ihre Mom!"
Sanft aber bestimmt zog er Chris vom Sessel hoch.
„Geh! Ich weiß, wie schwer dir das fällt. Aber ich achte gut auf meine kleine Schwester. Das mache ich schon mein ganzes Leben lang. Ach ja", er drückte ihm einen Zettel in die Hand. „Der neue Sicherheitscode für die Alarmanlage. Dad hat ihn gleich nachdem Amanda das Haus verlassen hat, ändern lassen. Auswendig lernen und vernichten! Aber das muss ich dir ja nicht sagen!"
„Geh jetzt bitte!", wiederholte er, nachdem Chris keine Anstalten machte den Raum zu verlassen.
Chris beugte sich über sie, küsste ihr fieberndes Gesicht.
„Ich bin bald zurück Liebes, Jonas ist jetzt bei dir! Ich komme so schnell ich kann!"
Voller Unruhe verließ er das Zimmer. Nahm sich vor die Unterredung so kurz wie irgend möglich zu halten, um bald nach ihr sehen zu können.
Hastig durchquerte er den Wohnbereich. Fand seinen Vorgesetzten und Doktor Jefferson am Ledersofa vor dem Kamin, ein Glas Cognac in der Hand.
„Ich weiß, es war nicht hilfreich, dass ich Amanda heute ausquartierte habe!", sagte Doktor Jefferson gerade zu Nellmann. „Aber ich hätte sie wirklich keine Sekunde länger in meinem Haus ertragen!"
„Auch einen?", fragte er und wandte sich Chris zu. „Ich glaube nach der Aufregung der vergangenen Stunden brauchen wir alle ein gutes Gläschen um unsere Nerven ein wenig zu beruhigen!"

„Gerne!" antwortete Chris, der sonst nicht viel für Cognac und andere harte Getränke übrig hatte.

„Wie geht es Cathy?", erkundigte sich Doktor Jefferson und seine Augen fixierten unruhig sein Gesicht.

„Sie schläft jetzt wieder! Sie hat furchtbare Albträume!", seufzte Chris.

„Ich gehe jetzt ohnehin nach oben um nach ihr zu sehen. Dann gebe ich ihr ein Beruhigungsmittel in die Infusion, damit sie besser schlafen kann. Ihr beide könnt euch inzwischen ungestört unterhalten!"

Er erhob sich eilig und lief die Treppe hoch. Unschlüssig hielt Chris das Glas Cognac in der Hand.

„Trinken sie nur! Ich denke, es hilft ihnen, ihren Kopf ein wenig frei zu bekommen, um sich danach ganz auf die laufende Ermittlung zu konzentrieren."

Gegen seine Gewohnheit bombardierte er ihn nicht mit Fragen, sondern saß ruhig abwartend da. Erst als Chris sich auf der Couch fallen ließ und am Cognac nippte, fuhr er fort.

„Berichten sie mir bitte, was Cathy ihnen erzählt hat!"

Chris holte Luft und wiederholte peinlich genau, was Cathy ihm berichtete. Ließ am Ende angelangt auch seine ganz persönlichen Überlegungen einfließen. Schweigend betrachtete ihn Nellmann, drehte das Glas unruhig in den Händen.

„Sie sprechen aus, was auch mich irritiert hat! Auch ich fand Frau Millers Verhalten mehr als befremdlich. Ihre hysterische Reaktion auf die vertauschten Jacken, kann man kaum ihren angespannten Nerven zuschreiben. Es ist nur ein unbestimmtes Gefühl. Aber ich denke sie verheimlicht uns etwas. Das war's auch schon! Ich fahre jetzt zu den Kollegen ins Präsidium. Und sie Chris sind mir für die Sicherheit von Cathy verantwortlich!"

Er legte eine Kunstpause ein und lächelte verschmitzt vor sich hin.

„Ich denke, ich erspare mir damit eine Menge Ärger! Denn ich bin überzeugt, dass ich sie ohnehin nicht dazu bewegen könnte, das Haus freiwillig zu verlassen! Doktor Jefferson hat mir vorhin sein wirklich hervorragendes

Sicherheitssystem vorgeführt. Doch ich gehe lieber auf Nummer sicher. Sie bleiben vorerst einmal wo sie sind! Ich halte sie über den Stand unserer Ermittlungen am Laufenden. Mittlerweile wurde eine Sonderkommission gebildet und die versucht gerade Cathys Handy zu orten!" Er erhob sich gemächlich, trank den letzten Schluck im Stehen.

„Grüßen sie mir Doktor Jefferson. Ich mache mich dann mal auf den Weg. Gute Nacht!"

„Gute Nacht", erwiderte Chris gedankenverloren und war bereits, ehe sich die Eingangstüre schloss, auf dem Weg nach oben.

22.Kapitel

Es war, wie das Erwachen aus einem Albtraum. Die Kanüle im Unterarm war verschwunden. Ich fühlte mich gut, wenn auch ein wenig schlapp. Meine Hand tastete suchend nach Chris. Als ich ihn neben mir fühlte, ging es mir sofort noch besser. Ich rückte meinen Körper dicht an seinen und verkroch mich in seinen Armen. Er atmete regelmäßig, schlief tief und fest.

Draußen war es stockfinster. So beschloss ich noch eine Runde zu schlafen. Doch obwohl ich nichts mehr liebte, als an Chris gekuschelt einzuschlafen, warf ich mich nur gequält von einer Seite auf die andere. Die Bilder von Lucies Entführung, kehrten überdeutlich in meinen Kopf zurück. An Schlaf war somit nicht zu denken. Um Chris nicht zu wecken, schlüpfte ich lautlos aus dem Bett. Streifte meinen Morgenmantel über, und schlich aus dem Zimmer.

Ich war erst halb die Treppe hinunter als Lucies Telefon läutete. Ich stürmte ins Esszimmer, sah meinen Namen am Display ihres Handys aufleuchten.

„Lucie!", schrie ich aufgeregt, „Lucie wo bist du?"

„Cathy, ich habe solche Angst! Ich kann nicht atmen vor lauter Angst!"

Sie schluchzte, rang mühsam nach Luft.

„Lucie hör mir bitte gut zu, du musst dich jetzt beruhigen. Du hast doch noch meine Jacke an, oder?"

„Ja, Cathy, hab ich!"

Ihre Stimme klang schwach, und ihr Atem rasselte bedrohlich.

„In einer meiner Jackentaschen ist ein Asthmaspray! Hast du ihn?"

Stille. Es dauerte, ehe ich hörte wie sie ihn betätigte.

„Es geht mir wieder besser! Danke Cathy!", sagte sie kurz darauf.

„Weißt du wohin man dich gebracht hat, Lucie?", fragte ich schnell, ohne daran zu denken, dass Lucie sich hier gar nicht auskannte.

„Nein! Keine Ahnung!", erwiderte sie weinerlich. „Ich weiß nur, dass wir ein Stück mit dem Auto gefahren sind. So eine halbe bis dreiviertel Stunde. Dann sind wir eine zeitlang durch den Schnee gestapft, und danach mit so einem Scooter weitergefahren! Und dann..."

Wieder weinte sie. Mir zerriss es fast das Herz.

„Und dann Lucie, was dann?"

„Sie haben mich in eine Kiste gesperrt, die im Boden vergraben ist! Es ist kalt und finster hier! Zum Glück habe ich in deiner Jacke das Handy gefunden. Nun habe ich wenigstens ein wenig Licht."

„Hör mir zu Lucie! Ich weiß, dass ist jetzt viel verlangt. Ich möchte auch nicht gerne im Finstern sitzen. Aber mein Akku ist nicht ganz aufgeladen, und nur solange das Handy im Netz ist, kann die Polizei dich orten. Wenn er leer ist, können wir dich nicht finden! Tust du mir einen Gefallen Lucie?"

„Ja!" piepste sie.

„Kannst du jetzt ganz tapfer sein? Ich lege jetzt auf und ruf die Polizei an. Und schalte bitte nicht zu oft die Taschenlampe ein. Kannst du das für mich tun, Lucie?

Wir werden schnell machen, bald bist du wieder bei uns! Okay?"

„Okay! Kommst du bald Cathy?" fragte sie ängstlich.

„Ja Lucie, ganz bald. Ich werde kommen. Ich suche dich. Und keine Sorge Lucie, ich werde nicht aufgeben, bis ich dich gefunden habe. Ich verspreche es dir Lucie! Hoch und heilig! Okay? Ich mach jetzt Schluss. Halt die Ohren steif Lucie bis bald!"

Meine Hände schnellten wie verrückt, als ich auf auflegen drückte. Ich hörte ein leises Geräusch hinter mir, drehte mich um und da stand Chris.

„Hast du alles mitgehört?", fragte ich hektisch, „Ich muss sofort Nellmann anrufen!"

„Das mache ich!", erklärte er bestimmt, „Und außerdem haben sie euer Gespräch bestimmt mitverfolgt."

„Und du", er hob mich hoch, „gehörst ins Bett! Du hattest gestern hohes Fieber!"

„Es geht mir wieder gut!", maulte ich, ließ mich aber trotzdem die Treppe hochtragen. Es war einfach so schön, und noch dazu viel bequemer.

Oben angekommen, setzte er mich im Bett ab und deckte mich sorgfältig zu. Dann griff er nach dem Handy, und führte ein langes Telefonat. Als er auflegte schaute ich ihn erwartungsvoll an.

„Und?"

„Nun, wie ich es vermutet hatte! Sie haben euer Gespräch abgehört. Mittlerweile konnten sie auch ihren ungefähren Standort ermitteln. Das Problem ist, dass Lucie sich anscheinend weit oben im Taunus aufhält. In einem schwer zugänglichen, dichtbewachsenen Waldgebiet. Sie müssen daher bis zum Tagesanbruch warten, ehe sie mit ihrer Suche beginnen können!"

„Ich werde mich daran beteiligen!", erklärte ich mit fester Stimme.

„Nur über meine Leiche!", scherzte Chris. „Dein Dad schläft jetzt. Er ist bis fünf Uhr morgens durchs Haus gegeistert. Konnte keine Ruhe finden, bevor dein Fieber unter 38 Grad gefallen war. Er hat mich eindringlich gebeten gut auf dich zu achten. Er würde mich durch den

Fleischwolf drehen, wenn ich dir erlauben würde, auch nur einen Fuß vor die Türe zu setzen! Wir haben uns gestern alle fast verrückt gemacht, so hoch war deine Temperatur. Klar, dass du dich nun bestens fühlst, so voll gepumpt mit Medikamenten wie du jetzt bist!"

„Okay, einverstanden!", lenkte ich ein. „Aber ich bleibe nur im Bett, wenn du dich an der Suche beteiligst. Lucie soll ein vertrautes Gesicht sehen, wenn sie gefunden wird. Denn eigentlich erwartet sie ja mich. Ich habe ihr gesagt, dass ich komme. Verstehst du Chris, ich habe es Lucie versprochen!"

Chris wirkte unentschlossen.

„Und ich habe versprochen gut auf dich aufzupassen!", brummte er unwillig.

„Dann haben wir beide jetzt wohl ein Problem!", erklärte ich unnachgiebig. „Denn dann muss ich selbst nach Lucie suchen!"

Entschlossen streckte ich meine Füße aus dem Bett.

„Bleib ja im Bett!", drohte er. „Ich beteilige mich an der Suchaktion. Jetzt ist es ohnehin noch zu früh, sie startet frühestens in drei Stunden!"

„Versprochen?", bohrte ich hartnäckig nach.

„Ja gut, versprochen!", erwiderte Chris wenig begeistert.

„Wenn die Suche erst später anläuft, dann komm wieder zu mir ins Bett!", forderte ich ihn auf, und meine Augen verrieten wohl, was genau ich damit meinte.

„Das wurde vorerst aus medizinischen Gründen ersatzlos gestrichen!", unkte er.

Als er mein beleidigtes Gesicht sah setzte er rasch hinzu: „Aber Kuscheln ist erlaubt!"

„Na wenigstens etwas!" brummte ich, um kurz darauf erschöpft einzuschlafen.

23. Kapitel

Amanda kam wutschnaubend im Hilton an, nachdem John sie, noch dazu mitten in der Nacht, ausquartierte. Heute lief aber auch alles schief. Der ausgeklügelte Plan, die jahrelange Vorbereitung, alles umsonst. Dabei sollte dieser Tag den Beginn eines neuen Lebensabschnittes markieren. Den Start in ein ausschweifendes Luxusleben. Das jetzige bestand nur mehr aus einer mühsam aufrecht erhaltenen Fassade. Und auch die Kreditkartenfirmen wurden langsam ungeduldig. Das Vermögen ihres Vaters war nicht unbeträchtlich gewesen. Im Vergleich zu dem der Jeffersons, war es jedoch bestenfalls das Geld aus deren Portokasse.

Und doch, bei sorgsamem Umgang, hätte es wohl bis an ihr Lebensende gereicht. Doch weder Amanda noch Mike stand der Sinn nach einem nur angenehmen Leben. Nein, beide liebten Luxus jeder Art, gaben das Geld mit vollen Händen aus. So war es nicht weiter verwunderlich, dass sie eines Tages feststellten, dass sie bald mittellos sein würden. Da erinnerte sich Mike an das steinreiche junge Paar, das vor über zwanzig Jahren am selben Tag wie sie, auf Schloss Falkenstein geheiratet hatte.

Sie schmiedeten einen teuflischen Plan, planten einen der beiden zu entführen. Doch dann spielte ihnen der Zufall die Information zu, dass die junge Milliardenerbin verstorben war. Ihre ersten intensiven Recherchen ergaben, dass der trauernde Witwer jedes Jahr am Hochzeitstag Schloss Falkenstein besuchte.

Kurz entschlossen änderten sie ihre Pläne und reichten die Scheidung ein. Vereinbarten, dass die attraktive Amanda dem reichen Witwer das Vermögen bis auf den letzten Cent abjagen sollte.

Doch es dauerte fast 2 Jahre, ehe es Amanda gelang, die Aufmerksamkeit Doktor Jeffersons auf sich zu ziehen. Im ersten Jahr, Amanda Miller reiste pünktlich an, unternahm sie alles Erdenkliche um seine Wege so oft wie möglich zu kreuzen. Unternahm mehrere ausgedehnte Wanderungen, und das obwohl sie für die Schönheit der Natur, in dem fast unberührten Tal nichts übrig hatte. Trotzdem gelang es ihr nicht den verschlossenen Witwer auf sich aufmerksam zu machen.

Beim abendlichen Dinner, startete sie einen weiteren Versuch. Brauchte Stunden für die Wahl des richtigen Abendkleides und ihres Make-up.

Im Speisesaal eingetroffen nahm sie missmutig zur Kenntnis, dass sein Tisch zu weit entfernt war, so dass er sie kaum sehen konnte. Drei Tage später reiste sie, kurz nach Doktor Jefferson, unverrichteter Dinge ab. Im Jahr darauf bestach sie einen der Kellner. Der platzierte seinen Tisch daraufhin so, dass sie in seinem direkten Blickfeld saß.

Diesmal funktionierte ihr Plan. Von da an war es für sie ein leichtes, den vereinsamten Witwer Schritt für Schritt auf ihre Seite zu ziehen. Immer wieder meldete sie sich, schlug Ausflüge, und Konzertbesuche vor. Traf sich mit ihm in der Oper, im Theater und erschlich sich so mit der Zeit Vertrauen und Zuneigung.

Amanda wähnte sich am Ziel ihrer Träume angelangt, als er sie nach einem weiteren Jahr spontan ans Meer einlud. Sie platzte fast vor Wut, als er zwei Tage später, seiner Kinder willen, vorzeitig abreiste. Doch sie hielt die freundliche, liebevolle Fassade aufrecht. Ja, ermunterte ihn sogar zu einer Familientherapie.

Das vorgetäuschte Interesse diente ihrer Tarnung. Um glaubhaft vermitteln zu können, dass sie nur die besten Absichten hegte. Sie hoffte so nicht auf Misstrauen zu stoßen, wenn sie vorschlug, diese Cathy in ein Internat zu schicken.

Erst mit ihm alleine, wollte sie die Zeit geschickt nutzen um ihm die Kinder zu entfremden. John, das bemerkte sie an unzähligen Kleinigkeiten, war äußerst großzügig. Ein Leben im grenzenlosen Luxus, das er ihr zweifelsfrei bieten konnte, schwebte ihr schon lange vor. Und so würde sie die Zeit, bis sie ihren perfiden Plan ausführen konnten, in vollen Zügen genießen.

Als er sie nach dem missglückten Urlaub am Meer zu sich nach Hause einlud, ergriff sie die Gelegenheit. Packte all ihre Koffer und blieb. Sie war geradezu entsetzt als sie von Cathy erfuhr, dass sich der Grossteil des Vermögens bereits im Besitz der Kinder befand.

Daraufhin änderten sie ihren Plan und kehrten zu ihrem ursprünglichen Vorhaben zurück. Nach langem hin und her, fiel ihre Wahl auf Cathy. Amanda war sich sicher, dass John jede genannte Summe bezahlen würde, um sie wohlbehalten in seine Arme schließen zu können. Mike suchte und fand im kriminellen Milieu Komplizen, die bereit waren für einen Anteil am Lösegeld die Entführung durchzuführen.

Am frühen Nachmittag, noch ehe die Mädchen zu ihrem Spaziergang aufbrachen, fotografierte sie Cathys Jacke und spielte die Bilder den Entführern zu. Wie hätte sie da auch ahnen können, dass die beiden die Jacken tauschen würden.

Von da an lief die Aktion völlig aus dem Ruder. Amanda fürchtete sich geradezu vor dem Telefonat, das sie nun führen musste. Mike mitzuteilen, dass man Lucie anstelle von Cathy entführt hatte, fiel ihr schwer. Mike, da war sie sich sicher, würde ihr die Schuld an der misslungenen Aktion zuschieben. Bestimmt feierte er schon seit dem frühen Abend den Erfolg und fühlte sich bereits am Ziel seiner Träume angelangt.

Zum Glück vereinbarten sie, Cathy vorerst am Leben zu lassen, um notfalls ihrer Forderung Nachdruck verleihen zu können. Es beruhigte sie, wusste sie doch Lucie somit vorerst in Sicherheit. Da sie jedoch ausdrücklich über kein Detail informiert werden wollte, kannte sie ihren momentanen Aufenthaltsort nicht.

„Was ich nicht weiß, kann ich nicht ausplaudern!"

Mit dem Satz hatte sie es stets abgelehnt, in Einzelheiten der geplanten Entführung eingeweiht zu werden. Nur, dass Lucie auf keinen Fall etwas passieren durfte, darauf wies sie beim letzten Telefonat nochmals ausdrücklich hin. Erst als Mike widerwillig sein Ehrenwort gab, erzählte sie vom Spaziergang der Mädchen. Da er nicht Lucies leiblicher Vater war, traute sie ihm in der Beziehung nicht über den Weg. Solange das Paar von ihrem Vermögen lebte, spielte es keine Rolle. Es wurde erst zum Thema, als das Geld knapp wurde. Denn Lucies Aufenthalt in dem Elite-Internat, verschlang jeden Monat ein kleines Vermögen. Mikes ständige Nörgelei endete erst, nachdem sie in der Sache mit John vorankam. Rechnete er doch nun damit, dass ihre Geldprobleme bald der Vergangenheit angehören würden.

Dass Cathys Freund ein Topermittler der Kriminalpolizei war, bereitete Mike bei der Planung Sorgen. Amanda versuchte daraufhin die Beziehung zu torpedieren, hoffte auf eine Trennung. Doch zu ihrer Enttäuschung hielt Cathy unverdrossen an Chris fest. Im Gegenteil. Ihre Versuche rückten sie direkt in Cathys Focus. Und die griff zu recht unkonventionellen Methoden, wenn man ihrem Freund zu nahe trat. Besonders ärgerlich war auch, dass dieser Umstand den Anteil am Lösegeld, den die Komplizen forderten, in die Höhe trieb. Sie ließen sich das Risiko, Ziel eines hoch motivierten Einsatzteams zu werden, teuer bezahlen. Amanda seufzte tief, öffnete den Koffer und durchwühlte ihn auf der Suche nach dem Prepaid Handy.

Nein, so dumm über den hoteleigenen Anschluss zu telefonieren war sie nicht. Unruhig wählte sie Mikes Nummer. Als er abhob, dröhnte im Hintergrund lautstark die Musik. Sie schauderte bei dem Gedanken, dass er bereits auf die zu erwartenden Millionen anstieß.

Seine heisere, aufgekratzte Stimme verriet, dass er dem Alkohol bereits kräftig zugesprochen hatte.

„Hallo Amanda, ich hoffe du kannst den Abend eben so genießen wie ich! Ach nein", klönte er dann. „Du musst ja die Bestürzte spielen!"

Er lachte dämlich, amüsierte sich königlich über seinen dummen Scherz. Seine Heiterkeit verschwand spurlos, als ihn Amanda auf den Stand der Dinge brachte. Nach Fassung ringend brüllte er ins Telefon: „Wie konnte das nur passieren! Und dann führst du dich auch noch so auf, dass er dich bei Nacht und Nebel aus dem Haus wirft.

Wie kann man nur so blöd sein. Ich fasse es nicht! Schau zu, dass du die Geschichte schnellstens wieder gerade biegst, sonst kann ich für nichts garantieren. Du glaubst doch nicht im Ernst, dass die Männer die uns geholfen haben, Lucie einfach laufen lassen, wenn wir sie nicht bezahlen können. Aber was rege ich mich auf! Sie ist ja nicht meine Tochter. Besorg rasch Informationen, schau, dass wir Cathy schnellstens in unsere Gewalt bringen können, denn ansonst kann ich für Lucies Leben nicht garantieren!"

Dann legte er auf. Amanda starrte wie gelähmt aufs Telefon. Nein, damit rechnete sie in ihren schlimmsten Albträumen nicht. Plötzlich war es ihr Kind, das als Pfand in den Händen dieser Leute war.

John, nein John, da war sie sicher, würde sie nach dem heutigen Abend nicht mehr so schnell ins Haus lassen. Dazu war sie in ihrem Zorn über die vergebene Chance zu weit gegangen. Doch als Cathy frisch und munter hereinspazierte, brannten ihr die Sicherungen durch.

Nun musste rasch ein neuer Plan her. Wie gehetzt lief sie im Zimmer auf und ab. Suchte nach einem Ausweg und kam darüber nicht zur Ruhe. Sie ging erst gar nicht zu Bett, sondern genehmigte sich stattdessen ein Glas Champagner nach dem anderen. Daher war sie gleich an der Tür, als es um drei Uhr morgens klopfte.

Als sie öffnete, stand Hauptkommissar Nellmann am Flur. Er entschuldigte sich für die frühe Störung, und bat um eine kurze Unterredung. Einfühlsam erkundigte er sich, ob sich die Entführer bei ihr gemeldet hätten.

Als sie hysterisch weinend verneinte, nahm er tröstend ihre Hand. Beruhigte sie und informierte sie darüber, dass es ihnen gelungen war, Lucies ungefähren Standort zu ermitteln.

„Sie werden sehen Frau Miller, Lucie ist bald gesund und munter bei ihnen!"

Mit diesen tröstenden Worten verließ er sie. Sie stand an der Tür, bis er im Lift verschwand. Stürzte zum Koffer und griff erleichtert nach dem Prepaid Handy. Ohne zu überlegen wählte sie Mikes Nummer. Als er verschlafen abhob, brüllte sie euphorisch ins Telefon: „Wenigstens eines unserer Probleme, löst sich von selbst! Die Polizei hat Lucie durch das Handy geortet, und der Kommissar ist sich sicher, dass man sie bald finden wird. Zumindest um ihre Sicherheit müssen wir uns keine Gedanken mehr machen!"

Mike war überraschend kurz angebunden, doch das bemerkte Amanda in ihrem Glückstaumel nicht. Wie hätte sie auch ahnen können, dass ihr unbedachtes Telefonat Lucies Befreiung verhindern würde. Nein, dass Mike veranlassen würde, dass man Lucie von dort weg-brachte, damit rechnete selbst die gewiefte Amanda nicht. Doch Mike benötigte ein Druckmittel, um zu ver-hindern, dass Amanda seine Pläne durchkreuzte.

24.Kapitel

Abgekämpft zog sich Hauptkommissar Nellmann auf sein Ledersofa im Dienstzimmer zurück um sich auszuruhen. Er döste im Halbschlaf vor sich hin, als es heftig klopfte und Krüger aufgeregt ins Zimmer stürzte.

„Sie telefoniert! Das Mädchen ruft gerade an!"

„Wen?", fragte Nellmann, und war augenblicklich hell wach.

„Ihr eigenes Handy, wir zeichnen das Gespräch gerade auf!"

Er brauchte nur Sekunden um auf die Beine zu kommen. Hastete ins Besprechungszimmer, wo einer der Beamten das Gespräch bereits auf den Lautsprecher gelegt hatte.

Angespannt verfolgten sie die Unterhaltung. Als das Gespräch endete herrschte Totenstille und alle Blicke richteten sich auf Nellmann.

„Wie weit sind die Vorbereitungen vorangeschritten?",

erkundigte er sich und wirkte dabei absolut ruhig.

Als erfahrener Einsatzleiter hatte er seine Gefühle selbst dann unter Kontrolle, wenn jede Menge Adrenalin durch seine Adern jagte.

„Wir können sofort aufbrechen! Die Helikopter sind einsatzbereit!", informierte ihn Kommissar Wagner, der während seiner Ruhepause die Vertretung übernahm.

„Na dann!", sagte Nellmann, „Worauf warten wir noch!"

Der Aufbruch und das Zusammenstellen der Ausrüstung, waren oft geprobte Routine. Nur die bei dieser Eiseskälte erforderliche Winterkleidung würde den Einsatz zusätzlich erschweren. Die detaillierten Pläne lagen längst vor, wurden gestern bereits erstellt.

Gleich nachdem sie das Handy lokalisierten, sichteten sie Karten und erkundeten das Einsatzgebiet. Das schwache Signal war eines der größten Probleme, da es eine präzise Standortbestimmung nicht zuließ. So musste das in Frage kommende Gebiet erweitert werden. Nun da sie wussten, dass sich das Handy unter der Erdoberfläche befand, grenzte es für sie an ein Wunder, dass eine Ortung überhaupt zustande kam.

Das Gebiet im Taunus das es nun abzusuchen galt, war unwegsames Waldgebiet und sein dichtes Unterholz barg zusätzliche Gefahrenquellen. Auch der meterhohe Schnee würde die Suche erheblich behindern. Diese Aufgabe würde jedem einzelnen von ihnen einiges abverlangen, da auch unhandliches technisches Gerät mitgeführt werden musste.

Die Sonne kletterte gerade über den östlichen Bergkamm, als sie landeten. Reflektierte auf der gleißend weißen Oberfläche und tauchte das enge Tal in ein rötliches, fast unwirkliches Licht.

Zügig errichteten sie, unterstützt durch freiwillige Bergretter, eine Basisstadion, wo später alle Informationen zusammenlaufen würden. Von hier aus plante man auch die Suchmannschaften mit warmen Getränken und Essen zu versorgen.

Die Sonne hatte den Bergkamm noch nicht überschritten,

als die ersten Teams mit ihrem beschwerlichen Aufstieg begannen. Nellmann koordinierte den Einsatz vom Zelt aus und hielt sich über Funk auf dem neuesten Stand. Im Laufe des Vormittages strich er so einen Quadranten nach dem anderen, als ergebnislos durchsucht, von der Karte.

Je mehr Zeit verstrich, umso hoffnungsloser wurde das Team. Doch trotz der bitteren Kälte dachte niemand auch nur im Entferntesten daran aufzugeben.

Gegen 12:00 Uhr mittags, erschien Chris unerwartet auf der Bildfläche. Überrascht blickte Nellmann auf, als Chris verlegen das Einsatzzelt betrat.

„Hatte ich sie nicht ausdrücklich darum gebeten bei Cathy zu bleiben!", fragte er ärgerlich nach.

„Ich weiß, es ist mir durchaus bewusst, dass ich gegen ihre Anweisung verstoße. Aber Doktor Jefferson hat mir versichert, dass er gut auf Cathy achtet. Und es ist wegen Cathy, nur ihretwegen bin ich hier! Das Gespräch mit Lucie hat sie fürchterlich mitgenommen. Sie wollte sich selbst auf die Suche machen! Nur mein Versprechen, dass ich mich daran beteilige, hat sie davon abgehalten selbst loszuziehen. Und sie wissen ja aus eigener Erfahrung: "Wenn sich Cathy etwas in den Kopf gesetzt hat, ist sie durch nichts zu bremsen. Außer man macht ihr ein Gegenangebot, das sie nicht ausschlagen kann!""

Unwillkürlich lächelte Nellmann.

„Ja", dachte er. „So ist Cathy!"

Auch ihm lag Cathy am Herzen. Ganz besonders, seit sie George regelmäßig besuchte, und durch das gemeinsame Geigenspiel so viel Gutes bewirkte.

„Nun gut", sagte er, milder gestimmt. „Wir können hier auch wirklich jede Hilfe gebrauchen!"

Eric Wagner, der gerade seine Pause beendete, stand am Tisch, eine Tasse dampfend heißen Tee in der Hand. Konzentriert kontrollierte er die vor ihm liegende Karte.

„Wir sind beinahe durch!", stellte er sachlich fest. „Bis auf die schwierigsten Abschnitte, haben wir alles kontrolliert! Dank der vielen freiwilligen Bergrettungskräfte sind wir schneller vorangekommen, als wird dachten!"

Abgekämpft und durchgefroren kehrte nun ein Team nach dem anderen ohne Ergebnis zurück. Gestärkt durch die Gulaschkanone der örtlichen Feuerwehr, wollten sie danach aufgewärmt und ausgeruht, die Suche erneut aufnehmen.

Während der Pause besuchte Nellmann jedes einzelne Teammitglied. Verschaffte sich ein genaues Bild vom psychischen und physischen Zustand. Denn nun da die schwierigsten Abschnitte anstanden, würde er nur die Fittesten von ihnen zurück auf den Berg schicken. Einige der Einsatzkräfte stießen bereits an ihre Grenzen. Andere wiederum mussten wegen kleiner Blessuren versorgt werden.

Im Gegensatz zu seinen Kollegen wirkte Eric Wagner so fit, als wäre er nach ausreichendem Schlaf gerade dem Bett entstiegen. Und das, obwohl er sich wie der Rest der Mannschaft seit den gestrigen Nachmittagsstunden im Einsatz befand.

Als Nellmann gegen 20:00 Uhr im Präsidium eintraf, konnte das gebildete Sonderermittlungsteam bereits erste Ergebnisse präsentieren. Hoch konzentriert studierten sie zu dem Zeitpunkt bereits die Karten. Umgehend informierten sie ihn über die erfolgreiche Ortung und den ungefähren Standort von Lucie. Er erfuhr auch, dass das Handy für eingehende Anrufe gesperrt wurde, und die Observation von Amanda Miller angelaufen war.

Eine eilig installierte Schaltung, würde ihnen außerdem das Mithören aller Gespräche erlauben die von Cathys Handy aus geführt wurden.

Ebenso akribisch überwachten sie die Telefonate von der nun im Hilton untergebrachten Amanda Miller, um einen Anruf der Entführer zurückverfolgen zu können. Mehrere zivile Fahnder hielten sich nun, zu ihrem Schutz, aber auch zu ihrer Überwachung im Hotel auf. Früh morgens besuchte er Frau Miller persönlich, um sie über den Stand der Ermittlungen zu informieren. Gegen vier Uhr morgens, schloss das gebildete S.E.K. die umfangreichen Vorbereitungen ab. Diejenigen, die nicht für die Überwachung eingeteilt waren, begaben sich in die Ruheräume, um sich ein wenig Schlaf zu gönnen.

Erst nachdem er sich einen genauen Überblick über den Zustand seiner Leute verschaffte, stellte er neuerlich Teams zusammen. Chris, frisch und ausgeruht, würde mit dem stabilen Eric ein Team bilden und den schwierigsten Abschnitt kontrollieren.
Der Schneefall nahm in den letzten Stunden an Intensität zu, und auch der Wind gewann an Kraft. Regelmäßig funkte Hautkommissar Nellmann die Teams an und erkundigte sich nach ihrem Standort. Die Hubschrauber, die bis dahin die Suche von der Luft aus unterstützten, wurden zurückbeordert, zu orkanartig wehte nun der Wind.

Kurz nach 16:00 Uhr hörten alle an der Suche beteiligten den Funkspruch Eric Wagners: „Wir haben es gefunden!" Danach die niederschmetternde Meldung: „Das Versteck ist leer! Hier liegt nur mehr ein zerstörtes Handy! Man hat das Mädchen offensichtlich inzwischen woanders hingebracht! Wir sperren hier für die Spurensicherung alles ab, schießen ein paar Fotos von der Fundstelle, und steigen dann ab!"
Nach dieser Meldung, beorderte Nellmann alle Teams zurück und brach die Suche ab. Jedem war klar, dass das entführte Mädchen nun irgendwo sein konnte. Das karge, zerklüftete Tal lag bereits völlig im Dunklen, als Eric und Chris, nach einem fordernden Abstieg, das provisorische Basislager erreichten.
Sofort bemerkte Nellmann, dass sie auffallend ruhig und bedrückt wirkten. Schweigend wärmten sie ihre klammen Finger an einer Tasse Tee. Tranken geistesabwesend in kleinen Schlucken, ohne auch nur ein Wort zu wechseln.
Besorgt zog Nellmann seine Ermittler zur Seite.
„Ist da oben am Berg irgendetwas vorgefallen Eric?", fragte er vorsichtig nach.
„Das kann man wohl sagen!", antwortet Eric mit einem schnellen Seitenblick auf Chris.

„Neben dem Loch in dem die Kiste verscharrt ist, haben wir Säcke mit Sand und Schnellzement vorgefunden. Man will nicht darüber nachdenken, was die Entführer damit vorhatten!"

Unwillkürlich jagte ein Schauer über seinen Rücken, und seine Nackenhaare stellten sich auf.

„Cathy darf auf keinen Fall davon erfahren!", sagte Chris, mit belegter Stimme. „Denn unser Fund am Berg legt die Vermutung nahe, dass die Entführer nicht planten, ihr Opfer am Leben zu lassen! Ich will mir nicht vorstellen, was passiert wäre, wenn sie Cathy..."

Chris brach ab, stierte ausdruckslos vor sich hin.

„Kein Wort davon wird nach außen dringen!" versprach Nellmann. „Auch von unseren eigenen Leuten, wird nur der innerste Kreis von der Sache erfahren! Versprochen!"

Eric wartete bis Chris, der mit hängendem Kopf aus dem Zelt trottete, außer Hörweite war.

„Da war noch etwas!" erklärte er hastig. „Ich habe es entdeckt als ich die Aufnahmen gemacht habe. Auf einem der Fotos habe ich es dokumentiert. Da war Blut im Schnee. Nicht viel, aber es handelt sich eindeutig um Blut. Ich habe Chris nichts davon erzählt, das wäre in seiner momentanen Verfassung zuviel für ihn gewesen. Ich denke, wir sollten ihn bei den Ermittlungen, so gut es geht, außen vor lassen. Man verliert sehr rasch seine Objektivität und nimmt es persönlich, wenn es Menschen betrifft, die man liebt. Bei den Leuten, mit denen wir es hier zu tun haben, könnte das gefährlich werden!", sagte Erik und runzelte besorgt die Stirn.

„Ich werde Chris zum Schutz von Cathy einsetzen, und bei den Ermittlung außen vor halten. Und doch ist es eine Gradwanderung, denn er muss am Laufenden sein. Nur so kann er eine Situation richtig einschätzen. Selbstverständlich werde ich seine Verfassung ins Kalkül ziehen. Doch ich werde nicht den Fehler begehen, Chris zu unterschätzen. Ich denke, dass er, selbst wenn es um Cathy geht, einer der Besten in unseren Reihen ist. Ich bin mir sicher, dass er im Notfall richtig handelt!", antwortete Nellmann betont sachlich.

Selbst Eric merkte ihm seine tiefe Betroffenheit nicht an. In seiner langen Dienstzeit als Leiter der Abteilung für Gewaltverbrechen, kam ihm schon viel Abartiges unter. Doch was seine Ermittler heute am Berg vorfanden, übertraf selbst seine schlimmsten Erlebnisse.

Als Eric und Chris kurz nach 14:00 Uhr aufbrachen, lag ein beschwerlicher Aufstieg vor ihnen. Das Gelände war steil, und der eisige Wind brannte wie Feuer in ihren Gesichtern. Um Kraft zu sparen, beschränkten sie ihre Unterhaltung auf ein Minimum. Nach einer Stunde schwierigen Aufstiegs, erreichten sie ihr Suchgebiet. Begannen es nun Meter für Meter im Zickzackkurs abzulaufen. Dabei verhedderten sie sich immer wieder im dichten Unterholz und die glatte Oberfläche drosselte ihr Tempo zusätzlich. Sie beschlossen sich zu trennen, um noch vor Einbruch der Dunkelheit, ihren Quadranten absuchen zu können. Kurz darauf funkte Chris Eric an.
„Ich habe da etwas gefunden. Sieht aus, wie die Spur von einem Schneescooter, den Lucie erwähnt hat. Kommst du mal herüber?"
Der Wind peitschte durch den Wald und das dichte Schneetreiben raubte jegliche Sicht.
„Wo bist du Chris?"
Zerrissen, vom tosenden Sturm überlagert, kam der Funkspruch abgehackt bei Chris an. Er entfachte eine der Leuchtfackeln, um Eric auf seine Position aufmerksam zu machen. Minuten später erreicht er ihn.
„Siehst du das?"
Die kaum noch sichtbare Spur, drohte bereits unter der Neuschneedecke zu verschwinden. Stunden später, wäre sie wohl für immer verloren gewesen.
„Ab jetzt bleiben wir zusammen! Sie sind zwar bestimmt schon über alle Berge, aber sicher ist sicher!"
Vorsichtig, auf Deckung bedacht, folgten sie ihr.
„Da!"
Das Erste, das sie entdeckten, war ein wirrer Haufen.
„Was ist das nur?", fragte Eric ratlos. „Kannst du Näheres erkennen?"

„Negativ!", antwortete Chris, schob die Schneebrille hoch, in der Hoffnung, so besser sehen zu können.

„Wir müssen näher ran! Aber vorsichtig!", brüllte Eric gegen den heulenden Wind an.

„Du gibst mir Deckung und ich rücke vor!"

Bäuchlings im Schnee liegend, robbte er vorwärts und erreichte die verdächtige Stelle.

„Wir haben es gefunden!", meldete Eric, um gleich darauf enttäuscht zu funken. „Aber das Versteck ist leer...."

Nachdem er die nähere Umgebung mehrmals durch sein Fernglas kontrollierte, richtete Chris sich auf und folgte Eric an die Fundstelle.

„Beginnst du mit dem weitläufigen Absperren! Ich mache hier rasch ein paar Fotos!", sagte Eric, der sich sichtlich bemühte, Chris von der Fundstelle fernzuhalten und damit sein Misstrauen weckte.

„Ich bin nicht erst seit gestern Ermittler!", antwortete er unwirsch. „Was ist da, das ich deiner Meinung nach nicht sehen soll?"

„Erspar es dir Chris! Ich kenne Lucie nicht, aber du! Noch dazu, wo wir annehmen, dass sie ein Zufallsopfer ist und das alles", er deutete auf die vergrabene Kiste, „für Cathy bestimmt war! Das ist auch für mich hart, denn wie du weißt mag ich Cathy!"

Doch Chris ließ sich nicht abhalten, sondern kam zügig näher. Ungläubig starrte er auf die mit Schnellzement und Sand gefüllten Säcke, und schaltete blitzschnell.

„Diese Schweine, diese gottverdammten Schweine! Sie hatten also vor..."

Er brach ab, unfähig es auszusprechen.

„Schon gut Chris! Ich sagte doch, erspar es dir! Es ist besonders schlimm, wenn es eine Person betrifft, die man kennt. Und beinahe unerträglich wenn es jemand ist, den man liebt. Deshalb wollten wir dich bei der heutigen Suche auch nicht dabei haben. Du bist emotional zu sehr in die Sache verstrickt. Als du hier aufgetaucht bist, haben wir diesen Abschnitt auch ausgewählt, weil er so unzugänglich ist. Wir waren überzeugt, dass es hier oben nichts zu finden gibt. Aber nun ist es eben so gekommen.

Wir werden unsere Arbeit wie gewohnt korrekt erledigen. Sperrst du bitte ab? Ich mache inzwischen die Fotos!", sagte er professionell, bemüht seine Emotionen zu verbergen.

Er griff nach dem zerstörten Handy, versenkte es in einer durchsichtigen Plastiktüte.

„Ist das Cathys Handy?"

Chris musterte es kurz und nickte. Wortlos nahm er das Absperrband. Befestigte es im Abstand von zehn Metern rund um den Fundort an den Bäumen.

Er versenkte gerade die Rolle im Rucksack, als Eric das Zeichen zum Aufbruch gab. Schweigend traten sie den Abstieg an.

25. Kapitel

Lucie wimmerte ängstlich, als Cathy die Verbindung unterbrach.

„Sie kommt bald! Cathy hat versprochen, dass sie bald kommen werden!", tröstete sie sich.

Tapfer versuchte sie sich an ihr Versprechen zu halten. Nur wenn die nackte Angst sie zu überwältigen drohte, betätigte sie kurz die Taste, um ein wenig Licht in die kalte Dunkelheit zu bringen. Die grob gehobelte Holzkiste in die man sie früh abends zwängte, war schmal. Selbst ihrem zierlichen, kleinen Körper gelang es nicht längere Zeit eine sitzende Position einzunehmen. Viel zu schnell wurden die Beine dabei taub, da sie knapp vor dem Körper angewinkelt werden musste.

Die Luft war unerträglich stickig. Der Sauerstoff in dem kleinen Verlies fast aufgebraucht. Die kläglichen Ritzen, an der Oberseite bedeckte nach und nach der Schnee. Verhinderte so, dass frische Luft nach unten strömte. Sie gähnte, fühlte wie ihre Lider bleiern wurden und ihre Augen zufielen. Ein fernes Motorgeräusch schreckte sie auf. Die Hoffnung gerettet zu werden, verlieh ihr ungeahnte Kräfte und sie begann laut zu schreien.

„Hier bin ich Cathy, hier!"

Schnee rieselte auf ihre Kapuze, als sich die Oberseite öffnete und eiskalte Luft strömte nach unten.

„Sie lebt noch!", sagte eine Stimme und jemand packte sie hart an den Schultern und hievte sie nach oben.

Oben war es stockdunkel. Im scharf begrenzten Lichtkegel des Scooters, erkannte Lucie jene Männer, die sie vor Stunden hier hinunter pferchten. Panisch trat und schlug sie um sich.

„Cathy, bitte hilf mir!", gellte ihre Stimme durch den Wald.

Der grobschlächtige Mann zögerte nicht lange, holte weit aus und schlug ihr hart ins Gesicht. Leblos, wie eine Schaufensterpuppe, sackte sie kopfüber in den Schnee.

„Du sollst sie leben lassen!", fuhr ihn der hagere Mann ärgerlich an und deutete anklagend auf den schlaffen Körper. „Ist das wirklich so schwer zu verstehen?"

„Reg dich ab! Die wird schon wieder. Da schlag ich bei meinen kleinen Nutten wesentlich härter zu!", grinste der Angesprochene blöd.

„Deine Nutten sind aber auch keine Millionen wert, also geh gefälligst sorgfältiger mit der Ware um, verstanden?"

Er schüttelte missbilligend den Kopf. Hievte Lucie wie ein erlegtes Tier aus dem Schnee, warf sie vor sich auf den Scooter.

Das heimelige Knacken von Holz weckte sie. Hier war es mollig warm. Lucies Hände tasteten über die kratzige Decke. Auf was auch immer sie lag, fühlte sich irgendwie nach Bett an. Die Augen bedeckte eine dunkle Binde und Hände und Beine waren wie bei einem Paket verzurrt. Sie zerrte daran und es gelang ihr, eine Hand soweit nach oben zu zwängen, dass sie die Augenbinde ein wenig nach unten ziehen konnte. Dabei ertastete sie ein Pflaster und daneben verkrustetes Blut.

Gerade umfassten ihre Fingerspitzen den Rand der Binde um sie ganz nach unten zu schieben, da näherten sich Schritte. Bebend schob sie das Tuch wieder hoch und stellte sich schlafend. Die Türe quietschte, knarrte durchdringend, als sie geöffnet wurde. Sie vernahm Stimmen die sich flüsternd unterhielten.

„Ich wusste es! Du hast zu fest zugeschlagen! Sie ist noch immer bewusstlos!" sagte einer von ihnen anklagend.

„Die wird schon wieder, glaub mir! Schließlich habe ich nicht zum ersten Mal jemand in die Fresse geschlagen! Wenn sie nicht bald aufwacht, schütte ich ihr einen Eimer Wasser über den Kopf. Du wirst sehen wie schnell das kleine Biest dann seine Augen aufschlägt!"

„Das wirst du schön bleiben lassen! Und auch alles andere, was du sonst so mit deinen Nutten abziehst. Wir bekommen unser Geld nur, wenn wir sie unbeschädigt abliefern! Also beherrsch dich. Ich habe nicht vor, deinetwegen auf ein paar Millionen zu verzichten!", fuhr ihn der Hagere gereizt an.

„Und setz gefälligst deine blöde Strumpfhaube auf. Oder willst du auf das schöne Geld verzichten, nur weil sie dich sieht und wir sie beseitigen müssen?", fügte er entnervt hinzu.

Schritte und die leiser werdenden Stimmen verrieten ihr, dass die Männer das Zimmer wieder verließen. Dann wurde ein Schlüssel umgedreht. Regungslos blieb sie liegen. Lag ganz still. Wagte kaum zu atmen, aus Angst, die Männer würden beim kleinsten Piepton zurückkommen. Das einzig beruhigende war, dass sie dem Gespräch entnahm das man vorhatte sie zumindest vorerst am Leben zu lassen.

„Ich muss nur durchhalten und warten! Cathy hat gesagt, sie orten das Handy und finden mich!", beruhigte sie sich und versuchte die aufsteigende Angst zu unterdrücken.

Sie wand sich. Drehte sich wie ein Wurm bis ihre Hand die Jackentasche erreichte. Tastend suchte sie nach dem Handy. Panik machte sich breit, als sie begriff, dass es nicht mehr in der Jacke steckte.

„Ich habe es verloren! Sie werden mich niemals finden!",

schoss es ihr durch den Kopf. Augenblicklich begann sie jämmerlich zu weinen. Die Tür ging auf und jemand griff nach ihr.

„Beruhig dich!", befahl die Stimme.

„Wenn du tust was wir von dir verlangen, bist du bald wieder zu Hause!"

Dann befreite er die Beine, durchschnitt die Handfesseln, und zog ihr letztendlich das Tuch von den Augen. Lucie blinzelte verschreckt. Rieb ihre Augen die sich erst an das Licht gewöhnen mussten. Der Mann vor ihr war groß, trug eine Strumpfmaske und wirkte einschüchternd. Im Gegensatz zu seinem Äußeren klang seine Stimme sanft, beinahe weich als es sagte: „Da drüben wenn du Pipi musst!"

Er deutete mit dem Finger auf eine schiefe Kammer.

„Ich bring dir später etwas zu Essen, wenn die anderen weg sind! Und versuch erst gar nicht abzuhauen! Du kommst nicht weit! Denn ehe du vom Berg kommst, bist du tot! Hast du das verstanden?"

Lucie nickte eingeschüchtert. Er zögerte kurz, schien noch etwas sagen zu wollen, kratzte sich am Hinterkopf, ging dann aber. Eine Zeitlang verharrte Lucie wie gelähmt, ehe sie es wagte den Raum näher zu erforschen. Er war nicht mehr, als eine spartanisch eingerichtete Kammer. Ein wackeliges Doppelbett, ein windschiefer Tisch und ein dreibeiniger Stuhl. Der rußende schon in die Jahre gekommene Eisenofen sorgte für mollige Wärme. Daneben ein geflochtener Weidenkorb, randvoll gefüllt mit klobigen Holzscheiten. Das Fenster, kaum größer als ein Blatt Papier, ließ kümmerlich Tageslicht einströmen. Ein zaghafter Blick nach draußen verriet ihr, dass es Tag war. Doch außer einem nahe gelegenen Wald und einigen Berggipfeln, konnte sie weit und breit nichts entdecken. Die Wände aus groben, gehobelten Baumstämmen, ließen sie vermuten, dass sie sich in einer Skihütte befand. Zum Schluss inspizierte sie den 2 Quadratmeter großen Verschlag, in dem eine chemische Toilette stand. Leise Stimmen machten sie auf ein Gespräch aufmerksam, das außerhalb der Hütte geführt wurde. Angestrengt versuchte sie der Unterhaltung zu folgen, fing jedoch lediglich ein paar Wortfetzen auf. Der Scooter startete stolpernd. Das Motorgeräusch wurde leiser und entfernte sich. Die Tür öffnete sich und der Mann von vorhin stellte wortlos einige Scheiben Brot und Wurst auf den Tisch. Er ging hinaus, kehrte mit einer dampfenden Tasse Tee zurück, und verschwand wieder. Erst jetzt bemerkte sie, wie hungrig sie war. Stopfte hastig Brot und Wurst in sich hinein, und leerte die Tasse bis auf den letzten Tropfen.

Beim Abstellen bemerkte sie den glänzend weißen Satz der unten am Boden klebte. Gleich darauf gähnte sie, torkelte ungelenk zum Bett zurück, und kauerte sich auf die Decke. Ihre Augenlider wurden schwer und fielen zu.

26. Kapitel

Als ich aufwachte war Chris verschwunden, und Jonas saß bewaffnet mit seinen Skripten an meinem Bett.

„Werde ich jetzt bewacht?", fragte ich ihn ungläubig.

„Ja sicher!" grinste Jonas. „Jeder weiß, dass du schwerer zu hüten bist, wie ein Sack Flöhe!"

„Suchen sie schon nach Lucie?", erkundigte ich mich angespannt. „Hat Chris sich gemeldet?"

Jonas blickte kurz von seinen Skripten auf.

„Ja und Nein!", erwiderte er genervt. „Und jetzt schlaf weiter!"

Leichter gesagt als getan. Ich fühlte mich frisch und fit, und verspürte nicht das leiseste Verlangen, den Rest des Tages hier oben im Bett zu verbringen.

Doch Jonas blieb unerbittlich, bewachte mich wie eine Schwerverbrecherin.

„Mir ist langweilig", seufzte ich gereizt.

Unwillig blickte er auf, zeigte dann aber doch Erbarmen.

„Willst du etwas lesen?", erkundigte er sich gnädig.

„Oder möchtest du lieber fernsehen?"

„Weder noch!", erklärte ich bestimmt, denn das war nicht ganz das, was mir so vorschwebte.

Immerhin war heute der 26.12. und somit der letzte Weihnachtstag.

„Ich will nach unten!", erklärte ich deshalb bestimmt. „Erstens habe ich noch nichts gegessen, und zweitens möchte ich wie jedes Jahr an Weihnachten gemütlich neben der Tanne sitzen Punsch trinken und Kekse essen!" forderte ich, mit der Hartnäckigkeit eines Kleinkindes.

Jonas seufzte tief, stand auf und legte missmutig seine Skripten beiseite.

„Bleib wo du bist", ordnete er an und schlürfte aus dem Zimmer. „Ich frage mal Dad!"

Jonas war kaum draußen, da stürzte ich ins Bad, und streifte meinen Jogginganzug über. Auf dem Weg zur Tür stoppte mich Dad, der gerade ins Zimmer kam. Mit ein paar Schritten stand er vor mir.

„Cathy!", sagte er vorwurfsvoll und schüttelte unwillig den Kopf. „Du hattest gestern über vierzig Grad Fieber! Nur weil du so gut auf die Infusion angesprochen hast, heißt das noch lange nicht, dass du heute herumturnen kannst, als wäre nichts gewesen!"

Als er mein unglückliches Gesicht sah, lenkte er ein.

„Es spricht aber nichts dagegen, dass du zu uns nach unten kommst. Vorausgesetzt natürlich, dass du dort am Sofa liegen bleibst!", meinte er versöhnlich.

„Ja sicher Dad, kein Problem ich bin ja schließlich keine fünf!", erklärte ich, während Dad schnaubend die Augen rollte.

Ich bezog mein Quartier auf der Couch, eingemümmelt in eine Decke. Maria brachte mir eine Tasse heiße Brühe, in der verloren ein paar Nudeln schwammen.

„Ist das alles?", erkundigte ich mich entsetzt.

Denn speziell zu den Weihnachtsfeiertagen kochte Maria immer ein besonders köstliches Menu. Und meine feine Nase roch den Duft des herrlichen Bratens den sie heute Mittag zubereitete. Maria zuckte hilflos die Schultern und deutete auf Dad.

„Anordnung!", sagte sie kurz.

Ich seufzte, und warf Dad einen beleidigten Blick zu.

„Na gut" dachte ich, „Lässt sich wohl nicht ändern!"

Nur Jonas zeigte Mitleid mit meiner bescheidenen Lage. Er holte einen Teller Kekse aus der Küche, und stellte ihn so hin, dass ich ihn erreichen konnte. Es war wie ein Spiel aus Kindertagen. Immer wenn ich mich unbeobachtet fühlte griff ich verstohlen zu. Verspeiste es lautlos unter der Decke. Dad verzog sich in sein Arbeitszimmer um nach einem Fachartikel zu suchen. Sofort bat ich Jonas kurz zu verschwinden.

„Ich will nur schnell eine Zigarette rauchen! Belehre mich jetzt bitte nicht! Ich habe nicht viel Zeit, ehe Dad wieder zurückkommt!" sagte ich mit leicht gereiztem Unterton.

„Biiiiiiiiiiiitte!"

Mit bettelndem Blick sah ich ihn an. Jetzt seufzte auch er. Jonas konnte mir noch nie etwas abschlagen.

„Na gut Cathy, weil Weihnachten ist!", sagte er unsicher, und verließ das Zimmer.

Ich hastete hinüber in den Wintergarten. Krallte mir die Zigaretten. Der erste Zug befreite. Der Zweite kratzte. Beim Dritten hustete ich leicht, und ehe ich die Zigarette noch ein Mal zum Mund führen konnte, griff wie aus dem Nichts eine Hand danach, und ermordete sie umgehend im Aschenbecher.

„Cathy!", sagte Dad mit vorwurfsvollem Ton und griff zeitgleich kontrollierend auf meine Stirn. „Ich schicke dich wieder nach oben, wenn du nur Unsinn machst!"

Schön langsam fing es an zu nerven.

„Dad!", sagte ich deshalb. „Hast du nicht das Gefühl, dass du es ein klein wenig übertreibst? Ich bin schon lange kein Kleinkind mehr! Findest du nicht, dass du weit über das Ziel hinausschießt? Ich möchte jetzt gerne in Ruhe rauchen!"

„Nein, Cathy!" sagte er mit bestimmtem Ton. „Nein, ganz sicher nicht!"

Es war dieses „Nein", das ich in dieser Tonart genau in dieser Oktave gesprochen, selten hörte. Aber schon als ich klein war lernte ich, dass dies kein „Nein" war, das gesprochen in einer anderen Tonlage anzeigte, dass es in irgendeiner Weise verhandelbar wäre. Dieses „Nein" bedeutete auch „Nein". Ohne dass Widerworte auch nur das Geringste daran änderten.

Doch ich erfuhr als Kind noch mehr über dieses „Nein". Wann immer Dad es so klar und deutlich aussprach, schwang auch ein Funke Reue mit. Auch ihm fiel es schwer, uns etwas abzuschlagen. Selbst wenn er in dieser einen Sache hart blieb, so konnte man doch im Gegenzug stets etwas anderes einfordern. Denn niemals sprach er zwei Mal hintereinander dieses unnachgiebig „Nein" aus.

„Ich wollte nur rauchen, weil ich so hungrig bin. Darf ich dann wenigstens ein kleines Stück von Marias herrlichen Braten haben?", fragte ich deshalb wehleidig.

Sein Blick verriet, dass er liebend gerne auch diesmal „Nein" gesagt hätte, aber wie ich es voraus ahnte lenkte er ein.

„Na gut!", brummte er gnädig.

„Aber nur ein kleines Stück", schränkte er schnell ein.

Ich genoss den Sieg. Vielmehr aber den Braten, den mir Maria kurz darauf servieren durfte. Ich war gerade dabei ihn genussvoll zu verzehren, als Chris bei Jonas anrief. Erwartungsvoll legte ich mein Besteck zur Seite. Konnte kaum das Ende des Gespräches abwarten.

„Haben sie Lucie gefunden?", fragte ich erwartungsvoll.

Jonas schüttelte fast unmerklich den Kopf.

„Nein!", sagte er. „Sie haben zwar die Stelle gefunden wo die Entführer sie ursprünglich untergebracht hatten, aber das Versteck war leer. Sie haben nur dein kaputtes Handy gefunden! Chris ist bereits auf dem Weg nach Hause. Er war noch einen Sprung im Präsidium. Es gab noch eine Nachbesprechung, den Einsatz betreffend!"

Ich starrte ihn entgeistert an. Schob den Teller zur Seite, der Appetit war mir vergangen. Meine Gedanken weilten bei Lucie und meinem Versprechen. Ich fühlte mich leer. Wortlos stand ich auf, trabte in mein Zimmer hoch und verkroch mich unter der Decke. Die Haustür schlug ins Schloss, Chris war zurückgekommen. Er wechselte nur ein paar Worte mit Jonas, und stürmte dann die Treppe hoch. Gleich als er ins Zimmer trat, bemerkte ich, dass irgendetwas mit ihm nicht stimmte. Er wirkte verändert, furchtbar verstört.

Mit wenigen Schritten stürmte er an mein Bett. Drückte mich so fest an sich, dass ich fast keine Luft bekam. Er klammerte. Hielt sich an mir fest, wie ein Ertrinkender der Angst hat zu versinken. Liebevoll strich ich über sein Haar, küsste ihn sanft. Seine Augen voller Schmerz. Etwas quälte seine Seele. Ein Geheimnis, das er vor mir verbarg.

„Wir dürfen nicht aufgeben!", tröstete ich ihn. „Ich glaube fest daran, dass Lucie gesund zu uns zurückkommt!"

„Ich auch!", entgegnete er, und wich gekonnt meinem forschenden Blick aus. „Wir geben noch lange nicht auf!" Zärtlich drehte ich seinen Kopf zu mir, bemerkte Tränen in seinen Augen. Sie ängstigten mich. Chris war so stark, so unerschütterlich. Ich konnte nicht verstehen, warum er weinte.

27. Kapitel

Noch während die an der Suche beteiligten Teams eine wohlverdiente Pause einlegten, telefonierte Nellmann mit den im Dezernat verbliebenen Sondereinsatzkräften. Informierte sich über den neuesten Stand der Dinge. Überrascht nahm er zur Kenntnis, dass sich gegen seine Erwartung die Entführer nicht gemeldet hatten.

Das Verhalten der Entführer gab Rätsel auf. Entbehrte in seinen Augen jeder Logik. Die Tatsache, dass man irrtümlich Lucie entführt hatte, hielt er für keinen triftigen Grund, auf Forderungen zu verzichten. Noch dazu, wo diese Amanda Miller ebenfalls sehr wohlhabend zu sein schien und man ihre Tochter in einer Blitzaktion aus dem alten Versteck holte.

„Warum sich solche Mühe machen und dann kein Lösegeld fordern? Und woher wussten sie überhaupt von der Suche?" fragte er sich unentwegt.

Es war einer jener Momente in denen er froh war, ein erfahrenes Einsatzteam hinter sich zu wissen.

Mit Schaudern erinnerte er sich an das eben geführte Telefonat mit Frau Miller. Ihr aufgelöstes Schluchzen klang noch in seinen Ohren fort. Es fiel ihm schwer ihr mitzuteilen, dass man Lucie am Ortungspunkt nicht auffinden konnte. Erschöpft blieb er auf der Couch sitzen, gönnte sich eine Auszeit. Bemüht seine hochkochenden Emotionen in den Griff zu bekommen.

Ruhiger geworden wechselte er ins Besprechungszimmer. Dort diskutierten gerade seine Ermittler die Faktenlage. Nur Chris Heiners lümmelte teilnahmslos am Tisch. Er wirkte fahrig und schwer angeschlagen, seit er vom Berg kam. Erst nachdem ihm Nellmann mehrmals auf die Schulter tippte reagierte er.

„Chris!", begann er. „„Ich werde alle in diesen Fall involvierten Ermittler bitten, ihren Urlaub zu verschieben. Das gilt auch für sie! Bevor sie mich jetzt unterbrechen, sag ich es lieber gleich: "Sie haften mir für Cathys Sicherheit! Lassen sie Cathy nicht aus den Augen! Mein Bauchgefühl sagt mir, dass die Sache stinkt. Da gibt es zu viele Dinge die keinen Sinn ergeben und nicht zusammenpassen. Ich bin mittlerweile überzeugt, dass Lucies Entführung das Ergebnis einer Verwechslung ist. Und ich befürchte, dass man noch immer hinter Cathy her ist. Ich werde mich mit Doktor Jefferson darüber unterhalten müssen, ich denke Cathy ist in Gefahr. Und er muss auch erfahren, was da oben am Berg vorgefallen ist. Ihnen will ich das Gespräch nicht zumuten, ich weiß, wie sehr sie die Sache belastet!"

Ohne eine Antwort abzuwarten nahm er Platz und bat die Anwesenden sich zu setzen.

„Ich will es kurz machen!", begann er. „Wir alle haben anstrengende 36 Stunden hinter uns. Ich glaube jeder von uns ist froh, wenn er nun zu seiner Familie zurückkehren kann. Ich habe um dieses kurze Meeting gebeten, um alle auf denselben Stand zu bringen. Danach übernimmt das Team der Nachtschicht. Leider kann ich in den nächsten Tagen keinen von ihnen entbehren. Ich muss sie daher bitten, auch einen genehmigten Urlaub vorerst hinten anzustellen. Ich weiß, das ist viel verlangt. Aber wir sollten nicht vergessen, dass es hier um das Leben einer Zwölfjährigen geht. Viele von ihnen haben selber Kinder und können daher sicher verstehen, dass das Leben dieses Mädchens oberste Priorität hat..."

Als er endete, blickte er nur in verständnisvolle Gesichter, die Zustimmung signalisierten.

Mit den Worten: „Bitte gehen sie jetzt nach Hause und ruhen sie sich aus!" beendete er die Nachbesprechung.

„Und sie?" fragte Eric Wagner, als er sah, dass Nellmann unschlüssig im leeren Raum stand.

„Ich", sagte Nellmann, „ich gehe ebenfalls nach Hause zu meiner Familie!"

„Meine alten Knochen brauchen unbedingt eine Runde Schlaf!", scherzte er.

Während der Autofahrt bemerkt er dann, wie erschöpft er wirklich war. Atmete auf, als er das Auto sicher vorm Haus abstellte.

28. Kapitel

Der Hörer fiel mit Getöse auf die Gabel. Eben schluchzte Amanda noch, doch nun schäumte sie vor Wut. Denn noch während sie telefonierte begriff sie, dass Mike sie betrogen hatte. Bebend vor Zorn kramte sie nach dem Prepaid Handy. Als Mike abhob, beschimpfte sie ihn auf das Übelste.

„Du falsche Schlange, du Hurensohn! Wie konntest du

mir das nur antun! Warum zum Teufel hast du das getan? Warum hast du deine Komplizen informiert!" brüllte sie hysterisch ins Telefon.

„Beruhig dich Amanda!", fuhr er sie barsch an. „Ich kenne dich doch! Wäre Lucie in Sicherheit, gewesen, könnte dich sturen Esel, doch nichts und niemand dazu bewegen, bei John zu Kreuze zu kriechen! Sieh es also als Motivation. Wir brauchen das Geld. Ich habe nicht vor, bis an mein Lebensende in Armut zu leben, oder noch schlimmer, einer Arbeit nachzugehen. Wenn du Lucie wiedersehen willst, besorge uns Informationen. Schau zu, dass wir Cathy in unsere Hände bekommen. Und ganz abgesehen davon. Du glaubst doch nicht im Ernst, dass uns diese Leute in Ruhe gelassen hätten, wenn man Lucie befreit hätte. Die wollen bezahlt werden. Ruf also John an und entschuldige dich. Und erkundige dich vor allem nach Cathy! Das Ganze muss rasch über die Bühne gehen. Uns läuft die Zeit davon! Und wenn alles Stricke reißen, vielleicht ist der gutmütige Trottel ja bereit auch für Lucie Lösegeld zu zahlen!"

„Du bist aber auch nicht der Schlauste!", entgegnete Amanda aufgebracht. „Wenn ich John um Geld bitte, wird er sich fragen, warum eine so wohlhabende High Society Lady das Lösegeld für ihr Kind nicht aufbringen kann! Dann schöpft er Verdacht, und wenn das passiert, kannst du alles andere auch vergessen!"

„Da hast du wohl Recht!", brummte Mike missmutig. „Also finde heraus, wo wir uns Cathy schnappen können und zwar bald!", forderte er unwirsch, ehe er das Gespräch beendete.

Amanda wanderte unentschlossen durch die Suite. John anzurufen um sich zu entschuldigen widerstrebte ihr zutiefst. Ging hart an die Grenze des Machbaren.

Zweimal hob sie ab, warf den Hörer unverrichteter Dinge auf die Gabel zurück.

„Außerdem ist es ohnehin schon zu spät!", dachte sie dann zu ihrer eigenen jämmerlichen Entschuldigung.

Der Zimmerservice klopft, und servierte das Dinner. Amanda zog es vor in ihrer Suite zu speisen. Ertrug zurzeit keine fremden Menschen um sich.

29.Kapitel

Der Morgen graute. Ich sah es vom Bett aus. Sah zarte
Flocken die vor meinem Fenster tanzen. Wie kleine
Elevinnen, bei ihrem ersten Auftritt auf der großen
Bühne. Unsicher und doch von berührender Zartheit.
Mein Blick wanderte zu Chris. Selbst jetzt, während er
schlief, zeichneten sich dicke Sorgenfalten ab. Ich dachte
unwillkürlich an gestern. An seine Tränen. Den Ausdruck
der auf seinem Gesicht lag, als er von der Suche zurückkehrte. Vorsichtig legte ich seine Hände, die mich wie
eine schützende Burg umgaben, zur Seite.
Stellte die Füße auf den Boden und tapste lautlos nach
unten. Die matte Beleuchtung des Weihnachtsbaumes
brannte, erfüllte den Wohnbereich mit sanftem Licht.
Ich griff nach einer Zuckerstange. Sie erinnerte mich an
Lucie. An ihre leuchtenden Augen, die tiefe Freude, die
sie ausstrahlte, als wir die Tanne schmückten. An die
Dinge, die wir für den heutigen Tag planten. Mein Blick
blieb auf dem Freundschaftsband haften, das Lucie für
mich knüpfte.
Ich trug es, neben Sarahs Band. Freundschaftsbänder
schienen kein Glück zu bringen. Barfuss lief ich weiter in
den Wintergarten, die Fußbodenheizung wärmte meine
kalten Zehen. Ich sah mich verstohlen um, ehe ich nach
den Zigaretten griff. Doch es war noch früh, das Haus lag
still.
An der Bar in der Nähe des Pools stand eine halbvolle
Flasche Baron Rothschild Château Pauillac 2010.
Dad verbrachte wohl den Abend hier im Wintergarten.
Die Zigarette in der Hand huschte ich hinüber, schenkte

mir ein Glas ein. Verkroch mich damit im hintersten Winkel des weitläufigen Glasgebildes. Setzte mich neben die exotisch anmutenden Palmen auf den edlen, warmen Marmorboden. Im Geist verfolgte mich Dads entsetzter Blick.

Eine Zigarette und ein Glas Rotwein zum Frühstück. Aber ich entschuldigte mein Verhalten. Nichts Neues. Ich fand immer eine Ausrede für mich, wenn ich etwas Dummes tat. Von meinem Versteck aus, entdeckte ich Maria. Sie betrat gerade den verglasten Verbindungsgang der ihr Apartment mit dem Haupthaus verband.

Ja, Maria war immer die Erste die ihren Dienst antrat. Sie ließ es sich nicht nehmen Dad, der ein notorischer Frühaufsteher war, das Frühstück zu servieren.

Rasch versenkte ich mein Weinglas hinter einem riesigen Pflanzenkübel, ebenso den Aschenbecher. Schlich in den Wohnbereich und verkroch mich unter der Kuscheldecke. Keine Sekunde zu früh, denn Dad kam laut gähnend aus dem Elterntrakt. Er wechselte ein paar freundliche Worte mit Maria und marschierte ins Esszimmer.

Das Telefon schrillte unerbittlich. Verstummte kurz um erneut zu läuten. Dad nahm das Gespräch im Esszimmer an. Angestrengt lauschend verfolgte ich es. Sein Inhalt erschloss sich mir aus der Reaktion und den Antworten nicht. Ich erriet nur, dass es Amanda war.

„Amanda!", dachte ich sofort misstrauisch „Was will Amanda von Dad? Oder gibt es Neuigkeiten von Lucie?"

Meine Neugierde war geweckt. Deshalb tat ich etwas, das schlichtweg ein Vertrauensbruch war. Ich hob den Hörer im Wohnbereich ab und belauschte das Gespräch.

Zu meiner Enttäuschung ging es nicht um Lucie. Nein, Amanda entschuldigte sich vielmehr wortreich. Und ich konnte es kaum glauben, erkundigte sich ausführlich nach meinem Befinden.

Mein Gehirn jagte Botenstoffe von Synapse zu Synapse. Quer durch alle Regionen. Die Reaktion kam pfeilschnell. Alle Alarmglocken schrillten. Nein, es entsprach nicht Amandas Naturell einen Fehler einzusehen. Und noch viel weniger sich dafür zu entschuldigen.

Außerdem war ich mir sicher, dass das letzte das Amanda interessierte mein Gesundheitszustand war. Schon allein der Satz: „Du hältst mich doch auf dem laufenden, wie es Cathy geht!", passte zu null Prozent zu ihr.

Schon gar nicht zu diesem Zeitpunkt. Musste doch nun ihre vordringliche Sorge Lucie gelten. Es schrie geradezu nach... Ja? Das war das große Fragezeichen. Die große Unbekannte. Was veranlasste Amanda dazu? Ich konnte mir beim besten Willen keinen Reim auf ihr Verhalten machen. Doch die Sache stank gewaltig. Stank, gegen den wolkenverhangenen Himmel.

Auch Dad fiel nicht auf ihre Süßholzraspelei herein und blieb äußerst reserviert. Seinem Tonfall nach nervte ihn Amandas Anruf einfach nur. Das Gespräch dauerte kaum ein paar Minuten, da beendete er es auch schon mit ein paar formellen Höflichkeitsfloskeln.

Chris tauchte verschlafen auf der Bildfläche auf, war offensichtlich auf der Suche nach mir.

„Ist Cathy hier unten?" hörte ich ihn fragen.

„Ich denke sie ist im Wohnzimmer!", antwortete Dad und seine Stimme klang äußerst belustigt.

„Verdammt! Verdammt, verdammt!"

Wie konnte ich das nur vergessen. Zeitgleich mit der Installation des neuen Sicherheitssystems wurde auch unsere Haustelefonanlage erneuert. Ein Mithören, ohne bemerkt zu werden, war seitdem nicht mehr möglich. Jeder der Apparate zeigte nun am Display an, wenn ein weiteres Telefon sich durch Drücken der Taste Konferenz zuschaltete.

„Wie peinlich!"

Chris steckte seinen Kopf durch die Türe.

„Kommst du zum Frühstück, Liebes?"

„Ja, ich komme gleich!", erwiderte ich und erhob mich stöhnend. Um ein besorgtes: „Geht es dir gut Liebes?", dafür zu ernten.

„Ja, ja! Danke", bestätigte ich hastig.

Auf keinen Fall wollte ich Chris erzählen, dass ich gerade Dads Gespräch belauschte und mich, ertappter Weise, dafür schämte. Dad spähte schmunzelnd über den Rand der Zeitung. Grinste verschmitzt, als ich schuldbewusst ins Esszimmer kam. Typisch Arzt, legte er die Hand auf meine Stirn. Fühlte meine Temperatur, während ich an ihm vorbei huschte. Ich belegte meinen Lieblingsplatz, mit freier Aussicht in den tief winterlichen Garten.

„Alles in Ordnung Dad! Ich habe kein Fieber mehr! Ich habe meine Temperatur bereits kontrolliert!" flunkerte ich ungeniert.

Ja, Weihnachten war kaum vorbei, da landete bereits der erste schwarze Punkt auf meiner Liste. Als ich nach der Kaffeekanne griff und die Tasse füllte, verzog er säuerlich sein Gesicht.

„Tee, wäre gesünder!", belehrte er mich, und blickte kurz von der Zeitung auf.

„Möglicherweise Dad!", murmelte ich, und leerte meine Tasse vorsichtshalber in einem Zug.

„Wenn du wüsstest!", dachte ich, musste an mein Glas Rotwein und die Zigarette denken.

„Ich möchte, dass du mindestens noch ein, zwei Tage im Bett bleibst!", erklärte er bestimmt.

„Dad!", bettelte ich. „Behandle mich bitte nicht wie ein Baby! Wenn ich sage, es geht mir gut, dann geht es mir auch gut!"

„Keine Widerrede!", sagte er, jetzt eine Nuance strenger. „Ich bin hier der Arzt, und du möchtest doch sicher bald mit deinem Führerschein beginnen und Auto fahren!"

Ich verstand seine vage Drohung nur zu gut.

„Na gut Dad!", lenkte ich deshalb sofort ein, „Wenn du meinst!"

Chris tröstete mich.

„Keine Sorge Cathy! Es wird bestimmt nicht langweilig! Ich habe die nächsten Tage ja Zeit für dich! Ich habe doch jetzt Urlaub!" log nun auch er.

Geflissentlich verschwieg er, dass der Urlaub für alle Ermittler die den Entführungsfall Lucie Miller bearbeiteten, ersatzlos gestrichen wurde. Ebenso wie die Tatsache, dass er nur im Haus war, da Hauptkommissar Nellmann ihn unbedingt in Cathys Nähe wissen wollte.

Wieder schrillte das Telefon. Diesmal hob ich ab, freute mich richtiggehend, als sich Herr Nellmann meldete.

„Guten Morgen Cathy, ist dein Vater da?", fragte er.

Ja sicher, ich hole ihn auch gleich! Ich möchte nur vorher wissen, wie es George geht? Fühlt er sich zu Hause wohl?", erkundigte ich mich.

„Es geht ihm gut und er findet sich hier gut zurecht! Er freut sich schon darauf mit dir wieder Geige zu spielen! Kannst du mir jetzt bitte deinen Vater geben Cathy?", bat er kurz angebunden.

„Komisch!", dachte ich verunsichert. „Der hat es aber eilig!"

Doch wahrscheinlich nahm ihn die Fahndung nach Lucie ganz in Anspruch.

„Dad!", sagte ich, und drückte ihm den Hörer in die Hand. „Herr Nellmann möchte dich gerne sprechen! Geht sicher um Lucie!"

Ich blieb neugierig neben Dad stehen und verfolgte das Gespräch. Hörte wie Dad überrascht sagte: „Nein Werner kein Problem, ich bin ohnehin zu Hause, komm doch einfach vorbei!"

Dad und Nellmann duzten sich seit Lucies Entführung. Auch Chris und Dad gingen am Heiligen Abend zum „du" über. Ich fand das Klasse. Bewies es doch einmal mehr, dass Dad Chris vollkommen akzeptierte.

„Bist du fertig Liebes?" fragte Chris ungeduldig und ein seltsam gehetzter Ausdruck tauchte auf seinem Gesicht auf.

„Ja Chris, gleich!", erwiderte ich, erstaunt über die ungewohnte Eile das Frühstück zu beenden.

„Lass uns nach oben gehen!", sagte er und steckte mir die Hand hin.

„Nein, Chris! Vergiss es!", lehnte ich ab. „Ich will ganz sicher nicht nach oben! Ich habe keine Lust, den ganzen Tag blöd im Bett zu liegen. Ich gehe zurück ins Wohnzimmer. Dad ist auch einverstanden, solange ich mein Versprechen halte und auf der Couch liegen bleibe! Und außerdem kommt Nellmann vorbei. Ich will unbedingt erfahren, ob es etwas Neues von Lucie gibt. Warum sonst sollte er so früh bei Dad vorbeikommen?"

„Von Lucie gibt es nichts Neues, das wüsste ich!", erklärte er verlegen.

„Und oben hätten wir es viel gemütlicher!" lockte er nun.

„Du sagtest doch, das wäre ersatzlos gestrichen?", unkte ich unsicher.

„Ist es auch! Aber ich sagte auch, kuscheln ist erlaubt!"

Seine Augen ruhten mit soviel Liebe auf mir, dass ich mich überzeugen ließ. So stand ich auf und folgte ihm nach oben.

Doktor Jefferson befürchtete das Schlimmste, als ihn Nellmann um eine persönliche Unterredung unter vier Augen bat.

„Hoffentlich keine schlechten Nachrichten. Was erzähle ich nur Cathy, wenn mir Werner mitteilt, dass man Lucie tot aufgefunden hat!", überlegte er unruhig.

Auch er fand es merkwürdig, dass sich die Entführer nicht wie angekündigt gemeldet hatten.

Die Unterhaltung, die er abends bei einem Glas Rotwein mit Chris führte, beruhigt ihn ein wenig. Chris wertete es als gutes Zeichen, dass man Lucie aus ihrem Versteck holte. Und doch hegte er Zweifel, dass die Entführung gut enden würde. Ruhe, nein Ruhe ließ ihm die Sache keine.

Dazu wirkte Chris nach seiner Rückkehr zu verstört.

Er betätigte den Summer nach dem ersten Klingelton. Öffnete die Haustüre und blickte Nellmann angespannt entgegen.

Kaum im Haus bat er ihn ins Wohnzimmer.

„John", erklärte Werner sichtlich verlegen. „Ich würde dich lieber in deinem Arbeitszimmer sprechen, wenn es dir recht ist!"

Gleichermaßen erstaunt wie beunruhigt, ging er voraus und bot ihm Platz an.

„Darf ich dir etwas anbieten Werner?", fragte er, um sich, nachdem dieser den Kopf schüttelte, gemächlich hinter dem Schreibtisch niederzulassen.

„Warum so geheimnisvoll Werner, gibt es dafür einen speziellen Grund?", erkundigte er sich besorgt.

„Du kannst mir glauben John, ich würde viel dafür geben dieses Gespräch nicht führen zu müssen. Aber es lässt sich leider nicht vermeiden. Natürlich hätte dich auch Chris auf den Stand der Dinge bringen können, doch ich wollte lieber persönlich..."

So sachlich wie möglich erzählte er von der Entdeckung die seine Ermittler am Berg machten. Berichtete von der Holzkiste und den Schnellzementsäcken. Konfrontierte ihn danach schonend mit seiner Vermutung, dass Cathy nur deshalb noch am Leben sei, da man die Mädchen verwechselte. Ja mehr noch. Dass er befürchtete, dass sie erneut versuchen würden Cathy zu entführen.

Johns Gesicht verlor jegliche Farbe. Seine Füße wippten unruhig auf und ab. Werners Bericht setzte ihm heftig zu.

„Du meinst, selbst wenn ich alles getan und das Lösegeld bezahlt hätte, man hätte Cathy nicht freigelassen?", fragte er entsetzt.

Werner nickte nur.

„Und du denkst, dass sie noch immer hinter ihr her sind?"

Er atmete unruhig, versenkte seinen Kopf tief in seinen Händen.

„Das ist nur meine Theorie John! Mach dich bitte nicht verrückt. Dein Haus ist geradezu eine Festung. Zusätzlich hast du noch dein Sicherheitspersonal. Und unten vorm Tor stehen ja auch noch meine Leute. Und schlussendlich ist Chris auch noch da, um sie zu beschützen. In meinen Augen ist Cathy hier absolut sicher. Glaub mir John, wir arbeiten mit Hochdruck, versuchen alles Erdenkliche um die Entführer so rasch wie möglich zu ermitteln, und vor allem Lucie zu finden. Doch noch tappen wir im Dunkeln. Besonders, da sie sich nicht wie angekündigt gemeldet und keine neue Forderungen gestellt haben. Doch wir verfolgen selbst die kleinste Spur und hoffen so Lucie bald unversehrt zu finden. Also kein Grund zur Panik. Und solange Cathy am Grundstück bleibt, kann ihr nicht das Geringste geschehen. Natürlich ist das kein Zustand, der länger andauern sollte. Schließlich kann man einen Teenager nicht wie eine Gefangene einsperren. Schon gar nicht Cathy!", scherzte er dann.

Doch Johns düstere Miene verriet, dass ihm die Lust am Scherzen vergangen war.

„Ich danke dir für deine Offenheit. Bereits gestern Abend, als Chris zurückgekommen ist, wurde mir klar, dass irgendetwas da oben passiert sein musste. Er war so aufgewühlt und wirkte auf mich geradezu verstört!"

„Ja!", bestätigte Werner. „Allein schon der Gedanke, was sie Cathy antun wollten, belastet ihn. Deshalb lass ich ihn auch bei euch im Haus. Ich will mir gar nicht ausmalen, was passiert, wenn er einen dieser Kerle in die Finger bekommt. Die Kollegen sehen das wie ich. Wir sind froh, wenn er hier bleibt. Aber das ist das kleinste Problem, denn freiwillig verlässt er Cathy ohnehin nicht. Ich muss jetzt zurück ins Präsidium. Es tut mir aufrichtig leid John! Ich weiß, das waren jetzt schlimme Nachrichten für dich!"

Zügig erhob er sich, grüßte verlegen und verließ das Haus. Gedankenverloren stand John am Fenster. Beobachtete, wie Werner durch den frisch gefallenen Neuschnee die Auffahrt hinunter hastete. Werner hatte das Grundstück längst verlassen, da stand er noch regungslos am Fenster. Steuerte dann wie in Trance den Keller an und suchte den Überwachungsraum auf. Er überraschte damit sein Sicherheitspersonal, denn es war sein erster Besuch hier unten, seit sie ihren Dienst antraten.

„Ich möchte, dass die Videoüberwachung im gesamten Haus aktiviert wird!", forderte er.

Er stockte, überlegte, schränkte dann ein.

„Bis auf die Schlafräume! Außerdem möchte ich, dass das Tor ab sofort durch zusätzliches Wachpersonal gesichert wird. Bitte kümmern sie sich darum!"

Ohne weitere Erklärung verließ er den Keller, und kehrte in sein Arbeitszimmer zurück.

Chris und ich chillten gemütlich im Bett. Er besorgte eine Unmenge DVD´s. Auf dem riesigen Flat Screen, der gemeinsam mit dem neuen Sicherheitssystem Einzug in mein Zimmer hielt, sahen wir nun einen Film nach dem anderen. Es war eigenartig. Wie oft wünschte ich mir so gemütliche Stunden mit Chris. Kuscheln ohne auf die Uhr zu sehen. Doch nun, da wir scheinbar alle Zeit der Welt hatten, genoss ich es nicht einmal ansatzweise.

Teilweise lag es an der Anspannung die Chris ausstrahlte. Aber auch daran, dass ich mich nicht auf die Handlung konzentrieren konnte. Immer wieder schweiften meine Gedanken ab, wanderten zu Lucie. Eine tiefe Unruhe erfüllte mich. Breitete sich wie Fieber in mir aus.

Wann immer sonst mich diese Ruhelosigkeit überfiel, trieb ich Sport. Lief bis zur totalen Erschöpfung. Solange bis mein Kopf leer war. Nur noch damit beschäftigt, die Beine am Laufen zu halten.

Doch nun zur Ruhe verdonnert, fand sich kein Ventil. Ich verspürte nur diesen immensen Bewegungsdrang, die Sehnsucht mich zu bewegen. Das alles hier hinter mir zu lassen. Unaufhörlich spähte ich verstohlen auf die Uhr. Sehnte das Mittagessen herbei. Es würde wohl die einzige Unterbrechung meines trostlosen Tages sein.

Chris spürte meine Unruhe.

„Ist etwas Liebes? Möchtest du dir einen anderen Film aussuchen?" fragte er fürsorglich.

„Nein Danke, Chris! Ich habe genug davon. Ich will nichts mehr ansehen!", lehnte ich entnervt ab, schob meinen Kopf aus seinen Armen, und hüpfte aus dem Bett.

Wanderte zum Fenster und warf einen sehsüchtigen Blick ins Freie.

„Chris, das musst du gesehen haben. Schön langsam aber sicher mache ich mir echt Sorgen um Dad!", rief ich belustigt als ich zwei Sicherheitsleute entdeckte, die unten vorm Tor auf und ab patrouillierten.

„Als nächstes heuert Dad noch für jeden von uns einen Bodyguard an!", kicherte ich.

Chris kam ans Fenster, warf einen langen Blick hinunter zum Tor.

So komisch finde ich das gar nicht, nach alldem was vorgefallen ist!", erklärte er.

Das war so typisch Chris! Einfach so typisch Ermittler! Chris stand bei Sicherheitsfragen immer hinter Dads Entscheidungen. Doch meiner Meinung nach übertrieben sie maßlos

„Ich bitte dich Chris. Du weißt doch selbst am Besten, dass Bad Soden eine beschauliche Kleinstadt ist. Wir sind zwar in der Nähe von Frankfurt, aber die Kriminalität hier ist äußerst gering. Noch dazu hat man Lucie nicht aus dem Haus entführt!", setzte ich ernst geworden hinzu.

Ich fluchte dabei innerlich.

„Verdammt!", dachte ich. „Wären wir nur nie auf dem einsamen Feldweg spazieren gegangen!"

Doch ich wuchs hier auf. Fühlte mich in der ländlichen Gegend geborgen, und gut aufgehoben. Spürte niemals Angst. Verschwendete nie auch nur einen Gedanken an meine Sicherheit. Meine Heimatstadt war für mich der sicherste Ort der Welt. Wäre es nicht so gewesen, wäre ich bestimmt nicht öfters angetrunken von einem Lokal zum nächsten gezogen.

Meine Stimmung drohte gerade endgültig zu kippen, da rief Maria uns zum Essen. Jonas fehlte. Der Glückliche brach früh morgens mit Kommilitonen zu einer Skitour auf und wurde erst abends zurückerwartet. Da wurmte es mich noch mehr, dass mich die Grippe erwischte. Wollten doch Chris und ich ebenfalls an der Tour teilnehmen.

Ich liebte es über Pisten zu flitzen. Begeisterte mich aber besonders für Tourenskifahren, weitab der präparierten Pisten. Das lag hauptsächlich an der Herausforderung. Den Adrenalinkick, über noch unberührte Berghänge zu brettern. Den Spaß dabei seine Grenzen auszutesten. Der Gedanke, all das versäumt zu haben, frustrierte mich. Daran änderte auch Marias einzigartiges Menu nichts.

„Woran denkst du?", fragte Chris, als ich tief aufseufzte.

„An Jonas, und wie viel Spaß wir heute am Berg hätten. Der einzige Gedanke der mich tröstet ist, dass du Urlaub hast, und wir es nächste Woche nachholen können!"

Dad und Chris wechselten daraufhin einen eigenartigen Blick. Er alarmierte mich.

„Nein! Ganz sicher nicht! Vergesst es! Was immer euch zu diesem lachhaften Verhalten treibt, ich spiele da nicht mit. Nächste Woche bin ich am Berg, so oder so!", fauchte ich aufgebracht.

„Ich hab ja nichts Gegenteiliges gesagt!", beruhigte mich Dad. „Wir werden ja sehen, wie es dir bis dahin geht!"

Ich fuhr ärgerlich hoch. Glaubte Dad ernsthaft ich wäre blöd. Es war doch offensichtlich, dass da irgendwas hinter meinem Rücken lief.

„Ich finde es okay und auch normal, dass du dir Sorgen machst, Dad! Aber übertreib es bitte nicht. Ich bin ebenso geschockt wie du, dass Lucie entführt wurde und mache mir deswegen Vorwürfe. Aber sicher, ganz sicher lass ich mich von diesen Verbrechern nicht einschüchtern. Ich verkrieche mich nicht ängstlich in einer Ecke. Ich habe keine Angst, verstehst du! Ich lasse sie nicht gewinnen. Mein Leben gehört mir! Und sollte der Preis meiner Sicherheit die Freiheit sein, dann vergiss es. Ich gebe meine Freiheit unter keinen Umständen auf!"

Demonstrativ stolzierte ich in den Wintergarten. Kramte wütend meine Zigaretten aus dem Morgenmantel, und rauchte. Erstaunlicherweise hinderte mich weder Dad noch Chris daran. Ich errang, so dachte ich jedenfalls, einen Sieg. Doch dieser Sieg sollte mir später noch bitter aufstoßen.

Nachdem ich die Zigarette bis zum letzten Zug genoss, kehrte ich wortlos ins Esszimmer zurück. Nahm meine Dessertschale und machte es mir am Sofa gemütlich. Ich erwartete eine Rüge. Dad war in dieser Beziehung eigen, hasste es geradezu, wenn man den Tisch verließ, solang das Essen nicht von allen beendet wurde.

Dieses Verhalten widerstrebte zwar meiner Erziehung, doch in gewissen Situationen, waren mir meine Manieren egal. Meine Geduld war eben nicht unbegrenzt, und ich wollte endlich wie eine Erwachsene behandelt werden. So als wäre nichts vorgefallen, so als hätte die eben geführte Unterhaltung nie stattgefunden, kamen Chris und Dad kurz darauf zu mir.

„Morgen ist doch unsere Silvesterparty?", erkundigte ich mich kampfbereit und blickte Dad forschend an. „Du hast sie doch nicht abgesagt?"

„Nein, natürlich nicht! Warum sollte ich auch? Es geht dir doch wieder besser!", beschwichtigte er mich.

Ich atmete auf. Scheinbar war alles nur halb so schlimm. Und mit ein klein wenig Panik von seiner Seite konnte ich gut umgehen.

„Dann ist ja alles gut!", sagte ich erleichtert und sofort hob sich meine Stimmung.

Ja, morgen war Silvester. Das neue Jahr stand bereits in den Startlöchern. Ich würde es mit jeder Menge Wehmut begrüßen. Mein erstes Silvester seit meinem zwölften Lebensjahr, ohne dass Sarah und ich gemeinsam den Countdown herunterzählen würden. Ohne, dass ich ihr um Mitternacht überglücklich um den Hals fallen konnte. Silvester ohne Lucie. Der einzig positive Aspekt war, dass es mein erstes mit Chris sein würde. Und auch, dass mir ein Silvesterabend mit Amanda erspart blieb.

Dad und Chris änderten während ich rauchte ihre Taktik. Heckten einen Plan aus. Mir sollte es recht sein. Solange sie mich nicht wie ein Kleinkind bevormundeten.

Als Jonas Stunden später durchgefroren aber gutgelaunt von der Skitour kam, brachte er einen Schwung eiskalter Luft mit in den überheizten Raum. Wir spielten gerade Monopoly, und tranken ein gut temperiertes Glas Pinot Noir.

„Sei wann bewachen zwei lebende Schneemänner unser Tor?", feixte er. „Wenn du sie nicht abziehst sind sie bis morgen angefroren!"

Jonas Worte brachten Dad in Verlegenheit. Doch noch mehr wunderte mich, dass er keinerlei Erklärung abgab. Erst als wir unser Spiel beendeten, verkrümelte er sich mit Jonas.

„Verschwörung?", hakte ich misstrauisch nach, als ich sie in Dads Arbeitszimmer verschwinden sah.

Chris lachte herzhaft. „Und das fragst gerade du? Die anderen vorwirft paranoid zu sein!"

Das saß.

„Okay", gestand ich ein. „ Du hast mich erwischt!"

Nutzte die Spielpause und huschte in den Wintergarten. Kommentarlos sah Chris zu, wie ich nach den Zigaretten griff. Ich drückte mir an der riesigen Glasfront die Nase platt. Ja, tatsächlich, es schneite wieder wie verrückt. Im Gegensatz zu den letzten 3 Jahren, wo eine kümmerliche Schneedecke den Rasen bedeckte, gab es heuer wahre Schneemassen. Auf allen Nachrichtensendern und in den Zeitungen berichteten sie, dass wir gerade den strengsten Winter mit den niedrigsten Temperaturen seit dreißig Jahren erlebten.

Ich stand am verspiegelten Glas des Wintergartens, als Jonas, gefolgt von Dad, nachdenklich das Arbeitszimmer verließ.

„Gibt es bald Abendessen!", hörte ich Jonas fragen. „Ich habe Hunger wie ein Wolf!"

Dann rannte er wie ein Wirbelwind die Treppe hoch, um im Handumdrehen umgezogen zu erscheinen.

„Spielst du nach dem Abendessen eine Partie Schach mit mir?" fragte Jonas, und sein Blick wanderte zu Chris.

Chris wollte gerade abwinken, doch ich kam ihm zuvor.

„Aber sicher doch!", sagte ich. „Ich kann gerne auf Chris verzichten, ich gehe jetzt ohnehin schlafen!"

Nach dem Abendessen entschuldigte ich mich und ging nach oben. Froh, mal nur für mich zu sein. Das Gefühl ständig überwacht zu werden, zermürbte mich.

Ohne Licht zu machen, schlich ich ans Fenster. Schob den hässlichen rosaroten Vorhang zur Seite. Im fahlen, gelblichen Licht der Torbeleuchtung beobachtete ich eine Zeitlang die Männer die in der eisigen Kälte, wie kleine Zinnsoldaten, auf und ab stapften.

Müde geworden verkrümelte ich mich ins Bett. Bemerkte erst jetzt, dass ich richtig geschafft war, und schlief gleich ein. Der angenehm warme Körper von Chris, weckte mich aus meinem leichten Schlaf.

„Chris", murmelte ich.

„Ja Liebes?"

Statt einer Antwort küsste ich ihn fordernd. Ich hatte das ewige kuscheln so etwas von satt.

30.Kapitel

Ratlos lümmelte Amanda am Rande des ausladenden Kingsize-Bettes. Nach ihrem Anruf bei John schwante ihr, dass für sie kein Weg mehr ins Haus der Jeffersons führte. Und dass ihre Versuche sich in Johns Leben zu drängen auf unfruchtbaren Boden fallen würden.

Sie wusste genau, dass sie diese Tatsache geschickt vor Mike verbergen musste. Denn Lucie bedeutete Mike nicht viel. Um ihre Sicherheit zu gewährleisten, galt es ihn bei Laune zu halten. Dabei kam ihr zugute, dass sie die geplanten Aktivitäten der nächsten Tage kannte. Wenn durch Cathys Krankheit nicht alle Pläne über den Haufen geworfen wurden, stand heute ein Termin bei Carlos an. Ein Anruf beim Salon bestätigte es. Cathys Termin war aufrecht, man erwartete sie um 11:00 Uhr.

Sie zögerte keine Sekunde, griff nach dem Prepaid Handy und informierte Mike.

„Wenn du möchtest, dass ich weiter mitspiele, erwarte ich im Gegenzug dafür allerdings ein Lebenszeichen von Lucie!", forderte sie beharrlich.

„Wie stellst du dir das vor?" fuhr er sie genervt an.

„Mir ist es egal, wie du das anstellst", erwiderte Amanda scharf. „Entweder ich bekomme ein Foto von ihr, oder du kannst in Zukunft meine Unterstützung vergessen! Wenn alle Stricke reißen, informiere ich das Ermittlerteam, dass du in der Sache mit drinnen steckst! Hast du mich verstanden Mike!"

Mike ließ sich nicht gerne drohen, aber sein Verstand riet ihm nachzugeben.

„Ist ja gut Amanda!", beschwichtigte er sie. „Mach dich nicht verrückt. Lucie geht es gut! Aber wenn dir soviel daran liegt, bekommst du dein Lebenszeichen. Wenn es sein muss auch ihren genauen Aufenthaltsort. Du musst dich nur an unsere Vereinbarung halten, dann wird alles gut!"

„Wie kommst du mit John voran!", fragte er.

Denn das war der einzige Punkt, der ihm wirklich wichtig war.

„Es wird wohl noch eine Weile dauern bis er sich beruhigt hat, aber mach dir deswegen keine Gedanken, ich schaffe das schon!", log Amanda.

„Das sind ja gute Neuigkeiten!", brummte er zufrieden und beendete nach einem flüchtigen Gruß das Gespräch.

Amanda trat ans ausladende Flügelfenster, blickte auf die belebte Straße und beschloss spontan auszugehen. Zulange lebte sie schon wie eine Gefangene in dem Zimmer.

Doch seit jenem unseligen Abend befand sie sich in einer unliebsamen Zwickmühle. John bezahlte zwar ihre Suite, übernahm großzügig die Rechnung fürs Zimmerservice und die Besuche an der Bar. Sie selbst allerdings verfügte nur mehr über bescheidene Mittel. Denn Mike, der Zugang zu ihrem Konto besaß, plünderte es seit seiner Ankunft schamlos. So war es nur mehr eine Frage von Wochen, ehe es völlig leer geräumt sein würde.

„Wenn Cathys Entführung nicht bald klappt, sitzen wir tief in der Klemme!" dachte sie schaudernd.

Doch damit wollte sie sich an Silvester nicht belasten. Ungeniert reservierte sie für die heutige Party den besten Tisch im Restaurant des Hotels. Nahm sich vor, den Abend in vollen Zügen zu genießen.

Sie streifte den edlen Zobel über, ein Überbleibsel aus besseren, längst vergangenen Zeiten. Stolzierte durch die Lobby, um einen Spaziergang zu unternehmen. Und mit ein wenig Glück würde ja auch Cathys Entführung bald erfolgreich über die Bühne gehen.

Ziellos streifte sie durch die nahe Einkaufsmeile. Von einem extravaganten Abendkleid in der Auslage einer Nobelboutique magisch angezogen, trat sie ein. Das schwarze Seidenkleid sah einfach traumhaft aus und passte ihr wie angegossen. Obwohl ihr John erst in Paris sechs neue Kleider schenkte, sah sie die Notwendigkeit dieses Kleid zu erstehen.

„Ich nehme es!", erklärte sie gönnerhaft, und reichte ihre Kreditkarte über das Verkaufspult.

Unangenehm berührt registrierte sie, wie die Verkäuferin die Karte mehrmals vergeblich durchzog.

„Es tut mir sehr leid, aber ihre Karte wird abgelehnt", bedauerte sie nach einigen erfolglosen Versuchen.

Amanda ganz High Society Lady knurrte unwillig: „Das darf doch nicht war sein! Ich habe hier in Deutschland nur Probleme mit den Karten! Scheinbar ist man hier wahrlich nicht am Stand der Technik! Ich habe nur meine American Express Karte mit dabei. Also liefern sie das Kleid ins Hilton und lassen sie es dort auf die Rechnung setzen. Mein Name ist Amanda Miller ich bewohne Suite 407."

Mit einer verächtlichen Bewegung griff sie nach der Karte. Machte auf ihren hochhackigen Absätzen kehrt und verließ erbost das Geschäft. Zurückgekehrt von ihrem kleinen Ausflug, fand sie das teure Stück ordentlich am Bügel vor dem Schrank.

„Funktioniert doch tadellos!", dachte sie hoch erfreut.

Sie ahnte nicht, dass sich das Hotelpersonal bei Doktor Jefferson erkundigte, ob er die zusätzlich Rechnung für das Kleid übernehmen würde.

John reagierte überrascht, als ihm der Hotelportier vom angeblichen Problem mit der Karte berichtete. Großzügig wie es sein Art war, stimmte er jedoch einer Übernahme der Rechnung zu. Und doch beschäftigte ihn der Vorfall, ließ ihm keine Ruhe. Er nahm sich vor, gleich nach den Feiertagen, Amandas Kreditwürdigkeit von einem seiner New Yorker Büros überprüfen zu lassen.

Wie hätte er zu diesem Zeitpunkt auch ahnen können, dass er damit direkt ins Wespennest stechen würde.

31.Kapitel

Nach Amandas Anruf setzte sich Mike mit den Komplizen in Verbindung. Informierte sie von Cathys Termin in Carlos's Salon. Beschwor sie jedoch, in der belebten Innenstadt kein unnötiges Risiko einzugehen. Mike war überzeugt, dass Amanda ihm noch eine günstigere Gelegenheit nennen würde.

Zurzeit hatte er keinen Anlass zur Eile. Das Glück war ihm bei seinen abendlichen Pokerrunden hold gewesen und so verfügte er über ausreichend Barmittel.

Erst ganz zum Schluss erkundigte er sich nach Lucie. Bat, um Amanda bei Laune zu halten, um ein Foto. Natürlich kannte Mike ihren genauen Aufenthaltsort. War er es doch, der die Almhütte am Taunus anmietete.

Da Amanda nach der Scheidung ihren Mädchennamen annahm, legte er dabei seine offiziellen Reisedokumente vor. Wie clever das war, zeigte sich vor zwei Tagen, als er gebeten wurde, einer Kontrolle der Hütte zuzustimmen.

Schwammig erklärte ihm der Beamte, dass man nach einem vermissten Kind suche und deshalb alle in Frage kommenden Objekte am Taunus überprüfe. Bereitwillig stimmte er zu. Übergab den Schlüssel und informierte seine Komplizen, die Lucie kurzfristig ausquartierten. Stunden später brachte man sie, durchgefroren aber unverletzt, in die Hütte zurück. Er war sich sicher, dass die Beamten im Hintergrund alle Daten abglichen. Ein falscher Name auf dem Mietvertrag und das Spiel wäre aus gewesen. Doch nun, nachdem man den Unterschlupf kontrollierte, avancierte er zum sichersten Versteck der Welt.

Mike ordnete an, Lucie anständig zu behandeln. Erklärte sich zwar damit einverstanden, dass sie mit Schlafmitteln ruhig gestellt wurde, doch er kommunizierte auch, dass er keine Gewalt gegen sie dulden würde.

Denn obwohl er es sich nie eingestanden hätte, entstand

mit den Jahren doch eine, wenn auch oberflächliche, Beziehung. Er sah in Lucie nie eine Tochter. Und doch konnte er sich über die Jahre hinweg, ihrem kindlichen Charme nicht ganz verschließen.

32.Kapitel

Mittlerweile arrangierte sich Lucie mit ihrer misslichen Lage. Die übermächtige Angst der ersten Tage wich einer kindlichen Gelassenheit.

Besonders wenn Joe da war, ertrug sie ihre nun schon länger andauernde Gefangenschaft besser. Joe war freundlich, soweit dieses Wort überhaupt auf einen Entführer zutraf. Er unterhielt sich mit ihr und vertrieb damit ihre Angst. Besorgte alte Comics, die er verlegen auf dem Tischchen deponierte. Kümmerte sich um ausreichend Brennholz, damit sie nicht frieren musste und versorgte sie ab und an mit warmen Essen.

Sogar ein kleines Kätzchen brachte er eines Morgens mit in ihre Kammer. Und auch der Tee mit dem Schlafmittel der ansonst grässlich bitter schmeckte, war bei Joe süß. Nur einer ihrer Bewacher versetzte sie nach wie vor in Angst und Schrecken. Es war dieser grässlich fette Mann. Er stank impertinent nach Schweiß und zog stets eine Fahne nach billigem Fusel hinter sich her. Allein der Anblick seiner dunklen, schmalen Augen, ließ sie schaudern. Und seine ungepflegten, schmierigen Hände, die nur allzu gerne wie zufällig ihren Körper berührten, versetzten sie in regelrechte Schockstarre.

„Joe!", sagte sie unruhig, als sie bemerkte, dass die Männer die Plätze nun wieder wechselten.

„Dieser Kerl macht mir echt Angst!"

„Der tut dir nichts! Und sag nicht immer Joe zu mir,

wenn er da ist. Er darf nicht wissen, dass du meinen Namen kennst, sonst tötet er dich!" knurrte er.

Der Motor sprang gerade stolpernd an, als er sie trotz des Lärms schreien hörte. Ohne ihn abzustellen, stürzte er in die Hütte. Entdeckte Lucie in den hintersten Winkel gedrückt, totenblass und vor Angst wie gelähmt. Rasch erfasste er die Situation, stieß den grobschlächtigen Kerl unflätig fluchend vor sich her. Vor der Hütte entriss er ihm die tote Katze, warf sie im weiten Bogen rücklings in den Schnee.

„Was bist du nur für ein perverses Schwein!", brüllte er ihn an. „Warum macht es dir nur solchen Spaß dieses Kind zu Tode zu ängstigen? Verschwinde und komm nicht wieder! Deinen Anteil erhältst du, aber hier oben will ich dich nicht mehr sehen!"

Mit diesen Worten scheuchte er ihn zum Scooter. Wartete bis der missmutig aufstieg und davonratterte. Abwartend blickte er ihm nach, bis er die enge Lichtung verließ und in den Wald eintauchte. Kopfschüttelnd füllte er einen Eimer mit Wasser und kehrte in die Kammer zurück.

Lucie lehnte starr vor Schreck an der Wand, zitterte am ganzen Körper.

„Ist er weg?" flüsterte sie tonlos und ihre glasigen Augen fixierten angstvoll die Tür.

„„Er hat zu mir gesagt: „Sieh mal! So schaut es aus, wenn man jemandem die Kehle aufschneidet. Und so wenn man jemanden ausbluten lässt! Zuerst die Katze und dann du!""

Kalkweiß, die Augen weit aufgerissen, beobachtete sie ihn dabei, wie er mit dem Lappen das Blut aufwischte. Das klare Wasser im Eimer färbte sich rot. Aus dem Augenwinkel sah er sie fallen. Konnte gerade noch verhindern, dass ihr Kopf hart aufschlug. Vorsichtig hob er das kleine Bündel hoch, und hievte es aufs Bett.

„So ein Arschloch!", sagte er, ehe er, den Eimer in der Hand, das Zimmer verließ.

Ich war hin und her gerissen, zwischen der Vorfreude auf die heutige Silvesterparty und dieser Traurigkeit. Da war ein Gefühl tiefer Leere in mir, wenn ich an Lucie dachte. Selbst mein Besuch bei Carlos wurde überschattet von der Tatsache, dass Lucie ihren Termin nicht wahrnehmen konnte.

Den ganzen Morgen über geisterte ich durchs Haus. Machte mich fertig, bemühte mich Chris nicht zu wecken, denn es war erst halb fünf Uhr morgens. Ein Blick aus dem Fenster bot dasselbe fremdartige Bild wie gestern. Noch immer hielten die Männer Wache, standen wie festgefroren unten am Tor.

Die Küche lag im Dunkeln. Selbst Maria trat ihren Dienst noch nicht an. Kein Wunder. Bis vor kurzem, schlief ich an den schulfreien Tagen, besonders wenn Chris bei mir war, bis 11:00 Uhr. Und selbst dann verließ ich das Bett nur zähneknirschend. Doch nun trieb mich diese tiefe innere Zerrissenheit immer früher aus dem Bett.

Ich schlurfte zur Kaffeemaschine. Nach wie vor brühte Maria den Kaffee lieber selber auf. Selbst Dad gelang es nicht sie davon zu überzeugen, dass der Kaffee aus dem Vollautomaten ebenso gut schmeckte. Bei meiner Suche nach einer Thermoskanne durchwühlte ich sämtliche Küchenschränke. Füllte sie bis obenhin mit Kaffee. Mit ihr und zwei Tassen bewaffnet machte ich mich in der neuen Winterjacke auf zum Tor.

„Guten Morgen meine Herren! Kaffee gefällig?" grüßte ich freundlich.

„Gerne", antworteten die beiden überrascht.

„Kannst du dann oben Bescheid geben, dass man uns ablöst?", bat mich einer von ihnen.

„Wir sind neu! Arbeiten erst seit gestern hier! Wir wissen noch nicht, wie hier der genaue Ablauf ist. Aber wir sind ziemlich durchgefroren! Und würden gerne frühstücken, wenn's möglich wäre!", sagte der andere.

„Wem soll ich das ausrichten?", fragte ich irritiert.

„Na unserem Chef in der unteren Etage!", erwiderte jetzt der andere und musterte mich überrascht.

„Okay!", sagte ich. „Mach ich doch gerne!"

„Ich lass euch vorsichtshalber die Thermoskanne da, falls es nicht klappt!", sagte ich unsicher und lief die Einfahrt hoch.

Unentschlossen blieb ich vor der Kellertür stehen. Den hinteren Teil des umgebauten Untergeschoßes besuchte ich noch nie. Der Techniker informierte mich nach dem Einbau, dass sich dort die neue Schaltzentrale für unser Sicherheitssystem befand. Ich wusste zwar, dass sich dort Security aufhielt, doch dass sie durchgehend im Haus war, war mir neu.

Die Hobbyräume und auch Dads Weinkeller ließ ich links liegen und öffnete eine weitere Türe. Ich stutzte und traute meinen Augen nicht. Das hier ähnelte mehr dem Korridor eines modernen Bürogebäudes, als einem alten Kellerflur. Hier war alles neu. Nichts, rein gar nichts, erinnerte hier an früher. Unsicher bewegte ich mich auf die leise wahrnehmbaren Stimmen zu. Klopfte höflich, trat ein und blieb wie angewurzelt stehen.

Unzählige Monitore hingen an der Wand und eröffneten mir, dass nicht nur das gesamte Grundstück, sondern jeder einzelne Wohnraum überwacht wurde. Nur acht von ihnen waren schwarz.

Erleichtert stellte ich fest, dass es sich dabei um unsere Schlafräume handelte. Und doch wallte Zorn hoch. Dad belog uns schamlos. Ihr amüsiertes Grinsen ignorierend, richtete ich aus, worum die Männer mich baten. Danach flüchtete ich in den Wintergarten und griff hastig nach den Zigaretten. Das schlug dem Fass den Boden aus. Das war ja fast wie bei der vor ewiger Zeit ausgestrahlten Sendung „Big Brother".

Erbost suchte ich Dads Bar auf. Schenkte mir ein Glas Whisky ein und prostete ungeniert in die Kamera. Ehrlich gesagte erwartete ich, dass Dad nun auftauchen würde. Aber wenigstens petzten sie nicht. Nun gut. Dad wollte es nicht anders. Ich würde ihm eine Lehre erteilen.

Dad war ein notorischer Frühaufsteher, er würde also jeden Moment auf der Bildfläche erscheinen. Also hetzte ich die Treppe hoch, schmiss mich in ein aufreizendes Dessous. Eines, das selbst für meine Begriffe mehr zeigte als es verhüllte. Hastig streifte ich meinen Morgenmantel über. Erreichte gerade noch rechtzeitig das Wohnzimmer, ehe Dad den Elterntrakt verließ. Rasch verschanzte ich mich auf die Couch, gähnte laut. Wie vermutet hörte Dad mich, und kam schlaftrunken zu mir herüber.

Er konnte gerade noch: „Guten Morgen Cathy!", sagen, da legte ich auch schon los. Zu allererst rekelte ich mich aufreizend. Dann schwang ich mich auf. Warf vor seinen entsetzten Augen, wie eine Stripperin, den Morgenmantel in weitem Bogen von mir.

Stand nun halb nackt da und strahlte ihn an: „Findest du das gut Dad? Soll ich weitermachen?"

Gekonnt schob ich den linken Träger bis zum Ellbogen. Befeuchtete mit aufreizendem Blick meine Lippen. Dad schien in eine Art Schockstarre gefallen zu sein. Denn ich schob bereits den rechten Träger tief nach unten, als endlich Bewegung in ihn kam. Mit wenigen Schritten war er bei mir und hüllte mich verschämt in eine Decke. Ich verneigte mich tief in Richtung Kamera, ließ ihn wortlos stehen und stürzte nach oben. Ehe ich weiter ins Zimmer rannte, warf ich die Decke über die Galerie.

Chris öffnete gerade gähnend die Augen, als ich fast nackt hereinstürmte.

„Du siehst einfach umwerfend aus! So sexy habe ich dich ja noch nie gesehen!", sagte er anerkennend, und warf mir einen begehrenden Blick zu.

„Ich habe ja auch gerade eine Privatvorstellung gegeben!" antwortete ich, und erntete dafür einen verständnislosen Blick.

Es sprudelte nur so aus mir heraus, und aufgebracht berichtete ich, was ich frühmorgens im Keller entdeckte. Chris war ganz und gar nicht erbaut. Am wenigsten von der Schilderung meiner kleinen Darbietung. Ich hingegen kam nun erst richtig in Fahrt.

„Ich werde bis zum Äußersten gehen!", brüllte ich außer mir. „Selbst wenn ich dazu tagelang nackt durchs Haus laufen müsste! Wie werden ja sehen, wie lange Dad dann die verdammten Kameras eingeschaltet lässt!"

Mit einer einzigen heftigen Bewegung riss ich mir das Dessous vom Körper. War gerade im Begriff auf den Flur zu stürmen, als Chris hastig nach mir griff. Er drückte mich an sich. Hielt meinen aufgebrachten Körper sanft umschlungen, und seine Nähe beruhigte mich.

„Warte hier Liebes!", sagte er und ließ mich vorsichtig los.

„Ich kläre das! Aber bitte Liebes, versprich mir, dass du so nicht nach unten gehst!", bat er, und streifte mir den Morgenmantel über.

Minuten später war er wieder da.

„Und?", fragte ich erwartungsvoll.

Er lächelte verschmitzt.

„Eine Intervention von meiner Seite, war nicht mehr von Nöten. Dein Dad hat nach deinem Auftritt angeordnet, dass alle Kameras im Haus abgeschaltet werden! Er hat es verstanden!", schmunzelte er.

Ich atmete erleichtert durch.

„Na Gott sei Dank!"

„Schade", sagte Chris und warf einen bedauernden Blick auf das zerrissene durchsichtige Nichts. „Das Teil war echt heiß!"

Eine halbe Stunde später, begegnete mir Jonas auf der Treppe, ein fettes Grinsen im Gesicht.

„Und du hast tatsächlich gestrippt?", fragt er ungläubig nach.

„Na ja, nicht ganz!", schränkte ich verlegen ein.

„Aber es hat gewirkt!" fügte ich stolz hinzu.

„Na zum Glück bist du jetzt wieder angezogen! Denn es sind bereits jede Menge Leute im Haus, die unsere Party für heute Abend vorbereiten.

„Ups", dachte ich. „Zum Glück war der Partyservice vorhin noch nicht im Haus!"

Ja, ich war hurtig auf hundertachtzig. Beruhigte mich aber schnell wieder. Chris ging in die Küche und servierte mir Kaffee und Brötchen im Wintergarten. Das war seine Art, Maria zu unterstützen.

Im Esszimmer herrschte bereits ein heilloses Durcheinander. Das Eventservice war gerade damit beschäftigt, alles für den Abend umzubauen. Hier würde das riesige Buffet seinen Platz finden. Ich freute mich schon darauf. Die Silvesterparty gehörte für mich zu den Highlights. Für Maria hingegen bedeutete sie puren Stress. Auch wenn das meiste das Eventteam organisierte.

Sie hasste es, wenn Fremde ihre geliebte Küche benutzten und dementsprechend gereizt und unleidlich war sie an diesen Tagen.

Unsere Gästeliste konnte sich sehen lassen. Neben Dads Geschäftsfreunden, ausgewählten Ärzten unserer Klinik, Studienkollegen von Jonas und Freunden von mir, gab sich auch das „Who is Who" von Baden Soden die Ehre. Außerdem wurden am Belegschaftsball der Klinik immer vier Einladungen für unsere Silvesterparty verlost. Sie waren heiß begehrt. Wurden angeblich unter der Hand zu horrenden Preisen weiterverkauft.

„Möchtest du noch Kaffee?" fragte Chris, als er meine leere Tasse bemerkte.

„Ich hole mir noch eine Tasse und kann dir gerne einen mitbringen?"

Chris war selbst bei kleinen Dingen aufmerksam. Auch dafür liebte ich ihn.

„Nein danke, Chris! Ich muss bald los! Ich habe einen Termin bei Carlos. Hast du Zeit oder soll ich mit Felix fahren?"

Er zögerte verlegen, was für Chris ungewöhnlich war.

„Wäre es ein Problem, wenn du mit Felix fährst? Jonas und ich wollen uns den Aufbau der Pyrotechnik nicht entgehen lassen!"

Ja, bei manchen Dingen glichen Männer kleinen Kindern, aber ich wollte Chris keinesfalls den Spaß verderben. So spazierte ich hinunter zu Felix, der vor der Garage auf mich wartete. Die beiden Wachmänner am Tor lächelten verstohlen.

„Aha!", dachte ich. „Scheinbar waren sie vorhin auch vor

den Monitoren!"

Selbst Felix schien über die morgendliche Showeinlage bestens informiert. Er grinste schelmisch, schwieg aber wie ein Gentleman.

Carlos erwartete mich bereits ungeduldig. Wegen des mörderischen Verkehrs verspätete ich mich beträchtlich.

„Cathy Schätzchen, endlich! Ich warte schon auf dich!", begrüßte er mich mit vorwurfsvoller Miene.

„Wo ist denn der kleine Wildfang!", fragte er und blickte sich suchend um.

„Ich musste Lucies Termin absagen! Hat man dich nicht informiert?", fragte ich. „Leider liegt sie seit gestern mit Fieber im Bett!"

„Ach ja stimmt! Dann habe ich wenigstens mehr Zeit für deine Frisur!", seufzte er nach einem weiteren hektischen Blick auf seine Uhr.

Der Salon war brechend voll. Auf jedem Stuhl herrschte lebhafter Betrieb. Carlos's Dienste waren in ganz Frankfurt gefragt. Eine gute Stunde später musterte ich mich zufrieden im Spiegel.

„Danke Carlos! Es sieht fantastisch aus!", lobte ich. „Und ein gutes neues Jahr!"

„Dir auch Cathy! Dir auch! Ich muss!", sagte er dann, um nach einem flüchtigen Küsschen links, Küsschen rechts zur nächsten Kundin zu rasen.

Mein Besuch bei Carlos dauerte kürzer als geplant, Felix würde mich erst in einer Viertelstunde abholen.

„Auch gut!"

Ich wollte ohnehin noch ein paar Glücksbringer besorgen. Kaum fünf Gehminuten von Carlos Beautysalon entfernt, zwischen Opernplatz und Börsenstraße, befand sich meine absolute Lieblings-Einkaufsstraße. Dort würde ich bestimmt das Passende finden. Die verkehrsfreie Zone war sehr belebt und es herrschte dichtes Gedränge.

Hunderte Menschen tummelten sich geschäftig. Ohne auf die Zeit zu achten, ließ ich mich in der Menge treiben. Durchstöberte begeistert ein Geschäft nach dem anderen. Erst nach einer Stunde, die Tasche voller Glücksbringer, warf ich einen erschrockenen Blick auf die Uhr.

„Das gibt bestimmt wieder Ärger!"

Per Zufall registrierte ich am Rande meines Blickfeldes einen Mann, der mich lässig an eine Fassade gelehnt beobachtete. Als ich mich in Bewegung setzte, folgte er mir mit einigem Abstand.

„Dad kann es einfach nicht lassen", dachte ich entnervt. Doch ein weiterer verstohlener Blick belehrte mich eines Besseren. Nein, dieser Mann war ganz und gar nicht der Typ, den Dad zu meiner Bewachung abstellen würde. Er wirkte ganz und gar ungepflegt. Darüber täuschte auch sein billiger Anzug nicht hinweg. Sofort kam mir Lucies Entführung in den Sinn.

„Die Menge ist mein bester Schutz!", dachte ich und so ließ ich mich inmitten all der geschäftigen Menschen an meinen Ausgangspunkt zurücktreiben.

Beunruhigt bemerkte ich, dass der schmierige Mann sich unaufhaltsam näherte. Doch zum Glück stand die Limo bereits wartend vorm Salon. Felix sprang aus dem Auto und öffnete mir die Tür. Ein verschreckter Blick nach hinten zeigte, dass der unheimliche Kerl in der Menge untergetaucht war.

„Das wurde auch schön langsam Zeit Cathy! Viel länger hätte ich nicht warten können, ohne gleich wieder die Hunde von der Leine zu lassen!", seufzte er erleichtert.

„Danke Felix!", sagte ich und wechselte nach vorne auf den Beifahrersitz.

„War etwas?", erkundigte er sich besorgt.

„Nee, nichts", flunkerte ich, noch blass um die Nase. „Ich war einfach zu lange im Bett, da strengt selbst ein kleiner Spaziergang an!"

Felix konzentrierte sich glücklicherweise auf den Verkehr und fragte nicht nach. Zu Hause wartete Chris bereits ungeduldig auf mich. Ohne meine neue Frisur zu bestaunen, zog er mich hinüber zur Terrasse.

„Das musst du dir ansehen!", erklärte er, mit glänzenden Augen. „Das wird ein riesiges Spektakel!"

„Aha!"

Eine unüberschaubare Anzahl der klobigen Kisten zierte nun unseren sonst so perfekt gepflegten Garten. Auch die

Fackeln, die den Garten abends in ein gespenstisches Licht hüllen würden, fanden bereits ihren vorgesehenen Platz. Ich teilte Chris´s Begeisterung nicht wirklich. Für mich war das ein alter Hut. Trotzdem überwand ich mich zu einem fast schon euphorisch klingenden: „Ja, echt super, Chris!"

Jonas unterhielt sich blendend mit den Pyrotechnikern. Winkte Chris mit einer ungeduldigen Handbewegung nach draußen. Chris blickte mich wie ein kleines Kind an. Mir lag schon ein mütterliches: „Na lauf schon!", auf den Lippen, aber ich verkniff es mir.

„Ich glaube Jonas würde sich freuen, wenn du zu ihm nach draußen kommen würdest!", sagte ich stattdessen erwachsen.

Der Satz war noch nicht beendet, da war Chris auch schon weg. Ein wenig gelangweilt inspizierte ich den neu gestalteten Wohnbereich. Diese Eventfritzen machten vor nichts und niemandem halt. Die Möbel wurden anders arrangiert und zum Teil ausgelagert. An ihrer Stelle befanden sich nun unzählige kleine Stehtische.

Maria lehnte kopfschüttelnd in der Ecke, beobachtete unwillig die Aktion. Mein Magen meldete sich und so stattete ich der Küche einen Besuch ab. Füllte dort einen Teller mit den bereits gelieferten Odeuvre, die vor dem Buffet gereicht wurden.

„Wir haben im Kaminzimmer bereits für das Mittagessen gedeckt!", belehrte mich Maria grimmig.

Runzelte missbilligend die Stirn, als ich mit dem Teller in der Hand unbeirrt die Küche verließ.

„Wann?", erkundigte ich mich kurz.

„In cirka einer halben Stunde".

„Okay, passt!", sagte ich, schnaufte und ging nach oben.

In den letzten bewegten Tagen sehnte ich mich nach mehr Privatsphäre. Doch jetzt da ich alleine war, stieg auch wieder Unwillen hoch.

Ich schob diese ständigen Stimmungsschwankungen auf meinen Hormonhaushalt. Auf die Synapsen die angeblich in der Pubertät gekillt wurden, um neue Verbindungen zu schaffen. Auf die Baustelle, die laut einer medizinischen

Fachzeitschrift meines Dads, zurzeit in meinem Gehirn herrschte. Gefrustet stopfte ich mir ein Häppchen nach dem anderen in den Mund. Alles was meinem Leben jetzt noch fehlte war eine Essstörung.

Obwohl ich mich dagegen wehrte, kehrte der Gedanke an Lucie zurück und drängte sich in den Vordergrund. Die Frage wo sie war und wie sie das neue Jahr begrüßen würde, beschäftigte mich. Auch die Erinnerung an das letzte, so fröhliche Silvester mit Sarah kroch hoch.

„Verdammt! Wenn man schon ungefragt mein Gehirn umbaute, warum zum Teufel killt man dann nicht auch diese unsagbar belastenden Erinnerungen?", dachte ich und fühlte mich wütend.

Um mich abzulenken, suchte ich mein Ankleidezimmer auf. Beschloss das Abendkleid gleich jetzt auszusuchen. Unentschlossen stand ich vor fünf Metern, voll gehängt mit Designerkleidern. Überlegte wie bei einem Maskenball.

„Vamp? Lady? Hm? Welches Kleid Sarah heuer wohl getragen hätte?"

Vielleicht sollte ich nach der Dessousnummer von heute Morgen, Dad zuliebe, etwas Konventionelles zu wählen.

Unentschlossen griff ich nach einem Kleid, das mir Dad aus Paris mitbrachte, und probierte es. Lange drehte ich mich darin vorm Spiegel. Schlussendlich befand ich es dann aber doch für allzu spießig. Solche Kleider trug man vielleicht mit zwanzig. Für heute Abend schwebte mir etwas anderes vor. Erst vor einer Woche bestellte ich ein schwarzes, kurzes Seidenkleid bei Fendi. Dazu passend einen Mantel aus Cashmere. Damit wäre ich, selbst beim Feuerwerk auf der Terrasse, noch perfekt gekleidet. Dazu meine 10 Zentimeter hohen High Heels, und Dad würde heute zum zweiten Mal beinahe der Schlag treffen.

Ich kicherte vor mich hin. Ja, auch Chris würde meine Wahl wenig Freude bereiten. Er konnte es auf den Tod nicht ausstehen, wenn mir andere Männer begehrende Blicke zuwarfen. Am liebsten sah er mich in Jeans und weiten Pullis. Ehrlich gesagt bevorzugte auch ich diese Art von Kleidung. Doch sie passte so gar nicht zum

Thema des heutigen Abends. Ich war mir zu 100 Prozent sicher, dass der Großteil der weiblichen Gäste ziemlich „aufgebrezelt" erscheinen würde. Die düstere Stimmung verflog während der Vorbereitungen. Erstaunlich gut aufgelegt ging ich nach unten.

Das wirre Chaos wich inzwischen einem klaren Konzept. Auch die Dekoration inklusive des Blumenschmucks fand ihren vorbestimmten Platz.

Gerade beseitigte man die unzähligen Transportboxen und das Aufbauteam verabschiedete sich. Maria winkte mich durch ins Kaminzimmer, wo die Mädchen uns das Mittagessen servierten.

Schneller als gedacht verstrich der Nachmittag und kurz nach 19:00 Uhr trudelten die ersten Gäste ein. Als ich in meinem Fendi Kleid die Treppe herunter tobte, streifte mich Dads Blick. Ich sah ihm an, dass er mein Kleid Spitzenklasse fand. Dass ihm das, was er sah, gefallen hätte, wenn, ja wenn ich nicht seine Tochter wäre. So seufzte er, wie unter einer schweren Last. Unschlüssig ob er mich tadeln oder loben sollte. Er wählte die dritte Variante und sagte nichts.

Auch Familie Nellmann befand sich unter den ersten Gästen. Nach einer herzlichen Begrüßung begleitete ich sie in den Wohnbereich. Chris und Jonas waren noch oben. Die beiden waren so vom Feuerwerk fasziniert, dass sie die Zeit aus den Augen verloren. Erst kurz bevor die ersten Gäste eintrafen, stürmten sie hinauf um sich rasch umzuziehen.

Auch George sah verändert aus. Wer sein schweres Schicksal nicht kannte, bemerkte auf den ersten Blick nicht, dass er behindert war. Doch selbst mir entging bis heute, dass George durchaus attraktiv war.

„Wie bitter", sinnierte ich nachdenklich. „Er wäre, so sensibel wie er ist, bestimmt ein ganz großartiger Dad geworden!"

George wirkte nervös, war sichtlich überfordert mit all den fremden, lärmenden Menschen, die nun unsere Eingangshalle bevölkerten. Ich nahm ihn bei der Hand und so gelang es mir, ihm ein gewisses Gefühl von Sicherheit zu vermitteln. Dankbar zog er mich an sich. Er streichelte gerade liebevoll über meine Wange, als Jonas und Chris auf der Bildfläche erschienen. Chris's Augen blitzten gefährlich auf. Er zog ein Gesicht, dass ich befürchtete, er würde sich nun auf den armen George stürzen. Okay, er sah vorher weder mein gewagtes Kleid, noch kannte er George. Jonas hingegen feixte.

Es amüsierte ihn königlich, dass Chris die Situation völlig falsch einschätzte. Zum Glück klärte Nellmann ohne es zu wissen das Ganze auf. Als er Chris entdeckte, steuerte er auf ihn zu und stellte ihn Martha vor. Ich nutzte die Gelegenheit und stieß mit George dazu.

„George", sagte ich, „Das ist Chris! Cathys Chris!"

„Hi Cathys Chris!", grüßte George bedächtig, Wort für Wort.

Augenblicklich hellte sich sein düsteres Gewittergesicht auf.

„Du spielst Geige mit Cathy, nicht wahr?", erkundigte er sich jetzt überschwänglich freundlich.

„Ja!" sagte George. „Geige", und sah sich suchend um.

„Wir spielen später George, wie abgemacht! Vorher muss ich noch einige Gäste begrüßen! Später, nachdem wir gegessen haben, spielen wir!"

Wochenlang probten George und ich für diesen Abend, planten ein kleines Konzert für unsere Gäste. Tagelang übte ich, spielte mir die Finger wund. Um festzustellen, dass ich im Vergleich zu ihm, eher bescheiden klang. Doch dank Georges Unterricht verbesserte sich meine Technik enorm. Während der Proben nahm mir George mehr als einmal die Geige aus der Hand. Legte meine Hand auf sein Herz. Er atmete tief ein und sagte dieses eine Wort: „Fühlen!"

George und ich benötigten nicht viele Worte, verstanden uns auch ohne sie. Nun heute würde sich zeigen, wie viel meine Anstrengung ihm nachzueifern bewirkte.

Allmählich füllte sich das Haus und das Personal bekam alle Hände voll zu tun. Nachdem wir alle geladenen Gäste empfangen hatten, hielt Dad eine kleine Ansprache und eröffnete das Buffet.

Das gelieferte Essen mundete vorzüglich. Die Stimmung war, wie es sich für einen gelungenen Silvesterabend gehörte, fröhlich und ausgelassen. Es war schon Stunden her, seit ich Chris George vorstellte. Noch immer war ich diszipliniert damit beschäftigt, mit jedem unserer Gäste ein paar persönliche Worte zu wechseln. Es gehörte zu meinen Aufgaben. Zu jenen Dingen, die Dad von mir erwartete. Erleichtert beendete ich meinen Rundgang. Ließ meinen Blick suchend über unsere Gäste schweifen, doch ich konnte Chris nicht entdecken.

„Hast du Chris gesehen", fragte ich deshalb Jonas, der gerade in ein angeregtes Gespräch mit einer attraktiven, jungen Ärztin vertieft war.

„Ja!", nickte er. „Chris ist mit Dad und den Nellmanns im Kaminzimmer.

„Hast du nun Zeit um George und mich am Klavier zu begleiten?" fragte ich.

„Selbstverständlich", erwiderte er. „Wie abgemacht!"

„Und vergiss nicht, wenn ich aufhöre, hörst du auch auf zu spielen!"

„Ich weiß! Das hast du bereits 100 Mal gesagt!", sagte er und rollte entnervt die Augen.

Ich holte George aus dem Kaminzimmer, bat Dad unser kleines Konzert anzukündigen. Unter den neugierigen Blicken der Gäste packten wir die Geigen aus und Jonas nahm am Flügel Platz. Kurz darauf verstummte auch die Band, die uns mit Tanzmusik durch den Abend führte. Dad ergriff das Mikrophon und kündigte unsere kleine Einlage an. George war hippelig, stand nervös neben mir. Schweiß perlte auf seiner Stirn und seine Hände hielten zitternd die Geige fest. Die vielen Leute schüchterten ihn ein.

„Schließ einfach deine Augen!", flüsterte ich ihm zu.

Wir legten die Geige an und ich zählte leise. Bereits nach den ersten Tönen lag dieser einzigartige Zauber in der Luft. Er entstand aus dem Nichts, jedes Mal wenn George zu spielen begann.

Nach den ersten zwei Darbietungen, Ausschnitte aus dem Violinkonzert von Tschaikowski, erhielten wir tosenden

Beifall. Dann folgte ein Ausschnitt aus dem Violinkonzert von Mendelssohn in e-Moll. Jonas und ich stoppten nach den ersten Akkorden.

Es wäre eine Schande gewesen, die virtuose Darbietung von George weiterhin mit unserer mangelhaften Leistung zu verderben. Georges Augen waren fest geschlossen, sein Gesicht wirkte weit entrückt. Es war unglaublich wie sehr die Dynamik besonders die der sanften Töne, die Zuhörer in ihren Bann zog.

Als er endete hätte man minutenlang eine Stecknadel fallen gehört. So still war es, ehe begeisterter Applaus wie eine tosende Welle durchs Haus rauschte.

Ich war überglücklich. Auch weil es mir gelungen war, George so zu zeigen wie ich ihn sah. Er war kein armer Behinderter, den man mitleidig beäugen musste. Nein, wenn er spielte offenbarte sich die Seele eines genialen, einfühlsamen Mannes, den man nicht bedauern sondern vielmehr beneiden musste.

George strahlte von innen heraus. Ja, er fühlte mit dem Herzen. Spürte den Respekt und die Hochachtung die ihm nun von allen Seiten entgegenschlug. Es dauerte, bis die kleine Band wieder zu spielen begann. Anscheinend befürchtete sie, man würde ähnlich geniales von ihnen erwarten. Stunden später, Chris war endlich an meiner Seite, entzündete das Personal die Fackeln im Garten. Die Kellner verteilten eilig den Champagner. Die Musik stoppte und der Sänger der Band begann mit dem Countdown. Ich raste zur Garderobe, krallte mir den Mantel, um Chris nach draußen folgen zu können. Bei vier, stand ich ihm gegenüber. Drei, zwei, eins.

„Prosit Neujahr!"

Wir küssten uns ausgiebig, während er zärtlich meine Taille umschloss. Dad und Jonas kamen freudestrahlend zu uns herüber und wir stießen auf das neue Jahr an. Ich leerte mein Glas in einem Zug.

„Ich trinke auf dich Sarah! Und auf dich Lucie! Wo auch immer ihr gerade seid!" dachte ich wehmütig.

Benötigte ein weiteres Glas Champagner um den bitteren Beigeschmack, das dieses Silvester mit sich brachte, wegzuschwemmen. Kurz nach Mitternacht begrüßten wir das neue Jahr mit einem gewaltigen Feuerwerk.

Fast eine Viertelstunde lang zerfetzte eine Rakete nach der anderen die nächtliche Stille. Tauchte den Himmel in alle Farben des Regenbogens.

Chris zog mich unter seinen warmen Mantel. Als ich trotzdem nicht aufhörte zu zittern, zerrte er mich entschieden zur Terrasse.

„Komm!", sagte er fürsorglich. „Du siehst das Feuerwerk genauso gut vom Wintergarten aus!"

Viele der weiblichen Gäste hatten dieselbe Idee. Standen dicht gedrängt an der Scheibe und bewunderten von dort das Feuerwerk. Ja, mit den dünnen Kleidern befanden wir uns den Herren gegenüber krass im Nachteil.

„Ich komme gleich!", rief ich Chris zu, um auf der Stelle nach oben zu flitzen.

Im Eiltempo tauschte ich mein Kleid gegen eine warme Jean und einen dicken Winterpullover. Streifte meine Winterjacke über und war nun bestens gegen die Kälte gerüstet. Fröhlich zog ich Chris hinter mir her, hinaus auf die Terrasse.

„Hier draußen am Lagerfeuer wird nun der berühmte Silvesterpunsch ausgeschenkt! Der ist echt der Hammer! Den dürfen wir uns auf gar keinen Fall entgehen lassen!", klärte ich ihn auf.

Gegen halb zwei Uhr morgens verabschiedeten sich die letzten offiziellen Gäste. Auch Dad entschuldigte sich und zog sich zurück. Der harte Kern, bestehend aus Jonas Kommilitonen und meinen Schulkollegen, scharte sich nun um das romantische Lagerfeuer. Jetzt konnte der Spaß erst so richtig beginnen. Auch das Personal begab sich nun zur wohlverdienten Ruhe. Nicht ohne uns, wie von Dad angeordnet, noch mit genügend Getränken zu versorgen. Doch Dads Absicht war leicht durchschaubar. An der Bar befand sich kein einziges „hartes Getränk" mehr.

Auch der Punsch ähnelte jetzt einem Kindergetränk.

Doch da ich Dad kannte, warnte ich meine Schulkollegen vor. Und so waren die Manteltaschen meiner Mitschüler gut bestückt mit kleinen Fläschchen hochprozentiger Schnäpse.

Unter dem missmutigen Blick von Chris, öffnete ich eines, das mir Mona in hohem Bogen übers Feuer hinweg zuwarf.

Ich hasste es! Konnte es auf den Tod nicht ausstehen, wenn Chris mich, so wie eben, ansah. So belehrend, einfach so beschissen erwachsen. Schon aus purem Trotz griff ich nach dem Nächsten, das mein Sitznachbar Stefan aus seiner Manteltasche zauberte. Es blieb nicht bei den zweien, und bald fühlte ich mich einfach nur großartig.

Am Rande bemerkte ich, wie Jonas Chris zur Seite zog, um ihn zu instruieren, und mit strategischen Vorschlägen zu versorgen. Jonas dieser Teufel kannte mich einfach zu gut. Kurze Zeit später setzte sich Chris dicht neben mich ans Feuer. Drückte mich liebevoll an sich und der missmutige Ausdruck verließ sein Gesicht.

„Ich liebe dich!", sagte er wie aus dem Nichts, hob mich einfach hoch und trug mich ins Haus.

Ich gestehe, ich leistete keinen Widerstand. War müde und so furchtbar beschwipst, dass Chris mich auch noch die Treppe hoch tragen musste. Liebevoll setzte er mich am Bett ab. Und noch ehe er mir die Schuhe ausgezogen hatte, schlief ich auch schon schnarchend ein.

Am frühen Nachmittag meldete sich Mike unerwartet bei Amanda.

„Ich habe dir das gewünschte Foto von Lucie besorgt, damit du deinen Frieden hast!", brummte er. „Wenn du möchtest, können wir uns in einer Stunde in diesem Cafe treffen! Aber sei vorsichtig! Es muss wie eine zufällige Begegnung von alten Bekannten wirken, denn ganz sicher lässt dich dieser Kommissar überwachen!"

Amanda verbarg geschickt ihre Überraschung.

„Gut, mach ich!", erwiderte sie. „Und habt ihr Cathy nun endlich in eurer Gewalt?"

„Nein! Zu riskant!", winkte Mike ab. „Du wirst uns schon einen besseren Ort, als die belebte Innenstadt nennen müssen. Also dann bis später!"

Nachdenklich versenkte sie ihr Handy. Griff zum Hörer, um ihren Termin beim Friseur zu verlegen. Danach eilte sie ins Badezimmer, um sich zurechtzumachen. Wäre da nicht die Sache mit Lucie gewesen, das Leben in diesem Hotel hätte durchaus ihre Zustimmung gefunden. Sie seufzte, als sie den Zobel überstreifte. Ja Lucie fehlte ihr. So kalt und berechnend sie auch war, so war sie trotz allem eine Mutter.

Das Cafe lag nur wenige Querstraßen vom Hotel entfernt, sodass Amanda es nach wenigen Gehminuten erreichte. Kaum eingetreten angelte sie nach der Tageszeitung und nahm an einem Tisch nahe des Eingangs Platz.

Aufmerksam betrachtete sie den jungen Mann, der ihr schon mehrfach in der Hotellobby auffiel. Sie fragte sich gerade, ob er ein Ermittler oder nur ein allein reisender Hotelgast war, als sie Mike auf der anderen Straßenseite entdeckte. Er strebte dem Cafe zu, zögerte und drehte mitten in der Bewegung um. Sie verlor ihn rasch aus den Augen, als er seine Schritte eilig Richtung Innenstadt lenkte.

Ungeduldig wartete Amanda. Nach einer weiteren halben Stunde schwante ihr, dass Mike nicht mehr auftauchen würde. Verunsichert kehrte sie ins Hotel zurück. Dort schoss der Portier auf sie zu, die neueste Ausgabe einer Pariser Modezeitschrift in der Hand.

„Die bestellte Zeitung wurde gerade geliefert!", sagte er und übergab sie mit professionellem Lächeln.

Sie wollte ihn gerade ärgerlich darauf hinweisen, dass es sich wohl um einen Irrtum handelte, da schaltete sie.

„Danke!", sagte sie gnädig und suchte hastig ihre Suite auf.

Bereits am Flur hörte sie das Telefon klingeln. Bevor sie es erreichte schwieg es. Schrillte dann erneut. Hastig hob sie ab.

„Tut mir leid Amanda, aber du wirst eindeutig zu gut überwacht. Aber ich habe dir eine Zeitschrift liefern lassen. Das versprochene Foto von Lucie habe ich auf eine der hinteren Seiten geklebt. Ich hoffe das beruhigt dich! Und vergiss nicht, du schuldest mir nun etwas. Ich brauche genaue Informationen, wo Cathy sich in nächster Zeit aufhalten wird. Wir alle wollen die Sache doch so schnell wie möglich hinter uns bringen! Also dann noch einen schönen Abend!"

Dann legte er auf. Mit fliegenden Fingern durchstöberte Amanda die Zeitschrift. Fand das Foto und Erleichterung spiegelte sich in ihrem Gesicht. Ja, das war Lucie, frisch und munter, wenn auch ein klein wenig blass um die Nase.

„Auch sie muss eben ein kleines Opfer bringen, wenn sie weiterhin in der Schweiz das Internat besuchen will!", dachte Amanda, ehe sie das Bild in ihre Börse steckte.

Mike begab sich lange vor der verabredeten Zeit in die Nähe des Cafes. Stand abwartend an eine Straßenlaterne gelehnt auf der gegenüberliegenden Straßenseite, als Amanda am unteren Ende der Seitenstraße auftauchte. Von dort aus beobachtete er, wie zwei Männer Amanda auf Schritt und Tritt folgten. Unsicher geworden sah er sich genauer um und entdeckte dabei einen Kastenwagen der ganz in der Nähe des Cafes im absoluten Halteverbot parkte. Als einer der beiden Männer darin verschwand, verwarf er seinen Plan sich mit Amanda zu treffen. Er war sich nicht sicher, ob man ein im Cafe geführtes Gespräch nicht per Richtfunk abhören konnte.

Doch er kannte Amanda. Wusste, dass sie keinen Finger mehr rühren würde, solange sie nicht ein Lebenszeichen von Lucie in Händen halten würde. Da fasste er einen einfachen und dennoch genialen Plan. Er kaufte eine Modezeitschrift, klebte Lucies Bild auf eine der hinteren Seiten und ließ sie durch einen Boten an der Rezeption abgeben. Mike war sich sicher, dass sich kein weiterer Ermittler im Hotel aufhalten würde.

„Selbst wenn jemand Verdacht schöpfen sollte, wird Amanda die Zeitschrift längst in Händen halten.", dachte er.

Doch er irrte. Ein junger Beamter versah gelangweilt in der Lobby seinen Dienst. Zu Mikes Glück nahm er die Zeitschrift nur oberflächlich in Augenschein, und legte sie nach kurzem Schütteln an die Rezeption zurück.

Mike ahnte nicht, wie knapp sie gerade der Enttarnung entgingen, als er leichten Fußes dem Lokal zustrebte, in der sich heute seine Pokerrunde traf.

Als Lucie aufwachte, saß Joe am Fußende und reichte ihr eine Bürste.

„Kämm dich mal", sagte Joe. „Wir machen ein Foto für deine Mama, und wenn du Glück hast, ist die Sache hier bald ausgestanden!"

Lucie gähnte verschlafen, streckte sich, ihr Gesicht noch voller Trauer. Sie vermisste das Kätzchen, das ein wenig Normalität in ihren Alltag brachte. Doch sie fühlte auch Erleichterung, dass nun Joe anstelle des unheimlichen Mannes geblieben war. Sie gehorchte. Kämmte ihr Haar und überwand sich sogar zu einem zaghaften Lächeln. Joe legte die Kamera zur Seite und stellte ihr wortlos eine Tasse Tee hin.

„Ich bin artig!", versprach Lucie. „Ich laufe ganz sicher nicht weg, muss ich ihn trotzdem trinken? Er schmeckt furchtbar ekelig Joe!"

Joe brummte.

„Na gut", lenkte er ein. „Aber nur weil heute Silvester ist! Da kannst du mir ein wenig Gesellschaft leisten. Und du versprichst mir, dass du ihn ab morgen wieder ohne zu murren trinkst. Und versuche ja nicht abzuhauen. Du würdest nicht weit kommen. Du erfrierst da draußen in der Kälte, verstehst du das?"

Lucie nickte scheu.

„Abgemacht Joe!", stimmte sie zu.

„Bitte, können wir uns um Mitternacht das Feuerwerk anschauen!", bettelte sie dann.

Hoffte so herauszufinden, wo genau man sie gefangen hielt. Lucie dachte nicht im Entferntesten daran ihr Versprechen einzuhalten, sollte sich auch nur die kleinste Möglichkeit zur Flucht bieten.

„Wir werden mal sehen! Keine Ahnung ob man es von hier oben überhaupt sehen kann!", knurrte Joe.

Schlag Mitternacht öffnete Joe schon leicht angeheitert die Tür. Eisige Kälte schlug ihnen entgegen und der frostige Wind verfrachtete unverzüglich eine Ladung Schnee in die Hütte. Joe stellte den Kragen auf und entzündete eine Fackel. Stapfte wortlos vor ihr her. Hier lag der Schnee meterhoch. Streckenweise auf allen vieren kriechend, erreichten sie die kleine Lichtung oberhalb der Skihütte. Angespannt richtete Lucie ihren Blick ins Tal. In weiter Ferne erblickte sie einige Raketen. Es reichte, um Lucie zu zeigen, was sie wissen wollte.

„Nein! Unmöglich", dachte sie, und ein beklemmendes Gefühl machte sich breit. „Joe hat Recht. Alleine werde ich es nie ins Tal schaffen. Vorher erfriere ich, als dass ich durch den hohen Schnee nach unten komme."

Ihre klammen Hände vergruben sich tief in der Jacke. Dabei berührten ihre Fingerspitzen dieses eigenartige viereckige Ding. Da erinnerte sie sich, wie Jonas am Heiligen Abend den Lawinenpeilsender aus der Jacke angelte. Sie hatte noch nie zuvor einen gesehen. Und so erklärte ihr Cathy geduldig seine Handhabung. Ohne ihre Augen vom Himmel zu wenden, fanden ihre Finger zielsicher den Knopf und aktivierten das Gerät. Ein wenig Hoffnung keimte auf.

„Man wird mich damit orten! Bestimmt. Ganz bestimmt!" Ein letzter Blick ins Tal, ließ sie ihren Fluchtgedanken endgültig verwerfen. Mit hängendem Kopf trottete sie hinter Joe her, zurück in die warme Hütte. Durchgefroren griff sie zu, als er ihr Glühwein anbot. Der Alkohol vertrieb alle Gedanken aus ihrem Kopf .Bald saß sie kreischend und kichernd am Boden. Konnte gar nicht mehr aufhören zu lachen, als sie feststellte, dass ihr die Beine nicht mehr gehorchten.

„Jetzt ist es aber genug!", erklärte Joe, und brachte sie schwankend in ihre Kammer.

„Ein gutes neues Jahr!" wünschte er mit schwerer Zunge, ehe er die schwere Tür knarrend hinter sich ins Schloss zog.

35.Kapitel

Mein Kopf brummte, fühlte sich bleiern an. Der pelzige Geschmack in meinem Mund ließ vermuten, dass über Nacht darin ein Faultier Quartier bezog.

Schwankend begab ich mich auf den Weg ins Bad. Es fühlte sich an, als wäre ich auf Schiffsplanken unterwegs. Meine Füße schlingerten, erlangten keinen festen Tritt. Ich duschte, gurgelte danach ausgiebig mit Mundwasser. Wach sah irgendwie anders aus. Scheinbar stürzte ich gestern gewaltig ab. Erinnerte mich an die letzte Stunde der Silvesterparty nur noch schemenhaft.

„Kann nicht so schlimm gewesen sein!", dachte ich dann erleichtert.

„Du weißt, dass gestern Silvester war, und das da drüben das ist dein Bett!", lobte ich mich.

Gut, ich erinnerte mich nicht mehr genau, wie ich dort hingekommen war. Aber irgendetwas fehlte.

„Ach ja richtig, Chris! Wo ist eigentlich Chris geblieben?", dachte ich und blickte mich suchend um.

Ein Blick auf die Uhr brachte Klarheit. Ach du Schande, es war kurz vor 15:00 Uhr. Kein Wunder also, dass Chris nicht im Bett lag. Dass er keine Lust hatte zu warten, bis ich endlich aufwachte. Dennoch fühlte ich mich völlig unschuldig. Ja, wäre ich nicht krank gewesen und hätte nicht monatelang so gut wie keinen Alkohol getrunken, wäre ich zu 100 Prozent nicht so schnell K.O. gegangen.

Ich torkelte zurück ins Badezimmer. Löste eine, nein zwei Aspirintabletten auf. Hoffte, es würde dieses unheimliche Dröhnen in meinem Kopf zum Verstummen bringen. Mit einiger Anstrengung hauchte ich meinem Gesicht, mit Rouge und Lippenstift, etwas Farbe ein. Schön langsam kam auch mein Kreislauf in Schwung. Und so entpuppte sich das Ankleiden zwar als äußerst zeitaufwendig, jedoch nur mehr als halb so mühevoll.

Das Öffnen des Fensters brachte einen Schwung frische, kalte Luft ins Zimmer und weckte meine Lebensgeister. Danach fühlte ich mich in der Lage nach unten zu gehen, ohne Maria als wandelnder Zombie zu erschrecken.

„Guten Morgen Maria!", grüßte ich, verbesserte mich hastig, als sie erstaunt die Augenbrauen hochzog.

Ich füllte eine große Tasse mit Kaffee, sank aufseufzend auf den Stuhl. Bemerkte, wie unheimlich still es im Haus war.

„Wo sind denn alle?" fragte ich erstaunt.

Maria schüttelte ungläubig den Kopf.

„Du weißt aber schon noch, dass heute der Neujahrstag ist?", erkundigte sie sich.

„Ja sicher Maria aber..."

Ich stockte.

„Verdammt!"

Heute fand die Benefizveranstaltung in der Aula unserer Klinik statt. Das würde wieder Ärger geben, denn sie lag Dad besonders am Herzen. Das erste Mal veranstaltete er die Spendengala ein Jahr nach dem Unfalltod meiner

Mom. Der Erlös floss als Soforthilfe Familien von Unfall-opfern zu. Das Geld half Menschen, denen durch den Tod eines Angehörigen die Existenzbasis entzogen wurde. Aber es diente auch zur Finanzierung oft kostspieliger Therapien, um auch weniger begüterten Unfallopfern, eine optimale Nachbetreuung zu ermöglichen.

Viele Künstler aus Bad Soden und Frankfurt unterstützen das Projekt meines Dads von Anfang an. Im Laufe der Jahre entwickelte sich die Veranstaltung zu einem Fix-punkt im Veranstaltungskalender der Stadt, die bestens besucht war. Unser Stadtorchester und die ortsansässige Musikschule sorgten für die musikalische Untermalung. Dad gelang es aber auch jedes Jahr einen internationalen Künstler für diese Gala zu gewinnen. Auch George würde heute dort erstmals, vor einem größeren Publikum, auf-treten. Es war meine Idee gewesen. Anfangs war Dad von meinem Vorschlag wenig begeistert gewesen, doch nach seinem gestrigen Auftritt auf der Silvesterparty, stimmte er zu. Nun gut, ich hatte verschlafen. Es ließ sich nun nicht mehr ändern.

„Warum habt ihr mich denn nicht geweckt!", fragte ich vorwurfsvoll.

„Du kannst mir glauben", lachte Maria schelmisch. „Chris hat wirklich alles versucht! Selbst eine eiskalte Dusche hätte da nicht geholfen!"

„Ach!", sagte ich nur.

Ich überlegte fieberhaft. Die Veranstaltung begann vor gut einer Stunde. Bis ich umgezogen und salonfähig wäre, würde die Gala bereits längst beendet sein. So tröstete ich mich mit dem Gedanken, dass Chris mich ja vertrat.

„Ich gehe ein wenig spazieren!", erklärte ich Maria. „Die frische Luft wird mir sicher gut tun!"

„Ich weiß nicht, ob das deinem Vater recht wäre!", gab Maria stirnrunzelnd zu bedenken.

„Aber Maria, ich bin bereits mit sechs alleine zur Schule gegangen, und das war Dad doch auch recht!", warf ich kopfschüttelnd ein.

Hm!", entgegnete sie unsicher. „Die Zeiten haben sich geändert! Aber es ist ohnehin nicht meine Entscheidung!"

Um weitere Debatten zu vermeiden, verließ ich das Grundstück nicht durchs Haupttor, sondern wählte das abgelegene Gartentor. Der dumme Code funktionierte nicht, anscheinend ließ Dad ihn wieder ändern. Egal. Wie früher als Kind, kletterte ich gekonnt über die hohe Steinmauer.

Nahm an, dass sie den installierten Schwachstromzaun kaum einschalten würden, um mich am überqueren zu hindern. Es sei denn, Dads neueste Devise lautete: „Tot oder lebendig!"

Scheinbar war Dad doch für lebend. Eine Stimme aus der Gegensprechanlage forderte mich zuerst höflich auf zu warten, fluchte lautstark, als ich sie ignorierte.

Es war wie in alten Zeiten. Wie gerne spielten Sarah und ich jemandem einen Streich. Ich trabte an, schaute dass ich Meter machte. Verspürte keine Lust auf diesen Sicherheitsfritzen zu warten. Die Situation war dermaßen lächerlich, dass ich sie schon lustig fand. Ich fühlte mich wie eine Ausbrecherin. Streng genommen war ich das wohl auch. Mit dem kleinen aber feinen Unterschied, dass kein Gericht eine Sicherheitsverwahrung über mich verhängte.

36.Kapitel

Doktor Jefferson stand gerade auf der improvisierten Bühne. Er bot das nächste Gemälde eines in Bad Soden beheimateten Malers zum Kauf an, als sein Handy in der Jackentasche vibrierte. Diszipliniert fuhr er fort, Gebote aufzurufen. Nicht ohne beunruhigt festzustellen, dass Chris und Jonas sich erhoben und den Saal verließen.

Chris zückte als erster sein Handy und erfuhr von seinem Kollegen außerhalb des Haupttors, dass Cathy das

Grundstück verlassen hatte. Jonas telefonierte unterdessen mit der hauseigenen Security.

„Kein Grund zur Sorge!", beschwichtigte er Jonas, doch seine Augen flackerten unruhig.

„Geh zurück in die Aula! Wir sollten keinerlei Aufsehen erregen! Denn ich traue deinem Vater zu, dass er einfach die Bühne verlässt, wenn keiner von uns zurückkommt. Keine Angst! Meine Kollegen und ich nehmen das in die Hand. Wir kümmern uns um Cathy!"

Widerwillig kehrte Jonas in den Saal zurück. Erwiderte den fragenden Blick seines Dads mit einem Nicken.

„Alles okay!", formte er lautlos mit den Lippen, ehe er sich scheinbar relaxt setzte.

Chris hastete vom Klinikgelände, und bestieg den Wagen eines Zivilfahnders, der mittlerweile eingetroffen war.

„Wohin jetzt?", fragte dieser ratlos.

„Fahren sie mich zum Haupttor der Jeffersons!"

Wenige Minuten später erreichten sie ihr Ziel.

„Ich versuche mein Glück zu Fuß! Fahren sie bitte die nahe liegenden Straßen ab!", ordnete Chris an, ehe er leichtfüßig aus dem Auto sprang.

Er sprintete hoch zum Gartentor. Sah ihre einsame Spur im Schnee und folgte ihr. Im kleinen Wäldchen abseits des Anwesens, verloren sich ihre Abdrücke unter unzähligen Fußstapfen. Viele Bewohner der Umgebung nutzten dieses zauberhafte Idyll für einen Spaziergang. Er fühlte, wie Ärger hoch kochte.

„Warum zum Teufel konnte Cathy nicht ein Mal dort bleiben, wo sie sein sollte!"

So würde er sie jedenfalls nie finden. Er wühlte in seiner Manteltasche, zückte sein Handy und kontaktierte seine Dienststelle. Dort bat er einen Kollegen, Cathys Standort über ihr Handy ermitteln zu lassen.

„Gib mir bitte sofort Bescheid", bat er. „Es ist wirklich dringend!"

Ich fühlte mich frei, endlich. Mein Ziel war so einfach wie klar. Ich wollte unbedingt zu Sarah auf den Friedhof.

Schlag Mitternacht, noch ehe ich so viel trank, um all die belastenden Erinnerungen aus meinem Kopf zu drängen, versprach ich ihr, zu kommen. Die Straße war leer gefegt. Nur einige wenige waren unterwegs.

„Kein Wunder!", dachte ich. „Ich war bestimmt nicht die einzige, die dem Alkohol so heftig zugesprochen hat!"

Am Eingang des Friedhofs besorgte ich zwei Kerzen am Automaten. Schließlich wollte ich auch Mom besuchen. Moms Grab lag gleich in vorderster Reihe und so führte mein Weg zuerst zu ihr.

Ich hielt inne, als ich die Kerze entzündete, betrachtete das unruhig flackernde Licht. Die Rosen waren frisch, und die Lichter an Moms Weihnachtsbäumchen strahlten noch genauso hell wie an Heiligabend.

„Ich liebe dich Mom!", flüsterte ich, und legte einen der Glücksbringer auf ihren Grabstein.

Gemächlichen Schrittes ging ich dann zu Sarah.

„Sarah!"

Es fiel mir schwer zu akzeptieren, dass dies der einzige Ort war, wo ich ihr in gewisser Weise nahe sein konnte. Ich zündete die Kerze an, setzte mich auf die Umrandung. Kramte in der Jacke nach dem Kleeblatt, das ich in Frankfurt für sie gekauft hatte und legte es auf ihr Grab.

„Gutes neues Jahr, Sarah!", stammelte ich.

Fühlte Tränen tropfen. Es dämmerte, wurde merklich kälter. Doch ich, ich saß wie festgefroren. Weinte, konnte nicht aufhören. Schritte näherten sich, aber es kümmerte mich nicht. Ich war abgedriftet, in diese Leere, diese Hoffnungslosigkeit, die mich unvermittelt einholte. Eine Gestalt löste sich aus der Dunkelheit, zog mich hoch, umschlang mich tröstend.

„Schon gut Liebes!", sagte Chris leise. „ Komm, lass uns nach Hause fahren!"

Allmählich versiegten die Tränen. Chris´s Nähe linderte den Schmerz, war wie heilendes Pflaster. Hand in Hand verließen wir den Friedhof. Ich war erleichtert, als ich die Limo entdeckte, in der Felix auf uns wartete.

In den Augen meines Dads lag blanker Ärger, als ich den Wohnbereich betrat.

„Wo warst du?" fuhr er mich ungewohnt schroff an.

„Ich war am Friedhof. Bei Mom und Sarah!", sagte ich und Trotz und Elend spiegelte sich in meinen Augen.

„Ich gehe zu ihnen, wann immer es mir passt! Das lass ich mir auch von dir nicht verbieten!"

Meine Stimme war bitter und die Augen füllten sich mit Tränen. Ich hasste sie. Sie kamen auch, wenn ich sie nicht brauchen konnte, weil ich meine Gefühle verbergen und stark sein wollte.

Ohne Dad die Chance einzuräumen, sich zu äußern fuhr ich fort:„Dad, hör damit auf! Ich bin keine Gefangene und auch nicht dein Hund, der bei Fuß kommt wenn du nach ihm pfeifst! Verstehst du, es reicht mir! Ich habe es satt!"

Meine Hand umkrampfte die Zigarettenpackung, so als könnte sie mir Halt geben. Dann stürzte ich aufgelöst hinaus.

37. Kapitel

Nach weiteren fünf Tagen drohte mir der Lagerkoller. Seit Neujahr verließ ich, wenn überhaupt, das Haus stets eskortiert von Sicherheitsleuten. Obwohl ich Dad ins Gewissen redete änderte sich nichts. Schön langsam aber sicher platzte mir der Kragen. Ich ertrug diese ständige Kontrolle nicht mehr.

Bis vor kurzem bewegte ich mich frei und ungehindert. Traf mich spontan mit Leuten oder streifte einfach ziellos durch die Stadt. Doch nun? Selbst Jonas und Chris schien eine Art Verfolgungswahn befallen zu haben. Sie ließen mich nicht aus den Augen, vermuteten hinter jeder Ecke, jedem Strauch einen Verbrecher.

Sie waren durch nichts davon abzubringen, mich als nächstes Entführungsopfer zu sehen. So sehr ich sie auch liebte, schön langsam gingen sie mir fürchterlich auf die Nerven. Allen voran Dad, der mich am liebsten ans Haus gekettet hätte. Das neue Sicherheitssystem verhinderte einen unbemerkten Ausflug, machte selbst eine Flucht über den Kastanienbaum unmöglich. Ich fühlte mich mehr und mehr wie ein Schwerverbrecher in einem Hochsicherheitstrakt.

Zum Glück fand ich einen Verbündeten. Doktor Maiers, unser Seelenklempner, dem ich bei der letzten Sitzung davon berichtete, unterstützte mich und redete Dad lange und eindringlich ins Gewissen.

38.Kapitel

Mike schmiss das Handy aufgebracht aufs Bett. Gerade beendete er eine äußerst unangenehme Unterhaltung mit den Männern die er für die Entführung anheuerte. Sie drohten ihm unverblümt. Gaben ihm zu verstehen, dass sie sich nun nicht mehr vertrösten lassen wollten und setzten eine letzte Frist von einer Woche.

Unmissverständlich machten sie klar, dass sie dann ihr Geld sehen wollten. Nur mit Mühe gelang es ihm sie hinzuhalten. Ärgerlich griff er erneut zum Telefon. Er wollte gerade entnervt auflegen, als Amanda sich doch noch meldete.

„Es wird Zeit, dass du gezielte Informationen lieferst, ansonst kann ich für Lucies Leben nicht garantieren!", schnauzte er sie schroff an.

Ihr betroffenes Schweigen verriet, dass seine Worte ihre Wirkung nicht verfehlten. Er hörte sie schwer atmen.

„Wie stellst du dir das vor?", fragte sie unsicher und blanke Angst schwang in ihrer Stimme mit.

„Es ist mir egal wie du es anstellst. Wenn dir Lucie etwas

bedeutet, dann klemm dich dahinter! Bring in Erfahrung, wo wir Cathy finden können!", konterte er barsch.

„Ich melde mich!", hörte er noch, ehe sie eilig auflegte.

Wie hypnotisiert starrte sie aufs Telefon. Dermaßen aufgebracht erlebte sie Mike sonst nur, wenn er etliche 100.000 Dollar an einem Abend verzockt hatte.

Unstet streifte sie durch die Suite. Selbst das eben erst gelieferte Frühstück blieb unberührt. Die Angst um Lucie verdarb ihr den Appetit. Entschlossen griff sie zum Hörer und rief im Haus der Jeffersons an.

„Guten Morgen, Maria!", säuselte sie. „Ist John da?"

Durch ihren Aufenthalt im Haus wusste sie nur zu gut, dass John längst in der Klinik war.

„Nein", antworte Maria unwillig.

„Wie Schade! Ich habe bei meinem überstürzten Auszug einige Dinge im Haus vergessen, und möchte sie gerne abholen, aber nur, wenn John einverstanden ist. Und es wäre gut, wenn Cathy nicht im Haus wäre, denn nach dem dummen Vorfall möchte er bestimmt nicht, dass ich auf sie treffe!"

„Ich muss erst nachfragen ob es Doktor Jefferson Recht wäre", knurrte Maria ungehalten „Aber ansonsten wäre es heute am Nachmittag ab 15:00 Uhr günstig, denn da ist Cathy bei den Nellmanns.

„Heute Nachmittag? Echt schade, aber da kann ich leider nicht. Ist auch nicht weiter wichtig. Ich melde mich ein anderes Mal!", erwiderte sie und legte triumphierend auf.

Gleich darauf verständigte sie Mike und teilte ihm mit, wo sich Cathy am Nachmittag aufhalten würde.

„Unverhofft kommt oft!" So oder so ähnlich war der Satz, den Sarah bei jeder passenden und unpassenden Gelegenheit von sich gab. Diesmal traf er zu hundert Prozent zu. Denn gegen meine Erwartungen stimmte Dad zu, als ich bat, George Nellmann besuchen zu dürfen.

Entspannt saß ich in der Limo. Fühlte mich das erste Mal seit Tagen frei. Ja, seit George wieder zu Hause lebte, besuchte ich ihn regelmäßig, um mit ihm Geige zu üben. Eigentlich sollte er nur die Weihnachtsfeiertage mit seiner Familie verbringen. Aber alles lief so dermaßen perfekt, dass man nach einem ausführlichen Gespräch mit Doktor Mader beschloss, die noch nötigen Therapien ambulant durchzuführen.

George war der beste Geigenlehrer, den ich je hatte. Er übte mit mir schlampig ausgeführte Griffe. War geduldig und spielte mir schwierige Passagen, immer wieder vor. Auch heute spielten wir, kaum dass ich angekommen war. George benötigte, um sich besser zurechtzufinden, ständig wiederkehrende Abläufe. So spielten wir zuerst immer Geige, um danach bei Keksen und Kaffee entspannt zu plaudern.

Heute lief mein Spiel nicht besonders. Ich war nicht bei der Sache. Unkonzentriert, da meine Gedanken ständig zu Lucie abschweiften. George besaß feine Antennen, bemerkte mit seiner ihm eigenen Sensibilität meine innere Unruhe. Nach kaum eine halbe Stunde legte er die Geige zur Seite, und blickte mich fragend an: „Kekse?"

„Ja gerne!", stimmte ich erleichtert zu.

Gewissenhaft deponierte er die Geige auf dem Tisch, um Kekse aus der Küche zu holen.

Gedankenverloren öffnete ich die Verandatüre und trat ins Freie. Mein Angreifer kam aus dem Nichts. Ohne dass ich ihn kommen sah, packte er mich grob von hinten. Ich wehrte mich verzweifelt gegen diese Hände, die sich nun erbarmungslos um meinen Hals legten. Mein Kopf drehte sich heftig in alle Richtungen. Versuchte krampfhaft dem chloroformgetränkten Tuch zu entkommen, das er mir gewaltsam über Mund und Nase drückte.

Meine Fingernägel bohrten sich in sein Gesicht. Wütend holte er weit aus, schlug mit etwas Hartem gegen meine Schläfe. Pfeilschnell raste eine heftige Schmerzwelle durch meinen Körper. Blut ergoss sich wie ein Sturzbach über meine Augen, meine Wangen, raubte mir die Sicht. Ich war wie blind. Nahm meinen Gegner wie durch eine Nebelwand wahr und kämpfte nun Auge in Auge. Er rang mich nieder, zwang mich zu Boden, war gleich darauf über mir.

Kniete nun tonnenschwer auf meinen Oberarmen. Meine Gegenwehr ebbte ab. Wurde schwächer, hilfloser doch noch setzte ich mich zur Wehr. Trat, kratzte, schlug um mich. Ich versuchte zu schreien, brachte nur ein leises, jämmerliches Piepsen zustande, da er mir die Luft abschnürte.

Da kam George, einen Teller Kekse in der Hand, zurück. Verständnislos starrte er zuerst in meine angstgeweiteten Augen und dann auf den Mann. Der Angreifer drückte mir das Tuch nun fest ins Gesicht, löste seine Hand von meinem Hals. Ich japste nach Luft, atmete dabei tief ein.

In George kam Bewegung. Der Keksteller entglitt seiner Hand, landete klirrend auf dem Parkettboden. Er packte die Geige, stürmte auf die Veranda. Stürzte sich ohne zu zögern auf den Unbekannten. Er holte weit aus, donnerte ihm die Geige mehrmals heftig auf den Kopf. Das edle Holz knirschte höllisch, die Saiten rissen, und die kleinen Hebel sprangen ab.

Panikartig sprang mein Angreifer auf und ergriff fluchend die Flucht. Das Chlorform wirkte. Benommen, griff ich nach Georges Bein versuchte mich an ihm hochzuziehen. Meine Hände glitten kraftlos herab. Ich war wie gelähmt, nicht in der Lage aufzustehen. George beugte sich über mich, hob mich unendlich vorsichtig hoch und trug mich ins Wohnzimmer zurück.

Dann wurde es dunkel.

Martha stellte gerade die Kaffeekanne auf das Tablett, als eigenartige Geräusche sie aufschreckten. Besorgt stürzte sie zum Wohnzimmer, und riss die Türe auf.

Der Anblick der sich ihr bot, ließ sie im Schritt erstarren. George kauerte am Boden, die bewusstlose Cathy in Händen. Aus einer klaffenden Kopfwunde floss unaufhaltsam Blut. Die Augen unruhig auf sie gerichtet, wog er sie in seinen Armen wie eine Puppe hin und her.

„Cathy! Aufwachen", forderte er immerfort verstört.

Da schrie sie. Marthas schriller Schrei alarmierte Werner, der gerade vorm Haus einparkte. Aber auch Felix, der relaxt in der Limousine die Zeitung las, verließ auf der Stelle den Wagen.

Fast gleichzeitig stürmten die Männer ins Haus. Martha lehnte leichenblass am Türrahmen. Unfähig ein Wort zu sprechen, deutete sie nur geschockt auf George.

„Was hast du getan George!", brüllte Nellmann außer sich.

Sofort tauchten alten Bilder in seinem Kopf auf, als ihn George damals in der Klinik attackierte. Er war im Begriff hinüber zu stürzen, als Felix ihn packte und ruckartig zurückbeförderte.

In Georges Augen lag die blanke Panik.

„Nicht!", flüsterte Felix, „Wenn sie ihn jetzt noch mehr verschrecken, könnte er komplett durchdrehen!"

„Alles ist gut!", redete Felix beruhigend auf George ein, während er sich Schritt für Schritt näherte.

Unruhig rutschte George mit Cathy in den Armen immer weiter nach hinten, bis er die Wand erreichte.

Ich stöhnte, schlug vorsichtig meine Augen auf. Sah die Nellmanns und Felix, die völlig verstört zu uns herüber blickten.

„Cathy gut?", fragte George überglücklich, als ich meine Augen aufschlug.

„Alles okay George! Mir geht es gut!", antwortete ich schwach.

„Komm langsam zu uns herüber!" bat mich Nellmann eindringlich. „Dann kann er dir nichts mehr tun!"

„Wer?" fragte ich irritiert, doch dann dämmerte es mir.

„Es ist nicht so wie es aussieht!", beruhigte ich ihn.

„Sie tun George sogar furchtbar unrecht. Es war nicht George der mich angriffen hat! Im Gegenteil, George hat mich gerettet!"

Stockend berichtete ich von dem unbekannten Angreifer der mich gepackt und betäubt hatte. Erzählte dann von Georges heldenhaftem Eingreifen.

„Wie konnten sie nur glauben, dass George mir etwas antun könnte!", fragte ich entrüstet, „Wir sind Freunde! Er hat mich beschützt!"

Nellmann wirkte tief beschämt.

„Es tut mir leid George! Entschuldige!", flüsterte er, und senkte verlegen seinen Blick.

George, der sich gleich nachdem ich die Augen aufschlug rasch wieder beruhigte, huschte hinaus auf die Veranda. Holte die kaputte Geige, mit der er mich verteidigte. Es war seine alte Geige, ehe wir sie tauschten.

„Böse Geige kaputt!", sagte er und schien unschlüssig ob er sich darüber freuen oder traurig sein sollte.

„Wir kaufen eine Neue!", versprach ich. „Und es ist keine böse Geige! Nein George, du und die Geige ihr habt mich beschützt!"

Da huschte ein verschmitztes Lächeln über sein Gesicht und er fragt: „Kekse?"

„Natürlich!", sagte ich und blickte auf die Uhr. "Du hast recht George, es ist Zeit für unsere Kekse!"

„Wir sollten in die Klinik fahren und deine Platzwunde versorgen lassen und...", warf Felix unruhig ein, während er besorgt meinen Kopf betrachtete.

Papperlapapp!", unterbrach ich ihn. „Die ist halb so schlimm! Und außerdem blutet es ja fast nicht mehr, seit ich mit dem Taschentuch dagegen drücke! Und George und ich essen immer gemeinsam Kekse!"

Auch in Marthas Gesicht, das anfänglich einer Leiche ähnelte, kehrte wieder Farbe.

„Ich hole Kaffee!", erklärte sie rasch und folgte George in die Küche.

Ich nutzte die Gelegenheit um Herrn Nellmann und Felix

eindringlich zu bitten, die blöde Geschichte Dad gegenüber nicht zu erwähnen.

Doch Nellmann schüttelte entschieden den Kopf.

„Es tut mir leid Cathy, aber ich kann den Vorfall auf gar keinen Fall verschweigen! Ich bin bestürzt und beschämt, dass ich nicht daran gedacht habe mein Haus zu sichern, wenn du zu Besuch kommst! Ich hätte einen Beamten zu deinem Schutz abstellen müssen. Aber ich habe nicht erwartet, dass sie dermaßen dreist sind, und versuchen dich aus meinem Hause zu entführen!"

„Ich wurde doch beschützt!", erwiderte ich mit glasigen Augen. „George hat mich doch beschützt! Sie haben ja nicht die geringste Ahnung, was das für einen Zirkus gibt, wenn Dad davon erfährt!"

„Ich verstehe dich ja Cathy! Aber mir sind die Hände gebunden, ich muss ihm davon berichten! Und ich werde ihn jetzt auch gleich anrufen!", erklärte er kompromisslos.

Am liebsten hätte ich auf der Stelle losgeheult. Aber George kam zurück, stellte die Kekse auf den Tisch und strahlte mich an.

„Super George, deine Mom macht die besten Kekse!", lobte ich und drängte meine Tränen zurück.

Kurz darauf traf das von Nellmann hinzugezogene Team der Spurensicherung ein. Streifte über die Veranda. George wurde unruhig. Die fremden Leute ängstigten ihn. Er griff entschlossen nach der Geige.

„Alles okay George!" beruhigte ich ihn und schloss rasch die Vorhänge.

Felix drängte zum Aufbruch, schielte besorgt auf die noch leicht blutende Platzwunde. Hastig trank ich den Kaffee aus, steckte mir noch ein Keks in den Mund.

„Ich muss gehen George!", erklärte ich kauend, „Aber ich komme bald wieder! Und dann bringe ich dir eine neue Geige mit!"

Er griff nach meiner Hand, zog mich an sich und beäugte meine Platzwunde.

„Aua?"

„Tut gar nicht weh!", antworte ich schnell. „Du bist mein

Held. Tschüss George!"

„Tschüss Cathy!"

Er folgte mir bis zur Türe, winkte heftig, als unsere Limo begleitet von zwei Zivilfahrzeugen der Polizei abfuhr.

„Ich möchte nicht in die Klinik Felix, fahr mich bitte nach Hause!", sagte ich, kaum dass ich im Auto saß.

Ich nahm neben Felix am Beifahrersitz Platz, wollte nicht alleine hinten sitzen. Obwohl ich es nie zugegeben hätte, saß mir der Schreck in allen Gliedern. Felix, unschlüssig wohin er nun fahren sollte, blickte lange in mein blasses Gesicht.

„Dad ist sicher in der Lage diesen lächerlichen Kratzer zu versorgen!", spielte ich die Situation herunter.

Die Limo fuhr kaum vorm Haus vor, als sich auch schon die ganze Meute aufgeregt auf mich stürzte.

„Macht doch bitte aus einer Mücke keinen Elefanten!", beschwor ich sie.

Doch Dad stützte mich, gerade so, als wenn mir der halbe Kopf fehlen würde.

„Das Ganze sieht übler aus als es ist!", winkte ich ab, auch wenn mein Pullover deutlich verriet, dass die Wunde anfangs ordentlich blutete.

Dad öffnete die Autotür schob mich wortlos in die Limo zurück.

„Wir fahren in die Klinik! Dein Kopf muss geröntgt und die Wunde genäht werden!", sagte er, fest entschlossen nicht nachzugeben.

Kaum ein paar hundert Meter weiter, kam Bewegung in mich. Meine Hände begannen zu schwitzen. Schweiß brach aus allen Poren und ich begann unkontrolliert zu zittern.

„Tu mir das nicht an Dad! Bitte Dad! Ich kann da nicht hin! Nicht in die Klinik!"

Ein regelrechter Weinkrampf schüttelte meinen Körper, dann wimmerte ich nur mehr. Dad zog mich fest in seine Arme. Hielt meinen bebenden Körper fest, streichelte beruhigend über meinen Kopf.

„Schon gut Kleines!", sagte er leise. „Drehen sie um Felix, wir fahren nach Hause!"

Ich vergrub dankbar mein Gesicht in seinem Sakko.
„Danke Dad!", flüsterte ich erleichtert.

40.Kapitel

Ich saß im Esszimmer, als ich Doktor Maiers die Auffahrt hochkommen sah.
„Was tut der denn hier!", dachte ich verwundert.
Zum einen war die nächste Sitzung erst für Donnerstag anberaumt, zum anderen fanden unsere Gespräche stets in seiner Praxis statt. Kaum eingetroffen führte ihn Dad in sein Arbeitszimmer. Kurz darauf bat man auch Jonas hinzu.

Jonas war beunruhigt, als Doktor Maiers unangekündigt zur Tür hereinspazierte. Er wollte sich gerade zu Cathy ins Esszimmer verkrümeln, als man ihn bat ebenfalls ins Arbeitszimmer zu kommen.
„Setz dich doch bitte zu uns!", sagte Doktor Jefferson mit ernstem Blick. „Ich habe Doktor Maiers hinzu gebeten, da ich nach dem gestrigen Vorfall eine Entscheidung treffen musste. Denn abgesehen davon was gestern passiert ist, hält Cathy sich nicht an die Spielregeln die ihrem Schutz dienen. Und du hast ja selbst gesehen wozu diese Leute fähig sind. Um es kurz zu machen, ich schicke Cathy vorübergehend in ein Schweizer Internat. Du kannst mir glauben Jonas, die Entscheidung ist mir alles andere als leicht gefallen. Aber momentan geht es nicht darum, was mir gefällt oder was Cathy gerne möchte, zurzeit hat ihre Sicherheit einfach oberste Priorität!"
Er schwieg. Wartete ab, wie Jonas reagieren würde.
„Das kannst du nicht machen Dad, das ist einfach falsch. Wir können Cathy doch nicht einfach wegschicken!"

Jonas's Gesicht wurde schneeweiß, und die Stimme bebte weinerlich.

„Ich verstehe deinen Einwand Jonas", mischte sich nun Doktor Maiers ein. „Und ich habe mit dieser Reaktion gerechnet. Aber ich muss deinem Vater leider zustimmen. Nach allem was gestern vorgefallen ist, wäre es fahrlässig sie in Baden Soden zu belassen. Sie ist ein Teenager, und will nach ihren eigenen Spielregeln leben. Das ist auch in Ordnung, nur momentan eben nicht. Es liegt nun auch in deiner Verantwortung, die Entscheidung die dein Vater getroffen hat zu unterstützen. Wenn du deine Schwester liebst, musst du ihr klar machen, dass du hinter deinem Vater stehst. Cathy wird dich dafür hassen, aber das musst du aushalten. Früher oder später wird sie begreifen warum du so gehandelt hast, und wird dir verzeihen. Doch wenn du deinen Vater nicht unterstützt und ihr etwas zustößt, wie Jonas, wie willst du damit Leben? Natürlich könnten wir dich außen vor lassen. Doch das Problem ist, dass Cathy in dir mehr sieht als nur einen Bruder. Sie vertraut dir, denn du warst in all den Jahren für sie da. Sie wird die Entscheidung nur akzeptieren, wenn du und dein Vater an einem Strang zieht. Für deinen Vater ist es noch viel schwieriger! Ihm ist bewusst, dass er damit die eben erst mühsam aufgebaute Vater-Tochterbeziehung schwer belastet. Aber er nimmt es in Kauf, weil er sie liebt! Verstehst du Jonas, Liebe fordert manchmal harte Opfer!"

Doktor Jefferson stand auf, wanderte unruhig zur Couch und ließ sich seufzend neben Jonas nieder.

„Du kannst dir nicht vorstellen, wie schwer es mir fällt, aber es muss sein. Ich würde mir nie verzeihen, wenn ich nicht alles tun würde um sie in Sicherheit zu bringen!"

Er atmete schwer und blickte Jonas fragend an.

„Und was sagst du dazu?"

„Ich weiß nicht, was ich sagen soll", erwiderte Jonas unsicher.

„Was sagt Chris dazu, was hält er von der Sache?"

„Chris wird in diese Entscheidung aus gutem Grund nicht einbezogen!", erklärte Doktor Maiers. „Wenn dein Vater

Cathy seine Entscheidung mitteilt, und sie erfährt, dass du es befürwortest, braucht sie unbedingt eine Person, die in ihren Augen zu ihr hält. Es wird schon schlimm genug für sie, dass du dich gegen sie stellst. Chris muss ihr Rettungsanker bleiben. Verstehst du das Jonas?"
Jonas nickte.
„Gut Dad!", sagte er dann. „„Ich bin ganz und gar nicht davon überzeugt, alles in mir schreit: "Nein!" Aber noch viel weniger könnte ich damit leben, wenn ihr wirklich etwas Schlimmes zustoßen würde. Also gut! Aber bitte Dad, lass es uns rasch hinter uns bringen! Ich weiß nicht, wie lange ich gegen mein Herz handeln kann!"
„Dann ist es am Besten, du gehst nach draußen und bittest sie zu uns!" forderte ihn Doktor Maiers auf.

Mein Kopf brummte noch ein wenig. Trübte zum Glück kaum meinen Appetit und so genoss ich das leckere Frühstück in vollen Zügen.
Im Großen und Ganzen überstand ich den gestrigen Übergriff, dank Georges eingreifen, ohne nennenswerten Schaden. Nachdem wir gestern auf dem Weg in die Klinik umkehrten, versorgte Dad die Wunde dann doch selbst. Verklebte das kleine Cut unterhalb des Haaransatzes. Nicht ohne mich wiederholt darauf hinzuweisen, dass er kein Schönheitschirurg sei und ich deshalb wohl eine kleine Narbe zurückbehalten würde.
So erinnerten heute nur mehr ein Pflaster und ein blauer Bluterguss, den ich geschickt mit einer Schicht Make-up überdeckte, an den gestrigen Vorfall.
Eine gute halbe Stunde später kam Jonas zu mir ins Esszimmer, seine Miene verhieß nichts Gutes.
„Guten Morgen Jonas! Was ist los mit dir? Du ziehst ja ein Gesicht wie sieben Tage Regenwetter!", scherzte ich.
Er druckste verlegen herum, senkte die Augen, war kaum in der Lage mich anzusehen.
„Dad möchte, dass du zu uns ins Arbeitszimmer kommst! Doktor Maiers ist auch da!", sagte er endlich.
„Ich hab's gewusst!", dachte ich. „Eine außerplanmäßige Sitzung bedeutet nie etwas Positives! Bestimmt geht es

um den gestrigen Zwischenfall und natürlich auch um meine Reaktion bei der Fahrt in die Klinik! Das kann ja heiter werden!"

„Ich komme gleich nach!", erklärte ich, und griff nach den Zigaretten. „Ich brauche vorher noch etwas Nikotin, ehe ich mich dem Gericht stelle!"

Jonas lachte gequält. Überhaupt, irgendwie war er schräg drauf. Und Maria, die gerade ihren Kopf ins Esszimmer streckte, um nach dem Rechten zu sehen, täuschte ich mich oder glitzerten in ihren Augen Tränen.

Hastig inhalierte ich. Dämpfte meine Zigarette nach ein paar Zügen aus, wollte jetzt Klarheit. Erfahren, was da vor sich ging. Mit einem mulmigen Gefühl im Bauch betrat ich freundlich grüßend Dads Arbeitszimmer. In derselben Sekunde verstummte das eben geführte Gespräch.

„Guten Morgen Cathy!", erwiderte Dad und verzog sein Gesicht zu einem verkrampften Lächeln. „Geht es dir wieder besser?"

„Danke Dad, es geht mir gut!", sagte ich und begrüßte nun auch Doktor Maiers.

„Habe ich was verpasst? Wir haben doch heute eigentlich gar keine Sitzung!", fuhr ich zügig fort, um endlich auf den Punkt zu kommen.

„Nein!", sagte Dad verlegen. "Ich habe Doktor Maiers zu diesem Gespräch dazu gebeten, weil ich seine fachliche Meinung eingeholt habe! Ich will keine weiteren Fehler mehr machen und...", er brach ab.

„Und?", fragte ich gedehnt. „Um was genau geht es hier überhaupt? Worüber sprechen wir gerade?"

„Nun..."

Ich sah Dad an, dass es ihm schwer fiel zum Kern der Sache vorzustoßen.

„Ich habe nach dem gestrigen Vorfall beschlossen, dich vorübergehend in einem Internat unterzubringen! Nicht für lange und schon gar nicht für immer Cathy, nur bis die Sache hier ausgestanden ist. Du bist hier nicht mehr sicher, und so sehr ich es bedaure, und so schwer mir dieser Schritt auch fällt, du musst uns vorerst verlassen!" sagte er, und wirkte erleichtert, es ausgesprochen und hinter sich gebracht zu haben.

„Du kannst dir das Internat selbstverständlich selbst aussuchen!", fügte er eilig hinzu.

Alle Blicke lagen nun auf mir. Doch ich weinte nicht. Ich tobte nicht. Fühlte wie die Mauer in meinem Herz, die gerade erst zu bröckeln begonnen hatte, hart wurde, wie mit Zement vergossen. Und wie ein Stein nach dem anderen auf mich niederprasselte.

„Und du Jonas? Was sagst du dazu?", erkundigte ich mich fast tonlos.

Jonas saß steif, wie angefroren, auf der Couch. Schaffte es nicht mir ins Gesicht zu sehen.

„Dad, und Doktor Maiers haben mich davon überzeugt, dass es das Beste für dich ist!", erklärte er stockend.

„So", sagte ich. „Haben sie das!"

Ich war sprachlos.

Bitterer konnte Verrat nicht schmecken.

Hätte Jonas mir ein Messer ins Herz gerammt, der Schmerz wäre nicht größer gewesen. Nach all den Jahren, nach alldem, was wir gemeinsam durchgestanden hatten, ließ er mich in Stich. Er, der immer unerschütterlich an meiner Seite stand. Mein rettender Fels in der Brandung. Der mir half, der mich beschützte, verriet mich nun. Dad war es gelungen, ihn auf seine Seite zu ziehen. Jetzt war ich endgültig alleine. Jonas kam auf mich zu. Zog mich in seine Arme, ich erstarrte in ihnen.

„Wir wollen nur dein Leben schützen! Sag doch etwas Cathy!", flehte er mich an.

Seine Mundwinkel zuckten nervös und die Augenwinkel glänzten nass.

„Ja Cathy", mischte sich nun auch Doktor Maiers ein. „Erzähl uns, was in dir vorgeht! Lass uns teilhaben an deinen Gedanken!"

Verächtlich musterte ich sie.

„Nichts!", sagte ich. „„Ich fühle nichts! Das Einzige, dass ich noch wissen möchte ist: "Was sagt Chris dazu?""

Dads Körper spannte sich und er richtete sich pfeilgerade

auf.

„Es ist allein meine Entscheidung! Chris hat damit nicht das Geringste zu tun. Ich bin dein Vater und ich alleine bin für deine Sicherheit, und dein Leben verantwortlich!", sagte er, und wirkte in diesem Moment wieder so hart, so unnachgiebig, so unerreichbar weit weg wie früher.

Unendlich müde richtete ich mich auf. Der ewig Kampf zeigte Wirkung, hinterließ tiefe Narben in meiner Seele.

„Du kannst mich nicht retten!", sagte ich leise und gegen meinen Willen tropften verloren ein paar Tränen auf seinen Schreibtisch. „Ich bin längst tot, du weißt es nur noch nicht!"

Dann stürmte ich aus dem Raum.

„Sie wird sich wieder beruhigen!", tröstete Doktor Maiers Doktor Jefferson, der nachdem Cathy aus dem Raum stürzte, sein aschgraues Gesicht tief in den Händen vergrub.

„Das glaube ich nicht!", sagte Jonas und die Verzweiflung stand ihm überdeutlich ins Gesicht geschrieben.

„Meine Entscheidung war falsch! Cathy wird mir diesen Verrat nie verzeihen! Auch wenn ich sie damit beschützen wollte! Ich habe ein ganzes schlechtes Gefühl bei dieser Sache! Wenn sie getobt, oder gebettelt hätte, ja, dann hätte sie sich wieder beruhigt. Aber so? Ich weiß nicht, das Ganze ist nicht ausgestanden! Bitte Dad, ich flehe dich an überdenk die Sache, wir können sie nicht wegschicken!"

Rastlos verließ er das Arbeitszimmer.

Aufgelöst stürzte ich auf mein Zimmer, wo Maria gerade damit beschäftigt war mit einem der Mädchen die Koffer zu packen.

„Ach Kind!" seufzte sie.

Drückte mich an sich, und schnaubte kräftig durch die Nase.

„Es ist ja nur für kurze Zeit! Nur solange, bis sie die Entführer gefasst haben! Nimm es nicht so schwer, du bist bestimmt bald wieder zu Hause! Ich kann deinen Vater ja verstehen, nach allem was vorgefallen ist. Glaub mir, er liebt dich! Er will dich nur beschützen!", sagte sie, und verzog weinerlich ihr rundes Gesicht.

„Schon gut Maria!", sagte ich scheinbar gefasst. „Könntet ihr nur bitte später weiter packen. Ich würde gerne einen Moment lang alleine sein!"

„Aber sicher Cathy, selbstverständlich! Du meldest dich, wenn wir weitermachen können?"

Sie winkte dem Mädchen und eilig verließen sie mein Zimmer. Eine Zeitlang, saß ich nachdenklich rauchend am Sofa. In meinem Kopf arbeitete es fieberhaft. Ich brauchte einen Plan, und zwar schnell.

„Hätten Lucie und ich nicht die Jacken getauscht, wäre diese verflixte Sache längst ausgestanden. Dad hätte das Lösegeld bezahlt, die Entführer wären abgezogen, und mein Leben würde nicht schon wieder aus allen Fugen geraten!", dachte ich.

„Getauscht?"

Jetzt hatte ich einen Plan! Ich holte eine ganze Packung Kaugummi aus der Schreibtischlade. Steckte allesamt in den Mund, denn zu allererst musste ich das beschissene Sicherheitssystem austricksen.

Dad versicherte zwar hoch und heilig, dass alle Kameras inaktiv seien, und nur im Notfall wieder aktiviert werden würden. Doch seit eben traute ich ihm nicht über den Weg. Den Standort jeder Kamera kannte ich genau. Wich ich doch beim Einbau nicht von der Seite der Techniker.

Jede einzelne von ihnen verklebte ich nun mit Kaugummi. Dann huschte ich hinüber in Jonas's Zimmer. Griff hastig nach der Schachtel, in der er noch vor Monaten Bargeld für seine Kokainkäufe hortete. Zu meiner grenzenlosen Erleichterung war sie noch randvoll gefüllt.

Durch Chris und seinen Beruf, erfuhr ich so einiges über polizeiliche Ermittlungen. Dinge, die nun helfen würden, dumme Fehler zu vermeiden. Zum Beispiel die Sache mit den Kreditkarten. Nein, die Karten konnte ich vergessen.

Jede einzelne Zahlung würde meinen Aufenthaltsort verraten. Ebenso das neues Handy, auch dadurch würden sie mich finden. Der Schmuck, meine Uhr und auch die Kleidung, alles, jedes einzelne dieser Dinge war fähig mich zu verraten. Ich wechselte ins Ankleidezimmer und wühlte dort in der Schatztruhe, wie ich das alte Ding aus Kindertagen nannte. Ganz zu unterst lag es, mein altes Prepaid Handy. Ich verzog mich ins Bad, speicherte ein paar neue Nummern ein.

Danach drehte ich den Wasserhahn auf. Keine Ahnung, ob es wirklich verhinderte, dass man Gespräche abhören konnte. Aber in allen Krimis machten es die Agenten so und so tat ich es vorsichtshalber auch.

Jetzt brauchte ich noch eine Komplizin um meinen Plan in die Tat umsetzen zu können. Meine erste Wahl wäre Mona gewesen. Doch Mona schied auf Grund ihrer Statur leider aus. Nein, selbst mit einem Vorschlaghammer würde sie in keine meiner Jeans passen. Ich überlegte krampfhaft. Melanie, ja mit Melanie könnte ich meine Kleidung tauschen. Sie war zwar ein ganzes Stück kleiner, doch wenn sie hohe Stiefel tragen würde und ich Pumps, dann würde der Größenunterschied nicht auffallen. Dabei kalkulierte ich die Unfähigkeit von Männern mit ein, sich an Details wie Schuhe zu erinnern.

Melanie war von meinem unerwarteten Anruf mehr als überrascht. Trotzdem war sie gleich Feuer und Flamme, und stimmte meinem Plan, Dad einen Streich zu spielen, begeistert zu. Sie kicherte aufgeregt und wir verabredeten uns an der Autobahnraststelle Süd, dort würden wir uns am WC treffen.

„Das wird ein Spaß! Selbstverständlich mache ich mit!",
grinste sie.

„Zieh dir bitte hohe Stiefel an, denn du bist ein ganzes
Stück kleiner als ich! Den genauen Zeitpunkt, gebe ich dir
später noch bekannt! Und sei bitte pünktlich!", bat ich
sie, ehe ich das Gespräch beendete.

Zurück im Ankleidezimmer, tastete ich meine Kleider ab.
Kontrollierte ob irgendwo ein Sender versteckt war. Ja,
ab heute traute ich Dad alles zu, sogar Unterwäsche mit
GPS. Noch ein Mal durchforstete ich meine Truhe. Fand
eine alte Kindertasche, dabei blieb mein Blick auf den
färbigen Kontaktlinsen haften. Ein wehmütiges Lächeln
huschte über mein Gesicht. Sofort kehrten diese Bilder in
meinem Kopf zurück. Sarah und ich, auf diesem völlig
verrückten Faschingsball.

Sarah...

Mit der Schere entfernte ich das Futter der Kindertasche.
Ich war auf der Hut. Wenn mein Plan funktionieren
sollte, durfte mir kein Fehler unterlaufen. Als ich sie für
unbedenklich befand, stopfte ich das altes Handy, Joans's
Geld, meine Zigaretten und die Schere hinein und verfrachtete sie in einem riesigen Shopper. Danach entfernte
ich umgehend die Kaugummis von den Kameras. Meine
Vorbereitungen waren abgeschlossen. Teilnahmslos teilte
ich Maria mit, dass sie nun weiterpacken könnten.

Ohne Verzögerung visierte ich Dads Arbeitszimmer an.
Trat zu ihm an den Schreibtisch, deutete auf irgendeines
der Prospekte, der von ihm ausgesuchten Internate.

„Das" sagte ich. „Das nehme ich! Ich habe allerdings eine
Bedingung!"

Dad musterte mich fragend.

„Was immer du möchtest Cathy!", erwiderte er hastig.

„Ich reise noch heute ab! Ich möchte keine Minute länger
als nötig in einem Haus bleiben, in dem ich nicht mehr
erwünscht bin!", sagte ich voll Bitterkeit.

Meine Ansage verschlug ihm kurz die Sprache.

„Cathy ich..."

Ich blieb nicht stehen, drehte mich nicht um, verließ
wortlos sein Arbeitszimmer. Rauchend verzog ich mich in

den Wintergarten. Jonas kam zu mir, ebenfalls eine Zigarette in der Hand.

„Cathy! Ich weiß du bist wütend und verletzt, aber...“

Lass stecken Jonas!“, unterbrach ich ihn. „Ich bin fertig mit dir!“

Die Zigarette in der Hand, verzog ich mich nach oben. Maria und das Mädchen waren gerade dabei, die Koffer zu schließen, um sie nach unten zu tragen.

Ihre Augen lagen nun traurig auf mir. „Ach Kind!“, sagte sie und stieß einen tiefer Seufzer aus. „Dass ich das noch erleben muss, wenn das deine Mom wüsste...“

Ja meine Mom! Ich musste an ihre Briefe denken, an ihre lieben Worte. An ihre Hoffnungen und Wünsche für mich. Wie anders wäre mein Leben verlaufen, hätte sie nicht dieser rücksichtslose Autofahrer von der Straße gedrängt. Und wie viel wäre mir erspart geblieben, wäre ich an diesem unseligen Tag gleich mit ihr gestorben.

Ja, sie kehrten zurück, diese tiefschwarzen Gedanken. Diese Ohnmacht gepaart mit jeder Menge Wut. Und auch wenn ich es vor Monaten kaum für möglich hielt, alles war noch schlimmer geworden. Jonas stellte sich gegen mich. Ich verlor den einzigen Menschen, der mein Leben lang zuverlässig an meiner Seite stand.

„Chris, du hast noch Chris!“, schrie mein Herz.

Aber ich hörte es kaum. Es schien wie vergraben unter all den Steinen der Hoffnungslosigkeit.

Das Essen ließ ich ausfallen. Weigerte mich standhaft mein Zimmer zu verlassen. Weinend rief ich Chris an und informierte ihn von meiner überstürzten Abreise.

Chris stürmte nach seiner Ankunft aufgebracht in Johns Arbeitszimmer. Ganz gegen seine sonst zurückhaltende Art, klopfte er nicht.

„Das kannst du nicht machen! Es ist grausam, kalt und darüber hinaus völlig unnötig, Cathy wegzuschicken!“, brüllte er aufgebracht.

John blickte überrascht von seinen Unterlagen auf. Solche Töne war er von Chris nicht gewohnt. Er hatte schon eine scharfe Erwiderung auf den Lippen, als er an Christin denken musste.

„Ja", dachte er. „Auch ich hätte nicht tatenlos zugesehen, wenn jemand gewagt hätte, sie mir wegzunehmen!"

So unterdrückte er seinen Groll, und bot ihm freundlich Platz an. Doch Chris lehnte entschieden ab, und seine Augen funkelten böse.

„Ich werde mich jetzt nicht rechtfertigen Chris. Aber du sollst wissen, dass es die schwerste Entscheidung war, die ich je treffen musste. Doch Cathys Sicherheit geht vor. Ich bin nicht bereit, mit dir darüber zu diskutieren. Aber ich kann deine Empörung durchaus nachvollziehen. Ich weiß, wie sehr du meine Tochter liebst, und jede andere Reaktion wäre verwunderlich gewesen. Trotz alldem, ich werde die nun getroffene Entscheidung unter gar keinen Umständen revidieren!", sagte er ungewohnt sanft.

Chris stürmte daraufhin ohne ein weiteres Wort aus dem Arbeitszimmer um nach Cathy zu sehen.

Chris kam um mir beizustehen, und um sich von mir zu verabschieden. Den Disput, den er mit Dad führte, hörte man durchs ganze Haus. Kurz flammte Hoffnung in mir auf. Aber wie es eigentlich zu erwarten war, blieb Dad unnachgiebig. Verstört nahm Chris mich in die Arme. Doch auch seine Liebe schaffte es nicht, den dumpfen Schmerz in meinem Inneren zu lindern. Zu tief verletzte mich Dads Verhalten. Und Jonas's Verrat lastete tonnenschwer auf meiner Seele. Doch wie all die Jahre davor, funktionierte meine Fassade perfekt.

Dann war es soweit. Das Gepäck war verladen und Felix stand zur Abfahrt bereit. Ich rief Melanie an, sie würde kommen. Dann hieß es Abschied nehmen. Ich küsste Chris, blickte voll Liebe in seine Augen, die voller Trauer auf mir ruhten. Begriff, dass es für längere Zeit das letzte Mal sein würde.

„Ich begleite dich selbstverständlich bis zum Flugplatz!" sagte er hastig und hielt meine eiskalte Hand fest.

Die Trennung fiel ihm genau so schwer wie mir. Dennoch schüttelte ich den Kopf.

„Nein Chris! Nein!", flüsterte ich. „Damit machst du es nur noch schlimmer!"

Es war eine schwere Entscheidung. Denn gerade in diesem Augenblick wäre ich so gerne in seinen starken, tröstenden Armen gelegen. Aber mein Plan konnte nur funktionieren, wenn ich ohne ihn aufbrach.

Chris wollte alles andere, als es mir noch unerträglicher zu machen. Nach einem letzten zärtlichen Kuss ließ er mich los und trat beiseite. Ich bestieg die Limo, ohne Dad oder Jonas auch nur eines Blickes zu würdigen.

Dann fuhren wir ab. Obwohl die Limousine gut geheizt war, legte ich weder Haube noch Jacke ab. Konnte nicht, denn dann würde mein Plan nicht funktionieren. Ich wählte meinen Sitzplatz geschickt so aus, dass ich Rücken an Rücken mit Felix saß. Durch die getönte Trennscheibe zwischen Fahrerkabine und Fahrgastraum, konnte er nun keinen Blick mehr auf mein Gesicht werfen.

Ich wartete, bis wir nur mehr einen Kilometer von der Autobahnauffahrt entfernt waren. Dann meldete ich mich über die Gegensprechanlage: „Felix könnten sie bitte die nächste Raststelle anfahren? Ich muss mal!"

„Kein Problem!"

Ein paar Minuten später hielt er an. Wollte aussteigen um mir die Türe zu öffnen.

„Um Gottes willen Felix, bleib sitzen!", fuhr ich ihn schroff an. „Ich bin doch keine achtzig!"

Wenn alles zwischenfallsfrei verlaufen sollte, durfte Felix die Limo auf gar keinen Fall verlassen. Ein einziger Blick in Melanies Gesicht, und die Sache wäre gelaufen. Rasch suchte ich die Toilette auf. Melanie wartete bereits ungeduldig. Gezwungen heiter begrüßte ich sie.

„Super, du bist echt Klasse! Das wird ein Spaß!"

Meli kicherte aufgeregt. Rasch tauschten wir Hose, Jacke Mütze, und leerten unsere Jackentaschen. Bevor ich ihr meine Tasche übergab, entnahm ich die alte Kindertasche und zwängte sie in Melis Handtasche.

„Es ist ganz wichtig, dass du denselben Platz einnimmst, den ich soeben verlassen habe!", erklärte ich ihr.

„Mach dir keine Sorgen!", beschwichtigte sie mich, „Ich

bin ja nicht doof! Und wie lange soll ich deinen Platz einnehmen?"

„So lange wie irgend möglich! Du musst gehen!", forderte ich sie hektisch auf. „Sonst kommt Felix am Ende noch auf den Gedanken und sieht nach wo ich bleibe!"

Durch das verschmierte Fenster der Toilette beobachtete ich, wie Melanie ins Auto huschte und Felix abfuhr.

Nun galt es schnell zu handeln, ehe jemand den Tausch bemerkte. Gerade im Begriff den Platz am Fenster zu verlassen, beobachtete ich wie Felix sein Tempo drosselte und wartete, bis ein schwarzer Mercedes vor ihm aus der Parklücke fuhr. Gebannt verfolgte ich, wie ein weiterer Wagen gemächlich hinter der Limo ausparkte und Fahrt aufnahm.

Das ging gerade noch Mal gut. Hätte ich die Toilette auch nur eine Sekunde früher verlassen, wäre ich zweifelfrei aufgeflogen. Eigentlich plante ich mir die Haare auf der Raststelle abzuschneiden. Doch mittlerweile wurde mir klar, dass die zurückbleibenden Haare verraten würden, dass ich mein Äußeres veränderte.

Vorsichtig, mich nach allen Seiten umschauend, verließ ich die Raststation. Startete los, und rannte die Böschung hinunter. Sorgsam bemüht nicht aufzufallen, erreichte ich die Bushaltestelle und bestieg den nächsten Bus der nach Frankfurt fuhr.

In der Innenstadt suchte ich ein Einkaufszentrum auf. Im erstbesten Laden einer dieser Friseurketten, ließ ich mir meine langen Haare abschneiden.

Obwohl gestresst und hektisch, werde ich wohl nie den bedauernden Blick vergessen, mit dem sich die Friseurin über meine, von Carlos so hervorragend gestylten Haare, hermachte.

Dreimal fragte sie nach: „Bist du dir sicher?", ehe sie die Schere ansetzte.

Als sie fertig war, erkannte ich mich selbst nicht mehr. Entsetzt blickte ich in den Spiegel. Der Kurzhaarschnitt brachte einen ungeplanten, äußerst unangenehmen Nebeneffekt mit sich. Mit ihm sah ich mit einem Schlag um Jahre jünger aus.

„Verdammt!", dachte ich. „Mit diesem Schnitt sehe ich wie eine hochgeschossene vierzehnjährige Göre aus! Wie soll ich so in einem Hotel einchecken?"

Ich zahlte und verließ den Laden. Steuerte ein WC an und setzte die grünen Kontaktlinsen ein. Danach betrat ich den nächsten Friseurladen. Hier ließ ich meine blonden Haare schwarz färben. Hegte die vage Hoffnung, dass die dunkle Farbe mir ein älteres Aussehen verleihen würde.

„Du hast mit Sicherheit einen Krimi zuviel gelesen!", dachte ich und musterte mich eingehend, nachdem die Haare zum zweiten Mal an diesem Tag geföhnt wurden.

„Krass!", dachte ich und schnaubte.

Verstand nicht, warum die Farbe nichts an meinem nun so kindlichen Aussehen änderte.

„Was jetzt?", fragte ich mich ratlos.

Doch es war nun mal nicht mehr zu ändern. So beeilte ich mich, den Rest meines Planes auszuführen. Zu allererst besorgte ich mir einen Rucksack. Die Boutiquen ließ ich links liegen. Betrat einen Billigladen. Dort wanderten Jeans, Pullover, Stiefel, und eine warme, dick gefütterte Militaryjacke über den Ladentisch. Im Drogeriemarkt besorgte ich mir eine Bürste, und die anderen üblichen Dinge die man benötigte, wenn man nicht verwahrlosen wollte. Danach besuchte ich eine öffentliche Toilette. Entfernte die Etiketten und kleidete mich um. Melis Sachen stopfte ich allesamt in eine Einkaufstüte, um sie später in einem Altkleidercontainer zu entsorgen. Meine Verwandlung war perfekt. Selbst Chris oder Jonas würden mich nicht erkennen, auch wenn sie nur wenige Meter entfernt an mir vorbei liefen.

Doch in Frankfurt konnte ich unmöglich bleiben. Musste das Risiko entdeckt zu werden in Kauf nehmen und nach Bad Soden zurückfahren. Denn in meiner Heimatstadt gab es zumindest einige mir bekannte Orte, wo ich untertauchen konnte. Früh am Abend kam ich in Bad Soden an. Hoffte inständig, dass mich niemand hier vermuten würde.

Nun war rasches Handeln von Nöten, denn es wurde von Minute zu Minute kälter. Um die Nacht unbeschadet zu überstehen benötigte ich dringend einen warmen Unterschlupf. Zuerst allerdings machte ich einen Abstecher in ein Fast Food Restaurant. Mir war schon ganz flau im Magen, da ich mittags das Essen kommentarlos ausfallen ließ.

Gestärkt steuerte ich die Kleingärtnersiedlung an. Sarah und ich tobten hier als Zwölfjährige gerne herum. Doktor Wegener besaß hier eine Parzelle mit einer winterfesten Gartenhütte, die er aus einem sentimentalen Grund nie aufgab. Doch zu meinem Entsetzten stellte ich fest, dass nach seinem Tod, das Grundstück wohl verkauft und die Hütte abgerissen worden war.

„Wohin jetzt?"

Mir war sonnenklar, dass die Temperaturen nicht dazu geeignet waren, um auch nur eine Nacht im Freien zu verbringen.

„Verdammt, verdammt!", dachte ich. „Wäre ich nur nie in unsere Kleinstadt zurückgekehrt, dann könnte ich mich um ein Quartier für Obdachlose bemühen!"

Doch hier in Bad Soden, gab es nur eine einzige derartige Unterkunft. Und ausgerechnet die wurde von meiner Familie betrieben. Durch meinen Anstandsbesuch in der Vorweihnachtszeit kannten mich dort nun sämtliche Mitarbeiter persönlich. Und selbst wenn man mich nach dem Umstyling nicht erkennen sollte, allein durch mein kindliches Aussehen würde ich dort auffallen, wie ein bunter Hund.

Somit gab es in ganz Bad Soden nur einen einzigen Ort, an dem ich es sicher und warm haben würde. Allein der Gedanke daran, verursachte Übelkeit. Es war die Klinik, und der verflixte siebente Stock, von dem ich wusste, dass er zurzeit leer stand.

Die Vorstellung, dort auch nur eine einzige Nacht zu verbringen, stellte mir die Nackenhaare auf. Aber da half alles nichts, ich hatte gar keine großartige Wahl. Im Gegenteil, ich musste mich beeilen. Denn Punkt 21:00 Uhr verriegelten die Türen automatisch, konnten danach nur mehr von innen geöffnet werden.

Keuchend und außer Atem erreichte ich das Klinikareal.

Legte den größten Teil der Strecken laufend zurück. Das Risiko, beim Betreten durch den Haupteingang entdeckt zu werden, vermied ich. Wählte schaudernd die Türe des Wäschedienstes, die mir bei meiner Flucht als rettender Ausgang diente.

Mein Kopf rebellierte, und die Füße stockten, als ich den Keller betrat. Die Hände verbohrten sich tief im Futter der Jacke. Die Bilder im Kopf verdrängend, visierte ich das Treppenhaus an. Wagte nicht, den Lift zu benutzen, sondern rannte die unzähligen Stufen hoch. Nachdem ich die Brandschutztür der siebenden Etage mit fliegenden Händen hinter mir zuzog, sank ich außer Atem zu Boden.

Mein Gehirn löschte die Erinnerung an die Vorfälle jener Nacht vollständig. Wie bei einem Computer, bei dem eine entfernte Datei ohne entsprechende Kennung auch im Nirwana der Festplatte verschwindet. Nur in meinen ständig wiederkehrenden Albträumen erlebte ich einzelne Sequenzen der verhängnisvollen Ereignisse. Doch mein Körper schien die Erinnerung an jene Nacht, in jeder einzelnen Zelle gespeichert zu haben. Er schwitzte, zitterte wie Espenlaub. Ziellos schweifte mein Blick durch den halbdunklen Gang. Erleichtert stellte ich fest, dass hier eine Generalüberholung stattfand, und kein einziges Detail zu meinen wirren Albträumen passte.

42.Kapitel

Eine Stunde später. Kurz vorm Flughafen wandte sich Felix an, wie er dachte, Cathy.

„Zum Glück sind wir rechtzeitig losgefahren", schnaufte er erleichtert. „Heute staut es sich wieder einmal an allen Ecken und Enden! Aber in fünf Minuten spätestens, sind wir am Ziel!"

Melanie schwieg, gab keine Antwort. Kicherte vor sich hin. Beobachtete Felix, wie er zielstrebig den Parkplatz vor der Abflughalle ansteuerte.

„So! Wir sind endlich angekommen!", sagte er und schwang sich aus dem Wagen.

„Aussteigen meine Dame!"

Er öffnete die Autotür, und blickte entsetzt in Melanies fröhliches Gesicht.

„Erstaunt was? Cathy hat doch coole Ideen!"

Felix erstarrte.

„Wer bist du denn? Und wo ist Cathy?"

Wir haben schon vor einer Stunde die Plätze getauscht!", erklärte Melanie bereitwillig.

„Ach du heiliger Bimbam! Das darf doch nicht wahr sein! Seid ihr beide denn von allen guten Geistern verlassen?"

„Wie jetzt?", fragte Melanie, der langsam dämmerte, dass hier irgendetwas gerade ganz und gar nicht so ablief, wie sie sich das vorgestellt hatte.

Felix antwortete nicht, sondern rannte zu dem schwarzen Mercedes der einige Meter vor ihm den Parkplatz angesteuert hatte.

„Sie ist weg!", rief er außer sich.

„Wie weg?", fragte der Beamte in Zivil, der gerade das Auto verließ. „Sie kann sich wohl schwerlich während der Fahrt in Luft aufgelöst haben!"

„Nein, das nicht! Aber ich habe ein fremdes Mädchen im Wagen! Es hat mir erklärt, dass sie die Plätze getauscht haben!"

„Ach du Schei...", fluchte nun auch der Beamte. Angelte nach dem Handy, um Hauptkommissar Nellmann über die neueste Entwicklung zu informieren. Aufgeregt schilderte er den Sachverhalt.

„Ich fasse es einfach nicht!", brüllte Nellmann ganz gegen seine sonst so ruhige Art. „Da lasse ich das Auto von vier meiner besten Ermittler begleiten, und die lassen sich von zwei Teenagern austricksen, wie blutige Anfänger! Kommt auf der Stelle zurück und bringt das Mädchen mit. Vielleicht weiß sie ja etwas, das uns hilft Cathy so schnell wie möglich ausfindig zu machen!"

Dann knallte er kopfschüttelnd den Hörer auf die Gabel. Nachdem auch Felix im Haus der Jeffersons anrief, und von Cathys verschwinden berichtete, brach dort ein regelrechtes Chaos aus.

„Sie kommt nicht weit! Du wirst sehen wir werden sie bald finden! Viel schneller als du denkst!", versuchte Chris Jonas zu beruhigen, der auszuflippen drohte.

„Nicht Cathy! Nicht meine Schwester. Die finden wir nur, wenn sie auch gefunden werden will!"

Angstvoll starrte er aus dem Fenster.

„Und heute ist es noch viel kälter als damals! Was, wenn wir sie nicht rechtzeitig finden, was wenn..."

Er brach ab.

„Es ist ganz allein meine Schuld", seufzte er. „Ich hätte mich Dad widersetzen sollen! Oder so hart es klingt ihr erklären müssen, warum Dad sie ins Internat schickt. Ich hätte ihr von den Zementsäcken erzählen sollen. Sie wissen lassen, dass die Entführer nicht vorhatten, sie am Leben zu lassen. Vielleicht hätte sie ja das zur Vernunft gebracht. Doch nun. Jetzt ist sie ganz allein da draußen. Und keinem Einzigen von uns traut sie noch über den Weg. Und die Entführer warten nur auf eine passende Gelegenheit! Und wir haben es ihnen einfacher gemacht! Bei uns wäre sie einigermaßen sicher gewesen!"

„Stimmt etwas nicht?", erkundigte sich Doktor Jefferson, der gerade abgekämpft von der Klinik kam.

„Das kann man wohl sagen Dad! Ich glaube wir haben den schlimmsten Fehler unseres Lebens begangen!"

Dann erzählt er von Cathys spurlosen verschwinden. Die Nachricht traf Doktor Jefferson unvorbereitet, überrollte ihn. Er war wütend auf sich selbst. Fassungslos über seine eigene grenzenlose Naivität. Wie konnte er auch nur im Ernst annehmen, dass Cathy ihre Unterbringung in einem Internat widerstandslos hinnehmen würde. Wie glauben, dass sie einlenken und klein beigeben würde.

Er verspürte aber auch Ärger, über die Art und Weise, mit der sie sich über seine Anordnungen hinwegsetzte. Doch noch intensiver beschäftigte ihn der Gedanke wo sie sein könnte und die blanke Angst um ihr Leben saß ihm im

Nacken.

„Ich schwöre, das gibt das erste Mal in ihrem Leben ein gewaltiges Donnerwetter, wenn wir sie finden!", drohte er aufgebracht.

„Ich weiß Dad, es war nicht richtig, was Cathy getan hat!", antwortete Jonas. „Ich hoffe nur, dass wir sie überhaupt finden! Und auch wenn du es nicht hören willst, aber ich denke wir haben sie dazu getrieben. Unsere Entscheidung war falsch. Es war ein Fehler sie wegzuschicken!"

Da läutete Chris´s Handy und ganz kurz keimte Hoffnung auf. Chris blickte aufs Display, und schüttelte enttäuscht den Kopf.

„Es ist nicht Cathy! Es ist Nellmann!", erklärte er mutlos. Trat einige Schritte zur Seite und führte ein ausführliches Gespräch.

„Ja, ich werde das hier klären! Ich rufe sie zurück!"

Als er auflegte herrschte Totenstille.

„Gibt es etwas Neues?", erkundigte sich Jonas zaghaft.

„Nun, die Beamten vor Ort haben Melanie befragt. Sie ist eine Schulkollegin von Cathy und wollte ihr nur bei der Ausführung eines Schabernacks behilflich sein. Sie weiß ja nichts von Lucies Entführung. Denn bis jetzt konnten wir die Übergriffe auf Cathy und Lucies Entführung vor der Presse geheim gehalten. Laut ihrer Aussage haben sie bereits am Rastplatz die Plätze getauscht. Cathy hat die ganze Aktion generalstabsmäßig geplant. In der Tasche die sie Melanie gegeben hat, waren neben Handy und Uhr auch ihre Kreditkarten. Cathy ist einfach viel zu klug. Sie wusste, dass wir ihr Telefon orten und jede einzelne Kartenzahlung zurückverfolgen würden. Also hat sie alles, das sie in irgendeiner Weise verraten könnte, zurückgelassen. Daher stellt sich für die polizeiliche Fahndung natürlich die Frage, wie sie über die Runden kommt, wovon sie leben will. Die Kollegen möchten deshalb wissen, ob Cathy eine größere Summe Bargeld mit sich führen könnte!", erklärte Chris hastig.

„Nein! Eher nicht!", sagte Jonas bestimmt. „Cathy hat nie viel Bargeld bei sich. Sie bezahlt fast ausschließlich mit den Karten!"

Plötzlich dämmerte es ihm.

„Im Gegensatz zu mir! Ich habe Bargeld im Haus!", schrie er, sprang auf und stürzte hoch in sein Zimmer.

Griff nach der kleinen Schachtel. Sie war bis auf einen Zettel leer. Auf dem stand: „Habe mir 7450 Euro geborgt! Cathy!"

43.Kapitel

Eine ganze Weile verharrte ich erschöpft am Boden, und blickte mich dann neugierig um. Hier war alles neu gestrichen, und ein feiner Hauch von frischer Farbe lag noch in der Luft. Selbst der edle Holzboden wurde ausgetauscht. Nichts erinnerte daran, dass hier vor kurzem ein brutaler Mord stattfand. Trotzdem raste mein Herzschlag und ein beklemmendes Gefühl machte sich breit. Ja, ich wusste was hier geschah. Auch wenn mein Wissen nicht auf eigenen Erinnerungen beruhte, sondern aus den Ermittlungsakten der Polizei stammte.

„Reiß dich zusammen!", maßregelte ich mich.

Denn mein Körper schlotterte unkontrolliert, während ich auf Zehenspitzen durch den Korridor schlich, Nach einigem Zögern wählte ich ein Zimmer in der Mitte des Flurs. Weit weg vom Zimmer 706 und so gelegen, dass ich jeden der dieses Stockwerk betrat, rechtzeitig hören würde. Müde sank ich aufs Bett. Gerade im Begriff einzudösen, vernahm ich leise Stimmen am Gang.

Der Gedanke, dass mir mein überreiztes Gehirn einen Streich spielte, lag nahe. Doch die sich ständig nähernden Schritte ließen keinen Zweifel offen. Da draußen am Gang war jemand. Ängstlich vernahm ich, wie Tür um Tür geöffnet wurde. Panikartig packte ich den Rucksack und flüchtete kopflos in den Schrank. Es gelang mir gerade noch die Schiebtüre zuzuziehen, ehe zwei Männer das Zimmer betraten.

„Das Bett ist vor kurzem benutzt worden!", stellte einer von ihnen fest, und musterte aufmerksam die zerknüllte Bettwäsche.

Der andere Wachmann grinste amüsiert.

„Du weißt doch, dieses Stockwerk wird nur selten benutzt und die Ärzte und Schwestern..."

Durch einen winzigen Spalt beobachtete ich, wie er eine äußerst unanständige Bewegung vollzog.

„Igitt!"

Es gab Dinge, die wollte ich gar nicht so genau wissen. Dennoch war ich erleichtert, dass es die Sicherheitsleute waren, die hier oben die Zimmer kontrollierten.

„Denkst du, dass eine der kleinen Ratten hier hochgekommen ist?", fragte er.

Der andere schüttelte zweifelnd den Kopf.

„Nein! Das glaube ich nicht. Ich denke vielmehr, dass diese hochmodernen Sicherheitssysteme einfach ab und zu eine Macke haben und Meldungen ausgeben, die fehlerhaft sind. So wird es auch bei der Brandschutztüre gewesen sein. Es würde mich nicht wundern, wenn uns das verdammte Ding heute Nacht wieder ununterbrochen auf Trab hält. Es fängt meist mit einer Fehlermeldung an, und ehe du dich versiehst, bist du die ganze Zeit auf den Beinen. Und die kleinen Ratten, die trauen sich sicher nicht nach oben. Die sind froh, wenn sie im Keller bleiben dürfen. Glaub mir, die wissen genau, dass sie sonst im hohen Bogen hinausfliegen!", sagte er und inspizierte das Badezimmer.

„Die Schwarze ist noch fetter geworden. Du gibst ihnen einfach zu viel von deiner Jause ab. Obwohl, die Blonde ist ein richtig hübsches Ding!", sagte der andere.

„Waaaaass?

Welches Zeug um Himmelswillen, zog sich denn dieser Wachmann durch die Nase? Eine blonde Ratte?", dachte ich ungläubig. „Und überhaupt Ratten! Ratten in unserer Klinik, wenn das Dad wüsste!"

Mich schauderte. Nicht, dass ich mich vor diesen Tieren

fürchtete, aber ich fand sie doch irgendwie voll ekelig. Ganz im Gegensatz zu Sarah.

Ja Sarah, fand Ratten richtig süß. Kaufte sich, ich glaube wir waren damals dreizehn, sogar eine hinter dem Rücken ihres Dads, der es nie und nimmer erlaubt hätte. Sie hieß Ben. Nun, Ben führte ein sehr kurzes Leben. Drei Wochen nach seinem Einzug in Sarahs Zimmer fand er, nachdem er sich bis zum letzten Atemzug verteidigte, ein jähes Ende durch den Besen von Frau Hermi, der Haushälterin der Wegeners.

Der zweite der Wachmänner näherte sich dem Schrank bedrohlich.

„Komm schon", sagte da zum Glück der andere nach einem gelangweilten Blick auf die Uhr.

„Lass uns später weitersuchen! Ich hab jetzt keine Lust mehr! Ich will jetzt Kaffeepause machen!"

Er ging zur Tür.

„Du hast ja Recht! Man sollte sich von der modernen Technik nicht ins Bockshorn jagen lassen!", stimmte der andere zu.

Die Tür wurde geschlossen und die Schritte entfernten sich.

„Verdammt!", dachte ich. „Verdammt, verdammt!"

Dad ließ also auch hier das neueste Sicherheitssystem installieren. Hier konnte ich keinesfalls bleiben, ohne Gefahr zu laufen, bald entdeckt zu werden.

Ich wartete ab. Machte mich dann auf den Weg nach unten, um die Klinik wieder zu verlassen. Im Keller angekommen, tastete ich mich durch die Dunkelheit. Der Gedanke hier in Gegenwart von Ratten zu sein, trieb mir den kalten Schweiß auf die Stirn. Gerade als ich nach der Klinke griff, beförderte mich jemand ruckartig nach hinten. Mein Gehirn funkte Alarmstufe rot. Im Begriff mich zur Wehr zu setzten, nahm ich im Halbdunkeln ein Mädchen wahr.

„Wowowo!", flüsterte sie „Keine Panik, ich will dir nichts tun. Ich will nur verhindern, dass du die Türe öffnest,

denn dann fliegen wir hier alle im hohen Bogen hinaus!"
Sie deutete mir an leise zu sein und zog mich hinter sich
her. Führte mich in die Nähe des Heizungskellers, in dem
ein weiteres Mädchen am Boden kauerte.
„Die Türe ist alarmgesichert!", erklärte sie nun flüsternd.
„Wenn du sie öffnest, löst sie einen stummen Alarm aus.
Dann kommen die Wachleute um nachzusehen und wir
können den warmen Schlafplatz vergessen! Sie wissen
zwar, dass wir manchmal hier nächtigen, doch wenn sie
bemerken, dass wir jetzt zu dritt sind, bekommen sie es
bestimmt mit der Angst zu tun. Befürchten, dass wir
ständig mehr werden, und setzen uns vor die Tür.
Draußen ist es arschkalt! Und dabei ist es noch früh am
Abend! Heute gibt es bestimmt zweistellige Minusgrade.
Und morgen früh bis du dann tiefgefroren!" belehrte sie
mich.
„Ich bin übrigens Barbie! Und das", sie zeigte mit dem
Finger auf das andere Mädchen, „ist Fetti! Und du?"
„Ich heiße", ich überlegte kurz, "Sarah!"
Ich streckte ihr die Hand hin. Diese Barbie bekam aus
unerklärlichen Gründen einen Lachanfall.
„Wie lange bist du schon auf der Straße?", erkundigte sie
sich kichernd.
„Seit heute!", erwiderte ich wahrheitsgemäß.
„Ach so, darum! Das erklärt natürlich einiges! Dann bist
du heute frisch ausgebüchst?"
„Wie bitte?", fragte ich nach.
Wieder lachte sie.
„Nicht so laut!", ermahnte sie da diese Fetti.
„Ich meine, ob du heute von zu Hause abgehauen bist?"
„Ja", sagte ich. „Mein Dad wollte mich in ein..."
Ich stockte, suchte krampfhaft nach dem richtigen Wort.
„Heim stecken. Dorthin wollte ich aber auf keinen Fall!
Um keinen Preis!"
„Das kann ich wirklich gut verstehen. Auch ich habe
einen Teil meiner Kindheit in einer dieser beschissenen
staatlichen Kinderverwahrungsstätten verbracht. Echt
ätzend! Mit elf bin ich dort zum ersten Mal abgehauen.
Auch wenn ich das heute manchmal bedaure. Verstehst

du nicht, kannst du auch noch nicht. Aber auf der Straße ist es echt gefährlich!", sagte sie und ihre Augen wurden seltsam glasig.

Aber so schnell der Ausdruck aufblitzte, so rasch erlosch er wieder.

„Übrigens", sie formte meine Hand zu einer Faust, ballte ihre ebenfalls und stieß sie gegeneinander. „So begrüßen wir uns auf der Straße! Ghettofaust! Und einen Straßennamen brauchst du auch!"

Sie musterte mich eingehend.

„Rats!" sagte sie dann. „Wie Ratte auf Englisch, nur mit einem „s" dran, klingt einfach besser!"

„Wie kommst du auf den Namen?" fragte ich interessiert. War mir nicht sicher, ob ich mich nun geschmeichelt oder beleidigt fühlen sollte.

„Ganz einfach!" erklärte sie. „Fetti heißt Fetti, weil sie einfach unglaublich dick ist. Und mich nennen sie Barbie wegen meiner ausufernden Oberweite. Und du heißt Rats, weil du mit deinen kohlschwarzen Haaren aussiehst wie eine kleine Ratte!"

„Danke für das Kompliment!", dachte ich, und bedauerte den Besuch bei diesem Billigfriseur mittlerweile maßlos. Dann musterte ich die beiden eingehend und tatsächlich, die Namen passten perfekt. Barbie besaß eine gewaltige Oberweite und Fetti war ziemlich übergewichtig.

„Ist die echt?", fragte ich deshalb interessiert nach.

„Meine Brust? Nein, ich habe sie mir vom erschnorrten Geld vergrößern lassen! Mann Rats, in welcher Welt hast du denn bis jetzt gelebt?", fragte sie ärgerlich.

„Lass sie doch! Du siehst doch, dass sie noch ein halbes Kind ist! Wie alt bist du Rats? Vierzehn, fünfzehn?", mischte sich jetzt Fetti ein.

„Ich bin 17!", erklärte ich voller Stolz.

Die beiden schauten sich belustigt an und grinsten bis über beide Ohren.

„Ach Rats! Uns brauchst du doch nicht zu belügen! Wir sind doch keine Bullen!", belehrte mich Fetti.

Das saß. Okay, okay, ich begriff es ja. Stellte es ja selbst schon fest. Mit dem Kurzhaarschnitt sah ich beschissen jung aus.

„Pssst!", warnte Barbie, und augenblicklich verstummte unser Gespräch. Trotzdem tauchten die Wachmänner von vorhin auf.

„Was hab ich dir gesagt, sie sind hier unten! Und haben sich vermehrt!", sagte er und deutete anklagend auf mich.

„Ich habe es dir ja gesagt! Es ist wie bei den Ratten. Wenn du nichts dagegen tust, hast du bald das ganze Haus voll! Das geht so nicht. Das kann uns den Job kosten. Du weißt ja, welch überaus zahlungskräftiges Klientel da oben", er deutete mit den Fingern gegen die Decke, „verkehrt, und die wollen ganz sicher nicht mit Obdachlosen im selben Haus untergebracht sein!"

„Jetzt sei nicht so, Matti! Wo sollen sie denn jetzt noch hin? Du willst doch sicher nicht, dass die drei morgen tot sind. Und die Kleine", dieses mal deutete er auf mich, „Du willst doch dieses niedliche Püppchen nicht bei der Kälte auf die Straße jagen!"

Matti brummte missmutig und kam zu mir. Bemerkte mein Cut und den riesigen blauen Fleck der sich um die Wunde gebildet hatte. Er griff nach meinem Kinn und drehte mein Gesicht behutsam ins dämmrige Licht. Ich zuckte, unterdrückte den Impuls, der wie ein Blitz durch meine Hände raste. Unter anderen Umständen hätte ich es nie widerstandslos zugelassen, dass man mir ungefragt ins Gesicht fasste.

„Lass sie Matti!", sagte da auch schon sein Kollege, der meine Abwehrbewegung zum Glück falsch interpretierte. „Du siehst doch, dass du der Kleinen Angst machst!"

„Ich tu ihr doch nichts Carl! Hab ja selber eine 14-jährige Tochter zu Hause!"

Er warf mir einen mitleidigen Blick zu, und kramte eine Packung Kekse aus seiner Tasche.

„Da Kleine", sagte er. „Du hast sicher Hunger!"

„Und keine Angst! Ich bin nicht so ein perverses Schwein, das auf so kleine Mädchen steht!"

Fast hätte ich losgelacht. Verzog das Gesicht dann aber doch weinerlich.

„Lass uns nach oben gehen!", sagte er dann zu diesem

Carl.

„Und ihr", sagte er, und ließ den Finger kreisen. „Morgen früh Punkt fünf seid ihr verschwunden. Und sucht euch gefälligst einen anderen Schlafplatz!
Verstanden?"

Dann machten sie kehrt und verschwanden im Dunklen.

„Das ist gerade noch mal gut ausgegangen!", atmete Fetti auf und spähte auf die Packung die mir der Wachmann gab.

„Ihr könnt sie haben!", sagte ich großzügig, und streckte sie ihnen hin. „Ich bin nicht hungrig."

Gierig machten sie sich über die Kekse her.

„Wenn ihr noch Hunger habt, ich habe gesehen, gleich da hinten geht's zur Küche!"

„Ne Rats, so läuft das nicht! Wenn du einen Schlafplatz hast, dann hältst du ihn sauber und vor allem stiehlst du dort nicht!" klärte mich Barbie auf.

„Aber wir dürfen ja ohnehin nicht wiederkommen!", erwiderte ich leichthin.

„Das darfst du nicht so eng sehen! Dieses Spiel spielen wir schon seit dem Herbst. Wenn sie uns entdecken schlafen wir ein, zwei Tage woanders, und dann sind wir wieder da! Du verstehst?"

Und wie ich verstand.

„Zum Schlafen gehen wir direkt in den Heizungsraum!", erklärte Fetti. „Dort ist es am wärmsten!"

So packten wir unsere Sachen und wanderten hinüber.

Neugierig blickte ich mich um. Mein Herzschlag setzte eine Sekunde lang aus, als ich dabei einen verstaubten Karton entdeckte, auf dem in Großbuchstaben „Doktor Wegener" stand. Wie hypnotisiert ging ich hinüber und öffnete ihn. Wühlte mit bebenden Händen darin herum. Zwischen alten Unterlagen fand ich Sarahs Foto, das in einem silbernen Rahmen steckte. Ich entfernte den Staub mit dem Ärmel meiner Jacke und blickte es unverwandt an.

„Leg das zurück Rats!", tadelte mich Barbie ärgerlich.

„Lass sie doch! Den alten Krempel braucht doch wirklich niemand!", mischte sich Fetti ein.

„Wie du meinst", brummte Barbie.

Beobachtete trotzdem mit sichtlichem Unbehagen, wie ich den Fotorahmen in den Rucksack stopfte. Danach kehrte Ruhe ein. Mit dem Rücken an eines dieser warmen Heizungsrohre gelehnt, schlief ich sitzend ein. Beruhigt, dass die einzigen Ratten in diesem Keller wir waren.

Kurz vor fünf Uhr morgens, rüttelte mich Barbie.

„Steh auf Rats, wir müssen weg! Gleich läuft hier wieder der Betrieb an! Und wir müssen verschwinden, ehe uns jemand vom Personal entdeckt!"

Murrend kroch ich hoch. Spürte jeden einzelnen Knochen und mein Magen grummelte. Schlaftrunken stolperte ich ins Freie. Draußen war es nicht nur stockdunkel sondern auch mörderisch kalt. Das Leben auf der Straße begrüßte mich bereits an meinem ersten Tag mit voller Härte.

„Wohin gehen wir jetzt?" fragte ich, und mein Gesicht brannte vor Kälte.

„Schon ein schönes Stück!", erwiderte Barbie mürrisch.

„Hast du zufällig Kohle bei dir?", fragte Barbie, während wir, dem starken Wind trotzend, mit gesenkten Köpfen dahinstapften.

„Ich glaube, ich brauche dringend ein Wörterbuch!", dachte ich und starrte sie verständnislos an.

Fetti lachte lauthals auf.

„Ob du Geld hast, wollen wir wissen!", wiederholte sie.

„Ja!" sagte ich.

„Wie viel?", erkundigte sich Barbie ungeduldig.

Ich überlegte fieberhaft. Noch vor Monaten hätte ich die mitgeführte Summe für niedrig erachtet und sie genannt. Aber seit ich mit Chris öfters den Supermarkt besuchte, lernte ich, dass „wenig" für mich doch relativ „viel" für andere war.

„Einhundert Euro!", erwiderte ich deshalb vorsichtig.

„Rats hat 100 Euro!", jubelte Fetti begeistert.

„Dann können wir in ein Fast Food Restaurant gehen, die haben offen. Und dort ist es schön warm!", seufzte Barbie erleichtert.

Gesagt getan. Wir aßen langsam, verbrachten die letzten Stunden hier und draußen wurde es stetig heller.

„Wir müssen gehen, der Restaurantleiter wird schon auf uns aufmerksam!", sagte Barbie unruhig und drängte zum Aufbruch.

Im Freien war es noch immer kalt, aber nicht mehr so unerträglich wie am Morgen. Als Schwarzfahrer fuhren wir mit der S-Bahn hinüber zum Einkaufszentrum. Eine Zeitlang trieben wir uns dort ziellos herum. Die Geschäfte öffneten und mehr und mehr Menschen strömten nun in die Passage. Dann erklärte Barbie, dass es an der Zeit wäre, mit dem Schnorren zu beginnen.

„Schnorren?"

Vor meinem geistigen Auge erschien ein Fragezeichnen nach dem anderen.

„Ist ganz einfach! Du gehst zu jemandem und fragst ihn, ob er nicht einen Euro für dich übrig hat!", erklärte sie mir und ich erhielt eine erfolglose Gratisvorführung von Fetti.

Barbie schlug vor sich zu trennen, um so ein besseres Ergebnis erzielen zu können. Zuvor vereinbarten wir, uns mittags beim Fast Food Restaurant zu treffen.

Kaum waren die beiden außer Sichtweite, holte ich mir beim Schnellimbiss einen Capuccino. Ließ 100 Euro in Kleingeld wechseln und setzte mich abwartend auf die Bank.

Ich dachte nicht im Traum daran zu schnorren, sondern plante ihnen 30 Euro als Tageseinnahme zu präsentieren. Nachdem der Kaffeebecher bis auf den letzten Tropfen geleert war, lümmelte ich relaxt auf der Bank. Den Becher neben mir, den Rucksack zwischen den Füßen.

Eine ältere Dame war die Erste, die zu meiner völligen Verwirrung einen Euro in den Becher warf. Sie musterte mich mitfühlend, grüßte und ging. Ich saß einfach nur da. Doch ohne dass ich ein Wort sagte, oder jemanden aktiv anbettelte, füllte sich der Becher.

Ich war tief beschämt. Da gab es Leute die soviel weniger besaßen als ich und trotzdem warfen sie Geld in meinen Becher. Schnell leerte ich ihn und entsorgte ihn im Abfallbehälter.

Langsam begann ich zu begreifen, was mir Mom in einem

ihrer letzten Briefe nahe bringen wollte.

Sie schrieb: „Happy Birthday Kleines! Siebzehn! Der Gedanke dieses Fest nicht mir dir feiern zu können, ist für mich ebenso schmerzlich wie wahrscheinlich für dich. Wie gerne stünde ich jetzt an deiner Seite um dieses große Ereignis mit dir gemeinsam begehen zu können....

Nun ist es an der Zeit, dass du dich für Benachteiligte einsetzt, und eigene soziale Projekte ins Leben rufst. Denn Geld verpflichtet auch, an die Menschen zu denken die nicht, wie du, auf der Sonnenseite des Lebens geboren wurden...“

Seitenlang redete sie mir ins Gewissen. Bis gestern verstand ich nicht genau, was sie mir damit sagen wollte. Trotzdem veranstaltete ich im Herbst, mit Unterstützung einer namhaften Eventagentur, eine Wohltätigkeitsgala. Den Erlös ließ ich verschiedenen Organisationen, die sich rein aus Spenden finanzierten, zukommen. Zum ersten Mal besuchte ich auch das Obdachlosenheim, das meine Mom vor über 20 Jahren in Bad Soden ins Leben rief.

Ich war sprachlos, über das Elend, das es in einem so reichen Land gab. Verstand nicht, wie es möglich war, dass so viele Menschen ungebremst durch das angeblich so gute soziale Fangnetz fielen. Hier auf der Straße begann ich zu begreifen. Konnte endlich auch Maria verstehen, die immer behauptete ich hätte keine Ahnung, was es bedeuten würde mit wenig Geld auskommen zu müssen. Ich war mir nicht sicher, ob dadurch meine eigenen Probleme kleiner wurden. Aber sie veränderten sich, verloren an Bedeutung.

Plötzlich entstand Unruhe in der Passage. Ich sah wie einige der Obdachlosen, die bis jetzt vereinzelt bettelnd oder schnorrend herumsaßen, in Bewegung gerieten. Fluchtartig drängten sie zu den Ausgängen. Barbie und Fetti liefen auf mich zu und brüllten schon aus der Ferne: „Hau ab Rats, schnell!“

Ich zögerte. Begriff nicht, was da vor sich ging. Da sah ich Polizisten die scheinbar ziellos Jagd auf Obdachlose machte. Bebend packte ich meinen Rucksack und floh. Aber zu spät. Mit festem Griff packte mich einer dieser beschissenen Bullen und hielt mich fest.

„Hier geblieben!", schnauzte er mich an. Um, als er mich umgedreht hatte, unerwartet sanft hinzuzusetzen. „Keine Panik, ich habe nur eine Frage an dich!"

„Und die wäre?" fragte ich forsch.

Er klappte eine Mappe auf und zeigte mir ein Foto von mir.

„Hast du dieses Mädchen irgendwo gesehen?"

„Nee!", sagte ich. „Kenn ich nicht, noch nie gesehen! Was hat sie denn verbrochen?"

War froh, dass ich die katzengrünen Kontaktlinsen trug, denn meine tiefblauen Augen waren das markanteste an mir.

„Nichts! Aber das geht dich auch nichts an! Das war es dann auch schon!", sagte er und ließ mich los.

Beinahe wäre ich Sebastian in die Arme gelaufen, der mich vom Training mit Chris kannte. Ich war mir nicht sicher, ob er mich nicht trotz meines Umstylings erkannt hätte. Doch zum Glück rief der Polizist der mich gerade anhielt: „Die habe ich schon befragt!"

Und so ließ er mich, ohne mich auch nur eines Blickes zu würdigen, ungehindert vorbeilaufen.

Einige Zeit später trudelten auch Barbie und Fetti wieder im Einkaufszentrum ein. Sie wurden ebenfalls befragt.

„Möchte wissen was die ausgefressen hat!", sagte Barbie, und warf mir einen eigenartigen Blick zu. „So viele Bullen wie hinter der her sind!"

„Apropos Bullen", sagte Barbie, und betrachtete mich forschend von der Seite. „Wir haben vergessen dich etwas Entscheidendes zu fragen! Nimmst du Drogen?"

„Was soll die Frage? Sehe ich vielleicht so aus?", empörte ich mich.

„Reg dich wieder ab Rats!", beschwichtigte mich Fetti. „Ist nur ne Frage! Denn mit Junkies wollen wir prinzipiell nichts zu tun haben! Du verstehst? Die bringen einfach nur Probleme!"

Den Rest des Vormittags verteilten wir uns auf die verschiedenen Etagen des Shoppingcenters. Punkt 12:00 Uhr trafen wir uns beim Fast Food Restaurant. Marias

Essen fehlte mir gewaltig. Bereits am zweiten Tag quoll mir die fettige Pampe schon bei den Ohren heraus. Nach diesem Zwischenstopp kehrten wir ins Einkaufszentrum zurück. Kurz vor 18:00 Uhr trafen wir uns am Ausgang und machten Kassa. Zusammen erschnorrten wir knapp 80 Euro.

„Das reicht für ein Zimmer in Frankfurt. Allerdings nur für eines in einem nicht ganz so seriösen Etablissement!", stellte Barbie fest.

„Wir fahren jetzt gleich mit der S-Bahn nach Frankfurt und beziehen es. Dann können wir auch endlich wieder unsere Schmutzwäsche waschen!", setzte sie aufatmend hinzu.

„Ja bitte!", dachte ich. „Ich würde gerne wieder liegend schlafen!"

Das Hotel entpuppte sich als üble Spelunke in unmittelbarer Nähe des Hauptbahnhofs. Zu meiner Überraschung waren die Zimmer einigermaßen sauber. Obwohl Maria alleine beim Anblick der Bettwäsche eine Gänsehaut bekommen hätte.

Glücklicherweise verzichtete man hier auf eine offizielle Anmeldung. Außerdem galt der Preis pro Zimmer und nicht pro Person. Ein Umstand der das Budget zusätzlich entlastete. Der größte Vorteil ein Zimmer zu besitzen aber war, dass wir erst um 7:00 Uhr aufbrechen mussten und uns so die ärgste Kälte erspart blieb.

Kurz nach Cathys Abreise packte Chris seine Sachen, die er im Ankleidezimmer fein säuberlich aufgehängt hatte. Ganz gegen seine ordentliche Art stopfte er sie kreuz und quer in eine riesige Reisetasche.

„Bitte bleib!", forderte ihn Jonas unglücklich auf. „Es ist nicht nötig, dass du gehst! Du gehörst für uns doch zur Familie!"

Sowohl Doktor Jefferson als auch Jonas versuchten ihn von seinem überhasteten Auszug abzubringen.

Doch sein Entschluss stand bereits fest, als er von Cathys Abreise erfuhr. Nein, er konnte und wollte nicht im Haus der Jeffersons bleiben. Hier, wo ihn alles an sie erinnern würde.

Der Abschied von Cathy war schmerzlich. Führte ihn an seine Grenzen. Es kostete ihm seine ganze Kraft ruhig zu bleiben und ihr nicht zu zeigen, wie sehr er litt. Nein, er liebte sie zu sehr, um sie noch zusätzlich mit seinem Gefühlschaos zu belasten.

Das erste Mal in der erst kurzen Freundschaft bezogen Jonas und er unterschiedliche Positionen. Dass John, aus Angst sie zu verlieren, unerbittlich blieb, das konnte er noch ansatzweise nachvollziehen. Aber, dass Jonas Cathy in den Rücken fiel, fand er unverzeihlich.

Doch als Cathy in der Limousine vom Grundstück rollte, offenbarte sich, wie Jonas wirklich darüber dachte. Denn als der Wagen außer Sichtweite war, konnte er nicht mehr länger an sich halten und ließ seinen Tränen freien Lauf.

„Ich sage dir Dad, auch wenn wir vielleicht vordergründig richtig handeln, es ist falsch! Und ich werde das Gefühl nicht los, dass wir gerade im Begriff sind einen riesigen Fehler zu begehen. Ich habe Cathy in all den Jahren noch nie so erlebt!"

Chris verwarf seinen Plan sofort nach Cathys Abreise das Haus zu verlassen. Blieb Joans zuliebe, noch auf ein Abschiedsgetränk. Erst danach wollte er in seine Wohnung fahren, um Abstand zu gewinnen. Nur diesem Umstand verdankt er es, dass er im Haus war, als Felix aufgelöst anrief und von Cathys verschwinden berichtete.

45.Kapitel

Als er das ausführliche Telefonat mit Nellmann beendete, klärte Chris nur rasch ab, wie viel Bargeld Cathy bei sich führte. Danach verließ er das Anwesen der Jeffersons und hetzte ins Präsidium. Bei seinem Eintreffen befand sich Melanie Wiedner bereits im Verhörraum.
Nachdem die Beamten sie am Flughafen in Gewahrsam nahmen, wurde sie ins Polizeipräsidium überstellt. Dort führte sie einer der Ermittler ins Besprechungszimmer. Doch als Eric seinen Vorgesetzten von Melanie Wiedners eintreffen in Kenntnis setzte, veranlasste Nellmann umgehend ihre Verlegung in einen Verhörraum.
„Diese jungen Dinger sind nicht so leicht aus der Ruhe zu bringen! Ich habe da so meine eigenen Erfahrungen!", schmunzelte er. „Außerdem haben sie Erwachsenen gegenüber ihren ganz eigenen Ehrenkodex. Den zu knacken ist nicht ganz einfach, es sei denn man übt gewaltigen Druck aus! Bringen sie Melanie in ein Verhörzimmer und achten sie darauf, dass sie es mitbekommt! Ich denke, das wird ihr Gedächtnis ganz schnell in Schwung bringen. Und verständigen sie ihre Eltern erst etwas später. Aber vergessen sie nicht, sich dann zu entschuldigen! Sprechen sie am Besten von einer Panne bei der Kommunikation!", ordnete er an.
Und tatsächlich. Als Melanie vom Besprechungszimmer in den Verhörraum gebracht wurde, verlor sie erstmals ihre Fassung. Weinte verstört und beteuerte unaufhörlich, dass sie keine Ahnung hätte, wo Cathy sich nun auf-

halten würde. Unter Tränen wiederholte sie, dass es sich lediglich um einen Streich handeln sollte.

Chris verfolgte am Monitor im Überwachungsraum die Befragung, die abwechselnd von Sebastian Rogner und Eric Wagner im scharfen Verhörton geführt wurde.

Nach mehr als zwei Stunden, in denen Melanie Wiedner verzweifelt ihre Aussage wiederholte, betrat Nellmann den Raum.

„Es tut mir leid, dass wir dich festgehalten haben! Die Sache hat sich geklärt. Cathy ist wieder aufgetaucht. Es war wie du ausgesagt hast, nichts weiter als ein dummer Streich. Deine Eltern sind auch gerade gekommen, sie wollen dich abholen!"

Man sah Melanie die Erleichterung an. Allerdings nur bis ihre Eltern mit finsterem Blick den Raum betraten.

„Melanie hat nichts Schlimmes angestellt!", beschwichtigte Nellmann den aufgebrachten Vater. „Nichts weiter als ein dummer Schabernack zweier Teenager! Natürlich war Doktor Jefferson zu Tode erschrocken. Aber zum Glück ist seine Tochter ja mittlerweile reumütig zurückgekehrt!"

Erst als die aufgebrachten Eltern mit ihrer Tochter außer Hörweite waren, klärte er seine Ermittler auf.

„Leider ist Cathy nicht wieder zu Hause! Aber das Letzte das wir jetzt brauchen können ist, dass ihr Verschwinden durch Melanie oder ihre Eltern publik wird!"

Er warf einen Blick Richtung Überwachungsraum.

„Tut mir leid Heiners!", sagte er bedauernd. „Dass ich ihnen Hoffnung gemacht habe. Leider ist die Sache nicht vorbei. Und bei unserer Suche stehen wir erst am Anfang. Morgen beginnen wir damit, alle Anmeldeformulare der Hotels zu checken. Irgendwo muss sie ja übernachtet haben. Danach sichten wir die Videoaufzeichnungen der Bahnhöfe und Busstationen. Vielleicht ergibt sich ja dadurch ein Anhaltspunkt. Heute können wir nicht mehr viel tun, also gehen sie bitte alle nach Hause. Wir haben nun gleich zwei vermisste Personen, deren Aufenthaltsort wir dringend klären müssen!"

Dann verließ er den Verhörraum. Chris durchlebte im

Überwachungsraum ein Wechselbad der Gefühle. Er schnellte voller Freude hoch, als Nellmann von Cathys Rückkehr sprach, sank desillusioniert auf den Stuhl, als er kurz darauf dementierte.

Abgekämpft kehrte Chris in seine Wohnung zurück. Tief seufzend ließ er sich auf die Bettkante fallen. Seine Hand suchte tastend nach dem Shirt, das er bei seinem letzten Besuch aufs Kissen warf. Es verströmte diesen intensiven, blumigen Duft ihres Lieblingsparfüms.

Bilder tauchten auf, wie sie darin quietschvergnügt am Bett herumsprang. Es über beide Beine stülpte, wenn sie darin lässig am Frühstückstisch lümmelte.

„Wo bist du nur Cathy? Und warum meldest du dich nicht?", fragte er sich, ehe er in einen traumlosen Schlaf fiel.

46.Kapitel

Bereits am 2.Tag erfuhr ich die bittere Lebensgeschichte von Barbie und Fetti. Wir kehrten gerade von unserem „Tagesgeschäft" ins Hotel zurück. Saßen einträchtig auf dem altertümlichen Doppelbett, in dem wir zu dritt nächtigten, als Barbie unvermittelt begann von ihrem Leben zu erzählen.

„Ich war elf, als mich die Fürsorge in der Schule abholte und in ein Heim steckte. Mein Klassenlehrer alarmierte sie, weil ich unterernährt und angeblich verwahrlost war. Meine alleinerziehende Mutter starb als ich zehn war. Danach lebte ich bei Verwandten. Es wäre gelogen, wenn ich behaupten würde, dass mir mein alkoholkranker Onkel oder seine ständig zugedröhnte Frau gefehlt hätten. Aber ich war es gewohnt frei zu leben und in diesem beschissenen Heim war alles streng reglementiert. Ja, ich

bekam dort regelmäßig zu essen und es war warm und sauber. Aber du kannst mir glauben, die Nachteile waren, so sah ich es damals, weit größer als die Vorteile. Du bist in so einem Heim nur eine Nummer, ein Kostenfaktor und das spürst du auch. Und wenn du dich nicht unterordnest, dann machen sie dich fertig, nach allen Regeln der Kunst. Nein, du wirst in den Heimen nicht physisch misshandelt, außer vielleicht von Mitinsassen, aber sie machen dich psychisch fertig. Sie vermitteln dir das Gefühl, dein Leben sei ohne jeden Wert. Und dass du dankbar sein solltest, für die Großzügigkeit die der Staat dir entgegenbringt. Kaum eine Woche habe ich es dort ausgehalten, dann bin ich ausgebüchst. Von da an ging es nur mehr bergab. Straße, dann wieder Heim. Und du kannst mir glauben, wenn du einmal abhaust, werden die Heime in denen man dich danach als „Schwererziehbare" unterbringt immer krasser. Mit vierzehn, ich war wieder einmal auf der Straße gelandet, hat mich dieser Marco aufgegriffen. Ich war ja so blöd! Hatte keine Ahnung, dass er ein Zuhälter war. Er hat mir das blaue vom Himmel versprochen. Gelogen, dass sich die Balken gebogen haben. Aber ich war so naiv, und bin darauf hereingefallen. Ich will dir die Einzelheiten ersparen. Auch mir selbst, denn das sind Dinge, die haben sich unauslöschlich in meine Seele eingebrannt. Du kannst mir glauben, ich habe mich tagelang widersetzt. Aber irgendwann kommt der Punkt, da bist du so fertig, da willst du essen, da willst du nicht mehr geschlagen werden. Da willst du..."
Barbie brach ab, stierte aus toten Augen vor sich hin.
„Mich ekelt heute noch, wenn ich an die vielen Männer denke, an ihre Hände und an..."
Jetzt weinte sie.
„Du musst es mir nicht erzählen!", sagte ich sanft und zog sie tröstend an mich.
Sie lehnte den Kopf an meine Schulter, und ihre Tränen tropften auf meine Hand.
„Du hast keine Ahnung welche perversen Schweine unter so manchem Anzug stecken!", setzte sie leise fort.
Sie hatte Recht, ich hatte keine Ahnung.

Fetti starrte vor sich ins Leere.

„Bei mir war es ähnlich", begann sie ansatzlos. „Nur, dass ich dazu erst gar nicht auf die Straße musste! Ich hatte das Vergnügen bereits mit sechs. Da hat sich mein Stiefvater das erste Mal an mir vergangen. Meine Mutter wusste es, ich habe es ihr erzählt. Sie hat mich dafür mit dem Gürtel verprügelt. Mich angeschrieen, ich solle mein dreckiges Schandmaul halten. Und dass ich nichts weiter wäre, als eine kleine, verlogene Schlampe. Ich habe dann alles was ich erwischt habe in mich hineingestopft, bis ich fett und unansehnlich wurde. Aber auch das hat ihn nicht davon abgehalten. Mit neun bin ich dann zu meiner Großmutter abgehauen und habe ihr alles erzählt. Sie hat mich bei sich aufgenommen. Dort war mein Leben einigermaßen okay. Als ich fünfzehn war, ist sie gestorben. Da sollte ich zu meiner Mutter zurück. Ich habe dankend abgelehnt und bin auf die Straße gegangen!"

Ich schwieg geschockt, einfach sprachlos. In mir tobte absolutes Gefühlschaos. Gewalt gegen Kinder, natürlich hörte ich davon. Selbstredend machte ich mir darüber Gedanken. Wenn ich einen Artikel zu diesem Thema las, hielt ich ihn meist für reißerisch und überzogen. Dachte, dass die Reporter nur versuchten damit ein gängiges Klischee zu bedienen. Doch es war ein haushoher Unterschied nur davon zu lesen, als durch ihre Lebensgeschichten hautnah damit konfrontiert zu werden. Begreifen zu müssen, wie diese fremde Welt außerhalb meiner eigenen so behüteten wirklich tickte.

Schweigend stand ich auf, griff nach den Zigaretten.

„Und bei dir Rats? Was war es bei dir? Was hat dich auf die Straße getrieben?", fragte Barbie forschend.

Ich schluckte. Vor meinem geistigen Augen tauchte der fordernde Blick von Doktor Maiers auf der sagte: „Erzähl uns bitte was in dir vorgeht! Lass uns teilhaben an deiner Gefühlswelt!"

Und jedes Mal wenn er das sagte, fühlte ich mich wie eine Irre, wie eine Geisteskranke. Wie jemand der nicht ganz bei Sinnen war. Das hier war anders. Hier fühlte ich zum ersten Mal keinen Druck. Da war niemand der mich beurteilen wollte. Hier saßen nur zwei Menschen die Interesse an meinem Leben zeigten.

Noch immer lungerten wir im Halbdunklen auf dem alten Bett.

„Ich habe meine beste Freundin verloren. Sarah hieß sie!", begann ich stockend. „Sie ist an einer Überdosis gestorben. Ich war bei ihr, als sie starb. Ich habe sie in meinen Armen gehalten, bis..."

Mein Körper bebte. Fetti griff nach meiner Hand.

„Mein Bruder war zu dieser Zeit auch drogenabhängig. Dann haben mich diese Drogendealer gejagt und beinahe umgebracht..."

Wieder brach ich ab, schwieg, glotzte nur stupide vor mich hin.

„Ich habe Albträume, die Vorfälle dieser Nacht verfolgen mich. Auch wenn ich mich an nichts bewusst erinnern kann. Nun hat man meinetwegen ein kleines Mädchen verschleppt..."

Meine Stimme wurde leise, starb. Ich starrte hinüber zum Fenster. Zu diesem dreckigen kleinen Ding und schwieg eine Weile.

„Und dann hat Dad beschlossen mich wegzuschicken. Das war nicht das Schlimmste für mich. Es war eigentlich zu erwarten, ihm liegt nichts an mir!", setzte ich traurig fort. „Aber dass sich Jonas nun auch gegen mich gestellt hat, dass er mit Dads Entscheidung einverstanden war, das war einfach zuviel für mich. Verstehst du Barbie, mit einem Schlag hatte ich niemanden mehr!"

Ich konnte nicht mehr weitersprechen, so sehr zerriss das Weinen nun meine Stimme.

„Ist schon gut Rats", sagte Barbie tröstend, „Du hast ja jetzt uns!"

Sie drückte mich an sich, wischte mit dem Ärmel ihrer Jacke über mein Gesicht. Dann verließ sie das Bett. Holte eine Tetrapackung Wein aus ihrem Beutel, und goss drei Pappbecher voll.

„Prost!", sagte sie zynisch. „Auf dieses beschissene Leben!"

Erst nachdem wir eine weitere Packung des billigen Fusels leerten, schliefen wir eng aneinander gedrängt ein.

Am nächsten Morgen. Ich befand mich gerade in dieser Rumpelkammer die Barbie und Fetti als Badezimmer bezeichneten. Unternahm den kläglichen Versuch mein Gesicht mit viel Schminke erwachsener wirken zu lassen, da klopfte es und Barbie kam herein.

„Nee, mach das nicht!", sagte sie kopfschüttelnd, und griff nach der Klopapierrolle.

Riss ein Blatt ab, und wischte damit die Schminke ab. Es kratzte auf meiner zarten Haut wie Schmirgelpapier.

„Auf der Straße, beim Schnorren ist es ein wesentlicher Vorteil, jung und vor allem so unschuldig auszusehen! Da bekommst du automatisch einen dicken Mitleidsbonus!", erklärte sie mir.

Sie hob mein Kinn, drehte meinen Kopf zur Lampe. Spuckte auf das Klopapier und entfernt auch noch die allerletzten Spuren des Make-ups. Fetti kam nun ebenfalls ins Bad. Wir standen dicht gedrängt vorm Spiegel, zusammengepfercht wie in eine Konservendose.

„Barbie hat Recht", stimmte sie nach einem fachmännischen Blick auf mein Gesicht zu. „Und außerdem wirkst du ohne Schminke so süß kindlich!"

Dann seufzte sie tief.

„Einmal noch so feine unverbrauchte Kinderhaut, dafür würde ich einiges geben! Aber mit einundzwanzig und sechs Jahren auf der Straße, kannst du das vergessen!"

Ihre Miene verfinsterte sich für einen Moment.

„Was soll´s", sagte sie selbstironisch. „Eine Schönheitskönigin wäre ohnehin nie aus mir geworden!"

Nach diesen Worten zwängte sie sich in die Duschkabine. Fluchte wie ein Rohrspatz, als nur ein Schwall eiskaltes Wasser auf sie herabprasselte.

„Wir müssen los!", trieb Barbie sie zur Eile an. „Sonst können wir unseren Stammplatz vorm Discounter in der Innenstadt vergessen.

Wie Barbie schon sagte: „Die Straße, ja die Straße besaß ihre eigenen Gesetze!"

Hätte mich vor Tagen jemand gefragt, wohin ich mich stellen, oder welchen Platz ich aussuchen würde um zu schnorren, hätte ich zweifelsfrei einen Ort genannt, an dem Menschen mit Geld verkehrten. Doch Fehlanzeige. Mein Aufenthalt auf der Straße offenbarte mir ein ganz anderes Bild. Es war meist die Mittelschicht, aber auch Menschen mit geringem Einkommen, die bereit waren, jemandem der noch weniger besaß unter die Arme zu greifen. Dieser Umstand beschämte mich, auch wenn ich wusste, dass meine Familie in dieser Beziehung anders war.

Mit jedem Tag den ich länger auf der Straße verbrachte, verstand ich auch die Briefe meiner Mom besser. Ich schwor mir, sollte ich jemals nach Hause zurückkehren, mir mehr Gedanken über andere Menschen zu machen. Doch noch war ich nicht bereit dazu, diese neue Freiheit so ohne weiteres aufzugeben.

47.Kapitel

Joes Handy klingelte, unerbittlich, durchdringend. Der Klingelton war so alt, wie Joe selbst.

„Ring Ring, Ring Ring!"

Laute, verärgerte Stimmen drangen in ihre Kammer. Joe und der Hagere diskutierten und fluchten. Eilige Schritte näherten sich. Schnell schloss sie die Augen und stellte sich schlafend. Die Tür prallte hart gegen die Wand, als sie hektisch aufgerissen wurde. Der Hagere griff unsanft nach ihr, rüttelte sie.

„Steh schon auf Mädchen!", bellte er sie heiser an, packte sie und zerrte sie hoch.

„Sei nicht so grob! Du siehst doch, dass das Schlafmittel noch wirkt!", maßregelte Joe ihn ärgerlich.

Lucie blinzelte verschlafen, rieb sich die Augen.

„Zieh rasch die Jacke, deine Stiefel an, wir machen einen

Ausflug!", befahl er herrisch.

Müde tasteten ihre Hände nach der Jacke.

„Und die Mütze! Rasch!"

Sie stülpte sie kaum über ihr zerzaustes Haar, da stieß er sie schon vor sich her, hinaus in die klirrende Kälte. Die Morgensonne tauchte den Schnee in gleißend weißes Licht. Reflexartig kniff sie die Augen zu, stolperte wie blind über die hart gefrorene Oberfläche.

„Das geht zu langsam! Sie werden bald hier sein, um alles zu kontrollieren!", drängte Joe zur Eile.

Er griff nach ihr, schwang sie mit seinen starken Armen hoch und trabte mit ihr zum Waldrand. Dort stellte er sie auf die Beine, packte sie an der Hand und zerrte sie in fliegender Hast hinter sich her.

Die eisige Kälte vertrieb die Müdigkeit, doch Lucie ließ sich nichts anmerken. Torkelte wie ferngesteuert, laut gähnend hinter Joe her. Versuchte dabei Ordnung in das Chaos ihrer Gedanken zu bringen, sie zu sortieren, einzuordnen. Denn falls sie alles richtig verstanden hatte, wurde diese abgelegene Hütte kontrolliert. Aus der Tatsache, dass man sie eilig wegschaffte schloss sie, dass die Suchaktion wohl ihr galt.

Zu Silvester als sie ins Tal blickte, abgeschnitten durch all den Schnee, verwarf sie den Gedanken zu fliehen. Doch nun da Leute am Taunus waren, die nach ihr suchten, die ihr helfen konnten, eröffnete sich die vage Möglichkeit zu entkommen.

„Bring sie so weit weg von hier, wie möglich. Und komm auf keinen Fall vor heute Abend zurück! Ich gehe zurück und kontrolliere, ob wir bei unserem Aufbruch nichts übersehen haben. Dann fahre ich ins Tal ab. Wir sehen uns morgen!", sagte der Hagere, machte auf der Stelle kehrt und quälte sich den Hang hoch.

Lucie schwieg, wartete bis er außer Hörweite war.

„Joe", jammerte sie dann. „Ich kann nicht mehr!"

Er zögerte. Seine dunklen schwarzen Augen musterten sie aufmerksam. Murrend hob er sie hoch, schleppte sie schwer atmend weiter, hinein in den Wald.

„Wir können keine Pause machen! Wir sind noch nicht

weit genug weg!", schnaufte er.

Schweigend stapfte er so eine ganze Weile vor sich hin.

„Na gut!", erklärte er dann, nach Luft japsend. „Machen wir eine kleine Rast!"

Er setzte sie ab, stellte sie auf die Beine und ließ sie los. Keuchend lehnte er an einer schiefen Tanne. Auf diese Gelegenheit wartete Lucie, das hier war ihre Chance. Und zum Teufel, sie würde sie nicht ungenützt verstreichen lassen.

„Da oben sind Leute, ich muss es nur schaffen vor Joe an der Hütte zu sein! Dann bin ich in Sicherheit! Jetzt oder nie!" dachte sie und begann wie gehetzt zu laufen.

„Lucie! Du kleines Mistding! Bleib auf der Stelle stehen!", brüllte er hinter ihr her.

Voller Angst sah sie, wie er geschickt einen kleinen Bogen machte, um ihr den Weg abzuschneiden. Die Schneedecke war zwar oberflächlich hart wie Beton. Doch Lucies Beine waren zu kurz und so gelang es ihr nicht in die Fußstapfen von Joe zu treten Bei jedem ihrer Schritt brach sie ein, versank in dieser Hölle aus Eis und Schnee. Sie kroch, krabbelte auf allen vieren, floh kopflos, flink wie ein Wiesel, das den Jäger hinter sich spürt.

„Hilfe!", brüllte sie aus vollem Hals. „Hilfe! Hört mich denn keiner!"

Ihr Puls raste, ihr Herz drohte aus der Brust zu springen, als Joe sich Meter für Meter näher arbeitete.

Der Frost verwandelte über Nacht das unwegsame Waldgelände in eine spiegelglatte Rutschbahn. Immer wieder verlor sie den Halt, glitt meterweit ab. Bergauf würde sie Joe niemals entkommen.

Instinktiv änderte sie die Richtung. Bergab, talwärts und kam so schneller voran. Auch wenn die Vorstellung, sich an anderer Stelle bergauf kämpfen zu müssen, sie beunruhigte. Mittlerweile tauchte sie tief in den Wald ein. Hier lag nur halb soviel Schnee und sie kam rasch vorwärts. Doch Joe holte auf, lag nur mehr knapp hinter ihr. Ängstlich drehte sich ihr Kopf wiederholt nach hinten. Da entdeckte sie diese enge, unwegsame Stelle im Unterholz. Ihr zarter Körper würde sie mit etwas Mühe passieren können. Doch Joe, nein er würde sie nicht ohne weiteres durchqueren können.

Die Hände schützend vors Gesicht gestreckt, zwängte sie sich durch. Unbarmherzig schlugen die Zweige gegen ihre Arme, ihre Beine, dann war es geschafft. Joe fluchte unflätig, als er stürzte und sich hoffnungslos im Unterholz verhedderte. Lucie steigerte ihr Tempo und als sich ihr Kopf erneut drehte, war Joe verschwunden. Auf der Stelle änderte sie die Richtung. Kämpfte sich bergauf und hielt dabei unentwegt Ausschau nach der Hütte. Es dauerte, ehe sie bemerkte, dass sie die Orientierung verloren hatte. Tapfer bemühte sie sich ruhig zu bleiben, drängte die Tränen zurück.

„Reiß dich zusammen!", ermahnte sie sich.

Die Tage, in denen sie ohne ausreichende Bewegung ausharren musste, zeigten Wirkung, ließen ihren Körper rasch ermüden. Schwer atmend vor Anstrengung machte Lucie Rast. Kauerte sich unter einen Baum, zog den Kragen hoch und die Kapuze tief ins Gesicht.

„Zum Glück habe ich Cathys Jacke an! Also werde ich nicht erfrieren", dachte sie aufatmend.

Erinnerte sich, dass Jonas am Heiligen Abend Cathy stolz erklärte, dass dieses Material selbst für den Nordpool bestens geeignet wäre. Nur ihre Jean machte Probleme, war bereits völlig durchnässt. Sie begann unkontrolliert zu zittern und krabbelte ungelenkig auf.

„Ich darf mich nicht solange ausruhen!", trieb sie sich an.

Ihr Magen knurrte erbärmlich. Suchend durchforstete sie die Jackentaschen. Fand ein Hustenbonbon und steckte es erleichtert in den Mund.

„Besser wie nichts!", dachte sie fröstelnd, ehe sie sich anschickte diszipliniert weiterzulaufen.

Kreuz und quer, bergauf und wieder hinunter, führte sie ihre Suche nach der Hütte. Zwischendurch musste sie umkehren, einen anderen Weg wählen, da das Unterholz an manchen Stellen zu undurchdringlich war.

„Ich habe es bald geschafft!", machte sie sich selbst Mut.

Erst Stunden später, mittlerweile völlig orientierungslos wollte sie erneut eine Rast einlegen. Entdeckte dabei das

Bonbonpapier am Boden und erkannte entsetzt, dass sie im Kreis gelaufen war.

Ihr Körper sehnte sich nach einer Rast. Aber ihr eiserner Wille zu überleben trieb sie jetzt unerbittlich an: "Lauf weiter! Gib nicht auf!"

Sie mobilisierte ihre letzten Kräfte. Rannte, stolperte, rutschte hilflos den Hang hinunter, ehe ihre klammen Finger an der eisigen Oberfläche Halt fanden.

Es dämmerte und in der hereinbrechenden Dunkelheit kam der Moment der Wahrheit. Der Augenblick in dem sie resignierte. Sich eingestand, dass wer auch immer die abgelegene Skihütte kontrollierte, den Taunus längst verlassen hatte.

An Laufen war nicht mehr zu denken. Mit jedem weiteren Schritt verlor sie an Kraft. Die tauben Finger in den Fäustlingen schmerzten höllisch und die mittlerweile gefrorene Jean scheuerte ihre Beine blutig.

Völlig erschöpft sank sie neben einem morschen Baumstumpf in den Schnee. Durchgefroren, kurz davor einzuschlafen, schreckte sie ein vertrautes Geräusch hoch.

Kniend, zu müde um aufzustehen, winkte sie. Im matten Scheinwerferlicht des Scooters erkannte sie Joe.

„Joe!" brüllte sie mit letzter Kraft. "Joe, ich bin hier!"

Er stapfte zu ihr herüber, umklammerte unwirsch ihren Arm und schleifte sie an der Kapuze zum Scooter.

„Hoch mit dir! Setzt dich hinter mich! Und ich will kein Wort hören!" fuhr er sie aufgebracht an. „Ich hätte dich hier draußen einfach sterben lassen können! Und ich schwöre, wenn du wieder versuchst abzuhauen, tu ich das auch! Noch einmal suche ich dich nicht stundenlang. Ich habe dir doch gesagt, dass du nicht allein vom Berg kommst. Was zum Teufel hast du, von dem was ich dir gesagt habe, nicht verstanden!", brüllte er.

Lucie antwortete nicht, klammerte sich verbissen an Joes Hüfte fest. Eine halbe Stunde später erreichten sie die warme Unterkunft. Er stieß sie vor sich her, beförderte sie unsanft in die Kammer.

„Für den Ärger den du gemacht hast, bekommst du nichts zu essen!", drohte er und reichte ihr nur eine Tasse Tee.

„Ohne Zucker!", erklärte er. „Zur Strafe!"
Dann knallte er die Türe zu. Es war das erste Mal, dass
Lucie froh war, dass der Tee ein Schlafmittel enthielt.
Dadurch würde sie bald einschlafen und den quälenden
Hunger nicht allzu lange ertragen müssen. Obwohl er
bitter wie Galle schmeckte leerte sie die Tasse bis auf den
letzten Tropfen. Müde kauerte sie sich aufs Bett, zog frös-
telnd die Decke bis zum Hals.
„Wo bleibst du nur so lange Cathy?", dachte sie noch, ehe
sie erschöpft einschlief.

48.Kapitel

Fünf Tage ging die Sache noch gut. Wir schnorrten, und
lernten uns mit jedem weiteren Tag besser kennen. Meist
nahmen wir unsere Mahlzeiten in einem dieser Fast Food
Restaurants ein, und nächtigten in der billigen Absteige.
Mittlerweile rauchte ich Kette, und hasste diese fettige
Burger Pampe. Immer öfter holte ich mir nur mehr eine
Kleinigkeit vom Imbissstand.
Mein altes Leben begann sich in Luft aufzulösen. So hart
das Leben auf der Straße auch sein mochte, ich fühlte
mich zum ersten Mal lebendig. Konnte mich spüren, war
frei. Doch am wichtigsten für mich war, dass ich von
Menschen umgeben war, denen ich etwas bedeutete.
Doch dann, von einer Minute auf die andere, änderte sich
alles. Es war gegen Abend. Barbie und ich waren gerade
auf dem Weg zum Hotel, als quietschend ein Auto neben
uns hielt. Die Beifahrertüre wurde aufgerissen und einer
der Männer sprang heraus und stürzte sich auf Barbie.
„Rats, lauf!", schrie sie noch verzweifelt, ehe er sie an den
Haaren brutal zum Auto schleifte.
Ich begann zu laufen. Musste an Lucie denken, und in

dieser Sekunde drehte ich um. Wie von Sinnen rannte ich zurück, sprang mit einem Satz auf seinen Rücken, riss ihn bei den kurzen Haaren und zog ihn von Barbie weg. Er schüttelte mich ab wie eine lästige Fliege und ich knallte hart zu Boden. Doch durch meinen unerwarteten Angriff ließ er von Barbie ab. Aus dem Augenwinkel sah ich, wie sie Richtung Innenstadt flüchtete. Behände sprang ich auf. Rannte so schnell ich konnte, und versteckte mich in einem düsteren Hinterhof. Das Auto fuhr eine Weile suchend auf und ab, und entfernte sich einige Zeit später. Erleichtert strebte ich der Straße zu.

Sein Angriff kam völlig überraschend. Ich hatte nicht den Funken einer Chance. Denn ich verstieß gegen die oberste Regel der Selbstverteidigung. Missachtete alles was mir Chris und Eric beigebracht hatten. Ich zögerte zu lange. Meine Gegenwehr setzte einen Ticken zu spät ein. Da hatte er meinen Kopf bereits fest im Würgegriff. Selbst als ich den verzweifelten Versuch unternahm und versuchte ihm heftig zwischen die Beine zu treten, ließ er keine Sekunde von mir ab. Durch meine Gegenwehr nur noch wütender, warf er mich zu Boden, und lag nun auf mir. Ich roch seinen stinkenden, fauligen Atem, fühlte seine Hand zwischen meinen Beinen, hörte wie er den Reisverschluss seiner Hose öffnete. Mein Körper bäumte sich auf. Doch er lachte nur, drückte mich noch fester zu Boden.

„So gefällt es mir!", unkte er, und feuchtete seine Lippen an. „So macht es erst richtig Spaß!"

Gerade als seine dreckigen Hände an meinem Gürtel fummelten und versuchten meine Hose zu öffnen, verlor sein Gesicht jeden Ausdruck und sein Oberkörper fiel schwer auf mich.

Dann sah ich Fetti, die mit einem kräftigen Tritt seinen widerlichen Körper von mir beförderte. Sie hielt die Holzlatte in der einen Hand und streckte mir die andere hin um mich hochzuziehen. Ich war kaum auf den Beinen, da trat ich wie von Sinnen auf ihn ein.

„Lass es!", sagte Fetti, die mir teilnahmslos dabei zusah, „Er ist es nicht wert! Wir müssen abhauen, ehe die Bullen auftauchen!"

Sie packte mich am Kragen, und schliff mich hinter sich her. Stundenlang warteten wir danach am vereinbarten Treffpunkt, in der Nähe des Hotels. Doch Barbie tauchte nicht auf. Fetti zitterte am ganzen Körper, saß verstört weinend auf der Treppe.

„Er hat sie geschnappt!", sagte sie und ritzte sich mit einer Rasierklinge ein ums andere Mal tief in ihren Unterarm.

„Wer?", schrie ich sie an. „ Und was machst du da?"

„Marco! Dieses Schwein! Von dem sie dir erzählt hat! Der sie vor Jahren auf der Straße aufgegriffen hat. Er will sie noch immer zwingen für ihn anschaffen zu gehen! Du hast Glück, dass er dich nicht erwischt hat! Sonst würdest du in einem Bordell oder drüben auf der Taunusstraße landen!"

Sie weinte und schnitt immer tiefer in ihre Haut.

„Hör auf!", schrie ich sie an, „Bitte hör auf! Warum tust du das?"

„Ich kann nicht aufhören!" weinte Fetti, „Erst wenn es richtig blutet und weh tut, überdeckt es den Schmerz in meinem Inneren!"

Da schlug ich ihr die Klinge aus der Hand. Sie sah mich lange mit leeren Augen an, ließ die Rasierklinge aber am Boden liegen.

„Hör zu Rats! Du musst zur Polizei gehen! Die bringen dich zwar in einem Heim unter, aber dort ist es trotzdem noch hundertmal besser als in einem Bordell!", sagte sie, während sie unbewegt beobachtete, wie ihr Blut auf den Gehweg tropfte.

„Geh Rats! Hau ab! Ich habe es Barbie versprochen! Ich habe ihr geschworen, dass ich dich wegschicke, wenn Marco sie schnappt! Geh, ehe er dich wie einen räudigen Straßenköter einfängt und es zu spät ist!"

Doch ich konnte nicht gehen, wollte sie auf keinen Fall alleine lassen. Fetti schien zu ahnen, was in mir vorging.

„Ich sagte geh jetzt!", schrie sie mich an. „Such dir einen anderen Babysitter! Verschwinde hörst du!"

„Sie hat Recht!", hörte ich da eine Stimme sagen. „Du

musst zurück nach Hause. Wir können dich nun nicht mehr beschützen. Marco hat dich gesehen. Du bist genau das, was er für sein perverses Klientel sucht! Und außerdem können wir nicht mehr ins Hotel zurück, er weiß nun wo wir untergekommen sind!", sagte Barbie und ihre Stimme schwamm.

„Barbie!"

Fetti sprang auf, und stürzte auf sie zu.

„Ich bin so froh, dass es dir gut geht!"

Dann stellte sich Barbie vor mich hin.

„Und außerdem weiß ich seit heute wer du wirklich bist! Ich hatte von Anfang an so einen Verdacht. In der Stadt habe ich von Lola erfahren, dass sie nach einem reichen Mädchen suchen, das von zu Hause abgehauen ist. Da musste ich nur mehr eins und eins zusammenzählen. Deshalb war ich auch solange weg! Sie suchen auch hier nach dir. Aber da ist noch etwas, etwas das du unbedingt wissen musst. Es sind nicht nur die Bullen, die hinter dir her sind. Ich weiß nicht wer die Kerle sind, und warum sie nach dir suchen. Aber Lola hat mir erzählt, dass sie jeden Stein nach dem reichen Mädchen umdrehen. Sie treiben sich seit einigen Wochen in Bad Soden und Frankfurt herum. Das sind wirklich ganz fiese Typen. Noch haben sie keine Ahnung, dass du hier bei uns auf der Straße gelandet bist. Aber es wird jeden Tag mehr von dir gesprochen. Du fällst selbst unter uns auf. Ich weiß ja warum du hier bist und will deine Probleme auch gar nicht klein reden. Aber glaub mir, sie sind nichts im Vergleich zu den Problemen die du bekommst, wenn dich diese Killer oder Marco in die Finger bekommen. Und eines ist sicher, es ist nur eine Frage der Zeit und eine dieser dummen Junkienutten hat eine Erleuchtung und plaudert über dich. Geh zurück zu deiner Familie Rats! Du hast ein Leben das auf dich wartet. Hier bei uns auf der Straße erwartet dich nichts. Gar nichts!"

Dann schwieg sie, schaute Fetti zu, die begonnen hatte ihre Schnittwunden notdürftig zu versorgen.

„Geh!", sage sie hart, um ganz sanft hinzuzusetzen. „Du wirst uns furchtbar fehlen Rats!"

Da begriff ich, dass es nach 6 Tagen hier auf der Straße Zeit war nach Hause zurückzukehren.

„Da!", sagte ich und drückte ihr Jonas's Geld in die Hand. „Ich brauche es nicht mehr! Nimm es! Es bringt euch über die Runden! Und wenn ihr etwas braucht, egal was, du weißt ja jetzt wer ich bin und wo ich wohne! Kommt einfach vorbei. Meine Tür ist immer offen für euch!"

Ich umarmte sie, drückte beide heftig, und ballte meine Hand zur Ghettofaust.

Dann ging ich ein paar Schritte weiter, öffnete weinend meinen Rucksack. Griff nach dem Prepaid Handy, rief Chris an und erklärte ihm, wo er mich abholen sollte.

49.Kapitel

Die Tage verstrichen für Doktor Jefferson wie eine zähe, breiige Masse. Am ersten Tag nach Cathys verschwinden, war er wütend und besorgt gleichermaßen. Am zweiten verflog der Zorn, und die Sorgen wurden größer. Am dritten Tag war weder Zorn noch Wut in seinem Herzen, und grenzenlose Angst beherrschte sein ganzes Denken. Er wünschte nur mehr, dass Cathy gesund und unversehrt zurückkehren würde, alles andere war ihm ab da egal.

Die größte Hürde bei ihrer Suche war, dass sie unter Ausschluss der Öffentlichkeit stattfinden musste. Unter keinen Umständen durften die Entführer erfahren, dass sie irgendwo da draußen schutzlos herumirrte.

Nellmann besuchte tagtäglich das Haus der Jeffersons. Er koordinierte nun die Ermittlungen im Entführungsfall Lucie Miller, sowie die inoffiziell Suche nach Cathy. Doch ein Tag nach dem anderen verstrich, ohne dass es die geringste Spur von ihr gab. Fast als hätte der Erdboden Cathy verschluckt.

Auch Jonas und Chris begaben sich jeden Abend erneut auf die Suche. Durchstreiften jedes Lokal, jede noch so abgelegene Straße, verfolgten jeden noch so absurden Hinweis. Doch Tag um Tag verstrich, ohne dass es etwas Neues gab.

Die Spezialeinheit unter Hauptkommissar Nellmann beteiligte sich ebenfalls freiwillig an der Suche. Er bat jeden einzelnen von ihnen persönlich, ihren Kollegen Chris zu unterstützen. Und wenn der Chef um etwas bat, fragte man nicht lange, sondern half. Ganz abgesehen davon, kannten sie viele durch das Kampfsporttraining. Aber auch für alle anderen nicht in die Sache involvierten Ermittler, war es so etwas wie Ehrensache die Fahndung zu unterstützen. Die meisten von ihnen opferten dafür den größten Teil ihrer Freizeit.

Kurz vor 23:00 Uhr. Chris und Jonas wärmten sich gerade am offenen Kamin und besprachen den zweiten Teil ihre nächtliche Suche, da klingelte Chris´s Handy.

„Unbekannter Teilnehmer!", murmelte er und fuhr wie vom Blitz getroffen hoch.

Ja?"

Tränen schossen in seine Augen.

„Ja Liebes, wo genau?"

Er kritzelte die Adresse auf die Zeitung.

„Bleib wo du bist, ich bin sofort bei dir!"

Dann schoss er, gefolgt von Jonas, wie ein Pfeil aus dem Zimmer.

„Ich hole Cathy ab!", brüllte er aufgeregt. „Sie hat sich endlich gemeldet!"

Ich stand am Straßenrand, entfernte meine katzengrünen Kontaktlinsen. Wuschelte mit den Händen durch mein kohlschwarzes Haar. Die vergangenen sechs Tage auf der Straße hinterließen Spuren, tiefe Fußabdrücke in meinem Leben.

Wie verabredet stand ich in der Busbucht. Wartete auf Chris, zündete mir eine Zigarette an. Fetti und Barbie lehnten abwartend auf der anderen Straßenseite am

Zaun. Wollten erst gehen, wenn sie mich in Sicherheit wussten. Ich sah sein Auto kommen und eine unsichtbare Last glitt von meinen Schultern. Chris kam. Er holte mich zurück, in mein altes, neues Leben. Er sprang aus dem Auto. Sprintete auf mich zu. Stoppte im Lauf, und sah mich unsicher an.

„Chris!" brüllte ich, „Ich bin es Cathy!"

Da rannte er weiter. Erreichte mich, schwang mich hoch und küsste mich leidenschaftlich.

„Wie siehst du denn aus?" fragte er leicht amüsiert, strich mit sanfter Bewegung durch mein rabenschwarzes Haar. Jonas stand einige Schritte hinter ihm und beäugte mich misstrauisch. Als Chris mich am Boden abstellte, umarmte auch er mich stürmisch, und musterte mich ungläubig.

„Also wenn ich deine Stimme nicht erkannt hätte, wäre ich glatt an dir vorbeigelaufen. Du siehst so anders aus, so..."

„Sag es nur!", forderte ich ihn auf.

„Fast wie ein Kind! So ganz ohne Schminke und mit den kurzen Haaren!"

„Na ja", sagte ich unsicher. „Dann bekomme ich ja sicher einen Kinderbonus, wenn ich mich Dads Tribunal stelle!"

Sofort wurde ich befangen, fast ängstlich.

„Keine Sorge!", beruhigte mich Chris. „Dein Dad ist überglücklich, dass du zurückkommst! Du kannst dir gar nicht vorstellen, wie froh! Wir übrigens auch! Komm lass uns fahren, du frierst ja schon wieder!"

Als wir das Tor passierten, war mir, als hätte ich unser Haus noch nie zuvor gesehen. So riesig und prachtvoll kam es mir auf einmal vor.

Dad lehnte wie erstarrt in der geöffneten Eingangstüre. Seine tief herabhängenden Augenlider verrieten, dass er tagelang nicht richtig geschlafen hatte.

Ich sprang aus dem Auto. Stürzte in seine Arme und rief aufgelöst: „Es tut mir leid! Bitte verzeih mir Dad! Bitte, Dad, schick mich nicht wieder weg!"

Ein heftiger Weinkrampf schüttelte meinen Körper. Er presste mich aufseufzend an sich. In seinen Augen spiegelte sich die Angst und Verzweiflung wider, die er durchlebte. Er küsste und drückte mich, wollte mich gar nicht mehr loslassen.

Ist schon gut Cathy! Alles gut! Keine Angst, ich schicke dich nicht weg! Nie wieder Kleines! Aber jetzt schnell ab mit dir ins Haus!", sagte er sanft und schob mich in den Flur.

Als ich die Jacke ablegte, veränderte sich sein Ausdruck. Sein sonst so beherrschtes Gesicht wirkte erschrocken.

„Du hast einiges an Gewicht verloren! Aber ich denke, das bekommen wir mit Marias Kochkünsten bestimmt bald in den Griff!"

Wie aufs Stichwort erschien Maria auf der Bildfläche. Ganz gegen ihre sonst so zurückhaltende Art, die sie in Gegenwart meines Dads an den Tag legte, umarmte und liebkoste sie mich unter Tränen.

„Man spürt jeden einzelnen Knochen!", stellte auch sie besorgt fest. „Ich hole dir etwas zu essen!"

Weg war sie. Minuten später saß ich im Esszimmer und löffelte Marias unvergleichlich köstliche Suppe. Aber nur die Suppe. Mein Magen musste sich erst schrittweise an vernünftiges Essen gewöhnen.

„Gibt es etwas Neues von Lucie?", fragte ich, nachdem ich mich gefasst hatte.

Alle schüttelten den Kopf. Natürlich hätte jeder von ihnen gerne Näheres über meine letzten sechs Tage erfahren. Es war Dad der bemerkte, dass ich völlig erschöpft war und sagte, dass dies wohl bis morgen Zeit hätte. So gingen Chris und ich nach oben. Ich stand ewiglang unter der Dusche mit dem angenehm warmen Wasser, das nicht bereits nach einer Minute kalt wurde, wie in der billigen Absteige. Dann kletterte ich todmüde ins Bett. Spürte Chris´s Körper neben mir. Fühlte mich unendlich geborgen, und rückte näher.

„Warum hast du dich nie bei mir gemeldet Cathy, du hast doch nicht gedacht, dass ich dich verraten würde?", fragte er zögernd, und sein Blick ruhte traurig auf mir.

Ich stützte den Kopf auf meine Hände. Unsere Gesichter waren nun nur wenige Zentimeter voneinander entfernt.

„Nein", erklärte ich. „Das war nicht der Grund. Ich war mir sicher, dass du mich nicht verraten würdest! Aber du hättest meinetwegen alles andere verraten! Alles was dir wichtig ist. Du bist nun mal Ermittler! Wie hättest du mit deinen Kollegen nach mir suchen können, wenn ich in deiner Wohnung gewesen wäre? Ich konnte nicht zulassen, dass du aus Liebe zu mir die Dinge verrätst, die dir am Herzen liegen! Denn dazu Chris, dazu liebe ich dich zu sehr!"

Unsere Lippen berührten sich, verschmolzen heiß und innig. Doch dann schob mich Chris sanft aufs Kissen zurück.

„Schlaf jetzt Liebes!" sagte er.

„Dein Körper muss sich erholen, du brauchst Ruhe!"

„Ja Chris!", sagte ich, und rückte noch näher.

Ich fühlte wie sein Körper auf mich reagierte. Doch in derselben Sekunde tauchten Unruhe und Angst in mir auf und ich begann zu zittern.

Chris bemerkte sofort, dass etwas mit mir nicht stimmte.

„Alles in Ordnung Liebes?", fragte er, und betrachte mich besorgt.

Setzte sich auf, und rückte ein Stück von mir ab.

„Ja!", antwortete ich leise. „Alles okay! Du hast Recht, ich bin einfach nur unendlich müde!"

Wie hätte ich ihm auch sagen können, dass ich bei seiner zärtlichen Berührung den stinkenden, schweren Körper dieses ekeligen Mannes auf mir fühlte.

„Es ist nichts passiert!" schrie mein Gehirn. „Und das ist Chris, der Mann den du liebst!"

Vorsichtig kroch ich in seine Arme zurück und schlief erschöpft ein.

Schlag 5:00 Uhr morgens wurde ich munter. Es war die Zeit, um die wir immer aufgestanden waren. Das Zimmer war zwar bis 7:00 Uhr bezahlt. Doch ehe wir die Plätze zum Schnorren einnahmen, mussten wir ja auch noch eine Kleinigkeit essen. Um danach hurtig mit der S-Bahn ins Stadtinnere oder ins nahe gelegene Einkaufszentrum zu fahren. Denn wer zu spät kam, der hatte das Nachsehen, und die besten Plätze waren bereits besetzt.

Unschlüssig blickte ich auf Chris, der noch schlief. Doch obwohl ich mich müde fühlte, trieb mich eine tiefe innere Ruhelosigkeit aus dem Bett. Ich griff gerade nach einem dicken, warmen Pullover, als mir mein Gehirn signalisierte, dass es hier mollig warm war.

„Stimmt", dachte ich. „Hier bei uns ist es warm! Hier hast du nicht das Gefühl, dass du auf der Stelle anfrierst, wenn du das Bett verlässt!"

Gewohnheitsmäßig griff ich nach den Zigaretten, und schlich hinaus. Ich tappte die Stiege hinunter und ging in den Wintergarten. Rauchend betrachtete ich die eisige Winterlandschaft vor der riesigen Glasfront. Mich fröstelte. Allein der Anblick von Eis und Schnee, ließ meinen Körper schaudern.

Er schien zu ahnen, wie kalt es da draußen war. Da hörte ich, wie sich die Türe des Arbeitszimmers öffnete und dann stand Dad hinter mir. Ich las in seinen Augen: „Es ist nicht gesund vor dem Frühstück zu rauchen!", doch er sprach es nicht aus, sondern griff nach einer Decke, und hüllte meinen frierenden Körper ein.

„Möchtest du mit mir frühstücken?", fragte er, nahm mir einfach die Zigarette aus der Hand und dämpfte sie aus.

„Gerne!", antwortete ich.

„Du gehst wieder in die Klinik?", fragte ich und spürte diese undefinierbare Traurigkeit hoch kriechen.

Er schüttelte den Kopf.

„Nein, Cathy, heute nicht! Heute bleibe ich bei dir!"

Dankbar griff ich nach seiner Hand. Maria betrachtete uns gerührt, als wir einträchtig im Esszimmer erschienen.

„Guten Morgen Maria!", begrüßte ich sie, ehe sie auch schon verschwunden war.

Der Tisch bereits gedeckt, bot das gewohnt reichhaltige Angebot. Hastig begann ich zu essen.

„Wo bleiben nur meine Manieren", dachte ich, als mir bewusst wurde, wie gierig und in welch mörderischem Tempo ich all die aufgetischten Köstlichkeiten in mich hineinstopfte. Es dauerte auch nicht lange und mir wurde kotzübel. Gerade noch rechtzeitig erreichte ich die Toilette, ehe ich mich übergeben musste und das ganze schöne Essen wieder aus mir herausbeförderte. Ich fühlte mich elend, wechselte ins Gästebad. Kühlte mein Gesicht mit kaltem Wasser, und gurgelte ausgiebig mit Mundwasser. Dad stand derweil unruhig abwartend vor der Tür.

„Wir müssen heute im Laufe des Tages unbedingt in die Klinik um dich gründlich durchzuchecken!", erklärte er behutsam und fügte rasch hinzu. „Selbstverständlich nur, wenn du dich dazu in der Lage fühlst, sonst lasse ich alles hierher ins Haus bringen!"

„Später! Okay Dad? Später können wir gerne in die Klinik fahren!"

Ich sah die blanke Angst in seinen Augen. Der Umstand, dass ich zustimmte, bereitete ihm mehr Sorgen, als wenn ich es kategorisch abgelehnt hätte. Maria brachte mir eine Tasse Tee und etwas Zwieback.

„Der beruhigt deinen Magen!" sagte sie, entfernte meine Kaffeetasse und stellte den Kamillentee bestimmt vor mich hin. „Und später bringe ich dir eine Tasse Hühnerbrühe. Ich habe sie gerade zugestellt!"

Maria behielt wie immer Recht. Der Tee wärmte meinen Magen. Es fühlte sich gut an und ich begann auf meinem Zwieback herumzukauen. Langsam verflüchtigte sich das flaue Gefühl in meinem Magen.

Auch Jonas und Chris trudelten inzwischen gutgelaunt im Esszimmer ein und langten kräftig zu. Währenddessen ging ich nach oben um mich anzuziehen. Entsetzt stellte ich fest, wie weit der Bund meiner Jeans wurde und wie schlapprig der Pulli auf dem abgemagerten Oberkörper hing. Eine einzige Woche auf der Straße veränderte meinen Körper.

„Das wird wieder!", machte ich mir selbst Mut. „In ein paar Tagen bist du wieder die Alte!"

Nur meine Haare, diese schwarzen abgefuckten Dinger, die morgens in alle Himmelsrichtungen standen, zauberten mir ein breites Grinsen ins Gesicht.

„Die Zähmung der Widerspenstigen, anstatt der Widerspenstigen Zähmung!", dachte ich und versuchte sie mit jeder Menge Gel zu bändigen.

Jonas, Chris und Dad saßen gemütlich chillend auf der Wohnlandschaft, unterhielten sich prächtig und warteten auf mich. Sie plauderten noch eine Zeitlang über belanglose Alltagsdinge, ehe Dad das Wort ergriff.

„Möchtest du uns erzählen, was du in den letzten sechs Tagen erlebt hast!", fragte er vorsichtig.

Ich nickte. Ja ich wollte, nein musste, mir alles von der Seele reden. Nur drei, drei Dinge verschwieg ich. Zum einen die Sache mit den Wachmännern in der Klinik. Ich wusste nicht, wie Dad darauf reagieren würde und wollte nicht, dass sie deswegen Ärger bekommen würden. Die zweite Sache die unerwähnt blieb war die Information, die ich von Barbie bekam. Unter keinen Umständen sollte Dad erfahren, dass es da draußen Männer gab, die nach mir suchten. Und dann noch die Sache mit dem Kerl der mich beinahe vergewaltigte. Das war etwas, von dem ich selbst noch nicht wusste, wie ich es in mein Leben einordnen sollte.

Aber bereits die Dinge die ich erzählte, von Barbie, von Fetti, von ihrer Kindheit, vom Leben auf der Straße, reichten aus, um sie in betroffenes Schweigen versinken zu lassen. Als ich endete, sagten sie kein Wort. Aber ich sah, wie es in ihren Köpfen arbeitete. Die Schilderung des Erlebten befreite mich in gewisser Weise, half mir mich zu sortieren. Eigenartig, ich war noch keine 24 Stunden zu Hause und doch wirkte alles schon unwirklich, begann zu verblassen. Nur der Blick in den Spiegel erinnerte mich daran, dass alles tatsächlich passierte.

Ja, meine Haare. Das war das Erste, das ich in Angriff nehmen wollte. An der Länge konnte zwar selbst ein Meister wie Carlos nichts ändern, doch sie bedurften dringend einer Korrektur. Vor allem die pechschwarze Farbe sollte ehest möglich der Vergangenheit angehören.

„Ich brauche dringend einen Termin bei Carlos!", seufzte ich und verblüffte damit meine drei Männer.

Nein, besonders eitel war ich nie, doch als „Ratte" wollte ich auch nicht unbedingt herumlaufen. Ach ja richtig, ich verschwieg noch eine Sache, meinen Straßennamen. Nur zu genau wusste ich, wie oft Jonas und Chris mich damit aufziehen würden.

„Es ist dir doch recht Dad, wenn ich zuerst zum Friseur fahre, und wir uns danach in der Klinik treffen?", fragte ich zögernd.

Ich bemerkte, wie sehr Dad mit sich kämpfte, ehe er gequälte nickte.

„Ich fahre mit Felix!", sagte ich bestimmt.

„Nein ganz sicher nicht!", lachte Chris „Du fährst mit mir! Noch so eine Woche schaffe ich wirklich nicht!"

„Das kann aber dauern!", warf ich ein.

„Kein Problem!", erwiderte Chris. „Aber sicher keine sechs Tage!"

So rief ich Carlos an. Erklärte ihm, dass ich ein absoluter Notfall sei und er mich retten müsste.

„Cathy Schätzchen!", sagte er. „Für dich tu ich doch alles, komm einfach vorbei."

Gesagt getan. Eine Stunde später trafen wir im Salon ein.

„Huch! Das ist ja geradezu barbarisch!", sagte Carlos und schlug entgeistert die Hände zusammen.

„Mein armer, armer Schatz! Um dieses Desaster beheben zu können, muss ich sie allerdings mindestens um einen weiteren Zentimeter kürzen. Und die Farbe! Grauenhaft, einfach furchtbar! Nun, das wird einige Zeit in Anspruch nehmen! Aber das bekommen wir alles in den Griff. Mach dir keine Sorgen, du wirst fantastisch aussehen. Carlos rettet dich!"

Es dauerte ewig, bis die widerspenstige schwarze Farbe endlich meinem hellen Naturblond wich. Nun, ich nutzte die Zeit für eine ausgedehnte Maniküre, denn auch meine Nägel hatten ziemlich gelitten.

Carlos verbannte Chris in die angrenzende Lounge.

„Nein, wirklich", erklärte er. „Wir können bei unserer Verwandlung keinen neugierigen Zuseher gebrauchen!"

Chris musterte mich verblüfft, als ich drei lange Stunden später in der Lounge auftauchte.

Carlos übertraf sich wieder einmal selbst. Zwar wirkte ich noch blutjung, aber auf eine verwegene, gut gestylte Art. Chris schlug vor gleich in der Stadt zu essen, doch ich lehnte entschieden ab. Zu genau erinnerte ich mich, wie

rebellisch mein empfindlicher Magen morgens reagierte.
„Maria hat extra eine Hühnerbrühe für mich gekocht. Ich
will sie auf keinen Fall enttäuschen, und außerdem freue
ich mich darauf!", winkte ich dankend ab.
Die Hühnersuppe war wirklich köstlich, danach war ich
aber auch schon satt. Es war seit Weihnachten das erste
Mal, dass wir alle gemeinsam am Esstisch saßen. Nur
Lucie fehlte. Die Stimmung war ausgelassen, geradezu
fröhlich. Jonas, Chris und Dad ließen keinen Gang des
köstlichen Menüs aus. So dauerte es beinahe 2 Stunden,
bis sich die drei beinahe bewegungsunfähig über das
Dessert hermachten.
Als der Kaffee serviert wurde, wollte ich wieder mit ein-
steigen. Doch Maria servierte mir kommentarlos Tee.
Auch gut. Schließlich wollte sie nur das Beste für mich.
Schweren Herzens ließ ich den Kaffee links liegen und
trank tapfer meinen Tee.
Dad blickte wiederholt unruhig auf die Uhr und räusperte
sich verlegen.
„Wir müssen!" sagte er dann von einer Minute auf die
andere. „Ich habe einige Termine für dich vereinbart!"
„Aha!", dachte ich. „Also nicht nur Ölwechsel, sondern
ein komplettes Service! Das kann ja heiter werden!"
Als wir durch das mächtige Portal der Klinik schritten,
hielt er meine Hand fest gedrückt. Bemerkte gar nicht,
dass ich meine Phobie, die Klinik betreffend, ablegt hatte.
Was soll ich sagen. Obwohl alle Termine fix vereinbart
waren und ich keine Sekunde warten musste, dauerte es
bis zum frühen Abend, bis der letzte Spezialist die Tür
hinter sich schloss. Nach einem Konzil, das wieder eine
gefühlte Ewigkeit dauerte, bat man mich endlich hinzu.
„Es ist alles okay! Du bist völlig gesund, nur dein Magen
ist etwas angegriffen. Aber nichts Bedenkliches, nur eine
leichte Gastritis. Und dein Gewicht ist zu gering. Aber das
bekommen wir sicher rasch in den Griff!"
Dad wirkte erleichtert, voller Freude. Und die sorgenvolle
Miene mit der er den ganzen Nachmittag über herumge-
laufen war, wich einem entspannten Gesichtsausdruck.
Dafür gab man diesen Vampiren doch gerne die Hälfte

seines Blutes. Und ließ sich in Röhren schieben, als wäre man schnödes Backwerk.

Chris wartete ebenfalls ungeduldig. Auch ihm schien mein Gesundheitszustand Sorgen zu bereiten. Darum rief ich, kaum durch die Türe: „Mit mir ist alles in Ordnung! Ich habe es jetzt schwarz auf weiß!", und wurde dafür mit einem strahlenden Lächeln belohnt.

Chris wirkte betrübt, als er mir erklärte, dass sein Urlaub mit heutigem Tage endete und er ab morgen weniger Zeit für mich hätte.

„Ist nicht schlimm!" warf ich ein. „Meine Schulferien sind ja auch schon lange vorbei! Ich muss mich dort auch Mal wieder blicken lassen!"

Ich sagte es ganz locker, für mich war es das Normalste der Welt. Registrierte am Rande, dass Chris und Dad sich betreten ansahen. Ja, sie mussten sich erst daran gewöhnen, dass ich gewillt war, wieder in die Normalität einzutauchen.

50.Kapitel

Chris traf kaum im Präsidium ein, als er auch schon über die kurzfristig angesetzte Besprechung im offenen Fall Lucie Miller informiert wurde. Noch einmal wollte man gemeinsam die gesammelten Fakten durchsprechen. Um eventuell doch noch einen neuen Fahndungsansatz zu finden.

Chris war durch den Wind. War überglücklich gewesen, als er morgens die Augen aufschlug und Cathy friedlich schlafend in seinen Armen vorfand. Ihr nun so kindliches Gesicht wirkte völlig entspannt. Es kostete ihm Überwindung, seine Hand unter ihrem Kopf hervorzuziehen und sie sanft zur Seite zu schieben. Nur allzu gerne wäre er neben ihr liegen geblieben, hätte sie gehalten, nie wieder losgelassen. Als er aus dem Bett schlüpfte, schien sie selbst im Schlaf nach ihm zu suchen.

Schweren Herzens schob er die schönen Gedanken zur Seite. Versuchte sich auf den Entführungsfall Lucie Miller zu konzentrieren.

Die Kollegen warteten bereits vollständig versammelt, als er als Letzter den Besprechungsraum betrat. Nach einer kurz gehaltenen Begrüßung wandte sich Nellmann an Eric Wagner und bat ihn, den Kollegen die gesammelten Ermittlungsergebnisse vorzutragen. Eric erhob sich, um nach einer Einleitung mit seinem Bericht zu beginnen.

„„Also wir haben folgende Faktenlage:

„Lucie Miller wurde am 25.12. um ca. 16:00 Uhr entführt. Der erste Anruf der Entführer erfolgte eine halbe Stunde später.

Zu diesem Zeitpunkt nahmen die Entführer an, dass es sich bei der entführten Person um Catharina Jefferson handle.

Exakt 10 Minuten später traf der zweite Anruf im Haus der Jeffersons ein, mit der Forderung 50 Millionen Euro auf ein Konto das noch genannt werden würde, bei der Western Union Bank einzuzahlen.

Catharina Jefferson erreichte um 16:30 Uhr das Haus der Nellmanns.

Exakt um 16:45 Uhr beauftragte mich Hauptkommissar Nellmann mit der Bildung eines S.E.K..

Um 17:15 Uhr nach einem Anruf des Kollegen Chris Heiners, wurde das Handy von Catharina Jefferson für eingehende Anrufe gesperrt.

Damit haben wir verhindert, dass das Handy durch einen eingehenden Anruf entdeckt werden konnte.

Zeitgleich haben wir eine sofortige Ortung veranlasst.

Nach erfolgreicher Ortung um 17:45 Uhr wurde die einzig infrage kommende Zufahrtsstraße zu diesem Gebiet ab 18:00 Uhr engmaschig kontrolliert.

Ab diesem Zeitpunkt wurde jedes Nummernschild erfasst und verdächtige Fahrzeuge angehalten und kontrolliert.

Am 26.12 um 5:02 Uhr ging ein Anruf von Lucie Miller bei den Jeffersons ein. In dessen Verlauf erhielten wir nähere Informationen über die Art des Versteckes in das man Lucie Miller verbrachte.

Am 26.12 um 8:00 Uhr startete eine groß angelegte Suchaktion. Um 16:00 Uhr, nachdem wir den gesuchten Ort gefunden hatten, wurde sie erfolglos beendet.

Zu diesem Zeitpunkt war die entführte Lucie Miller nicht mehr am ermittelten Ortungspunkt.

Das Transportmittel mit dem die Entführer Lucie Miller verlegten war, wie die Spurenlage zeigte, ein so genannter Schneescooter.

An der Fundstelle wurde das funktionsuntüchtige Handy von Catharina Jefferson, sowie laut DNA Test eine kleine Menge Blut von Lucie Miller, aufgefunden. Wir müssen daher davon ausgehen, dass das Kind von den Entführern verletzt wurde.

In langwieriger Kleinarbeit wurde jeder Fahrzeughalter dessen Nummerntafel in der Zeit vom 26.12. bis laufend, von den Beamten registriert wurde ermittelt, befragt und auf eventuelle Vorstrafen überprüft.

In einer zweiten groß angelegten Suchaktion wurden am 3.1., gemeinsam mit den ortskundigen Bergrettern, alle Hütten in dem Gebiet kontrolliert. Jeder Inhaber und alle Mieter eines solchen Objektes, wurden einer strengen polizeilichen Überprüfung unterzogen.

Zum jetzigen Zeitpunkt wissen wir, dass die Kontrolle der Zufahrtsstraße bereits einsetzte, bevor die Entführer das Kind aus ihrem ursprünglichen Versteck geholt haben. Daher können wir zu 99% davon ausgehen, dass Lucie Miller das Gebiet am Taunus nicht verlassen hat.

Diese Annahme ist ebenso sicher wie niederschmetternd, da wir nun davon ausgehen müssen, dass die entführte Lucie Miller zum jetzigen Zeitpunkt mit an Sicherheit grenzender Wahrscheinlichkeit nicht mehr am Leben ist.

Diese Schlussfolgerung ergibt sich aus dem Umstand, dass Lucie Miller nicht ins Tal gebracht wurde und ein Überleben außerhalb einer geschützten Unterkunft bei den derzeitigen Temperaturen als ausgeschlossen gilt.

Hinzu kommt noch der Faktor Zeit. Wir sprechen nun immerhin schon von einem Zeitraum von 14 Tagen, die das Kind im Freien überlebt haben müsste.

Die Tatsache, dass sich die Entführer nicht gemeldet haben, und keine weiteren Forderungen gestellt wurden, spricht dafür, dass sich die Täter nach der missglückten Entführung abgesetzt haben.

Als gesichert gilt, dass das eigentliche Ziel der Entführer Catharina Jefferson war.

Dafür spricht auch, dass Lucie Miller zum Zeitpunkt der Entführung Catharina Jeffersons Winterjacke und ihre Mütze trug. Wir nehmen an, dass die Mädchen in der einsetzenden Dämmerung verwechselt wurden.

Der Anruf im Hause der Jeffersons bei dem die Entführer erklärten, dass sie Catharina Jefferson in ihrer Gewalt hätten, erhärtet diesen Verdacht.

Seit dem zweite Entführungsversuch bei den Nellmanns, gilt diese Annahme als gesichert.""

Eric räusperte sich verlegen.

„Ich denke das war alles!", sagte er dann und blickte fragend in die Runde.

Hauptkommissar Nellmann nickte zufrieden und ergriff das Wort.

„„Ich habe allen, die die erfreuliche Nachricht noch nicht gehört haben eine Mitteilung zu machen: „Die vermisste Catharina Jefferson befindet sich seit gestern wieder wohlbehalten zu Hause. Ich möchte mich im Namen von Doktor Jefferson und auch in meinem Namen noch einmal herzlich für ihren unermüdlichen Einsatz bei der Suche bedanken.""

Seine Worte lösten unter den Anwesenden allgemeine Erleichterung und Aufatmen aus.

„Nun, Catharina Jefferson hat mich noch gestern Abend kontaktiert und mich eindringlich darauf hingewiesen, dass sich in ihrer Winterjacke ein Lawinenpeilsender befindet. Sie ist der festen Überzeugung, dass Lucie Miller dieses Gerät aktiviert hat. Meine Recherche beim Hersteller hat ergeben, dass das betreffende Modell eine Reichweite von 60 Metern, und eine Lebensdauer von

400 Stunden hat. Wir können als davon ausgehen, dass er noch aktiv ist. Ich habe daher in Absprache mit der Bundeswehr und der Bergrettung beschlossen, eine letzte Suchaktion durchzuführen. Auch wenn wir laut unseren Ermittlungsergebnissen nun vom Schlimmsten ausgehen müssen, möchte ich dennoch nichts unversucht lassen. Die Suchaktion startet morgen um 8:00 Uhr. Auch dieses Mal werden wir wieder von unseren und den Helikoptern der Bundeswehr unterstützt. Das notwendige technische Equipment für die Suche wird heute Nachmittag angeliefert. Da der morgige Tag sehr herausfordernd sein wird, gehen sie jetzt bitte nach Hause und ruhen sich aus. Den restlichen Tag stelle ich sie frei. Wir treffen uns um 6:00 Uhr hier im Präsidium. Noch Fragen?"

Nach einem Blick in die Runde fuhr Nellmann fort: „Gut, wenn alles klar ist, wünsche ich ihnen allen noch einen schönen restlichen Tag."

Er wartete, bis auch der letzte seiner Ermittler den Raum verließ, um Chris Heiners zurückzurufen.

„Für sie habe ich momentan eine wichtigere Aufgabe. Sie sind nach wie vor für die Sicherheit von Cathy abgestellt. Erzählen sie, sie hätten sich Sonderurlaub genommen, oder was auch immer, aber bleiben sie in ihrer Nähe. Auch wenn anzunehmen ist, dass die Entführer längst über alle Berge sind, ich traue dem Frieden nicht."

Chris wirkte überrascht, aber auch erleichtert. Nie zuvor kam er so überaus gerne einer Dienstanweisung nach.

„Vielen Dank!", sagte er während er eilig dem Ausgang zu strebte.

Chris war überrascht, als er Doktor Jefferson im Wohnzimmer vorfand. War er doch sonst der Erste der das Haus verließ und der Letzte der spät abends müde von der Klinik heimkehrte.

„Ist mit Cathy alles in Ordnung?", fragte er besorgt, und seine Stimme bekam einen gehetzten Unterton.

„Ja, keine Sorge! Ich habe mir nur eine kleine Auszeit vorordnet. Ich will mich nur in den nächsten Tagen ein wenig um sie kümmern!", beruhigte er ihn, faltete die Zeitung und legte sie beiseite.

„Ist Cathy in der Schule?", erkundigte sich Chris.

John lächelte verschmitzt.

„Nein", sagte er. „Sie ist in ihrem Zimmer und schläft! Ich bin um 3:00 Uhr morgens von einem Geräusch im Wintergarten geweckt worden. Ich bin hinüber gegangen und habe Cathy auf ihrem Lieblingsplatz vorgefunden. Sie war voller Unruhe und konnte nicht schlafen. Da habe ich ihr ein leichtes Schlafmittel verabreicht. Ich denke, sie konnte in den letzten 6 Tagen nie richtig schlafen. Das hat auch ihr Gewicht so rapide nach unten getrieben. Zurzeit benötigt sie nichts mehr als ausreichenden Schlaf. Sonst schlägt auch Marias Essen nicht an!", sagte er, und auf seiner Stirn zeichneten sich dicke Sorgenfalten ab.

„Ich war ziemlich erschrocken, als wir in der Klinik festgestellt haben, dass sie in gerade mal 6 Tagen beinahe sieben Kilo abgenommen hat. Wir können nur hoffen, dass sie in nächster Zeit nicht krank wird, denn dann hätte sie schlechte Karten!"

„Ich dachte es wäre soweit alles in Ordnung!", erwiderte Chris geschockt. „Zumindest klang das gestern so!"

„Ist es ja auch!", beruhigt ihn Doktor Jefferson. „Nur wir müssen in nächster Zeit besonders gut auf sie achten."

„Ich gehe nach oben und sehe nach ihr!", sagte Chris schon am Sprung.

„Aber weck sie nicht auf! Lass sie bitte schlafen! Und vielleicht kannst du sie ja später dazu überreden, noch im Bett zu bleiben!", schmunzelte er.

„Aber ohne eine allzu anstrengende körperliche Betätigung!", scherzte er noch, ehe Chris das Zimmer verließ.

Leise schlich er in den abgedunkelten Raum, und kroch behutsam unter die Decke.

„Chris?", murmelte ich. „Müssen wir schon aufstehen?

„Nein Liebes, schlaf ruhig weiter", flüsterte er, schob die Hand unter meinen Kopf und streichelte sanft meine Wangen.

Ich war unsagbar müde und erleichtert, dass wir noch nicht aufstehen mussten. Es war mein Magen, der mich Stunden später weckte. Er knurrte, wie ein tollwütiger Hund. Als ich die Augen aufschlug, lag Chris neben mir. Aufgestützt auf seine Ellbogen betrachtete er mein Gesicht. Dann zog er mich an sich und küsste mich.

„Ich habe Hunger", sagte ich, „Wenn du nicht aufpasst, wirst du von mir verspeist!"

Lachend sprang ich aus dem Bett.

„Gehst du mit mir frühstücken?", fragte ich. „Oder musst du gleich los zur Arbeit?"

„Weder noch!", antwortet er, glitt aus dem Bett um sich ebenfalls anzuziehen. „Aber Maria hat für uns sicher ein köstliches Mittagessen gezaubert!"

„Ach du liebe Neune!", dachte ich. „Was zum Teufel ist nur los mit mir? Ich bin doch sonst spätestens um 5:00 Uhr morgens aufgewacht."

„Ach ja stimmt!" dachte ich und erinnerte mich an mein nächtliches Treffen mit Dad.

Chris's Annahme bewahrheitete sich. Das Mittagessen wartete bereits servierbereit. Die Wanduhr im Esszimmer verriet, dass wir uns ordentlich verspäteten.

„Entschuldige Maria, dass du solange warten musstest!", meinte ich kleinlaut.

Doch Maria erwähnte das späte Erscheinen mit keinem Wort, sondern tätschelte liebvoll mein Gesicht. So wie sie es früher tat, als ich noch klein war.

„Kein Problem", erklärte sie. „Du brauchst dich nicht zu entschuldigen! Du schläfst eben besser in deinem eigenen Bett!"

Das waren ja ganz neue Töne. Genauso wie der Umstand, dass Dad sein Arbeitszimmer verließ und zu uns kam. Er setzte sich mit einer Tasse Kaffee an den Tisch und leistete uns Gesellschaft.

„Du bist zu Hause Dad?", fragte ich verwundert.

„Ich gönne mir einen kleinen Sonderurlaub!", erklärte er augenzwinkernd.

Die Suppe war wirklich köstlich. Doch schon beim darauf folgenden Hauptgang schwächelte ich. Der besorgte Blick von Chris trieb mich, gegen das Völlegefühl anzukämpfen und weiter zu essen. Doch Dad griff nach dem Teller und schob ihn bestimmt zur Seite.

„Nein! Nicht!", sagte er. „Das bringt nichts! Sonst musst du dich am Ende wieder übergeben!"

Ich war ihm dankbar. Ja, mein Magen rebellierte noch, vertrug keine größeren Mengen mehr. Der Gedanke an eine Zigarette trieb mich in den Wintergarten. Als ich den unglücklichen Ausdruck in ihren Gesichtern sah, legte ich die Packung beiseite. Sie hatten ja Recht. Eine Zigarette war das Allerletzte was mein angegriffener Magen jetzt brauchen konnte.

Wieder übermannte mich diese hippelige Unruhe. Am liebsten wäre ich jetzt laufen gegangen. Dad bemerkte wie zappelig ich war, und schlug einen Spaziergang vor.

„Bewegung an der frischen Luft tut dir sicher gut", meinte er. „Nur Laufen solltest du bei dieser Kälte nicht."

Es schien fast, als wäre er in meiner Abwesenheit zum Gedankenleser mutiert.

Warm eingepackt, wie für eine Nordpolexpedition, machten wir uns auf den Weg. Eskortiert von Chris und Dad, die ständig mein Tempo drosselten, streiften wir durch das tief verschneite nahe gelegene Wäldchen. Viel zu schnell wurde ich müde. Kaum eine Stunde später war ich froh, wie eine alte Katze, am Sofa vor dem Kamin ein warmes Plätzchen gefunden zu haben.

Doch der Ausflug an der frischen Luft verbesserte meinen Appetit. Die warmen Biskuits die Maria servierte, aß ich bis aufs letzte Stück. Auch der Früchtetee, den mir Dad höchst persönlich brachte, schmeckte angenehm nach frischen Orangen. Ich fühlte eine wohlige Müdigkeit. Dad hielt mir zwei Tabletten hin.

„Eine für deinen Magen, und eine gegen deine Unruhe!" erklärte er.

Zögernd nahm ich sie ihm aus der Hand. Schluckte sie kurz entschlossen. Ich vertraute Dad in dieser Beziehung voll und ganz. Wusste, dass er ein ausgezeichneter Arzt war. Von einer Sekunde auf die andere wurden die Lider schwer. Gähnend ging ich zu Bett.

52.Kapitel

Die Tage krochen dahin, zogen sich zur Ewigkeit. Immer wieder führte Lucies Weg zu dem winzigen Fenster. Voll Sehnsucht spähte sie nach draußen.

Stundenlang marschierte sie in der kleinen Kammer auf und ab, um ihren Bewegungsdrang zu stillen. Die Langeweile war dabei ihr größter Feind. In den ersten Tagen beherrschte sie noch diese alles umfassende Angst. Doch mit jedem weiteren Tag der verstrich, stellte sich eine Art Routine ein. Anfangs zählte sie noch die Tage, verlor dann irgendwann den Überblick. War unsicher, wie viel Zeit tatsächlich schon verstrich.

Die einzige Abwechslung die sich ihr bot, war, wenn Joe ihre Bewachung übernahm. Im Gegensatz zum hageren Kerl, den sie so gut wie nie zu Gesicht bekam, unterhielt sich Joe gerne mit ihr. Selbst wenn der Hagere, ganz gegen seine Gewohnheit, einen Sprung ins Zimmer kam, sprach er kaum ein Wort. Joe hingegen besuchte sie jedes

278

Mal. Er war gesprächig. Unterhielt sich und erlaubte ihr sogar, dass sie ab und an zu ihm nach vorne kam. Nur ins Freie ließ er sie seit ihrem misslungen Fluchtversuch nicht mehr.

Ihm verdankte sie auch die Comics und Zeitschriften, die ihr halfen sich ein wenig abzulenken. Und an manchen Tagen steckte er ihr heimlich Schokolade und andere Süßigkeiten zu.

Ein laut geführtes Streitgespräch im vorderen Teil der Hütte, schreckte sie aus ihrem traumlosen Schlaf.

„Das ist nicht euer Ernst! Damit bin ich ganz und gar nicht einverstanden", hörte sie Joe aufgebracht brüllen. „Ich habe mich an einer Entführung beteiligt, aber es war niemals die Rede davon jemanden umzubringen!"

„Was willst du denn sonst tun?", fragte die Stimme des Hageren gereizt. „Wenn unser Plan nicht gelingt und wir untertauchen müssen, willst du das Kind dann vielleicht mitnehmen? Und außerdem reg dich wieder ab! Noch ist es nicht soweit. Aber stell dich schon einmal darauf ein. Die nächsten Tage warten wir noch ab, aber dann ist Schluss mit lustig. Die Gefahr aufzufliegen erhöht sich ständig. Du hättest dich eben nie mit dem Balg befassen dürfen. Vielleicht tröstet dich auch der Gedanke, dass sie nichts mitbekommen wird. Schließlich sind wir ja auch keine Unmenschen. Wir verabreichen ihr nur so viel von dem Schlafmittel, dass sie nie mehr aufwacht!"

Die Tür knallte. Vom Fenster aus beobachtete Lucie, wie sich der Hagere auf den Scooter schwang, den Hang hinunter brauste und im Wald eintauchte. Schreckensbleich starrte sie ihm hinterher, unfähig einen klaren Gedanken zu fassen.

„Sie werden mich töten!"

Die Worte geisterten wie ein Schreckgespenst unentwegt durch ihren Kopf. Sie lehnte regungslos an der winzigen Scheibe, als sich der Schlüssel umdrehte, und Joe mit einem Tablett ins Zimmer kam.

Verlegen musterte er ihr bleiches, verstörtes Gesicht und brummte: „Du hast es also gehört!"

Sie nickte und richtete ihre Augen angstvoll auf ihn.

„Du wirst es nicht zulassen? Nicht wahr Joe?"

„Ich weiß noch nicht was ich tun werde!", erwiderte er vage, und seine dunklen, mandelförmigen Augen blickten ungewohnt finster.

Er stellte das Tablett geräuschvoll ab, räusperte sich und machte kehrt. Polternd fiel die Türe ins Schloss.

In Lucie kam Bewegung. Sie schnellte zur Tür, hämmerte wie von Sinnen dagegen.

„Joe", brüllte sie. „Joe, das kannst du nicht machen! Lass mich nicht alleine, ich habe solche Angst!"

Ihr Rücken rutschte das Türblatt entlang auf die Knie. Sie keuchte, tobte, brüllte sich die Seele aus dem Leib. Allmählich ging ihr Schreien in ein jämmerliches Wimmern über.

„Hör auf!", tobte Joe, der ihr Weinen nicht mehr ertragen konnte. „Hör endlich auf mit dem elenden Geflenne!"

Augenblicklich verstummte sie, aus Angst den letzten Menschen, der ihr ein wenig zur Seite stand, zu verlieren. Wie ein Häufchen Elend kauerte sie am nackten Bretterboden. Presste den Handrücken fest gegen den Mund, um jeden Laut zu ersticken.

„Cathy wird kommen! Sie wird mich finden! Sie hat es mir versprochen!", murmelte sie unentwegt vor sich hin.

Aufgewühlt stürmte Joe aus der Hütte. Ballte seine Hand zur Faust, streckte sie drohend gegen den Himmel. Er stieß einen wütenden Schrei aus, der bis hinüber an den nahen Waldrand hallte. Zornig stampften seine Füße in den Schnee. Dann rannte er zurück und riss die Türe auf.

„Ist ja schon gut!", tröstete er sie unerwartet sanft, „Ich lass es nicht zu! Hörst du Lucie! Wenn es wirklich soweit kommt, gebe ich dir den Tee. Du wirst ihn, um keinen Verdacht zu erregen, bis auf den letzten Schluck trinken! Aber mach dir keine Sorgen! Er wird nicht mehr Schlafmittel enthalten, als sonst auch! Ich werde sie täuschen. Doch du musst mir versprechen, dass du hier bleibst, wenn du wieder wach bist. Sobald wir untergetaucht sind, werde ich die Polizei anrufen und ihnen verraten, wo sie dich finden können. Doch du darfst die Hütte auf keinen Fall alleine verlassen! Hast du mich verstanden!"

Weinend umklammert sie seine Füße.
„Danke Joe! Danke!", stammelte sie unter Tränen.

53. Kapitel

Es tagte, als Nellmann mit seinen Sonderermittlern am Einsatzort eintraf. Die Freiwilligen der Bergrettung, und Rekruten der Bundeswehr hatten da bereits eine Einsatzbasis aufgebaut.
Offiziell fand hier eine Katastrophenübung statt, die das Zusammenspiel mehrerer Organisationen für den Ernstfall proben sollte. Nur die jeweils obersten Stellen, waren über den eigentlichen Zweck der Übung informiert. Keiner der übrigen Beteiligten ahnte, dass es sich bei dem Einsatz um die verzweifelte Suche nach einem entführten Kind handelte.
Die zweite Suchaktion in diesem Gebiet gestaltete sich noch schwieriger, als die Anfang Januar. Nie zuvor fiel in den vergangenen Jahren soviel Schnee. Und selbst die ohnehin schon eisige Temperatur rutschte in den letzten Tagen nochmals kräftig nach unten.
Bewaffnet mit modernen Lawinensuchgeräten befanden sich Rekruten der Bundeswehr, Bergretter, Polizisten, aber auch Mitglieder der umliegenden Feuerwehren im Einsatz. Quadratmeter für Quadratmeter wurde akribisch abgesucht und danach von der Karte gestrichen.
Für das Gebiet rund um die Fundstelle, teilte Kommissar Nellmann ausschließlich seine eigenen Ermittler ein.
Die klobige Holzkiste wurde bereits vor Tagen geborgen und vom Berg gebracht. Sie wurde, wie auch die Säcke, ins Kriminaltechnische Labor überstellt. Doch auch eine aufwendige forensische Untersuchung förderte keinerlei verwertbare Ergebnisse zu Tage. Keine Fingerabdrücke,

keine Fasern, außer denen die man zweifelsfrei Lucie zuordnen konnte. Die Entführer gingen unerwartet professionell zu Werke. Das Suchgebiet rund um den Fundort galt als besonders heikel. Auf Grund der gefundenen Blutspur befürchtete man, dass Lucies Körper nicht weit davon entfernt, verscharrt oder versteckt sein könnte.

Dichtes Schneetreiben behinderte am Vormittag die Suche und der stürmische Wind hielt die Hubschrauber am Boden. Erst weit nach Mittag klarte der Himmel ein wenig auf und ermöglichte ihren Einsatz.

Um 14:00 Uhr wurde die Suche unterbrochen um den erschöpften Einsatzkräften eine Ruhepause zu gönnen. Die Feldküche der Bundeswehr versorgte die nun aus dem Wald strömenden Hundertschaften mit Suppe und warmen Getränken.

Auch die Ermittler des S.E.K. kehrten ergebnislos zurück. Eric Wagner war Dank seiner bewundernswerten Kondition der Letzte, der im Einsatzzelt erschien. Auf Hauptkommissar Nellmanns fragenden Blick schüttelte er nur frustriert den Kopf. Klopfte mit einer fahrigen Bewegung den Schnee aus seiner Hose, holte sich eine Tasse heißen Tee und trat vor die Karte.

„Nichts! Gar nichts!", erklärte er kopfschüttelnd. „Nicht der kleinste Hinweis!"

In den frühen Mittagsstunden sorgte eine Fehlbedienung kurzfristig für Irritation unter den Sonderermittlern. Doch schnell klärte sich auf, dass einer der Rekruten das Gerät falsch bediente und es irrtümlich auf „Senden" statt auf „Suchen" eingestellt hatte, sodass die Geräte in seiner Nähe eine Ortung anzeigten. Gegen 17:00 Uhr, galt das für die Übung angestrebte Ziel als erreicht. Das vorher festgelegte Gebiet war mehrmals zur Gänze durchkämmt worden. Und so wurde die Übung offiziell als erfolgreich beendet abgeschlossen.

Hauptkommissar Nellmann sprach seinen Einsatzkräften nach der nervenaufreibenden Suche Mut zu.

„Also gut!", sagte er. „Betrachten wir es einmal positiv! Die Chance, dass Lucie noch am Leben sein könnte, hat sich heute um einige Prozentpunkte erhöht!"

„Ich bin ehrlich gesagt froh, dass die Suche so verlaufen ist, wie sie verlaufen ist!", erklärte Sebastian Rogner. „Der Gedanke, das kleine Mädchen heute irgendwo im Wald verscharrt tot aufzufinden, hat mir eine schlaflose Nacht bereitet!"

Nellmann nickte nur. Er fühlte, dass Rogner vielen aus der Seele sprach und dass dieses mögliche Szenario sein Team bei ihrem heutigen Einsatz belastete.

„Gehen sie nach Hause!", verabschiedete er seine Leute, „Unsere Nachbesprechung hat auch bis morgen Zeit!"

Danach sorgte er für den raschen Abtransport seiner Männer.

54.Kapitel

Vier Tage war ich nun schon wieder zu Hause. Vier Tage in meinem alten, neuen Leben. Der Zeiger der Waage bewegte sich zaghaft nach oben. Verriet, dass sich mein Körper erholte und es mir mit jedem Tag besser ging.

Selbst mein angegriffener Magen gab, dank Marias hervorragender Schonkost, endgültig seinen Widerstand auf. Chris tat das Seine, um mein Gewicht rasch nach oben zu treiben. Ich war mir sicher, seit meiner frühen Kindheit nicht mehr soviel Süßkram verdrückt zu haben. Chris schaffte Tonnen meiner Lieblingspralinen herbei und animierte Maria einen kalorienreichen Kuchen nach dem anderen zu backen.

Im Gegensatz zu mir, musste Chris die überzähligen Kalorien hart abarbeiten. Ich amüsierte mich königlich, wenn er völlig K.O. und durchgeschwitzt mit Jonas von der Laufstrecke kam.

Aber es gab einen triftigen Grund rasch zuzunehmen, und der war Lucie. Mein gegebenes und noch nicht erfülltes

Versprechen sie zu suchen, lastete schwer auf meinem Gewissen. Der Gedanke selbst auf die Suche zu gehen, manifestierte sich mehr und mehr zu einer fixen Idee. Doch Chris lehnte entschieden ab. Begründete es damit, dass mein geschwächter Körper die kräfteraubende Suche in dem unwegsamen Waldgelände nicht durchstehen würde.

So kämpfte ich hart dafür, fit zu werden und in mein altes Leben zurückzufinden. Seit 2 Tagen besuchte ich wieder regelmäßig die Schule.

Dad bestand darauf, dass Felix mich mit der Limo fuhr. Angeblich um Kalorien zu sparen. Aber ich wusste, dass er noch immer mit seiner Angst kämpfte.

Ich führte ein längst überfälliges, klärendes Gespräch mit Jonas. Er erzählte mir von den Zementsäcken, die Chris und Eric am Berg fanden. Dadurch verstand ich Dads Beweggründe mich außer Landes schaffen zu wollen. Ich verstand auch, dass sie es vor mir geheim hielten, um mich zu schonen. Erklärte Jonas aber, dass ich mit dem Wissen sicher besser umgehen hätte können, als mit dem Gefühl von zu Hause abgeschoben zu werden. Aber ich verzieh Jonas.

Ich war in letzter Zeit großartig im Verzeihen. Doch auch mir wurde verziehen. Denn als ich den Plan schmiedete, dachte ich keine Sekunde an Melanie. Berücksichtigte in keinster Weise, welch unangenehme Konsequenzen ihre Hilfsbereitschaft für sie haben könnte. Erst als sie mir erzählte, dass man sie stundenlang verhörte, dämmerte mir, dass es wohl fairer gewesen wäre, sie in meine Pläne einzuweihen. Denn dann hätte sie selbst entscheiden können, ob sie mir helfen wollte oder nicht. Trotzdem verzieh sie mir. Und das, obwohl ich ihr die wahren Gründe für mein Verhalten nicht nennen durfte.

Auch meine Professoren gaben sich ungewohnt zahm. Was wohl daran lag, dass mich Dad solange als krank entschuldigte. Mein blasses, durchscheinendes Äußeres ließ außerdem vermuten, dass eine schwere Krankheit hinter meiner langen Abwesenheit steckte.

Ein Umstand, den ich leidlich zu meinem Vorteil nutzte.

So manche Hausaufgabe blieb unerledigt. In der Schule entschuldigte ich mich mit den Worten: „Ich fühlte mich gar nicht gut!"

Ein typisches Beispiel, wie schamlos ich manchmal ihre Besorgnis ausnutzte, gab es auch heute. Unser Termin für die Familientherapiesitzung stand schon lange fest. Doch als wir aufbrechen sollten, hatte ich absolut keinen Bock auf das nervtötende Gelabere von Doktor Maiers.

„Ich bin so furchtbar müde Dad!", schob ich leidend vor. „Könntet ihr bitte ohne mich fahren?"

Natürlich konnten sie, was auch sonst. Nur Chris der mich kurz darauf fröhlich planschend im Pool vorfand, runzelte nachdenklich seine Stirn.

Doch ich zerstreute seine Bedenken rasch, indem ich mich, anscheinend völlig erschöpft, auf die Liege warf.

55.Kapitel

Kurz nach 5:00 Uhr morgens hüpfte ich aus dem Bett. Seit meiner Zeit auf der Straße mutierte ich zum Frühaufsteher. Sehr zum Leidwesen von Maria, die sich nun veranlasst sah, ebenfalls früher im Haus zu erscheinen. Da halfen auch meine Einwände und Erklärungen nichts, dass ich sehr wohl in der Lage sei, eigenständig für Kaffee und Co. zu sorgen.

Ich hockte auf meinem Lieblingsplatz im Wintergarten, die Beine gemütlich überkreuzt. Eine Tasse Kaffee in der einen, eine Zigarette in der anderen Hand, als ich auf den Tumult am Eingangstor aufmerksam wurde. Die Einfahrt war zu weit entfernt um näheres erkennen zu können.

Von meinem Platz aus sah ich nur, dass die Security jemanden festhielt, und vom Grundstück zerrte. Ich war unterwegs Richtung Küche, um mir eine weitere Tasse

Kaffee zu holen, als ein schriller Schrei die morgendliche Stille zerriss. Trotz der Isolierverglasung drang er bis zu mir in den Wintergarten.

„Raaaaaaaaats!"

Wie elektrisiert rannte ich zur Scheibe. Drückte mir die Nase platt. Sah gerade noch, wie sie die Person unsanft durchs Tor hinaus beförderten. Mein Kopf reagierte, befahl meinen Füße zu laufen. Sekunden später war ich an der Haustür. Ohne Jacke und Schuhe, barfuss, nur mit meinem hauchdünnen Morgenmantel sprintete ich die Einfahrt hinunter.

„Barbie!", schrie ich. „Barbie!"

Ich spürte weder die Kälte, noch fühlte ich den eisigen Schnee unter meinen Füßen. Dann erreichte ich das Tor.

Die beiden Männer der Security starrten mir ungläubig entgegen.

„Lasst sie herein!", brüllte ich sie aufgebracht an. „Sofort! Auf der Stelle!"

„Baaaaaaarbie!"

Barbie war schon einige Meter entfernt. Trottete gerade mit hängendem Kopf die Straße hinunter, als sie mich rufen hörte. Ruckartig drehte sie sich um. Ich sah den Ausdruck purer Erleichterung in ihrem Gesicht.

„Rats!", brüllte sie. „Gott sei Dank! Du musst uns helfen! Fetti stirbt!"

Ihre Worte, erreichten mein Gehirn.

„Fetti stirbt!"

Mein Herz raste, begann wie wild zu pochen. In diesem Moment war ich bei ihr, fiel ihr um den Hals.

„Barbie!"

„Komm!", sagte ich, und streckte ihr meine Hand hin. „Komm mit! Komm doch bitte herein!"

Unsicher musterte sie mich. Passierte vorsichtig die Wachleute, die völlig überfordert waren. Man konnte in ihren Gesichtern lesen, dass sie nicht wussten, welcher Anordnung sie nun Folge leisten sollten.

Denn da gab es eine schriftliche Dienstanweisung meines Dads. Sie besagte, dass keiner ohne seine ausdrückliche Erlaubnis das Grundstück betreten durfte. Noch immer stand ich abwartend barfuss im Schnee. Der Wachmann kratzte sich verlegen am Hinterkopf.

„Ich weiß nicht Fräulein Cathy, ob das ihrem Vater Recht wäre!", erklärte er hilflos.

„Ist es! Und wenn meine Tochter sagt sie sollen jemanden passieren lassen, dann gilt die Anordnung! So als wenn ich sie höchstpersönlich gegeben hätte!", hörte ich eine donnernde Stimme, die sich nun schnell näherte. Mich hochhob und eilig Richtung Haus trug.

„Kommen sie!", forderte er Barbie auf. „Ich muss nur meine kleine Verrückte ins Haus bringen, ehe sie sich den Tod holt!"

Erst jetzt betrachtete mich Barbie näher und trabte hinter Dad her, der dabei war einen neuen Rekord über 300 Meter aufzustellen.

„Dein Vater hat Recht Rats! Du musst schnell zurück ins Warme!"

Kaum durch die Haustüre, hüpfte ich von Dads Armen.

„Was ist mit Fetti?", fragte ich aufgeregt.

„Sie hat schon seit mehr als einer Woche hohes Fieber! Ihre Schnitte vom Ritzen haben sich grässlich entzündet. Wir waren schon zwei Mal in der Ambulanz! Aber du weißt ja, wir sind nicht versichert. Sie haben Fetti nur einen neuen Verband gemacht, und ihr ein Antibiotikum gegeben. Aber es wird von Tag zu Tag schlimmer! Ich habe versucht dich anzurufen, aber laut Auskunft der Telekom habt ihr seit kurzem eine Geheimnummer. Ich bin deshalb selbst gekommen, war schon drei Mal unten am Tor. Aber diese verdammten Wachleute waren nicht bereit dich anzurufen. Heute hatte ich mehr Glück, und ich bin hinter dem Lieferwagen der Bäckerei durchs Tor gehuscht. Aber sie haben mich trotzdem erwischt! Und wenn du mich nicht zufällig gehört hättest, wäre auch heute wieder alles umsonst gewesen. Und die Zeit drängt! Fetti braucht dringend deine Hilfe!"

Flehend schaute sie mich an.

„Kein Problem Dad, nicht wahr? Du wirst Fetti doch helfen?", fragte ich unsicher.

„Natürlich Cathy! So wie ich das sehe, stehe ich bei den

Damen tief in der Schuld! Haben sie doch in deiner Zeit auf der Straße gut auf dich aufgepasst!", erklärte er tief bewegt.

Ich atmete erleichtert auf.

„Dann lass uns auf der Stelle los machen!", sagte ich im feinsten Straßenjargon.

Ballte meine Faust, um sie mit Barbie zu kreuzen, und erntete dafür einen amüsierten Blick meines Dads.

„Vielleicht solltest du dir vorher etwas anziehen!", warf Dad schmunzelnd ein.

„Ich komme gleich!", rief ich und sprintete die Treppe hoch.

„Mach hin Rats!" sagte Barbie.

„Ja Rats, beeil dich! Schließlich wollen wir nicht ewig auf dich warten!", feuerte mich jetzt auch Dad an.

„Na super!", dachte ich während ich hastig in meine Kleider schlüpfte. „Nun haben sie deinen Straßennamen letztendlich doch noch erfahren!"

Keine Minute später war ich abfahrtbereit. Felix unrasiert und mit zerzaustem Haar holte gerade die Limo aus der Garage.

„Wohin?", fragte Felix, während auch ich noch schnell ins Auto sprang.

„Nach Frankfurt ins Allerheiligenviertel, genauer gesagt in die Allerheiligenstraße 17", antwortete Barbie hastig.

„Ich habe nach euch gesucht!", sagte ich vorwurfsvoll zu Barbie.

„Ich weiß!", sagte sie, „Aber wir wollten nicht gefunden, werden! Wir wollten nicht, dass du dich irgendwie ver- pflichtet fühlst. Du hast schon genug für uns getan. Wir haben uns von dem Geld das du mir gegeben hast eine kleine Wohnung gemietet und sind jetzt weg von der Straße. Ich wäre auch jetzt nicht gekommen, aber es geht Fetti wirklich sehr schlecht. Und keiner will uns helfen!"

Sie starrte mutlos vor sich hin.

„Keine Sorge Barbie!", sagte ich rasch. „Mein Dad, ist der beste Arzt der Welt, der kriegt das wieder hin! Nicht wahr Dad?"

„Ich denke schon!", brummte er.

Barbie wirkte verändert. Auch als sie noch auf der Straße lebte, legte sie immer viel Wert auf ihr Äußeres. Doch das war, wenn man auf der Straße lebte, nicht so einfach.

„Du siehst wirklich gut aus Barbie!", lobte ich sie.

„Du aber auch Rats!"

Dad konnte sich ein Schmunzeln, wegen unserer typisch weiblichen Unterhaltung nicht verkneifen.

Trotz der lockeren Unterhaltung merkte man Barbie die Anspannung an. Die Sorgen, die sie sich um Fetti machte. Mich wunderte, wie souverän mein Dad mit der Situation umging. Spürte bei ihm keinerlei Berührungsängste. Mir dämmerte, dass ich ihn wohl in so mancher Hinsicht falsch einschätzte.

„Und sonst?" erkundigte ich mich um die Unterhaltung wieder in Gang zu bringen. „Gibt es sonst Neuigkeiten bei euch?"

„Einiges!", erwiderte Barbie wortkarg, war im Gedanken wohl bei Fetti.

Nach einem geistesabwesenden Blick durchs Fenster setzte sie dann aber doch fort.

„Wir sind endgültig weg vom Bahnhofsviertel und der Taunusstraße! Wir meiden die Gegend, seit der Sache mit Marco und dem Typen der dich beinahe vergewaltigt hat!"

Ich sah Dad heftig zusammenzucken. Seine Gesichtszüge entgleisten eine Sekunde und er starrte mich entgeistert an.

„Na Klasse!", dachte ich, jetzt fallen auch noch meine letzten Geheimnisse.

„Es ist nichts passiert", beruhigte ich ihn. „Fetti hat den Kerl mit einem Brett K.O. geschlagen!"

Ehrlich gestanden, als ich es aussprach war ich mir nicht mehr so sicher, ob ihn dieser Satz unbedingt beruhigte.

Dank Navigation, fand Felix die angegebene Adresse. Er hielt kaum an, da sprang Barbie aus dem Auto und rannte zum Haus. Dad und ich hinter ihr her.

Das winzige Apartment im 3.Stock war sauber und ordentlich, bestand im Prinzip nur aus einem größeren Raum der spärlich möbliert war. Auf einem Doppelbett, das die beiden offensichtlich vorm Sperrmüll retteten, lag Fetti. Ihr Gesicht feuerrot und verschwitzt verriet, dass sie hoch fieberte.

„Fetti!", mit ein paar Schritten war ich bei ihr am Bett. „Alles wird gut! Wir sind hier um dir zu helfen!", sagte ich, und blickte ängstlich zu Dad.

Er warf nur einen kurzen Blick auf sie. Kramte sofort nach seinem Handy und verständigte eine Ambulanz.

„Was hat sie?", fragte ich jetzt doch zu tiefst erschrocken.

„Höchstwahrscheinlich eine beginnende Sepsis."

„Das wird doch wieder? Oder Dad?", fragte ich nun leicht panisch.

Auch Barbie lehnte bleich an der Mauer. Ließ meinen Dad, der Fettis Hand nun näher betrachtete, nicht aus den Augen.

„Wohin wird sie gebracht?", erkundigte sie sich dann. „In diesen öffentlichen Krankenhäusern, lassen sie Fetti doch glatt verrecken!"

„Nein!", sagte Dad. „So schlecht wie du glaubst, sind die öffentlichen Krankenhäuser auch wieder nicht. Aber das steht ohnehin nicht zur Debatte. Ich lasse sie in unsere Klinik bringen! Also keine Sorge!"

Barbie kaute ununterbrochen an ihren Nägeln. Das tat sie bereits, als wir gemeinsam auf der Straße waren. Und zwar immer dann, wenn der Druck der auf ihr lastete, unerträglich wurde. Dann nagte sie, biss daran herum, bis sie bis aufs Fleisch abgenagt waren. Ich ging hinüber, nahm ihr den Finger aus dem Mund.

„Nicht!", sagte ich vorwurfsvoll. „Sonst wirst du uns auch noch krank!"

Es dauerte ewig bis die Ambulanz kam. Nachdem sie Fetti mühsam das enge, verwinkelte Treppenhaus hinunter schafften, brauste sie auch schon, inklusive Dad, davon. Barbie und ich mit Felix in der Limousine hinterher. Wir verloren sie bald aus den Augen, da Felix sich standhaft weigerte, rote Ampeln zu überfahren.

Als Barbie und ich in der Klinik eintrafen, war Fetti längst im Behandlungsraum. Doktor Freier desinfizierte gerade ihre Schnittwunden am Arm. Eine eilig gelegte Infusion sollte dafür sorgen, das Fieber und die Infektion unter Kontrolle zu bringen.

Als Dad uns entdeckte, trat er zu uns auf den Gang.

„Das war wirklich Rettung in letzter Minute", erklärte er mit ernstem Gesicht. „Ich bezweifele, dass wir einige Tage später, den Unterarm noch hätten retten können! Zum jetzigen Zeitpunkt aber stehen ihre Chancen gut!"

Erleichtert fiel mir Barbie um den Hals.

„Können wir zu ihr?", fragte ich.

„Besser nicht!", meinte Dad. „Lasst ihr ein paar Tage Zeit! Sie braucht jetzt viel Ruhe! Wir verlegen sie vorerst auf die Intensivstation um sie engmaschig überwachen zu können! Aber wenn alles so läuft wie wir denken, ist sie in zwei drei Tagen über das Gröbste hinweg! Kommt jetzt, wir fahren nach Hause! Sie ist bei Doktor Freier in den besten Händen!"

Er schaute Barbie auffordernd an und streckte ihr die Hand hin.

„Verstehen sie mich bitte nicht falsch!", erwiderte Barbie zögernd. „Ich bin unglaublich dankbar, für das was sie für Fetti tun, aber ich gehe hier nicht weg. Ich werde solange hier am Gang sitzen, bis es ihr wieder besser geht!"

Dad lächelte verstehend und nickte.

„Das habe ich mir bereits gedacht. Deshalb habe ich ein Zimmer für sie bereitstellen lassen. Dort können sie auf ihre Freundin warten, wenn ihnen das Recht ist!"

Tränen schossen in Barbies Augen.

„Und wie Recht!", flüsterte sie. „Danke, Danke für alles!"

„Zimmer 102", sagte Dad noch, ehe er nach meiner Hand griff.

„Kommst du mit mir mit Cathy?", fragte er.

Ich warf einen zögernden Blick zu Barbie, doch sie nickte zustimmend.

„Geh nur Rats! Du kannst hier ohnehin nichts tun! Und falls sich an Fettis Zustand etwa ändert, erfährst du es ja ohnehin von deinem Vater!"

Schweigend verließen wir die Klinik. Kaum im Auto rutschte Dad unruhig ganz nah neben mich und griff nach meiner Hand.

„Da ist noch eine Sache, die mich die ganze Fahrt über beschäftigt hat!", begann er verlegen. „Möchtest du mir von dem Vorfall in der Taunusstraße erzählen?"
Ich wusste sofort worauf er anspielte und schüttelte energisch den Kopf.
„Sei mir bitte nicht böse Dad, aber ich möchte nicht darüber sprechen! Das Wichtigste weißt du ohnehin! Er hat mir nichts getan. Fetti hat ihn daran gehindert!"
Ich senkte meinen Blick, konnte ihm nicht in die Augen schauen.
„Ist schon okay Cathy!", beschwichtigte er mich.
„Vielleicht ein anderes Mal!"
Er wirkte abwesend. Ich sah, wie es in ihm arbeitete.
„Es ist alles nur meine Schuld!", stöhnte er leise. „Wenn ich dich nicht weggeschickt hätte, wäre das alles nicht passiert!"
Sein Gesicht war gramvoll, voller Schuld.
„Ich bin auch nicht schuldlos Dad", sagte ich. „Ich hätte ja nicht weglaufen müssen! Außerdem weiß ich inzwischen, dass du mich nur beschützt hast. Verhindern wolltest, dass mich diese Kerle zu einem Betonblock verarbeiten!"
„Du weißt davon?", fragte er überrascht.
„Ja sicher Dad! Jonas hat es mir erzählt. Ich hätte ihm sonst seinen Verrat nie und nimmer verziehen! Du weißt ja wie ich bin!"
„Allerdings!", sagte er und ein feines Lächeln huschte über seine angespannten Züge.
„Aber da ist etwas, um das ich dich bitten möchte!", setzte ich zögernd fort. „Könntest du meinen Straßennamen für dich behalten. Ich möchte nicht die ganze Zeit von Jonas und Chris aufgezogen werden!"
Sein Gesicht hellte sich merklich auf und er schaffte es sogar zu grinsen.
„Wenn's weiter nichts ist Rats, kein Problem!"

Meine Zeit auf der Straße half mir mehr, als dieser schnieke Doktor Maiers. Durch sie gelang es mir meine Probleme in einem anderen Licht zu betrachten. Sie erweiterte in gewisser Weise den Horizont meiner Welt.

Ich begann diese hohe Mauer einzureißen, die mich seit Kindertagen umgab. Versuchte sie nun Stein für Stein abzutragen. Aber das Allerschönste war, dass ich mehr und mehr begriff, dass Dad mich liebte. Wir näherten uns an. Vorsichtig, Schritt für Schritt. Ängstlich darauf bedacht, nicht in alte Muster zurückzufallen.

An manchen Tagen stieg sie noch unvermutet hoch. Diese Wut, diese Leere, dieser dumpfe, tiefe Schmerz. Aber ich kämpfte dagegen an. Ließ nicht mehr zu, dass sie mich voll und ganz in ihren Bann zogen.

56.Kapitel

Am nächsten Tag fuhr mich Felix gleich nach der Schule zu Barbie und Fetti ins Krankenhaus. Doch bevor ich zu Barbie ging, besuchte ich Dad.

„Hallo Kleines!", begrüßte er mich liebevoll, und seine Augen leuchteten erfreut auf, als ich sein Arbeitszimmer betrat.

„Störe ich?", fragte ich, als ich die Ärzte bemerkte, mit denen er gerade einen Fall diskutierte.

„Gib mir fünf Minuten", erwiderte er mit einem Blick auf die Runde, dann sind wir fertig.

Unschlüssig blieb ich halb in der Türe stehen.

„Dann komm ich später! Ich besuche zuerst Barbie und Fetti!", sagte ich und verabschiedete mich höflich.

Barbie saß allein im Zimmer, ein Buch in Händen. Fetti befand sich noch auf der Intensivstation.

„Wie geht es ihr?", erkundigte ich mich.

„Ich war gerade bei ihr, sie schläft jetzt. Doktor Freier ist mit dem Verlauf sehr zufrieden. Wenn alles gut geht, darf sie morgen die Intensivstation verlassen, und herunter ins Zimmer!", entgegnete sie freudestrahlend.

„Na Gott sei Dank!", erwiderte ich erleichtert.

„Ich habe eine Frage an dich", begann ich vorsichtig.

Bemühte mich, nicht wie unser Seelenklempner Doktor Maier zu klingen.

„Wie stellst du dir deine Zukunft vor?"

Barbie riss ihre Augen weit auf, zerkugelte sich dann fast vor Lachen.

„Nicht böse gemeint Rats!", kicherte sie. „Aber jetzt klingst du fast wie ein übereifriger Sozialarbeiter. Wie soll ich mir meine Zukunft schon vorstellen? Ich habe keinen Schulabschluss, keine Ausbildung. Ich werde mich wohl bis an mein Lebensende mit schlecht bezahlten Hilfsjobs oder schnorren über Wasser halten müssen. Natürlich könnte ich jederzeit Hartz 4 beantragen. Aber dann lande ich wieder in dieser elenden Tretmühle, die einem psychisch tief nach unten zieht!"

„Nee!", sagte sie bestimmt. „Bevor ich Hartz 4 beantrage, schnorre ich lieber und lebe weiterhin von der Hand in den Mund! Warum fragst du?"

„Ich habe euch verzweifelt gesucht, nachdem ich wieder zu Hause war. Aber nicht um euch irgendwelche Almosen anzubieten. Nein Barbie, ich habe längst begriffen, dass das nicht der richtige Weg wäre. Ich wollte euch vielmehr einen Vorschlag machen..."

Dann erzählte ich ihr vom Obdachlosenheim, das meine Mom vor über zwanzig Jahren in Bad Soden gründete. Davon, dass ich auf der Straße feststellte, dass unsere Unterkunft die Gruppe jungendlicher Ausreißern nicht berücksichtigte. Ich berichtete ihr von Moms Briefen und davon, dass ich endlich ein lohneswertes Projekt fand. Am Schluss angelangt, kam ich dann auf den entscheidenden Punkt.

„Also ich will dieses Projekt in den nächsten Wochen starten. Will diesen Jugendlichen eine Perspektive geben, und sei es anfangs nur ein warmes Dach über dem Kopf. Und dafür möchte ich gerne euch zwei gewinnen. Wer könnte diese Jugendlichen besser verstehen als du und Fetti. Wer, wenn nicht ihr, könnte besser wissen, was sie beschäftigt. Ich möchte, dass ihr diese Unterkunft leitet.

Nein keine Sorge Barbie, nicht administrativ. Sondern als Ansprechperson und Wegweiser in eine bessere Zukunft. Ihr würdet dann angestellt und krankenversichert sein und ein ordentliches Gehalt beziehen. Außerdem könnten wir es sicher so einrichten, wenn ihr das möchtet, dass ihr dort eine eigene Wohnung beziehen könntet. Was sagst du dazu?"

Barbie starrte mich an, als wäre ich eine Außerirdische.

„Ist das dein Ernst?", fragte sie unsicher. „Und das traust du uns zu?"

„Auf jeden Fall! Zu hundert Prozent! Und ja, das ist mein voller Ernst, mit solchen Dingen scherze ich nicht!", bestätigte ich.

„Und das sind keine Almosen! Glaub mir, ich brauche euch dringend! Natürlich gibt es genügend ausgebildete Sozialarbeiter und Seelenklempner, aber", ich machte eine verächtliche Handbewegung, „zumindest die zweite Kategorie kannst du doch allesamt in der Pfeife rauchen!"

Barbie sprang auf, einen ungläubigen Ausdruck im Gesicht.

„Ja!", jubelte sie. „Ja, gern!"

„Dann sind wir uns ja einig!", erklärte ich aufatmend.

Auch das gehörte zu den Dingen, die ich erst lernen musste. Menschen definieren sich auch über ihre Arbeit. Nicht nur des Geldes wegen. Nein, vielmehr wegen ihres Selbstwertgefühls. Und echte Hilfe bestand nicht darin, großzügig Geld zu verschenken. Nein, sie bestand darin, den Menschen ihren Wert zurückzugeben. Dieses Gefühl, dazuzugehören, ein wichtiges Rädchen innerhalb eines Systems zu sein.

Barbies freudestrahlendes Gesicht belohnte mich für all die Stunden in denen ich grübelte. Verzweifelt nach einer wertschätzenden Lösung für sie suchte. Ich war unsagbar glücklich, dass ich sie fand. Nie zuvor sah ich soviel echte Freude in ihrem Gesicht. Sie kam von innen. Es war, als hätte ich ihrer Seele das Strahlen zurückgegeben.

Mein Abstecher auf der Intensivstation zeigte, dass Fetti

tief und fest schlief. So ging ich zum Lift und fuhr hoch zu
Dad. Die Besprechung war mittlerweile beendet. Dad saß
beinahe unsichtbar, versteckt hinter einem Berg von
Krankenakten, am Schreibtisch.

„Ich will dich zum Essen abholen!", sagte ich fröhlich.
„Heute gibt es Marias berühmte Rouladen! Und die
solltest du dir nicht entgehen lassen!"

Er musterte mich verträumt und ein verlorenes Lächeln
huschte über seine Züge. Dann erhob er sich und streifte
seinen Mantel über.

„Dann sollten wir uns aber beeilen, bevor dein Bruder
und Chris alles verdrückt haben!", scherzte er.

Er griff nach meiner Hand, drückte sie an sein Gesicht
und wirkte wehmütig als er sagte: „Deine Mom hat mich
auch jeden Tag zum Essen abgeholt. Ich habe wegen der
Arbeit oft darauf vergessen. Ich habe schon Jahre nicht
mehr daran gedacht, bis vorhin, als du durch die Tür gekommen bist!"

Wir waren schon im Lift, als er im Schritt innehielt und
zurück ins Arbeitszimmer huschte.

„Warte!", sagte er. „Ich habe noch etwas besorgt!"

Kurz darauf kam er mit einem Geigenkoffer zurück.

„Wir schulden George noch eine Geige!"

„Richtig!", sagte ich. „Danke Dad, dass du daran gedacht
hast, ich hätte wirklich darauf vergessen!"

Er schmunzelte verschmitzt.

„Dafür hast du ja mich!"

„Vielen lieben Dank, Dad!", sagte ich. „Aber da ist noch
etwas, dass ich mit dir besprechen möchte. Chris hat mir
versprochen, dass er mit mir in den Taunus fährt um
nach Lucie zu suchen. Ich weiß, wie schwer das für dich
sein muss. Aber ich muss mein Versprechen halten!"

Sein Gesicht wurde ernst, und seine warme Hand drückte
die meine.

„Ich weiß, Chris hat mich bereits informiert! Ich verstehe
gut wie wichtig dir die Sache ist! Und deshalb, nur aus
diesem Grund, bin ich damit einverstanden! Ich würde
alles tun, nur damit du dich besser fühlst!"

Ich schluckte.

„Ja Dad!", sagte ich gerührt. „Ich weiß!"
„Aber jetzt ab zu unseren Rouladen!", sagte er, bemüht heiter. „Ehe wir vor leeren Tellern sitzen!"

57.Kapitel

Doktor Jefferson kehrte, gestärkt durch das vorzügliche Essen, zurück in den achten Stock. Er versuchte gerade sich erneut in eine der Krankenakten einzulesen, als das Telefon läutete. Ungehalten über die Störung hob er ab.
„Jefferson"
„Hallo John!", säuselte Amanda. „Es ist schön wieder ein Mal deine Stimme zu hören!"
„Was gibt es Amanda?", fragte er, bemüht nicht allzu unhöflich zu klingen.
„Ich wollte mich noch einmal bei dir entschuldigen! Du kannst dir nicht vorstellen, wie oft ich in Gedanken den unseligen Abend durchgegangen bin. Ich weiß, ich hätte Cathy niemals schlagen dürfen. Aber bitte versuche auch meine Situation zu verstehen. Ich war so aufgeregt, so völlig durch den Wind. Schließlich hatte ich kurz vorher von Lucies Entführung erfahren. Natürlich rechtfertigt das mein Verhalten in keinster Weise, aber bitte lass es doch wenigstens als Erklärung gelten!", flehte sie mit belegter Stimme.
Amandas Anruf kam nicht von ungefähr. Sie kannte John nun bereits 1 Jahr. Und so nahm sie an, dass mittlerweile sein größter Zorn wohl verraucht sei.
„Wir hatten doch wirklich eine schöne Zeit miteinander. Du willst sie doch nicht wegen eines einzigen dummen Fehlers beenden? Oder John?" bettelte sie nun.
„Es tut mir leid Amanda!", erwiderte er ruhig. „Ich habe meine Entscheidung bereits getroffen! Sie beruht aller-

dings nicht nur auf diesem einen Vorfall. Da waren viele Dinge, die mir gezeigt haben, dass du nicht die Frau bist, die ich in meinem und dem Leben der Kinder haben möchte!"

Er hörte sie schwer atmen.

„John!", erwiderte sie leidend. „Gerade in meiner jetzigen Situation, könnte ich dringend ein wenig Beistand von dir gebrauchen. Du hast ja keine Ahnung wie ich mich fühle, wie schwer das alles für mich ist, seit Lucie verschwunden ist!"

Geschickt spielte Amanda die Lucie-Karte aus. Zog wahrlich alle Register um John doch noch umzustimmen. Doch er zeigte ihr eine Seite von sich, die sie bis dahin noch nicht kannte.

„Die Sache mit Lucie hat uns alle schwer getroffen. Und sie ist die Einzige, bei der du auf meine uneingeschränkte Unterstützung zählen kannst. Aber ansonsten Amanda, trennen sich unsere Wege. Das Wohl meiner Kinder steht für mich an erster Stelle. Selbst wenn ich dir verzeihen könnte, unsere Beziehung würde unter keinem guten Stern stehen, das habe ich längst begriffen. Denn du und Cathy, ihr seid wie Feuer und Wasser. Leider hast du nie begriffen was für ein feiner und mitfühlender Mensch sie ist. Das zeigt sich mir gerade jetzt. Denn obwohl sie noch nicht ganz gesund ist, will sie morgen am Taunus nach Lucie suchen. Sie befürchtet, dass, wenn sie noch länger wartet, der Lawinenpeilsender nicht mehr aktiv sein könnte. Allein wenn ich daran denke, wie wichtig ihr Lucies Wohlergehen ist, dann frage ich mich, warum du ihr warmes, liebenswertes Wesen nicht erkannt hast. Nein Amanda, du passt nicht zu mir. Und noch viel weniger zu meinen Kindern. Du besitzt nicht die Herzensgüte, die ich mir von einer Frau an meiner Seite erwarte! Lebwohl Amanda!"

Dann legte er auf.

Entgeistert starrte Amanda auf den Telefonhörer, als sie registrierte, dass John das Gespräch einfach beendet hatte. Sie stampfte zornig auf.

„Was bildet er sich überhaupt ein! Wie kann er mich nur

so herzlos abweisen? Und überhaupt, er wird noch sehen, was er davon hat!", dachte sie empört, und griff nach dem Handy.

„Hallo Mike! Ich habe gute Nachrichten! Morgen könnt ihr dieses kleine Biest endlich in eure Gewalt bringen. Da sucht sie mit ihrem Freund am Taunus nach Lucie. Alles was ihr tun müsst ist, die Jacke die Lucie getragen hat an einem Ort zu platzieren, wo ihr sie leicht überwältigen könnt. Denn wie ich gerade erfahren habe, ist in ihr ein Lawinenpeilsender versteckt. Ihr müsst nur ihren Freund ausschalten, aber das spielt jetzt auch keine Rolle mehr! Wir erhöhen einfach das Lösegeld. Denn dann wird sich bestimmt jemand finden, der das übernehmen wird. Und dann will ich Lucie zurück! Hast du mich verstanden Mike!"

Amanda schäumte vor Wut, war aufgebracht und schwer gekränkt durch die Abfuhr, die ihr John erteilte.

„Das sind ja wirklich gute Nachrichten Amanda! Wurde aber auch schön langsam Zeit. Ich kümmere mich gleich darum! Keine Sorge, dieses Mal klappt es bestimmt! Und dann beginnen wir endlich ein neues Leben. Und diesem Jefferson werden wir es noch zeigen! Wir verdoppeln das Lösegeld! Und seine kleine Prinzessin lassen wir dann irgendwo alleine in einem Drecksloch verrecken!", ätzte er.

„Mir ist das egal, ich will davon nichts wissen! Tu, was immer nötig ist. Hauptsache wir bekommen das Geld und ich Lucie zurück. Das steht mir nach allem was ich mit John erleben musste, als Entschädigung mehr als zu!", klagte sie wehleidig.

Doch Anbetrachts des bevorstehenden Geldregens, hellte sich ihre Stimmung merklich auf.

„Ja, Morgen, haben wir unser Ziel erreicht! Und John wird noch sein blaues Wunder erleben!", dachte sie voller Schadenfreude.

„Ich erwarte deinen Anruf Liebster!", sagte sie überschäumend freundlich, ehe sie zufrieden auflegte.

58.Kapitel

Das köstliche Mittagessen war beendet und Dad kehrte in die Klinik zurück. Ich bat Chris, mich zu George zu fahren. Noch heute, gleich jetzt, auf der Stelle wollte ich ihn mit der neuen Geige überraschen.

„Du brauchst nicht auf mich zu warten Chris!", sagte ich. „Du kannst mich später wieder abholen!"

Doch Chris schüttelte entschieden den Kopf.

„Nein Cathy!", lehnte er ab. „Kommt nicht in Frage, ich begleitete dich! Wir wollen doch nicht, dass dein Dad eine weitere Geige besorgen muss!"

Es lag bestimmt nicht in seiner Absicht, aber seine Worte verunsicherten mich. Er las es wohl in meinen Augen, denn er verbesserte sich schnell.

„War nur ein wirklich dummer Scherz, Liebes! In Wahrheit genieße ich deine Gegenwart einfach viel zu sehr, und will bei dir bleiben!"

„Willst du mit meinem BMW fahren?", erkundigte ich mich. „Der arme Wagen steht jetzt schon seit Wochen ungenutzt in der Garage!"

Seine Augen glänzten, ja Chris liebte mein Auto. So rief ich Martha an um nachzufragen, ob George überhaupt zu Hause sei. Mein Anruf, eher als eine Geste der Höflichkeit gedacht, förderte verblüffendes zu Tage. Nein, George war nicht zu Hause. Voller Freude erzählte mir Martha, wie positiv sich sein Leben seit seinem Auftritt in unserer Klinik verändert hatte.

„Du hast mit seinem Auftritt auf der Gala einen Stein ins Rollen gebracht, der eine ganze Lawine ausgelöst hat!"

Sie berichtete von den unzähligen Angeboten, die George kurz darauf erhielt. Von den Förderern und Sponsoren die sich nach Neujahr bei den Nellmanns die Klinke in die Hand gaben. Davon, dass er nun sein Studium am Musikkonservatorium in Frankfurt wieder aufgenommen hatte. Von den Anfragen Auftritte betreffend, einmal ganz abgesehen. Aber das war längst noch nicht alles. Besonders stolz machten Martha Georges Fortschritte, die sein Sprechen betrafen.

„Er hat eine neuartige, experimentelle Sprachtherapie begonnen, und macht jeden Tag gewaltige Sprünge!"

Ich war wie berauscht, überwältigt vor Glück.

„Du kannst aber gerne vorbei kommen!" lud sie mich ein, „George kommt mit Werner um 17:00 Uhr aus Frankfurt. Er hat schon oft nach dir gefragt. Ich glaube eine größere Freude, als wenn du da bist, wenn er nach Hause kommt, könntest du ihm gar nicht machen!"

Ich nahm die Einladung gerne an und wir machten uns auf den Weg. Wir tranken gerade gemütlich Kaffee, als George kam, und uns in der Küche entdeckte.

„Cathy!", sagte er vorwurfsvoll. „Du warst lange nicht da!"

Ich war echt sprachlos. Mit so gewaltigen Fortschritten rechnete ich nicht.

„Dein Sprechen ist wirklich viel besser geworden!", lobte ich ihn überschwänglich

Er winkte verlegen ab.

„Ist wie bei Musik", belehrte er mich dann. „Ein Wort nach anderem!"

Dann entdeckte er den Geigenkoffer und bestaunte ihn andächtig. Ich drückte ihm den Koffer in die Hand.

„Da George, für dich!"

„Geschenk für mich?" fragte er, und seine Augen hüpften vor Freude.

„Mach schon auf!", forderte ich ungeduldig, da ich die Geige selbst auch noch nicht gesehen hatte.

Er öffnete den Koffer, und seine Züge verklärten sich. Wie einen Schatz hob er sie heraus und präsentierte sie den staunenden Nellmanns.

„Die war bestimmt furchtbar teuer! Die ist doch viel zu wertvoll!", stammelte Martha verlegen.

Ich schmunzelte. Ja Dad bewies wieder seinen Griff für besonders hochwertige Dinge.

„Nun!", beruhigte ich Martha. „Sieh es so, mein Leben ist Dad, doch einiges Wert!"

Während Chris weiter mit den Nellmanns in der Küche

blieb, verzogen George und ich uns ins Wohnzimmer.

Meine lange Spielpause wirkte sich sehr ungünstig aus. Es klang grauenhaft. Doch es tat der Freude über unser Wiedersehen und dem gemeinsamen Musizieren keinen Abbruch. George war geduldig wie eh und je. Verzog selbst bei den schrägsten Tönen, die ich meiner Geige entlockte, keine Miene. Er spielte mir Passage für Passage vor. Das Üben erschöpfte mich rasch. Auch wenn ich es geschickt vor meiner Familie und Chris verbarg, ich wusste, dass ich noch nicht wieder ganz auf dem Damm war.

George hingegen bemerkte es mit seiner ihm eigenen Sensibilität. Er nahm mir die Geige aus der Hand und sagte lächelnd: „ Ruh aus! Ich spiele für dich!"

Ich lümmelte mich auf die Couch. Und selbst ich Stümper erkannte, wie intensiv der Hörgenuss durch dieses hochwertige Instrument wurde. Gedankenversunken lauschte ich seinem virtuosen Vortrag. Dann legte er sie umsichtig in den Kasten zurück.

„Kuchen essen?", fragte er, und streckte mir die Hand hin.

„Kuchen?" fragte ich erstaunt. „Keine Kekse?

Er schüttelte den Kopf und klärte mich auf.

„Kekse gibt Weihnachten!"

Ja auch George gelang es ab und an mich zu überraschen. Mein Besuch bei George erinnerte mich aber auch schmerzhaft an Lucie. Heute, nachdem ich mit Dads Hilfe mein Versprechen einlöste, und George seine neue Geige brachte, drängte sich ein anderes in den Vordergrund. Das, das ich Lucie gab.

Selbst als wir den gelungenen Schokokuchen, den Martha uns servierte verspeisten, saß ich nur abwesend am Tisch. Chris wirkte beunruhigt, drängte zum Aufbruch. Kaum im Auto zog er mich an sich und sah mich prüfend an.

„Was ist passiert Cathy? Du wirkst so unglücklich?"

Wie von selbst senkte sich mein Kopf.

„Mein Versprechen, das ich nun eingelöst habe, hat mich daran erinnert, dass ich auch Lucie etwas versprochen habe! Ich will sie jetzt endlich suchen!", forderte ich leise.

„Das werden wir auch!", beschwichtigte er mich.

„Ein paar Tage Cathy, ein paar Tage brauchst du noch um dich vollständig zu erholen, aber dann brechen wir auf!"

„Versprochen?", fragte ich.

„Natürlich!", sagte er. „Auch ich halte meine Versprechen immer!"

59. Kapitel

Nellmann saß hinter seinem Schreibtisch, als es klopfte.

„Herein", sagte er verwundert, und richtete den Blick zur Tür.

Eigentlich war es lange vor Dienstbeginn und er fragte sich, wer außer ihm sich schon so zeitig im Präsidium aufhalten würde. Als Chris eintrat, wirkte er ein klein wenig verlegen.

„Entschuldigen sie, dass ich schon so früh störe, aber ich habe ein Problem!"

„Und das wäre?", erkundigte Nellmann sich erstaunt.

„Ich habe Cathy versprochen mit ihr gemeinsam nach Lucie zu suchen, wenn sie wieder fit ist. Und heute will ich mein Versprechen einlösen. Halten sie mich jetzt bitte nicht für paranoid, aber ich habe ein sehr eigenartiges Gefühl bei der Sache. Und da dachte ich, ich frage sie, ob ich meine Dienstwaffe mitführen darf?"

Hauptkommissar Nellmann betrachtete ihn nachdenklich und zögerte kurz.

„Stimmt! Sie haben sich ja heute frei genommen. Also ich sehe nur eine Möglichkeit wie ich ihrer Bitte entsprechen kann", sagte er und nahm den Dienstplan zur Hand. „Ich streiche ihren freien Tag. Und trage ein, dass sie heute abschließend die Fundstelle in Augenschein nehmen. Sie werden doch nur dort suchen, wo wir sicher sind, dass

Cathy nichts passieren kann? Ich gebe ihnen eine Karte mit. Darauf sind alle Gebiete, die wir bereits akribisch abgesucht haben, eingezeichnet. Dort können sie mit ihr suchen, ohne dass wir sie einer Gefahr aussetzen. Das ist doch auch in ihrem Sinn?

Chris atmete erleichtert auf.

„Ja!", sagte er, „Das ist genau das, was mir vorgeschwebt ist! Cathy hat Lucie versprochen, dass sie kommt. Und wenn ich ihr nicht die Chance gebe, sich persönlich davon zu überzeugen, dass Lucie nicht da oben ist, wird sie diese Sache wahrscheinlich nie überwinden. Ich habe versucht ihr schonend beizubringen, dass Lucie eventuell nicht mehr am Leben ist. Aber sie will es weder hören noch glaubt sie es. Vielleicht hilft es ihr, wenn sie vor Ort selbst begreift, dass dort oben im Freien niemand überleben kann. Ich hoffe inständig, dass ihre ständigen Alpträume und Schuldgefühle verschwinden, wenn sie das Gefühl hat, wirklich alles versucht zu haben!"

„Gut", erwiderte Nellmann. „Ich habe den Dienstplan korrigiert! Sie können ihre Waffe also mitführen!"

Chris nickte dankbar und verließ das Büro.

Heute war es so weit, er würde das gegebene Versprechen einlösen.

Stunden später, mittlerweile herrschte im ganzen Haus reger Alltagsbetrieb, klopfte es erneut. Hauptkommissar Nellmann sichtete gerade die umfangreichen Unterlagen der Akte Lucie Miller, um einen vorläufigen Endbericht zu verfassen.

„Bitte entschuldige Werner, dass ich dich störe! Aber ich habe gerade einen äußerst verstörenden Bericht von meinem New Yorker Büro erhalten. Da dachte ich, ich komme lieber gleich persönlich vorbei und informiere dich vom Ergebnis meiner Recherche. Also laut Auskunft meiner Kanzlei in den Staaten ist Amanda Miller pleite. Ich habe nun eins und eins zusammengezählt. Befürchte nun, dass sie in irgendeiner Weise in den Entführungsfall verstrickt ist. Genau betrachtet gibt es für mich da zu viele eigenartige Zufälle. Es hat mich zu der Spekulation veranlasst, ob nicht Amanda in irgendeiner Weise daran

beteiligt sein könnte. Vor allem, wenn man davon aus-
geht, dass ihr eigentliches Ziel Cathy war!"
Verstört reichte er den Bericht über den Tisch.
„Die Recherche war laut meinen Anwälten nicht ganz
einfach. Zuerst konnte man nichts Näheres in Erfahrung
bringen. Erst als man gezielt unter dem Namen ihres Ex
Ehemanns Mike Peters gesucht hat, wurde man fündig
und konnte Einsicht in Konten und Transaktionen nehmen.
„Wie war der Name?", fragt Hauptkommissar Nellmann,
und sein Gesicht wurde eine Spur fahler.
„Mike Peters", wiederholte Doktor Jefferson hastig.
Nellmann wühlte heftig in seinem Berg aus Unterlagen.
„Woher kenne ich nur diesen Namen?", überlegte er. „Ah,
da ist er. Mike Peters hat eine Hütte im Taunus gemietet,
genau in unserem Suchgebiet. Aber wenn Frau Miller und
er die Sache gemeinsam eingefädelt haben, dann wusste
er natürlich auch, dass wir vorhatten alle Hütten zu
kontrollieren. Nur gut, dass dieser Peters nicht weiß, dass
Chris und Cathy sich heute in diesem Gebiet aufhalten.
Doktor Jefferson sank schwer atmend auf den Stuhl vorm
Schreibtisch.
„Ich befürchte die Entführer wissen Bescheid! Durch
einen dummen Zufall habe ich Amanda gestern davon
erzählt!", stammelte er kreidebleich.
Nellmann sprang auf, und starrte ihn entgeistert an.
„Dann laufen die beiden schnurstracks in die Falle!", rief
er, und griff hastig zum Hörer.
„Ich versuche Chris über sein Handy zu erreichen!", sagte
er. „Versuch du es bitte bei Cathy!"
Doch aus den Telefonen ertönte nur die Ansage: „Der von
ihnen gewählte Teilnehmer ist zur Zeit nicht erreichbar,
bitte versuchen sie es in einiger Zeit noch einmal!"
Jetzt verschwand der letzte Rest Farbe aus Nellmanns
Gesicht.
„Verdammt! Die beiden müssen sich gerade in einem
Funkloch aufhalten!" fluchte er, und raste hinüber zur
Einsatzzentrale.
„Ich brauche zwei Einsatzteams! Rasch, uns bleibt wenig

Zeit!"
Mit diesen Worten stürmte er zurück in sein Büro, um die nötigen Vorbereitungen anlaufen zu lassen.
„Bleib du bitte hier Werner! Und versuch weiterhin, ob du nicht doch noch einen der beiden erreichen kannst! Ich mache mich mit meinen Teams auf den Weg. Wir können nur hoffen, dass es noch nicht zu spät ist!", rief er, ehe er hastig am Flur verschwand.

60.Kapitel

Ich wurde in den letzten Tagen kräftiger und fit. Fühlte mich gewappnet für die längst überfällige Suche. Wollte nun endlich mein gegebenes Versprechen einlösen. Doch Chris dämpfte meine Erwartungen bereits im Vorfeld.
„Lucie ist wahrscheinlich tot, Liebes!", sagte er ernst, „Ich kann mir denken, wie schwer das für dich ist. Aber du musst versuchen dich damit abfinden! Die Entführer haben sich nicht mehr gemeldet, sind scheinbar längst untergetaucht. Wir haben nach fast drei Wochen ohne ein Lebenszeichen die Suche eingestellt!"
„Die Suche, nicht die Ermittlungen!", fügte er rasch hinzu, als er mein verstörtes Gesicht bemerkte.
Das war am frühen Abend gewesen. Ich bettelte und flehte. Machte ihn darauf aufmerksam, dass die Batterie nun bald erschöpft sein würde, und eine Ortung danach unmöglich sein würde.
Und ich erinnerte ihn an unsere Abmachungen. Daran, dass er mir ein Versprechen gab, und dass ich meinen Teil davon erfüllte. Bat ihn inständig, einen allerletzten Versuch zu unternehmen. Wollte nicht aufgeben, nach ihr suchen, auch wenn alle Welt ihr Leben bereits verloren gab. Ich konnte und wollte mich nicht damit abfinden,

dass schon wieder ein Mensch der mir am Herz lag, von heute auf morgen aus meinem Leben verschwand.

Chris, mein Chris gab nach, hielt sein Versprechen. Bevor wir wegen der frostigen Temperaturen kurz nach Mittag aufbrachen, reichte er mir ein Gilet. Bat mich es unter der ohnehin dicken Winterjacke zu tragen.

„Damit du nicht krank wirst!", mahnte er sorgenvoll.

Den Gefallen tat ich ihm gerne. War unsagbar dankbar, dass er meiner Bitte, trotz seiner Bedenken, nachkam. Aber so war Chris. Wann immer es irgendwie möglich war, erfüllte er mir meine Wünsche. Es war echte, ehrliche Liebe, die uns wie ein unsichtbares Band zusammenschweißte. Und Chris liebte mich einfach zu sehr um, wenn ich bettelte, hart zu bleiben.

Der Himmel war tiefblau, bis hin zum fernen Horizont, als wir nach zweistündiger Fahrt unser Ziel erreichten. Die einsame Gegend am Taunus lag weit ab, von dem für Touristen erschlossenen Gebiet. Ein schmales Tal, mit schneebedeckten Bäumen und unberührter Natur. Nichts deutete darauf hin, dass hier in letzter Zeit ein Mensch vorbeigekommen wäre. Unsere Fußabdrücke waren die einzigen, die sich verloren über die knirschende Decke aus Eis und tiefem Neuschnee zogen. Trotz klirrender Kälte stapften wir den steilen Hang hinauf. Nach einer Stunde anstrengenden Aufstieg erreichten wir die untere Baumgrenze. Drangen nun in den dichter werdenden Wald vor. Die ganze Zeit über, hielt mich Chris liebevoll an der Hand.

Zwei Wochen zuvor rief ich Nellmann an. Erzählte ihm von dem Lawinenpeilsender in meiner Jacke, und dass man nur nahe genug herankommen müsste, um ihn orten zu können.

„Das wäre vielleicht eine Möglichkeit, wenn ich auch die Erfolgsaussichten für eher gering erachte!" sagte er. „Die Chance sie dadurch zu finden, ist nicht sehr groß. Außerdem stellt sich auch noch die entscheidende Frage: "Wird er aktiv sein? Wird Lucie an das Gerät gedacht und es aktiviert haben?""

„Lucie ist für eine 12jährige äußerst gewieft. Nachdem man ihr das Handy weggenommen hat, wird sie irgendwann daran denken. Sie saß neben mir, als Jonas mir die Jacke schenkte und ich selbst habe ihr die Handhabung genau erklärt!", versuchte ich ihn zu überzeugen.

Er hatte nachdenklich geschwiegen.

„Mach dir aber keine zu großen Hoffnungen! Wer weiß ob Lucie überhaupt noch ..."

Nellmann sprach es nicht aus, doch ich wusste was er meinte. „Bitte!" bettelte ich in den Hörer.

„Na gut!", stimmte er, nach einer Minute des Schweigens zu. „Einen Versuch ist es wert!"

Hundertschaften von Bundesheersoldaten, Bergrettern und das S.E.K, durchkämmten daraufhin nochmals das weitläufige Waldgebiet. Suchten nach einem Signal, doch sie fanden nichts. Chris brachte mir am Abend schonend bei, dass die Suche ergebnislos verlaufen war. Ließ dabei leise anklingen, dass keiner der Ermittler glaubte, dass Lucie irgendwo versteckt im Wald die Kälte überleben könnte. Sie waren sich alle einig, dass Lucie wohl, wenn überhaupt, erst im Frühjahr gefunden werden würde.

Ein wenig missmutig stapfte Chris neben mir her. Warf wiederholt einen besorgten Blick auf mich. Er bereute es bestimmt schon, meinen Plan nicht abgeschmettert zu haben. Stellte sich sicher einen angenehmeren Ort, als diese frostige Umgebung vor, in der wir nun seinen freien Tag verbrachten.

Doch ich strebte unbeirrt weiter. Drang immer weiter in den dichter werdenden Wald vor. Nicht ohne auch Mal anzuhalten um ihn zärtlich zu küssen. Plötzlich schlug das Lawinensuchgerät an.

„Ich habe eine Ortung!", schrie ich aufgeregt.

Chris starrte ungläubig auf das Gerät, das nun aufgeregt piepste. Beinahe zur gleichen Zeit, entdeckten wir meine Jacke, die aufgespießt auf einem krummen Ast, aus dem Schnee ragte.

Chris reagierte blitzschnell. Zog mich an sich, drehte sich mit mir fliehend um und schrie: „Lauf Cathy lauf, das ist eine Falle!"

Er hielt meine Hand fest im Griff und zerrte mich im rasenden Tempo hinter sich her. Wir bemerkten die drei Angreifer zeitgleich.

Reflexartig griff Chris nach seiner Dienstwaffe. Ich vernahm das feine mechanische Klicken, als er sie hastig entsicherte. Mit einer heftigen Bewegung stieß er mich so weit er konnte von sich, hinein in den tiefen Neuschnee.

Noch ehe ich realisierte was geschah, hörte ich den ersten Schuss. Mein Körper löste sich vom Schnee, kam hoch, und blickte auf.

Meine Rettung, dieser Stoss mit dem mich Chris aus der Schusslinie befördert, kostete wertvolle Zeit. Zeit die er nicht hatte, die nun fehlte. Denn noch ehe er reagieren und die Schüsse erwidern konnte, fiel ein weiterer Schuss.

Starr vor Schrecken sah ich, wie Chris sich auf die Brust griff. Mein Blick erfasste seine zerfetzte Jacke, das Blut, das seitlich über seine Schläfe rann. Er torkelte. Fiel, wie ein gefällter Baum, kopfüber nach vorne in den Schnee. Blieb regungslos liegen.

„Chriiiiiiiiis!!!"

Mein markerschütternder Schrei, zerriss das stille Tal.

„Ihr sollt nicht auf das Mädchen schießen, wir brauchen sie lebend!" fluchte jemand.

Drei Männer tauchten aus dem Unterholz auf, näherten sich mir. Chris lag einige Meter von mir entfernt im Schnee, der sich nach und nach blutrot färbte.

„Er ist tot! Chris ist tot", schoss es mir durch den Kopf, „Ich habe ihn getötet!"

„Ginge es nach Chris, würden wir gemütlich auf der Couch sitzen und uns küssen! Es ist meine Schuld! Ich war es, die ihn zu dieser Suche drängte, ich alleine!", dachte ich, ohne zu begreifen.

„Chris, bitte steh auf! Chriiiiiiis!", brüllte ich jetzt gellend, durchdringend.

Ich robbte auf allen vieren zu ihm. Tastete weinend nach

seiner Hand. Versuchte ihn mit aller Kraft an mich zu ziehen, aufzurichten, umzudrehen. Doch er war zu schwer, ich schaffte es nicht. Als ich seine Hand losließ, fiel sie kraftlos in den Schnee zurück.

Es war wie bei Sarah, wie ein Déjà-vu.
Weißer Kiesel, weißer Schnee!

Sie kam zurück, war augenblicklich da. Die herbe Bitterkeit, diese alles umfassende Leere, von der ich hoffte, sie auf ewig aus meinem Herzen verbannt zu haben. Dieses Gefühl der grenzenlosen Einsamkeit und Verzweiflung. Es gab für mich nun keinen Grund mehr zu leben, aber tausende um hier bei ihm zu sterben.

Wie ein schwarzer Vogel kehrte die Dunkelheit in mein Herz zurück.

Doch diesmal war es anders. Ich war nicht gewillt aufzugeben. Die Straße lehrte mich zu kämpfen. Einzutreten für Dinge die mir wichtig waren. Und Chris war mir wichtig, er war mein Leben. Kurz kamen mir Erics Worte in den Sinn: „Wenn du leben willst, nimm deine Füße in die Hände und lauf!"
Doch ich konnte nicht. Nein, das war nicht korrekt, ich wollte nicht mehr davonlaufen. Nun da Chris tot war, ergab es keinen Sinn mehr. Ich ließ Sarah alleine zurück, ignorierte Lucies Hilfeschreie. Chris hier und jetzt seinem Schicksal zu überlassen, war keine Option mehr für mich. Ich würde seinen Körper verteidigen, so wie ich Barbie verteidigte. Gegen jede Vernunft, auch wenn ich damit mein eigenes Schicksal besiegeln würde.
Vorsichtig verließ einer der Schützen nun seine Deckung, steuerte zielstrebig auf mich zu.
Ich stand auf hob meine Hände über den Kopf.
„Braves Mädchen!", sagte der Kerl, der sich mir nun mit einem selbstgefälligen Grinsen auf seiner hässlichen Visage näherte.
Darauf wartete ich nur. Hastig sank ich in die Knie.

Meine Hände tasteten fieberhaft nach der Dienstwaffe, die neben Chris im Schnee lag.

Ich sah wie der Kerl seine Waffe anlegte, und auf Chris's Kopf zielte. Da schnellte meine Hand wie ein Pfeil hoch und drückte ab.

Nie zuvor schoss ich auf einen Menschen. Nicht einmal in einem dieser Videospiele. Ich achtete das Leben. Aber er respektierte das Leben anderer nicht, tötete Chris.

Auge um Auge!

Ich zielte auf seine Brust, aber ich traf ihn am Kopf, punktgenau zwischen den Augen. Wie von einem gewaltigen Faustschlag niedergestreckt, stürzte er rücklings in den Schnee. Sein Blut bildete unverzüglich eine bizarre Lache, auf der steif gefrorenen Oberfläche.

Der dritte Mann, der sich im dichten Unterholz verbarg, fackelte nicht lange, eröffnete unverzüglich das Feuer auf mich.

Bebend warf ich mich in den Schnee und erwiderte seine Schüsse. Wie irr feuerte ich. Immer und immer wieder. Ohne ersichtlichen Grund drehte er sich plötzlich um und floh kopflos. Verunsichert sprang ich auf und starrte ihm nach.

Da tauchten mehrere Personen, wie aus dem Nichts, in meiner unmittelbaren Umgebung auf. Kamen Chris und mir bedrohlich nahe. Doch als sie mich entdeckten, senkten sie ihre Waffen.

Jetzt verstand ich gar nichts mehr. Konnte mir keinen Reim auf ihr eigenartiges Verhalten machen. In meinem Kopf herrschte heilloses Chaos. Voll Angst richtete ich meine Waffe auf sie.

„Verschwindet!", brüllte ich. „Lasst uns in Ruhe!"

Durch die rasch einsetzende Dämmerung konnte ich ihre Gesichter nicht erkennen. Adrenalin peitschte wie eine gefährliche Brandung durch meinen Körper.

„Zurück!", befahl ich panisch. „Ich werde euch alle töten!"

Dann feuerte ich in die Luft. Ich wollte niemanden mehr töten.

Doch um Chris, auch wenn er tot war, zu verteidigen würde ich so lange schießen bis das Magazin leer war.

„Cathy, ich bin es Eric! Ganz ruhig. Es ist alles gut, es ist vorbei. Wir sind hier um euch zu helfen!", redete seine Stimme besänftigend auf mich ein.

„Bitte Eric bleib stehen, oder ich schieße!", flehte ich ihn verstört an. „Woher soll ich wissen, ob du nicht auch zu diesen Verbrechern gehörst! Ich weiß gar nichts mehr!"

Sofort blieb er stehen. Legte sein Gewehr vor sich in den Schnee, und hob seine Hände über den Kopf.

„Ganz ruhig Cathy...", hörte ich auf einmal Nellmanns Stimme.

Alles wurde wirr!

„Wo kam Nellmann jetzt auf ein Mal her, und Eric? Und wer zum Teufel waren die anderen?"

Tausend Dinge geisterten gleichzeitig durch meinen Kopf. Hunderte Gedanken rasten wie Schnellzüge durch mein Gehirn. Kollidierten, entgleisten, und keiner von ihnen erreichte sein Ziel.

„Was ist mit Chris? Ist er verletzt? Cathy wir müssen Chris helfen!", redete Nellmann auf mich ein.

„Chris ist tot!", brüllte ich verzweifelt. „Bitte bleiben sie ganz kurz wo sie sind! Ich muss nachdenken! Ich verstehe das alles nicht mehr!"

Stöhnen.

Da griff eine Hand nach mir. Löste meine Finger, die krampfhaft den Knauf der Waffe umklammerten, und zog sie aus meiner Hand.

„Gesichert!", rief Chris schwach. „Es ist alles unter Kontrolle, ihr könnt kommen!"

„Chris!"

Mein Herz hüpfte vor Freude. Wie betäubt sank ich in den Schnee und umarmte ihn heftig.

„Aua!", beklagte er sich wehleidig.

Da stürmten sie zu uns, und begannen zügig seine Kopfwunde zu versorgen. Nellmann packte mich am Arm, zog mich beiseite. Ich wehrte mich verbissen.

„Ich möchte bei Chris bleiben!", forderte ich aufgebracht.

„Schon okay Cathy! Meine Kollegen wissen was sie tun!",

beschwichtigte mich Chris. „Lass sie ihre Arbeit machen, wir sind ein gut eingespieltes Team!"

61. Kapitel

Keine Viertelstunde später waren die Polizeihelikopter in der Luft. Flogen die zwei Einsatzteams so schnell wie möglich ins Zielgebiet.

Um Zeit zu sparen beschlossen sie noch während des Fluges sich abzuseilen, um näher an den angenommenen Einsatzort heranzukommen. Als sie das abgelegene Tal erreichten, öffneten sie die Türe des Helikopters und ließen sich am Stahlseil zu Boden gleiten. Sofort stürmte die erste der beiden Gruppen, bestehend aus vier Sondereinsatzkräften, bergauf.

„Ich kann sie sehen!", sagte Eric, nach einem prüfenden Blick durch sein Fernglas Minuten später erleichtert. „Wir haben sie bald eingeholt!"

Da zerriss ein Schuss die Stille. Noch während sie ihre Scharfschützengewehre mit fliegender Hand in Anschlag brachten, warfen sich Eric und Sebastian in den Schnee. Die restlichen zwei Männer der Einsatztruppe bewegten sich am Boden robbend, Richtung Cathy.

Durch sein Zielfernrohr beurteilte Eric in Bruchteilen von Sekunde die Situation auf der engen Lichtung.

„Chris wurde getroffen!"

Beherrscht kamen diese Worte über seine Lippen. Doch sein Gesicht verriet die enorme Anspannung.

Den zweiten Mann, der einen kleinen Bogen machte um Cathy von hinten zu überwältigen, konnte er rechtzeitig ausmachen.

„Angreifer auf acht Uhr!", sagte er zu Sebastian. „Er will Cathy von hinten überwältigen.

„Ich sehe ihn" antwortete der.

„Hast du den Angreifer auf 12:00 Uhr im Visier?"

„Negativ!", fluchte Eric. „Ich kann den Schützen vor Cathy nicht ausschalten, sie steht direkt in der Schusslinie!"

Dann sah er wie Cathy in die Knie sank, und in diesem Moment drückte er ab.

Fast gleichzeitig fielen die Schüsse, mit denen Sebastian den Angreifer hinter Cathy ausschaltete, und Eric auf den Schützen vor ihr feuerte.

„Treffer! Zwei der drei Angreifer sind ausgeschaltet", kommentierte Sebastian.

„Bestätige!", antwortete Eric, nach einem weiteren Blick durch sein Zielfernrohr.

„Alle Achtung! Tapferes Mädchen", lobte Eric, nachdem die Situation ganz offensichtlich unter Kontrolle war, „Hast du das gesehen Sebastian? Sie hat doch tatsächlich auf den Mann geschossen, der Chris ausschalten wollte. Diese Kaltschnäuzigkeit hätte ich ihr gar nicht zugetraut. Sie muss ihn wirklich sehr lieben, so wie sie ihn verteidigt hat!"

Er richtete sich auf, gab den anderen Mitgliedern der Einsatzgruppe das Zeichen, dass die Lage unter Kontrolle war.

Hast du mitgezählt wie oft sie gefeuert hat?", fragte er dann.

„Sieben Mal", antwortete Sebastian zügig. „Sie hat noch zwei Kugeln im Magazin!"

„Korrekt!", erwiderte Eric. „Das deckt sich mit meiner Zählung!"

Auch Nellmann der weiter unten aus dem gelandeten Helikopter gesprungen war, erreichte nun Erics Team. Hielt über Funk Kontakt zum zweiten Team, das sich darauf vorbereitete die abgelegene Hütte zu stürmen, und koordinierte deren Einsatz.

„Nehmt die Waffen runter, wenn ihr euch Cathy nähert!" ordnete Nellmann an. „Ich habe keine Ahnung, wie sie reagieren wird. Sie weiß nicht, dass wir hier sind. Ich be-fürchte fast, dass sie jeden von euch für einen weiteren Angreifer halten wird. Sie ist in Panik, also seid vorsich-tig! Eric, sie übernehmen die Gruppe die sich jetzt um Cathy und Chris kümmert. Ich schließe mich dem Team an, das den Zugriff bei der Hütte durchführen wird!"

Er zögerte. Kämpfte mit seinem Bauchgefühl, das ihm riet, bei Erics Team zu bleiben und sich persönlich um Cathy zu kümmern. Trotzdem begann er mit dem Abstieg zum wartenden Hubschrauber. Er stapfte erst einige hundert Meter den Hügel hinunter, als ein weiterer Schuss fiel. Augenblicklich machte er kehrt.

„Sie ist außer Kontrolle!", dachte er bestürzt. „Man ver-gisst so leicht wie jung sie eigentlich noch ist! In diesem Moment ist sie nur mehr ein völlig verängstigter Teena-ger, der den Überblick verloren hat! Warum bin ich nur nicht meinem ersten Gefühl gefolgt, und bei Erics Team geblieben? Mir vertraut sie!"

Um schneller nach oben zu kommen, warf er einen Teil seiner Ausrüstung in den Schnee und rannte die restliche Strecke hinauf.

„Ganz ruhig Cathy! Es ist vorbei! Du musste keine Angst mehr haben!", beschwichtigte er sie schon aus der Ferne, und erreicht kurz darauf sein Team.

62.Kapitel

Widerwillig folgte ich Nellmann zu einem Schneemobil, das inzwischen den Hügel heraufgerattert kam.

„Das hast du wirklich gut gemacht!", lobte Nellmann anerkennend, und hielt meine eiskalte, zitternde Hand fest.

„Ich habe schon befürchtete, dass du in deiner Panik,

nicht mehr in der Lage sein würdest, zwischen Freund und Feind zu unterscheiden! Chris hat mich von eurer heutigen Suche informiert. Er hatte ein komisches Gefühl dabei, trotzdem hat er beschlossen, sein Versprechen einzulösen. Dass ihr hier oben auf die Entführer trefft, damit hat allerdings niemand gerechnet. Ich hätte Chris sonst dringend von dieser Aktion abgeraten. Zum Glück habt ihr kugelsichere Westen getragen! Bei dem Gilet das dir Chris gegeben hat und das dich angeblich vor einer Lungenentzündung schützen sollte, handelt es sich um eine Sonderanfertigung, es ist kugelsicher. Die erste Kugel die seinen Kopf getroffen hat, war zum Glück nur ein ungefährlicher Streifschuss Den zweiten Schuss hat Chris´s Jacke abgefangen. Trotz der Weste ist der Aufprall eines Geschosses so heftig, dass man kurzfristig außer Gefecht gesetzt wird. Aber das alles hätte Chris wenig genutzt, hätte Eric nicht einen weiteren Schuss auf seinen Kopf verhindert. Nein Cathy, du hast niemanden getötet! Es war Eric, der den Entführer ausgeschaltet hat. Du musste dich nicht mit dem Gedanken belasten, jemanden getötet zu haben!", beendete er seine Erklärung.

„Es war alles umsonst! Ich habe mit meiner Aktion nur das Leben von Chris gefährdet!", flüsterte ich noch völlig verstört.

„Das würde ich nicht sagen! Wir haben die Entführer mit deiner Hilfe dingfest gemacht! Außerdem haben wir eine Überraschung für dich, wenn wir in der Klinik sind!"

Es dauerte nicht lange und das Schneemobil erreichte das Tal. Bereits aus einiger Entfernung entdeckte ich den Hubschrauber der Klinik der ratternd auf uns wartete. Meine Füße waren weich wie Butter, als ich aus dem Schneemobil sprang. Im Lichtkegel des Suchscheinwerfers erkannte ich Dad.

„Cathy!", brüllte er. „Cathy!"

Er stürmte auf mich zu. War mit wenigen Schritten bei mir. Tränen rannen über sein sonst beherrschtes Gesicht. Mit einem kräftigen Schwung hob er mich hoch und drückte mich an sich.

Auch meine Emotionen kochten hoch.

„Dad!" schrie ich. „Dad sie haben Chris angeschossen!"
„Alles gut Kleines!", beruhigte er mich, „Chris geht es gut!
Er ist bereits bei uns in der Klinik! Ich habe mich gerade
mit Doktor Freier unterhalten. Ihm ist nichts Schlimmes
passiert! Nur ein unbedeutender Streifschuss! Also kein
Grund zur Sorge!"
Mit diesen Worten setzte er mich am Boden ab. Hastete
auf Werner zu, der nun ebenfalls aus dem Schneemobil
kletterte.
Die Männer fielen sich in die Arme.
„Ich danke dir Werner! Ich stehe tief in deiner Schuld!
Ich verdanke dir so viel! Danke, dass ihr mir meine Kleine unverletzt zurückgebracht habt!"
Nellmann klopfte ihm bewegt auf die Schulter, auch er
konnte seine Gefühle nicht verbergen.
„Das ist unser Job! Aber selten waren wir über einen
positiven Ausgang so glücklich wie heute. Ich begleite
euch in die Klinik, wenn es dir Recht ist!", sagte er dann
mit belegter Stimme.
Kletterte nach Dad und mir in den Hubschrauber, der
kurz darauf abhob. Wir landeten kaum vor der Klinik, als
ich auch schon die Türe des Helikopters aufriss.
Fliegenden Fußes rannte ich zum Eingang. Stürmte durch
die Schiebetüre zu den Behandlungsräumen.
„Chris!", jubelte ich, als ich sah, wie er mit einem dicken
Pflaster am Kopf gerade auf den Gang trat.
Er rannte auf mich zu. Schwang mich hoch und wir küssten uns lange und intensiv. Sein Gesichtsausdruck verän-
derte sich plötzlich, wirkte völlig verblüfft.
Er stellte mich unvermittelt am Boden ab und sagte nur:
„Dreh dich um Cathy, du wirst kaum glauben was du
siehst!"
Unsicher drehte ich mich um, da stürmte Lucie auf mich
zu.
„Lucie!", ich sank wie betäubt auf die Knie. „Lucie! Ich
wusste immer, dass du lebst!"
Heftig drückte ich den kleinen Körper an mich und
Tränen der grenzenlosen Erleichterung schossen nur so
aus meinen Augen.

„Cathy", tröstete sie mich. „Du musst nicht weinen, ich bin ja wieder da!"

Liebevoll strich sie über meine Haare.

„Ich war mir sicher, dass du mich finden wirst! Du hattest es ja versprochen!", sagte sie ernst.

Ich hielt sie krampfhaft umschlungen. Wollte sie gar nicht mehr loslassen. So als könnte sie jeden Augenblick verschwinden, sich in nichts auflösen.

„Wo habt ihr sie gefunden?", fragte ich haltlos weinend.

Nellmann schüttelte hinter Lucies Rücken viel sagend den Kopf. Dad löste Lucie sanft aus meinen Armen.

„Komm Lucie!", sagte er. „Wir müssen dich kurz einmal durchchecken! Doktor Freier wartet bereits auf dich!"

Mit diesen Worten verschwand er mit ihr in einem der Behandlungsräume. Als sich die Tür hinter Lucie schloss, erklärte mir Nellmann die Situation.

„Die Entführer hatten Lucie auf einer Almhütte versteckt. Dein Vater hat uns durch seine Recherchen auf ihre Spur gebracht. Als wir dich und Chris gesucht haben, war ein zweites Team unterwegs, um nach Lucie zu suchen. Wir haben Lucie zum Glück gesund und munter in der Hütte vorgefunden und befreien können. Bedauerlicherweise mussten wir ihre Mutter verhaften. Lucies Eltern die deine Entführung geplant haben, sind pleite! Als irrtümlich Lucie entführt wurde, wollte keiner der Komplizen auf sein Geld verzichten. Sie wollten Lucie solange als Pfand behalten, bis du in die Falle gegangen wärst! Im Tausch für Lucies Sicherheit, hat Frau Miller Informationen an die Entführer weitergegeben. Von ihr wussten sie auch von eurer heutigen Suche und dem Lawinenpeilsender in deiner Jacke. Du siehst also, deine Suche war richtig. Genauso folgerichtig wie das Bauchgefühl von Chris, dass irgendetwas nicht stimmt!"

Da kehrte Dad mit Lucie an der Hand wieder aus dem Behandlungsraum zurück.

„Alles okay!" schmunzelte er erleichtert. „Lucie hat alles ohne den geringsten Schaden überstanden!"

Chris zog meinen bebenden Körper an sich und griff nach Lucies Hand.

„Na du kleine Kröte, auch wieder da?", fragte er mit belegter Stimme.

„Das muss gefeiert werden!", sagte Dad, und strebte dem Ausgang zu. „Felix wartet schon auf uns!"

Kaum in der Limo nahm mich Chris voller Liebe in seine Arme und küsste mich lang anhaltend.

Lucie zog ununterbrochen an meinem Ärmel.

„Ist küssen mit Zunge nicht furchtbar ekelig?" fragte sie interessiert nach.

„Nein, nicht wirklich!", antworte ich schelmisch. „Und du gewöhnst dich mit der Zeit daran, und es ist nur halb so ekelig wie du vielleicht denkst!"

Wir alle lachten. Und einen Augenblick, einen winzigen Moment lang war mir, als würde Sarah an meiner Seite in der Limousine sitzen.

Fortsetzung folgt....

Mein Dank gilt meinem bewährten Team:

Meinem **Mann**, der mich auch dieses Mal mit Rat und Tat unterstützt hat.

Meinem **Bruder**, der wieder für das gelungene Cover sorgte.

Meiner **Schwester**, die meine treueste Testleserin ist, und mir viele wertvolle Anregungen gibt.

Meiner **Tochter,** die mich auch bei diesem Buch gemeinsam mit meiner **Schwester** beim Korrekturlesen unterstützt hat.

Meiner **Nichte,** die mich bei der Werbung unterstützt.

Aber auch:

Meinen **Freunden** und **Followern** auf Twitter, die mich dabei unterstützen den Namen
Emelie Whitebrooks bekannt zu machen.

Inhaltsangabe:

Chris, Cathys erste große Liebe, hilft ihr, Sarahs Verlust zu überwinden.
Und auch die Beziehung zu ihrem Dad verbessert sich.
Doch gerade als Cathy anfängt Boden unter ihren Füßen zu finden, fegt Amanda wie ein Wirbelsturm in ihr Leben.
Amanda, die neue Freundin ihres Dads, ist keinesfalls die liebevolle Stiefmutter in spe, für die sie anfangs alle halten. Sie verfolgt vielmehr ihre eigenen dunklen Ziele...
Gemeinsam mit ihr tritt die zwölfjährige Lucie in Cathys Leben und erobert ihr Herz im Sturm.
Doch dann wird Lucie entführt und Doktor Jefferson beschließt, Cathy vorübergehend in einem Schweizer Internat unterzubringen.

Doch Cathy denkt nicht daran, die Anordnung ihres Dads zu befolgen.
Sie läuft weg und landet auf der Straße. Lernt dort Barbie und Fetti kennen und ein Mal mehr gerät Cathys Leben aus allen Fugen...

Bereits erschienen:

Cathy Jefferson – Sarah
Dezember 2017

ISBN 978-3740733469

Cathy Jefferson – Lucie
März 2018

ISBN 978-3740744823

Es erscheinen noch:

Cathy Jefferson – Erinnerungen

Cathy Jefferson – Blickwinkel

Besuchen sie mich auf:
https://www.emelie-whitebrooks.com